I0847081

OBELISK

GERMAN EDITION

OBELISK

GERMAN EDITION

GEORGINA FATSEAS

CITI OF BOOKS

Copyright © 2024 by Georgina Fatseas
www.sanobooks.com

email: booksbysano.com

Alle Rechte vorbehalten. Kein Teil dieser Publikation darf ohne vorherige schriftliche Genehmigung des Urheberrechtsinhabers und des Herausgebers in irgendeiner Form oder mit irgendwelchen Mitteln, einschließlich Fotokopien, Aufzeichnungen oder anderen elektronischen oder mechanischen Methoden, vervielfältigt, verbreitet oder übertragen werden, mit Ausnahme von kurzen Zitaten, die in kritischen Rezensionen enthalten sind, und bestimmten anderen nichtkommerziellen Verwendungen, die durch das Urheberrecht erlaubt sind. Genehmigungsanfragen sind schriftlich an den Verlag zu richten, adressiert an "Attention: Permissions Coordinator", an die unten stehende Adresse.

CITIOFBOOKS, INC.
3736 Eubank NE Suite A1
Albuquerque, NM 87111-3579
www.citiofbooks.com
Hotline: 1 (877) 389-2759
Fax: 1 (505) 930-7244

Bestellinformationen:
Mengenverkäufe. Für Unternehmen, Verbände und andere gibt es Sonderrabatte bei Mengenbestellungen. Für weitere Informationen wende Dich bitte an den Verlag unter der oben genannten Adresse.

Gedruckt in den Vereinigten Staaten von Amerika.

ISBN-13:   Softcover   979-8-89391-816-8
                  eBook   979-8-89391-817-5

Library of Congress Control Number: 2024904480

INHALTSVERZEICHNIS

Anmerkungen des Autors.

Ich danke den drei österreichischen Veteranen des Zweiten Weltkriegs, die dieses Buch inspiriert haben.
Mögen diese Männer in Frieden ruhen und die Welt ihnen für ihre Tapferkeit und ihr Opfer danken.
Städte.

Die Stadt Weghaltz, in der die Geschichte beginnt, ist ein fiktiver Ort in Österreich. Andere erwähnte österreichische Städte oder Dörfer hingegen existieren. In diesem Buch werden viele Dörfer und Kleinstädte in Europa erwähnt, die sich zu einer größeren Stadt zusammengeschlossen haben. Dies ist das Ergebnis des enormen Bevölkerungswachstums, welches zu einer Zersiedelung geführt hat. Einige Orte haben ihre Namen behalten und sind zu Vorstädten geworden oder Teil der sich ausbreitenden Städte. Andere sind im Zuge der Zersiedelung verschwunden oder haben neue Namen bekommen.

Menschen und Organisationen.
Bis auf Hitler und Papst Pius XII. haben alle Personen fiktive Namen. Dies geschieht, um ihre in Europa und anderen Teilen der Welt lebenden Familien zu schützen.
Wenn eine Organisation tatsächlich existierte, konnte der Name entweder für die Geschichte geändert oder unverändert belassen werden. Die Personen, die in einer Organisation arbeiten, wurden alle fiktiv dargestellt.

An alle Veteranen aller Kriege auf der ganzen Welt richtet sich dieser besondere Hinweis. Eure Geschichten sind wichtig und sollten erzählt werden. Haltet den Kopf hoch und erzählt der Welt, was ihr im Kampf erlebt habt. Das ist der einzige Weg, um Krieg zum letzten Mittel zu machen.

Im Krieg sind die Verlierer die Menschen, die vertrieben werden und dabei ihre Seelen verlieren.

In Parks und Gedenkstätten auf der ganzen Welt gibt es Obelisken. An manchen Orten gibt es auch Gedenkmauern mit einer ähnlichen Funktion. Die Inschriften auf ihrer Außenseite tragen die Namen der Gefallenen und stehen allein. Ihre gemeinsame Botschaft lautet: „Damit wir nicht vergessen".

Europe Vor dem Zweiten Weltkrieg

Note: Boundaries were constantly changing and are approximate for this year.

Courtesy: Arizona Geographic Alliance   http://geoalliance.asu.edu/azga
School of Geographical Sciences and Urban Planning
Arizona State University
Cartographer Becky L. Eden   EU_BeforeWW2.PDF10

ARIZONA GEOGRAPHIC ALLIANCE

ÖSTERREICH$ UND DIE ANGRENZENDEN LÄNDER IM JAHR 1938.

Kapitel 1.
Weghaltz, 1938.

Als sich Valetin Karner mit seinem Auto der Stadt Elsbethen im Osten Österreichs näherte, hielt er an der Seite der engen, kurvenreichen Bergstraße an. Die Schüsse unter ihm erregten seine Aufmerksamkeit. Vorsichtig stieg er aus dem Auto aus und kletterte auf das Dach des Wagens. Er kletterte auf halber Höhe auf den nächstgelegenen Baum, der sein Auto teilweise vom Geschehen unten verdeckte.

Von diesem Aussichtspunkt aus konnte er beobachten, wie Mitglieder der deutschen Streitkräfte die Einwohner mit Gewalt aus ihren Wohnungen auf die Straße treiben.

Frauen, Kinder und Jungen unter sechzehn Jahren wurden auf einer Straßenseite in die Nähe eines Mannschaftswagens gedrängt. Auf der anderen Straßenseite wurden die Männer und die älteren Teenager aufgestellt. Geladene Gewehre wurden direkt auf ihre Köpfe gerichtet. Die älteren Männer wurden auf der Stelle erschossen. Der Major drehte sich um, wenn eine der Frauen oder ein Kind schrie, und erschoss die Person. Das brachte die kauernde, ängstliche Gruppe zum Schweigen.

Der Major zählte laut bis fünf. Er hob seinen Arm und zeigte auf die fünfte Person. „Willst Du Dich der Großen Deutschen Armee anschließen?" Der Kopf wurde vom verängstigten jungen Mann in seinen späten Teenagerjahren geschüttelt. Peng. Der Mann fiel auf den Boden. Der Vorgang wurde wiederholt. Wenn sich in der ersten Runde niemand freiwillig meldete, wurde die Prozedur mit der ersten Runde der Überlebenden von Neuem begonnen.

Angewidert und obwohl er um seine eigene Sicherheit fürchtete, schaute Valetin auf seine Taschenuhr und notierte die Zeit. Er holte ein Notizbuch hervor und trug die Uhrzeit und das Datum ein:

9.30 Uhr, 12. März 1938.
Deutsche Soldaten töteten 20 Männer, Frauen und Kinder am Rande von Elsbethen.

Valentin wusste, dass er genug gesehen hatte. Er kletterte vom Baum herunter, lenkte das Auto um und fuhr zurück in sein Dorf Weghaltz. Während der Fahrt wurde ihm bewusst, dass er als Bürgermeister der Stadt einen Plan zur Sicherung des Überlebens seiner Mitbürger erarbeiten musste. In seinem Kopf schwirrten verschiedene Ideen herum. Er fuhr so schnell er konnte zurück in sein Dorf. Am meisten beunruhigte ihn bei seiner geplanten Verteidigung das Fehlen eines Waffenlagers. Er hatte sich auf den Weg nach Elsbethen gemacht, um dort mehr Kugeln für die Jagdgewehre zu erwerben. Das Dorf wurde von Wölfen attackiert, die sich ihm genähert hatten. Er wusste, dass seine Leute sich als nächstes den eindringenden deutschen Truppen stellen müssten, da es keine zusätzlichen Kugeln und nichts zur Bewaffnung des Dorfes gab.

Als er in Weghaltz ankam, fuhr er zum Dorfplatz. Dort hupte er ununterbrochen. Er hupte, bis die meisten Dorfbewohner herausgekommen waren. Sie kamen heraus, um zu sehen, was dringend gebraucht wurde. Er stand in der Nähe des Obelisken. Der Obelisk war drei Meter hoch. Er war aus rosa Granit. Valentin befahl zwei Teenagern, auf die Felder zu gehen. Er befahl ihnen, ihre Väter und alle anderen zurückzubringen. Diese fehlten bei der Versammlung.

Als alle versammelt waren, wurde mit den Armen gewinkt, um die Stimmen zum Schweigen zu bringen. Valentin beschrieb, was er gesehen hatte. Auf allen Gesichtern erschienen Blicke des Entsetzens und des Ekels. Er seufzte schwer. „Ich habe einen Plan, wie wir uns verteidigen können, aber er wird nur von kurzer Dauer sein. Ich konnte keine Kugeln für unsere Gewehre besorgen. Wir können jedoch einige Dinge tun. Im Wald gibt es Unterstände, die von Menschen für die Jagd auf wilde Tiere genutzt werden. Wir werden damit beginnen, sie zu verstärken. Außerdem werden wir sie wetterfester machen. Damit wir weitere Unterstände und Tiergehege bauen können, brauchen wir Teams von Menschen.

Die Frauen sammeln Bettzeug, Haushaltsgegenstände, Lebensmittel und Kleidung, um sie zu den Unterkünften zu bringen. Die jüngeren Jungen und Mädchen sollen für eine besondere Aufgabe zurückbleiben. Die 85 Dorfbewohnerinnen und -bewohner wurden von Valentin in Gruppen eingeteilt und ihnen wurden weitere Einzelheiten zu ihren Aufgaben mitgeteilt.

Als die Menschen den Platz verließen, richtete sich ihr Blick auf den Himmel. Über ihnen kreisten die deutschen Kampfflugzeuge vom Typ Dornier Do 17.

Die Menschen rannten in ihre Häuser und zogen die Vorhänge zu.

Als die Flugzeuge in Richtung Salzburg verschwunden waren, wagten sie sich wieder hinaus. Sie wussten, dass die Flugzeuge nicht zurückkehren würden. Deshalb beeilten sie sich. Sie wollten die gestellten Aufgaben erledigen.

Zunächst wurden außerhalb der Häuser Betten mit einem Satz Laken und ein paar Decken aufgestellt. Dann gab es ein paar Hocker und einen kleinen Couchtisch oder zwei. Danach folgten eine Pfanne und ein Topf sowie ein Satz Besteck für jedes Haushaltsmitglied.

Die Jungen trieben das Vieh zusammen und trieben es auf den Platz in behelfsmäßige Ställe, die von den Mädchen eingerichtet worden waren. Kühe, Hühner, Hähne, Ziegen, Schweine, Pferde und Schafe bevölkerten die Gehege. Hühner und Hähne wurden sofort in Käfige gesperrt und in einer Ecke gestapelt. Damit sie kontrolliert und später in den Wald gebracht werden konnten, wurden die Pferde und Ziegen angebunden. Die Schweine und Schafe waren in Pferchen untergebracht.

Valentin sah sich den Fortschritt der Evakuierung an. Er nickte zustimmend. Die Dinge liefen so, wie er es geplant hatte. Die drei Autos, die den Dorfbewohnern gemeinsam gehörten, waren mit Waren beladen, die sie in das Dorf bringen sollten. Sie würden die Waren zu einer über drei Kilometer entfernten Lichtung transportieren. Der Weg war kaum breit genug, damit die Autos durchfahren konnten. Die Lichtung markierte die Grenze für den Fahrzeugtransport und stellte den einzigen Ort dar, an dem die Autos für die Rückfahrt umkehren konnten. Es wurden zwei Rundfahrten mit Waren gemacht, bevor Valentin den Tag beendete.

Am nächsten Morgen, kurz nach Sonnenaufgang, versammelten sich die Leute in der Nähe des Obelisken. Es gab noch viel zu tun. Valentin hatte über Nacht weitere Evakuierungsmaßnahmen und Strategien geplant.

Ältere Menschen, werdende Mütter und Mütter mit Babys unter einem Jahr würden mit allem, was in die Autos passte, zur Lichtung gebracht werden. Der Rest der Bevölkerung würde zu Fuß gehen. Insgesamt waren 85 Personen für die Evakuierung vorgesehen. Die Teenager waren die Letzten der Gruppe und bekamen eine weitere besondere Aufgabe zugewiesen. Sie sollten folgen, sobald sie ihre Aufgaben erledigt hatten.

Damit die Neubepflanzung vorbereitet werden kann, wurde das Gras um den Obelisken sorgfältig geschnitten. Es wurde ein Loch in den Boden gegraben. Eine Truhe wurde herabgelassen. Diese wurde mit einer Decke und Backformen mit Deckeln ausgekleidet. Die Backformen wurden gefüllt. Außerdem wurden sie mit Deckeln versehen. Dann wurden sie in die Truhe gesenkt. In der Truhe befanden sich Dokumente, die den Landbesitz belegen, sowie Geburts- und Heiratsurkunden. Außerdem befanden sich darin Schmuck und die meisten der neun Karat goldenen Kerzenständer der Kapelle. Valentin nahm einen Kerzenständer heraus, der eindeutig schon bessere Tage gesehen hatte, nämlich einen vergoldeten Kerzenständer, und das war der billigste von allen. Er wies einen Teenager an, ihn mit einer aufgeschlagenen Bibel auf den Altar zu stellen. Außerdem sollte er vier Bibeln und vier Gesangbücher für die Truhe sammeln. Damit kein Schmutz in die Truhe gelangt, wenn sie unter dem Gewicht des zu ersetzenden Schmutzes zusammenbricht, wurde ein Tischtuch darüber gelegt, als die Truhe fast voll war. Anschließend wurde der Boden wieder mit der ursprünglichen Abdeckung bedeckt. Damit das Gras nachwachsen kann, wurde Wasser über das Beet gegossen. Die überschüssige Erde wurde in den umliegenden Gärten verteilt. Zum Abschluss der Arbeiten mussten die Neuankömmlinge im Dorf den Boden gründlich auf Störungen untersuchen.

Valentin beobachtete, wie die Jugendlichen den Weg zu den Unterkünften hinuntergingen.

Jetzt war Valentin allein und las die Inschriften auf dem Obelisken. Er hatte die Inschriften schon einmal gelesen, aber jetzt wollte er sich an die sentimentalen Worte erinnern, die an die einstigen, verlorenen Dorfbewohner erinnern: „Zum Gedenken an die Gefallenen des Ersten Weltkriegs"

Ursprünglich wollte er die Worte, die er hinzufügen wollte, in den Obelisken meißeln. Aber der Granit war zu hart. Er entschied sich für Farbe. Er fügte hinzu: „Und im Zweiten Weltkrieg".

Anschließend warf er die Dose und die Bürste in den Mülleimer vor einem der Läden. Als er den Weg entlangging, schaute er zurück und wischte sich die Tränen aus den Augen. Er fragte sich, ob irgendjemand zurückkehren würde. Und wenn ja, in welchem Zustand würden die Häuser sein? Und die wenigen Geschäfte? Und die Bauernhöfe?

Kapitel 2
Weghaltz

Am nächsten Tag führte Valetin seine beiden Brüder, Moritz und Max Karner, auf eine Anhöhe, um das Dorf zu beobachten. Moritz lenkte Valentins und Max' Aufmerksamkeit auf den Obelisken. „Glaubst Du, die Nazis werden entdecken, was in der Nähe des Obelisken vergraben ist?"

Max, der Jüngere, antwortete: „Sie könnten den Obelisken wegen der Inschriften zerstören."

„Vielleicht. Meine zusätzlichen Worte könnten sie wütend machen. ‚Und im Zweiten Weltkrieg'."

„Der Krieg hat noch gar nicht begonnen", antwortete Moritz.

Valentin spottete. „Für uns schon. Vielleicht ist er lokal begrenzt. Unbewaffnete Menschen zu töten, ist in meinen Augen ein Krieg. Es wird nicht mehr lange dauern, bis sich der Rest der Welt uns anschließt. Die Nazis sind am 12. dieses Monats in Österreich aufmarschiert. Salzburg ist gefallen. Wir sind dicht dahinter."

Ein weiteres deutsches Flugzeug flog über das Dorf und kreiste. Max schaute auf. „Es ist erst zwei Tage her, dass sie bei uns einmarschiert sind. Jetzt haben sie Spionageflugzeuge geschickt. Das Kreisen zeigt, dass sie unser Dorf gefunden haben."

Sie beobachteten, wie das Flugzeug ein paar Mal über dem Gebiet kreiste. Dann verschwand es. „Jetzt gehen wir", sagte Valentin.

Die drei Männer rannten die Anhöhe hinunter und betraten das Dorf. Sie platzierten groben, selbstgebauten Sprengstoff zwischen den Hauswänden. Mit einem Stock, der leicht in den Boden geritzt wurde, legten sie die Sprengschnüre. Anschließend schütteten sie Erde auf, um die Schnüre zu verbergen. Es dauerte drei Stunden, bis das gesamte Dorf mit den rohen Bomben bedeckt war.

Valentin und seine Brüder ruhten sich auf der Anhöhe aus. Sie wechselten sich ab, um Weghaltz zu beobachten. Die Nacht kam. Keine Bewegung.

Gegen sieben Uhr morgens wurden die Männer durch das Geräusch von Fahrzeugen geweckt, die in das Dorf einfuhren. Vier Lastwagen fuhren auf den Platz. Einer davon wurde direkt über der vergrabenen Truhe geparkt. Die Truppen strömten aus den beiden nächsten Lastwagen. Der letzte Lastwagen wurde in einem gewissen Abstand zu den anderen drei geparkt. Kurz darauf folgte ihnen ein Panzer.

Der Major, der den Angriff anführte, überblickte das Dorf. Er wunderte sich, dass niemand zu sehen war. Er vermutete, dass sie sich in ihren Häusern versteckten. Oder sie flüchteten auf die Höfe. Er befahl eine Suche. „Findet die Leute! Bringt sie heraus! Reißt auch die Bodenbretter auf. Sie könnten sich in den Kellern befinden, also sucht auch die Dachhöhlen ab.“

Nach einigen Minuten kamen die Soldaten mit leeren Händen heraus. Keiner konnte gefunden werden. Frustriert befahl der Major der Hälfte der Männer, die Felder und die umliegenden Gebiete zu durchkämmen. Sie sollten nach Spuren suchen. In den umliegenden Gebieten könnten sich die Menschen verstecken. Eine Stunde später kehrten die Männer ebenfalls mit leeren Händen zurück. Der Major schwor: „Die Bastarde sind ausgezogen. Sie haben ihre Häuser verlassen.“ Er befahl, eine NAZI-Flagge auf dem Obelisken aufzustellen. Er sah stolz aus und salutierte vor der Fahne. „Es lebe Hitler.“

Die Nacht brach an. Die deutschen Soldaten entschieden sich dazu, in den Häusern zu schlafen und die bereits hergerichteten

Betten zu benutzen. Für viele bedeutete dies eine Nacht mit außergewöhnlichem Komfort. Sechs Wachen waren rund um das Dorf stationiert. Moritz tippte seine ruhenden Brüder an. „Die Wachen sind gerade eingenickt. Zeit für das Feuerwerk."

Die Männer blickten auf die drei Sprengkörper. „Bei drei drückt ihr die Hebel herunter", sagte Valentin. „Eins. Zwei. Drei." Sekunden später explodierten die Häuser des Dorfes. Feuer und Qualm erfüllten die Luft. Die Wachen, die Dienst hatten, horchten auf und sahen sich nach den Eindringlingen um. Einer nach dem anderen wurde erschossen. Valentin, Moritz und Max töteten sie. Und sie töteten jeden verletzten Soldaten. Jeder Soldat, der versuchte, dem Inferno zu entkommen.

Weghaltz brannte bis auf die Grundmauern nieder. Langsam erloschen die Brände. In den Ruinen, die noch immer schwelten, war keine Bewegung mehr zu erkennen. Valentin und seine Brüder warteten. Sie wagten sich in das zerstörte Dorf, als es bereits Nachmittag war. Das Einzige, was noch stand, war der Obelisk.

Valentin kletterte in den Lastwagen, in dem sich die Truhe befand. Sie enthielt einige medizinische Hilfsgüter und etwas Essen. Valentin lächelte über die Beute. Der Lastwagen daneben hatte Sitze. Er enthielt einige persönliche Gegenstände. Diese Gegenstände waren aus dem Dorf geplündert worden. Der nächste Lastwagen hatte Zelte unter den Sitzen und noch mehr Lebensmittel. Valentin grinste. „Nützlich", dachte er. Der letzte LKW, der etwas entfernt von den ersten drei geparkt war, bot reiche Beute. Dieser LKW war mit Waffen und Munition beladen. Er sagte zu Max: „Geh zum Unterstand und hol die Autos und Männer. Wir werden diese Fahrzeuge ausladen." Er deutete auf den Lkw mit den wertvollen Gütern.

Zwei Stunden später waren alle brauchbaren Gegenstände aus den LKWs entfernt, die dann abtransportiert werden konnten. Die vier Lastwagen waren entkleidet. Die österreichische Flagge, rot, weiß und rot in gleicher horizontaler Breite, wurde über die NAZI-Embleme gemalt. Die Fahrzeuge wurden zu dem am weitesten entfernten Bauernhof gefahren und in einer Scheune untergestellt. Die Räder wurden abmontiert und die Schlüssel eingesteckt.

Er füllte die Kanone des Panzers mit Erde, die er mit dem Rücken von Besenstielen eindrückte und verdichtete. Anschließend wurde Benzin hineingeschüttet und angezündet. Die Fluchtluke wurde zugeschlagen. Valentin und die anderen rannten in Deckung. Die Hitze im Inneren des Tanks würde die restliche Munition zur Explosion bringen. Der Deckel der Ausstiegsluke wurde durch die Explosion mindestens zehn Meter in die Luft geschleudert, während der Rest des Tanks in der Umgebung explodierte. Valentin fragte Max: „Hast Du die Munition aus dem Panzer nicht entfernt?" „Nein. Warum?"

„Ich glaube, die Explosion war laut genug, um in Elsbethen gehört zu werden. Hast Du gespürt, wie der Boden bebte?"

„Ja, es war spektakulär", antwortete Max. Valentin gab ihm einen freundschaftlichen Klaps auf den Kopf. „Lass uns hier verschwinden. Die Gesellschaft wird kommen."

Kapitel 3
Weghaltz.

Am nächsten Tag trugen die Dorfbewohner die Vorräte von der Lichtung zu den Unterkünften. Die Waren wurden in Gruppen aufgeteilt. Die Zelte wurden sofort aufgebaut. In den neuen, eilig errichteten Unterkünften wurden Lebensmittel untergebracht, im Lager wurde Waffen und Munition verteilt und in einem anderen Bereich wurde Treibstoff versteckt. Valentin erklärte: „Wenn die Soldaten nichts von ihrem Befehlshaber hören, werden weitere Soldaten kommen. Macht es euch nicht zu bequem! Alle Jugendlichen im Alter von 14 bis 22 Jahren sollen ein weiteres Lager errichten. Das Lager wird von Jonatan Huber geleitet." Es gab ein unzufriedenes Gemurmel. Valentin fuhr fort: „Ein separates Lager weiter oben in den Bergen ist notwendig, damit einige von uns dieses mögliche Massaker überleben."

Er reichte jedem ein Gewehr. „Drei Leute werden täglich herunterkommen, um Lebensmittel zu holen. Damit wollen wir sicherstellen, dass wir uns gegenseitig kontrollieren. Sofern den Jugendgruppen die Mitnahme von Vorräten nicht möglich ist, ist die Jugendgruppe sich der Tatsache bewusst, dass die Gruppe der Erwachsenen und Kinder attackiert wurde. Sofern keine Heranwachsenden hinabsteigen, sind wir anderen uns der Tatsache gewahr, dass die Gruppe der Jugendlichen attackiert wurde. Die Gruppe, die den Angriff überlebt, wird unter Hubers oder meiner Führung weiter in den Wald ziehen. Das hängt davon ab, wie es aussieht. Ist das klar?"

Valentin wusste, dass dieses Konzept unpopulär war. Er bat die anderen um Vorschläge. Keiner hatte eine Idee.

Eine Woche später standen die deutschen Truppen im dezimierten Dorf Weghaltz.

Der neue Major schüttelte den Kopf, als der Geruch der verkohlten Leichen die Luft erfüllte. Geschwärzte Statuen starrten auf die Neuankömmlinge zurück. Von seinem Auto aus sah er die toten Soldaten, die den Dorfplatz übersäten. Dann versuchte er auszusteigen.

Als er feststellte, dass die verworrene, zerbrochene Masse neben ihm die Überreste eines Panzers waren, fiel ihm die Kinnlade herunter. Wut kochte in ihm hoch. Er ballte die Faust, sein Gesicht wurde rot. Er wusste sofort, dass sich die Dorfbewohner wehren und für den Schaden aufkommen würden. Er holte ein paar Mal tief Luft und ging dann zu den Überresten der Gebäude.

Als der Major das Gelände genauer untersuchte, hielt er sich die Nase zu. Er wünschte sich, er hätte nicht gesehen, was er gesehen hatte. Er begann sich zu fragen, ob die Leichen Soldaten oder Dorfbewohner gewesen waren. Bald bekam er die Antwort. Schwer beschädigte Helme bestätigten seinen Albtraum. In der Frühlingssonne verrotteten die Überreste der Wachen, die mit Einschusslöchern übersät waren. Maden ernährten sich von den Leichen. Er schaute sich nach den Lastwagen um. Er fluchte. Es war keiner zu sehen. Offensichtlich waren sie weggefahren und hatten sich irgendwo versteckt, dachte er. Wütend über die Situation befahl er seinen Männern, die Umgebung zu durchsuchen. „Achtet auf die Bauernhöfe außerhalb des Dorfes! Sucht nach Pfaden in den Wald. Haltet nach allem Ausschau, was ein Hinweis auf die Mörder sein könnte."

Sechs Truppen verteilten sich vom Dorf aus auf der westlichen Seite. Sie folgten einer Straße, die zu den Hauptfeldern führte. An einer Weggabelung teilte sich die Gruppe in zwei Untergruppen. Die Schilder, die den Weg zu den Höfen wiesen, lagen auf dem Boden. Die Wegweiser waren entfernt. Sie lagen in der Nähe. Eine Gruppe von vier Personen ging auf der Hauptstraße weiter. Zwei andere nahmen die kleinere, rauere und unbefestigte Straße.

Zwei Stunden später kehrte die vierköpfige Gruppe zur Kreuzung zurück. Nichts. Keine Seitenstraßen. Es gab keine Anzeichen dafür, dass Fahrzeuge von der Hauptstraße abgebogen waren, um über Land zu einem versteckten Ziel zu fahren. Sie warteten auf die kleine Gruppe, die zur Kreuzung zurückkehrte.

Als die Sonne unterging, wurde gemeldet, dass zwei Soldaten nicht zu einem bestimmten Punkt zurückgekehrt waren. Der Major vermutete, dass dies der Ausgangspunkt für die Suche am nächsten Tag sein würde.

Die eine Hälfte der Soldaten unter der Führung des Majors kehrte zu der Weggabelung zurück. Sie fuhren auf der holprigen Straße und kamen zum Stehen. An einem Baum auf der linken Seite der Straße hingen und schwangen die beiden vermissten Soldaten. Ihnen wurden die Waffen abgenommen. An eine Uniform war ein sarkastischer Zettel gepinnt. „Heil Hitler." Der Major wurde wütend. Er befahl, die Männer zu fällen. Er schrie: „Durchsucht die Gegend! Die Bastarde sind hier!"

Die Männer verteilten sich. Der Major beobachtete die Suche. Es war nichts zu sehen. Er beorderte die Männer zurück. „Wir werden auf dieser Straße weitergehen. Sie müssen sich weiter hinten verstecken."

Das Fahrzeug kam zum Stehen. Ein gefällter Baum versperrte die Straße. Der Major warnte seine Männer davor, auszusteigen. „Das ist ein Hinterhalt", warnte er. Die Männer waren wachsam und schussbereit. Sie blieben etwa drei Stunden lang in Position. Es passierte nichts, und die Zeit wurde vergeudet. Als dem Fahrzeug befohlen wurde, umzudrehen, bewegten sich die Räder nicht. Die Reifen waren mit scharfen Gegenständen durchstochen worden, die zwischen Steinen in der holprigen Oberfläche versteckt waren. Als die Gegenstände entfernt wurden, fluchte der Major – es waren Nägel, abgebrochene Sägeblätter, zerbrochene landwirtschaftliche Geräte und an Stöcke gebundenes Glas, das fest in den Boden gedrückt war. „Wir campen hier für die Nacht. Schlaft nicht in den Trucks. Sie laufen Gefahr, in die Luft gesprengt zu werden. Schlaft zum Schutz im langen Gras."

Die Soldaten gingen in das hohe Gras, das die holprige Straße säumte. Alle waren vorsichtig und machten sich Sorgen, dass sie wie Enten auf einem Schießstand auf einem Jahrmarkt abgeknallt werden könnten. Dort zu schlafen war besser, als im Dunkeln zum Dorf zu laufen und dabei ein leichtes Ziel zu sein. Auch der lange Marsch zurück zu diesem Ort am nächsten Morgen bereitete ihnen Sorgen.

Der Major wachte in aller Herrgottsfrühe auf. Er blies in das Horn, um die Soldaten zu wecken. Die Hälfte der Soldaten, die auf der linken Straßenseite schliefen, reagierte jedoch nicht. Der Major und die anderen Soldaten gingen hinüber.

OBELISK

Ein leises Stöhnen war zu hören. Sieben der Männer waren in einen Graben gefallen. Zwei waren auf spitze Stöcke aufgespießt und offensichtlich tot. Zwei waren an den Einstichwunden, die verschiedene Blutgefäße trafen, verblutet. Zwei waren in einer Tierfalle gefangen. Einer der Männer steckte mit einem Arm und einem Bein in zwei verschiedenen Fallen, während der andere mit einem Arm in den Stahlbacken gefangen war. Die Infektion wütete in ihren Körpern. Der andere, viel jüngere Soldat war verblutet, nachdem sein Arm am Handgelenk abgerissen worden war. Sein gefangenes Bein zeigte nun kolliquiertes Blut, das Fliegen anlockte.

Der Major hielt seine Wut nicht zurück. „Findet die Bastarde sofort!"
Mit leiserer Stimme befahl er einem Jugendlichen: „Holt sie aus dem
Graben und ladet sie in den Lastwagen." Der Jugendliche gehorchte.
Er nahm sein Gewehr und tastete sich langsam in den Graben vor.
Keine Fallen. Voller Zuversicht betrat er den Graben des Todes. Mit
Hilfe eines anderen Soldaten holte er die noch Lebenden heraus
und brachte sie zum Lastwagen, wo sie eine erste grobe Versorgung
erhielten. Es war offensichtlich, dass diese beiden Männer ihre
Verletzungen nicht überleben würden. Die anderen Leichen wurden
langsam abtransportiert und zum Einsammeln an den Straßenrand
gelegt.

Als die Soldaten zu Beginn ihrer Suche entlang der Straße über einen
umgestürzten Baumstamm kletterten, landeten sie auf weiteren
Tierfallen, die im Laub des Baumes versteckt waren. Sie schrien
vor Schmerz, während andere ihnen zu Hilfe eilten. Der Major
befahl: „Kommt alle zurück! Fahrt den Lastwagen zurück. Zieht mit
der Hand." Die Soldaten gehorchten dem Befehl. Der Lkw wurde
mehrere Meter zurückgeschoben. Dann befahl der Major: „Sprengt
diesen Baumstamm in die Luft."

Wenige Minuten später wurde der Baum durch eine Explosion
dezimiert. Der Major schickte die Hälfte der Soldaten mit den Toten
und Verletzten zurück ins Dorf. Sie sollten mit einem neuen Lkw und
zusätzlichen Reifen zurückkehren, um den liegengebliebenen Lkw
zu reparieren. Die andere Hälfte wurde angewiesen, mit ihm über
die holprige Straße zu gehen.

Die verbliebenen Soldaten machten sich wieder auf den Weg. Sie
verteilten sich und zögerten, ob sie auf oder neben der Straße gehen
sollten. In der unbefestigten Straße oder im hohen Gras könnten
weitere Fallen versteckt sein. Mit ihren Gewehren schoben sie das
Gras beiseite oder stießen die Erde auf, um jeden Zentimeter zu
untersuchen, bevor sie einen Schritt machten.

Mit nach unten gerichteten Augen navigierten die Soldaten den Weg ohne Drama. Sie erreichten eine weitere Weggabelung. Der eine Weg war ein holpriger Pfad, der andere nicht viel mehr als ein Ziegenpfad. Es war keine Beschilderung zu sehen. Der Major war misstrauisch. Es könnten noch mehr Fallen aufgestellt worden sein. „Wir nehmen den breiteren Weg."

Die Männer gingen auf dem breiteren Weg weiter. Nach einer Stunde waren sie wieder da, wo sie angefangen hatten – sie hatten einen Kreis beschrieben. An der Weggabelung entpuppte sich der breitere Weg als schmaler Ziegenpfad. Sie gingen zurück zu den beiden Lastwagen. „Hier gibt es nichts", sagte der Major. „Lasst uns zurückfahren. Ich habe genug von diesen Bauern." Er befahl den LKW-Fahrern, die Lastwagen zurück nach Weghaltz zu fahren.

Zurück in Weghaltz errichteten die Soldaten Zelte auf der einzigen Lichtung. Die verwitterte Flagge auf dem Obelisken wurde durch eine neue ersetzt. Das Einsatzkommando für die Beseitigung der toten Soldaten hatte seine Arbeit abgeschlossen. Die flachen Gräber wurden mit einem Holzstück markiert. Wenn die Erkennungsmarken lesbar waren, wurden die Namen der Soldaten auf das Holz gemalt. Die Erkennungsmarken wurden zusammen mit einem Stück Propaganda und der Information, wo ihr Sohn begraben war, an ihre Familien zurückgeschickt.

Später am Tag ordnete der Major eine weitere Suche im Wald an. Es wurde ein Weg gefunden, der offenbar begangen worden war. Ein Soldat meldete seine Entdeckung. Die Soldaten trafen sich an dem Pfad. Kein anderer Weg war zu sehen. Der Major überblickte die Landschaft mit einem Fernglas. Er zeigte auf eine Anhöhe. Er schickte zwei Soldaten zu diesem Aussichtspunkt und wies sie an, sich zu melden, wenn sie Hinweise darauf entdeckten, dass der Ort benutzt wurde.

Die Meldung war negativ. Sie wurden angewiesen, zurückzukehren und Wache zu halten. Das Dorf Weghaltz war nun sicher in deutscher Hand. Das Umland jedoch nicht. Der Major vermutete, dass sich die Dorfbewohner weiter oben in den Bergen befanden und sie beobachteten.

Am nächsten Morgen ging die deutsche Patrouille den Weg entlang, der zur Lichtung führte. Sie waren sich sicher, dass die Dorfbewohner diesen Weg genommen hatten. Sie stellten Autospuren fest. Die Autos waren nicht mehr zu sehen; sie waren offensichtlich irgendwo in der Nähe versteckt. Die Suche blieb zunächst erfolglos. Es gab keinen Hinweis darauf, in welche Richtung die Dorfbewohner gegangen waren. Die Soldaten setzten sich hin, um etwas zu essen. Als sie etwa die Hälfte ihres Snacks gegessen hatten, fielen Schüsse. Von den Bäumen aus schossen die Dorfbewohner auf die Soldaten. Eine Gruppe von Soldaten, die sich der ersten Gruppe näherte, hörte die Schüsse. Ein Soldat rannte zurück auf den Dorfplatz. Er schnaufte: „Wir wurden angegriffen." Der Major beorderte mehr Truppen in die Minikampfzone.

Es kamen noch mehr Soldaten, aber sie erreichten nur die Hälfte der Strecke, dann wurden sie niedergemäht. Der Major befahl weitere Truppen und wollte dieses Mal mit ihnen gehen, um zu sehen, wie viele Dorfbewohner getötet worden waren. Er wollte ihre Gesichter sehen. Als er am Tatort ankam, war er entsetzt. Die zweite Gruppe von Soldaten war tot. Er schaute nach oben, in der Hoffnung, eine Person in den Bäumen zu entdecken. Er konnte niemanden sehen. Sie waren gut versteckt. Er fluchte.

Dann gab er den Soldaten ein Zeichen, den Weg fortzusetzen. Auf der Lichtung lagen tote Soldaten, denen man die Kleidung und Stiefel ausgezogen hatte. Bis auf die Hundemarken und Helme waren alle nackt. Der Major schrie seine Frustration heraus. Über seinem Kopf war ein Geräusch zu hören. Der Instinkt übernahm die Kontrolle. Er zielte mit seinem Gewehr in die Richtung und feuerte. Ein Vogel fiel aus dem Himmel und verfehlte den Major nur knapp.

Die entkleideten Soldaten wurden zurück nach Weghaltz getragen. Sie wurden zusammen mit ihren anderen gefallenen Kameraden begraben.

Der Major zählte seine Verluste. Fast fünfzig Prozent seiner Soldaten waren gefallen. Er funkte dem Widerstand zu.

Kapitel 4
Weghaltz.

Weitere Truppen trafen ein. Mehr Wachen waren im Nachtdienst. Alles wurde mit größerer Sorgfalt behandelt. Ein Flugzeug flog über das Gebiet. Nichts. Vor den Angriffen und Sprengfallen wurden die neuen Truppen gewarnt. Sie wurden angewiesen, mit allem zu rechnen, denn wenn nichts passiert, bedeutet das, dass etwas passiert ist.

Valentin beobachtete das Dorf von einem neuen Aussichtspunkt weiter oben am Berghang. Er stellte fest, dass sich die Truppen in Richtung der Hauptunterkunft bewegten. Er schickte Niko Huber, Jonatans Bruder, mit dem Befehl zurück ins Lager, weiter in den Wald zu evakuieren, aber weg von der Jugendgruppe. Die Jugendlichen mussten erst evakuiert werden, bevor sie informiert werden konnten.

Niko schnaufte, als er die Anweisungen weitergab. Das Lager geriet in Aufruhr. Sie zogen weiter nach Westen und die Berge hinauf. So waren sie weiter von der Jugendgruppe entfernt. Kaum hatten sich die Dorfbewohner an ihrem neuen Standort eingerichtet, wurde die Nachricht an Jonatan Huber geschickt. Das Jugendlager sollte weiter nach Osten ziehen. Sie sollten sich auf die Spitze der Klippe begeben, die die Landschaft dominierte.

Von dort aus konnten sie alles und jeden sehen, der sich im Wald und in der Umgebung von Weghaltz bewegte. Die Deutschen glichen jetzt Ameisen, die um ein Nest herumwuselten. Jonatan beauftragte jeweils zwei Jugendliche mit der Überwachung der Umgebung.

Die anderen versteckten sich hinter der Klippe tiefer im Wald und erhielten die Anweisung, auf keinen Fall ein Feuer zu machen. Jedes Licht oder jeder Rauch oben auf der exponierten Klippe war wie ein Leuchtfeuer. Der Befehl lautete, zur Felswand zu kriechen und sich hinzulegen. Sie sollten braune, schwarze und graue Kleidung tragen, um mit der Felswand zu verschmelzen. So wäre es für die Menschen am Boden viel schwieriger, sie in dunkler Kleidung zu erkennen.

Zwei Mädchen, Rayna und Miya, hielten Wache. Die beiden sprachen über die Zeiten, in denen alles einfacher war. Mitten im Satz hörte Rayna auf zu reden. „Oh, Scheiße! Ich sehe ein paar Nazis in diese Richtung kommen. Ich werde weiter Ausschau halten. Geh und sag Jonatan Bescheid." Miya wankte zurück und lief dann zum Lager. Jonatan gab den Befehl, das Lager wie zuvor geübt zusammenzupacken und den Bergpfad weiter hinauf zum Gipfel zu gehen. Das würde ein steiler, kilometerlanger Aufstieg werden.

Samuel, der den Pfad von früheren Klettertouren gut kannte, würde ihnen den Weg zeigen. Er war mit einem Gewehr und Munition bewaffnet. Jonatan gab den anderen ein Zeichen, ihm in die entgegengesetzte Richtung den Berg hinunter zu folgen. Versteckt in den Bäumen hielten die Jugendlichen ihren Posten. Sie waren so gut getarnt wie möglich. Sie richteten ihre Gewehre auf den Trampelpfad. Vier Soldaten waren auf dem Weg zu ihnen. Auf Jonatans Signal hin feuerten sie ihre Gewehre ab. Drei Soldaten fielen, waren aber nicht tot. Jonatan erledigte sie. Einer von ihnen entkam.

Jonatan rannte den Weg hinunter, um dem fliehenden Soldaten zu folgen. Der Soldat verschwand. Jonatan erstarrte. Er erholte sich zu spät. Der deutsche Soldat schoss ihm in den Kopf. Der Soldat kletterte den Berg hinunter. Ein weiterer Schuss ertönte. Der deutsche Soldat war tot. Niko untersuchte den Soldaten, um sicherzugehen, dass er wirklich tot war. Er nahm ihm das Gewehr, eine Pistole und ein Messer ab. Dann rannte er zu Jonatan. Er schloss seine Augen und weinte. Als er sich wieder aufraffte, bemerkte er, dass er nicht allein war. Zwei der Jugendlichen hatten sich ihm angeschlossen. Sie halfen ihm auf die Beine und schleppten Jonatan zu dem Lager, wo er begraben wurde.

Niko blieb in dieser Nacht bei den Jugendlichen. Er bemerkte, dass die Lebensmittelvorräte knapp wurden. Er befahl drei von ihnen, zum neuen Lagerplatz zu gehen und mehr Rationen zu holen.

Niko sah die Gruppe an. „Ich werde euch über den Berg führen. Dort gibt es eine Hütte, in der die Jäger übernachten. Wir gehen jetzt weiter. Es wird Nacht sein, wenn wir das Lager erreichen. Außerdem gibt es dort frisches Wasser, was euch freuen wird. Ein kleiner Bach, der durch die Schneeschmelze entstanden ist, fließt direkt neben der Hütte den Berg hinab. Vielleicht können einige von euch ein großes Bad gebrauchen." Er hörte, wie die Gruppe gluckste.

Nach zwei Tagen in der Hütte war das Essen knapp geworden. Ein Reh wurde gefangen. Niko zeigte ihnen, wie man ein Tier häutet. Er zeigte ihnen auch, wie man es vor dem Kochen aufschneidet. Das Fleisch des Rehs reichte für zwei Tage. Niko befahl zwei Jugendlichen, die Gegend nach Bodenbeeren und Pilzen abzusuchen. Drei andere wurden zum Hauptlager geschickt, um weitere Rationen zu besorgen und sich zu informieren.

Die drei Teenager kehrten schneller als erwartet zurück. Sie berichteten, dass das Hauptlager verlassen war. Alle Tiere wurden mitgenommen. Kein Essen. Keine Menschen. Niko war besorgter denn je: „Wir packen zusammen und ziehen weiter. Packt heute Abend zusammen. Morgen früh brechen wir auf. Es gibt Beeren und Pilze für eine Mahlzeit. Tut mir leid."

Die Gruppe folgte einem holprigen Pfad, der den Berg hinunter und auf der anderen Seite wieder hinauf führte. Dort befand sich eine weitere Hütte – nicht so groß und eher baufällig. Niko untersuchte das Gebäude und entschied, dass es zu riskant war, hineinzugehen. Sie würden die Nacht nur mit Schlafsäcken überstehen müssen.

Der Morgen kam. Die Gruppe verließ das Gelände. Ihre leeren Mägen knurrten. Alle waren unzufrieden, aber sie waren still. Niko sagte ihnen, sie sollten ihre Energie sparen, was bedeutete, dass sie schweigen sollten. Um die Mittagszeit ruhte die Gruppe. Es wurden Reste von allem verzehrt. Jaro und Oskar, die auf Beerensuche geschickt worden waren, wurden erneut gebeten, dies zu tun. Kiana, Oskars jüngere Schwester, verlangte, ihren Bruder zu begleiten. Niko gab nach. Oskar protestierte kaum. *Dann dachte er, dass seine kleine Schwester in den letzten Monaten schnell erwachsen geworden war.*

Kapitel 5
Abschied von Weghaltz.

Das Trio war weniger als einen Kilometer entfernt, als sie eine Salve von Schüssen hörten. Oskar hielt seine Hand über Kianas Mund. „Pst! Wir können nichts tun. Versteck Dich", flüsterte er und zog sie auf den Boden.

Jaro weinte und zitterte vor Angst. Oskar legte einen Arm um ihn, um ihn zu trösten. Jaros Bruder und Schwester waren in dieser Gruppe. Jetzt musste er davon ausgehen, dass auch sie tot waren. Oskar ließ Jaro und Kiana auf dem Boden liegen. Er hoffte, die Deutschen würden glauben, sie hätten alle Dörfer erobert und getötet. Sie blieben bis zum Einbruch der Nacht liegen.

Im Morgengrauen wagte sich Oskar in Richtung des Lagers. Alle waren tot. Die Leichen waren den Elementen überlassen. Die Gewehre und die Munition waren verschwunden. Er schloss die Schlafsäcke, in denen sich die Leichen befanden. Er schleppte sie an den Rand des Weges. Er fand etwas roten und weißen Stoff, um daraus Rollen zu machen. Er drapierte eine grobe österreichische Fahne über einen Körper. Dann ging er zurück zu Jaro und Kiana. „Lasst uns von hier verschwinden", flüsterte er, während ihm Tränen über das Gesicht liefen. Er wischte sie mit dem Hemdsärmel weg.

„Wohin?", fragte Kiana. „Liezen", sagte Oskar.
„Das ist ein verdammt langer Weg. Wie werden wir wohl dorthin kommen?", fragte Jaro.
fragte Jaro.

„Wandern. Per Anhalter wandern. Auf dem Rücken eines Bauernwagens", sagte Oskar, der sich nicht sicher war, ob diese Vorschläge wirklich umsetzbar waren. Sie waren körperlich schmutzig. Sie stanken. Niemand würde sie mitnehmen, so wie sie aussahen. „Wir nehmen zwei Kleidungsstücke zum Wechseln mit. Das war's. Das Essen, das wir erbeuten, teilen wir. Wenn Du eine andere Idee hast, lass es mich wissen", sagte Oskar.

Zwei Tage lang waren sie zu Fuß unterwegs. Sie aßen einige Kräuter, Beeren und Pilze. Jaro fing ein Kaninchen. Er versuchte, es zu töten. Es gelang ihm jedoch nicht. Oskar nahm das Tier und drehte ihm den Rücken zu. Er schloss die Augen, als er ihm den Hals umdrehte. Ihm war übel. Es war das erste Mal, dass er ein Tier getötet hatte. Er erinnerte sich an die Technik, die Niko ihnen gezeigt hatte, häutete das Tier und weidete es aus. Jaro schaffte es, ein Feuer zu machen. Über den Flammen und den weißglühenden Kohlen wurde das Kaninchen gedreht. Dreißig Minuten später war es gar. Es war nicht besonders schmackhaft, denn sie erinnerten sich an die Kochmethode ihrer Großeltern. Sie hatten Töpfe und bestimmte Kräuter dabei, die ihnen auf diesem Trek verwehrt blieben. Das Essen hatte seinen Zweck erfüllt. Sie hatten volle Mägen.

Als sie den Berg hinuntergingen, stießen sie auf Rinnsale, die über ein paar Felsen glitten. Abwechselnd nippten sie an dem kostbaren Gut. Sie zogen weiter. Als sie am Fuße des Berges ankamen, wussten sie nicht, wohin sie gehen sollten. Jaro hatte eine vage Erinnerung daran, dass Liezen südöstlich von Elsbethen lag. Er fragte die anderen: „Welcher Weg führt südöstlich?"

Oskar und Kiana schauten ins Leere. Sie setzten sich auf einen Felsen. Nach einer Weile sagte Kiana: „Die Sonne geht im Osten auf. Aber diese Berge lassen die Sonne erst gegen Mittag herein. Ich werde mal raten." Sie zeigte auf den Talboden. „Da lang."

„Bist Du sicher?", fragte Oskar.

„Nein, ganz und gar nicht. Aber es ist besser, als hier zu sitzen", antwortete sie.

„Die Sonne wird bald über uns sein. Das wird der Osten sein." Sie zeichnete ein Kreuz auf den Boden und markierte die Punkte. Sie warteten.

Die Sonne ging über dem Berg auf. Kiana verwischte die Richtungspunkte, um sie an die Richtung der Sonne anzupassen. Sie stöhnte auf. „Über einen anderen Berg."

„Und wenn wir das Tal entlanggehen, wie Du gesagt hast, wo kommen wir dann hin?", fragte Oskar.

Kiana zeichnete eine Lehmkarte mit den umliegenden Ländern der damaligen Zeit. „Osten. Ich weiß nicht, ob wir auf eine Stadt in Österreich treffen werden. Wir könnten in Ungarn oder der Slowakei landen. Im Norden kommen wir in die Tschechoslowakei und im Nordwesten liegt Deutschland. Ich glaube nicht, dass das eine so gute Idee ist. Die andere Möglichkeit ist der Westen. Wir würden an den Rand von Deutschland kommen oder in die Schweiz und von dort aus weiter nach Frankreich. Frankreich klingt gut. Der Süden bringt uns nach Jugoslawien und der Südwesten nach Italien. Ein Problem. Ich habe gehört, dass der König und Mussolini in Italien nicht miteinander auskommen. Ich bin mir nicht sicher, ob das stimmt. Mussolini ist auf dem Vormarsch. Er ist nicht viel besser als Hitler. Das sind die Möglichkeiten, die wir haben. Das größte Problem ist, dass wir keine Pässe haben. Von Papa wurde gesagt, wir bräuchten Pässe zum Reisen, aber es wurde uns nie einer besorgt.

„Wow, was für eine Wahl! Wenn wir die Grenze überqueren, könnten wir verhaftet werden, weil wir keine Pässe haben", sagte Oskar. „Was ist ein Reisepass?", fragte Kiana.

„Ich glaube, es ist ein spezielles Dokument, in dem steht, wer Du bist und woher Du kommst", sagte Oskar.

„Das macht den Grenzübertritt unmöglich, es sei denn, wir schmuggeln uns irgendwie durch", antwortete Jaro.

„Ja, dann landen wir im Knast", sagte Oskar.

Kiana sah sich um und sagte: „Vielleicht ist es im Gefängnis sicherer als in der freien Natur. Da wir nicht genau wissen, in welcher Richtung Liezen liegt, ist das hier unser Gefängnis, denn es gibt weder Essen noch Wasser. Wenigstens bekommen wir im Gefängnis ein Bett, Wasser und Essen, egal wie schlimm es ist."

Oskar sagte: „Wir sollten nach Liezen gehen. Lass uns nach Osten fahren und dann nach Süden abbiegen. Vielleicht haben wir ja Glück.

Wir fahren etwa zehn Kilometer in diesem Tal entlang. Wenn wir sehen, wie leicht der Berg zu besteigen ist, biegen wir nach Süden ab. Ist das ein Plan?"

Kiana und Jaro nickten. Kiana schaute auf den groben Kompass. Sie wies den Weg nach Osten.

Kapitel 6
Die Wanderung nach Liezen.

Nach drei langsamen Tagen, in denen sie den unbarmherzigen Talboden durchwanderten und die Berge auf der Südseite untersuchten, ruhte sich das Trio aus. Der Hunger meldete sich. Aus Protest knurrten ihre Mägen. Kiana kommentierte: „Ich fühle mich schwach. Der Hunger brennt mir im Magen."

Sowohl Jaro als auch Oskar stimmten ihr zu. „Ich denke, wir sollten uns unter diesem Baum ausruhen." Er fegte die Tannenzapfen weg. Er fragte sich: „Sind diese Zapfen zum Essen geeignet?"

Jaro zuckte mit den Schultern. „Ich bin nicht abenteuerlustig genug, um das herauszufinden."

Kiana hob einen Zapfen auf, dessen holzige Blütenblätter geöffnet waren. Sie schlug den Zapfen auf einen Stein und schüttelte ihn immer wieder.

„Was machst Du da?", fragte Oskar.

„Ich habe gesehen, wie Solea das gemacht hat", sagte sie. „Die Teile, die herausfallen, können gereinigt werden und geben die Nuss frei."

Oskar und Jaro schauten zu. Zunächst schälte Kiana den langen Kegel zurück und rieb dann das kleine schwarze Ende in ihren Fingern. Nachdem sie die erste Nuss gekostet hatte, lächelte sie.

„Lecker. Genau wie die gekauften in den Läden in Elsbethen." Sie reichte den Jungen jeweils ein paar, damit sie sie selbst schälen konnten. Sie sammelten weitere Zapfen und wiederholten die Aktion. Oskar schnaufte. „Jetzt verstehe ich, warum diese Nüsse in den Läden so teuer sind. Sie erfordern intensive Arbeit."

Bevor sie weiterzogen, wurden weitere Zapfen gesammelt und die Samen mit den Kegeln entfernt. Ein leerer Behälter mit einem Gewicht von etwa 300 Gramm war gefüllt.

Während sie weitergingen, hielten sie Ausschau nach weiteren möglichen Nahrungsmitteln. Oskar hielt die Hand hoch, damit die anderen stehen blieben. Er nickte in Richtung des Kaninchens, das neben seinem Bau saß, und lächelte. Heimlich näherten sie sich dem Tier. Gerade als Jaro sich auf das Tier stürzen wollte, flüchtete das Kaninchen in Richtung Oskar. Oskar schoss auf das Kaninchen. „Essen! Na endlich." Er lächelte über den Fang.

Sie wanderten noch zwei Tage lang. Ihr Vorrat an Nüssen war aufgebraucht und sie sahen nur noch wenige Kiefern. Jaro betrachtete die Berge. „Ich glaube, wir können hier rübergehen." Er zeigte auf eine Lücke auf halber Höhe.

Kiana grinste. „Ich denke, wir sollten versuchen, dort hinaufzuklettern. Wenn wir in diesem Tal weitergehen, landen wir vielleicht in Ungarn oder der Slowakei."

Schweigend bewegten sie sich auf die vermeintliche Lücke zu. Oskar zeigte auf sie. „Wir klettern über den nächsten Kamm und hoffen, dass wir eine Stadt oder zwei sehen können. Sie kletterten über den Grat. Oskar versuchte, sich zu orientieren. „Ich bin mir nicht sicher, ob wir etwas erreichen. Rauf! Runter! Hoch! Runter!" Er wollte gerade noch mehr hinzufügen, als sie alle aufblickten und ein deutsches Flugzeug über sich fliegen sahen. Jaro rief: „Ducken!" Sofort schlugen sie alle auf den Boden. Das Flugzeug kreiste nicht, sondern flog weiter nach Südosten.

Kiana flüsterte: „Die Bastarde müssen uns in Liezen oder einem anderen Dorf zuvorkommen."
Oskar legte seinen Arm um die Schulter seiner Schwester. „Wir müssen weitergehen. Ich hoffe, wir treffen auf einen Bauernhof.

Ich könnte wirklich ein Bad, saubere Kleidung und eine Mahlzeit gebrauchen."

Jaro fuhr herum, hob die Arme und versuchte, an seinen Achseln zu riechen. „Ich habe mich an diesen schlechten Geruch gewöhnt. Ich habe vergessen, wie es sich anfühlt, sauber zu sein. Wir könnten alle eine gründliche Reinigung gebrauchen."

Nach zwei weiteren Tagen Fußmarsch mussten sie zwei niedrigere Berge hinauf- und hinuntersteigen. Das Gelände war schwierig. Scharfe, große Felsen drohten, sie durchzustoßen, wenn sie ausrutschten. Andere waren durch die Schneeschmelze poliert, was sie ebenso vorsichtig werden ließ. Ein Ausrutscher auf den polierten Steinen und Felsen und es hieß Abschied nehmen.

Nach dem dritten Tag schauten sie von ihrem neuen Aussichtspunkt hinunter. In der Ferne lag ein Dorf. Drei Behausungen lagen weit hinten im Dorf. Alle Bauernhäuser waren von Ackerland umgeben. Kiana stieß einen Seufzer aus. „Na endlich! Ein Hauch von Zivilisation." Dann fügte sie scherzhaft hinzu: „Oder ist es eine Fata Morgana?"

Oskar bestätigte: „Keine Fata Morgana. Lass uns erst den Ort untersuchen, bevor wir reingehen. Ich will wirklich nicht noch mehr Deutsche sehen."

Einen halben Tag lang überwachte das Trio das Dorf und die Bauernhöfe. Die Ernte auf dem Bauernhof wurde zu Boden gequetscht. Einige Teile wurden verbrannt. Jaro sagte: „Ich glaube, die Deutschen waren hier. Sie haben die Ernte beschädigt. Sie könnten sich noch im Dorf und in den Bauernhäusern befinden."

Als es Nacht wurde, wollte das Trio gerade schlafen gehen, als das Geräusch von Fahrzeugen auf sie zukam. Das Trio schrak auf. Deutsche Soldaten stürmten das nächstgelegene Bauernhaus und zerrten die Bewohnerinnen und Bewohner heraus. Sie durchwühlten systematisch das Haus und dann eine kleine Scheune. Einige Kühe, ein Pferd und ein Schwein flüchteten durch die geöffneten Türen. Ein Soldat nahm es auf sich, alle flüchtenden Tiere zu erschießen. Dann richtete er das Gewehr auf die Bewohnerinnen und Bewohner.

Die deutschen Soldaten sagten etwas zu dem Bauern und seiner Familie. Das Trio war zu weit weg, um etwas zu hören, doch die Bewegung des Gewehrs deutete auf eine Bedrohung hin. Einer nach dem anderen wurden die Mitglieder der Bauernfamilie erschossen. Ihre Leichen verrotteten dort, wo sie gestanden hatten. Die deutschen Soldaten fuhren weg und nahmen eine der kleineren Kühe sowie ein Schwein mit. Oskar war wütend über das, was er gesehen hatte. „Bastarde! Das war Mord. Einfach nur Mord."

Kianas Augen quollen über. „Sie rotten unser Volk aus. Und warum? Was haben wir getan?"
Jaro hielt seine Wut zurück. „Nichts. Seit Monaten rotten sie uns aus. Völkermord, glaube ich, nennen sie es."
Am nächsten Tag beobachtete das Trio das Dorf und die Bauernhöfe. Es gab keine Bewegung. „Sollen wir versuchen, herauszufinden, was in den Häusern ist?", fragte Kiana.
„Ich denke, wir müssen sehen, wer lebt und wer tot ist. Wir begraben die Toten. Wenn das möglich ist."

Kapitel 7
Donnersbach

Das Trio ging zum nächstgelegenen Bauernhaus, wo sie den Mord beobachtet hatten. Als Erstes näherte sich Oskar. Er bewegte sich außen um die Scheune herum und lugte durch das einzige Fenster, bevor er sich der Tür näherte. Es war leer.

Er gab Jaro und Kiana ein Zeichen, in die Scheune zu gehen. „Wartet hier. Ich will das Haus überprüfen." Vorsichtig schritt er über die offene Fläche zum Haus. Der Geruch der Leichen stieg ihm sofort in die Nase. Er bekam einen Würgereiz. Er schaute in jedes Fenster, bevor er sich ins Haus wagte. Das Haus war leer. Er gab den anderen ein Zeichen, zu ihm zu kommen.

„Wir begraben diese Leute. Wir stellen ein Schild auf, auf dem steht, wo sie sind. Durchsucht ihre Sachen und schaut nach, ob es Namen gibt, die wir auf die Schilder schreiben können."

Jaro fand einen Brief, der auf einer Anrichte lag. Ein Umschlag war nicht dabei. „Ich habe etwas. Der Brief ist an ‚Mum, Dad, Elsie und Elio' adressiert.

Das sollte reichen." Das Trio fand Schaufeln und grub die weiche Erde zwischen der Scheune und dem Haus um. Sie legten die Leichen nacheinander in zwei flache Gräber. Zwei grobe Kreuze wurden aufgerichtet.

Über dem einen flachen Grab stand auf der einen Seite „Mama" und auf der anderen „Papa". In dem kleineren flachen Grab lagen die Leichen der beiden Kinder, deren Namen auf ähnliche Weise hinzugefügt wurden: „Elsie" und „Elio".

„Ich gehe jetzt baden und dann wasche ich meine Kleider", sagte Kiana.

Sie durchsuchte die Schränke nach Kleidung, die ihr passen könnte. Am ehesten passten ein altmodischer und abgewetzter Rock und eine Bluse aus „Mamas" Schrank. Sie nahm die sauberen Klamotten und ihren Rucksack mit ins Bad, leerte den wenigen Inhalt aus und zog sich um. Nach dem Bad zog sie die neuen Kleidungsstücke an und wusch sie in der Wanne. Zu ihrem Entsetzen wurde durch die in den letzten Monaten ausgetauschten Kleidungsstücke eine derartige Menge an Schmutz freigesetzt. Als sie ein Kleid hochzog, um es auf Sauberkeit zu prüfen, riss der Stoff. Es war kaum mehr als ein Lappen. Sie warf es in den Müll. Jedes Teil wurde von ihr sorgfältig untersucht, und zwar aus dem nun schlammigen Wasser. Zwar hielten sie zusammen, aber der Schmutz war zu fest, um ihn zu entfernen. Sie fluchte. Sie hielt sie an ihre Nase. Sie rochen schon viel besser. Dann sah sie sich ihren Rucksack an. Der könnte auch eine Reinigung vertragen, dachte sie. Sie leerte den Schlamm aus der Wanne. Dann tat sie ihr Bestes. Sie wollte den Rucksack wiederbeleben. Als sie fertig war, spülte sie die Wanne aus. Als sie die nassen Klamotten aus dem Bad trug, sagte sie: „Wer als Nächstes dran ist, kann reingehen. Mach den Schlamm für die nächste Person aus der Wanne."

Oskar sah sich ihre neuen Kleider an. „Ja, Mama."
„Durchsuche die Schränke nach neuen Klamotten. Die alten Kleidungsstücke sind so verschmutzt, dass sich der Schmutz nicht mehr entfernen lässt. Eines meiner Kleider ist auseinandergefallen. Der Schlamm hat es zusammengehalten."
Jaro grinste, als er Oskar anstupste. „Wer ist denn dieses hübsche Mädchen, das den Hausangestellten Befehle erteilt?"

Oskar machte sich über den Scherz lustig. „Sie kommt mir bekannt vor. Ich kann aber nicht sagen, wo ich sie schon mal gesehen habe."
„Sehr witzig. Ich bin gespannt, ob ich mit zwei Afrikanern oder zwei Österreichern unterwegs war."
Oskars und Jaros Münder fielen herunter.
Die spärlichen Lebensmittel, die die deutschen Soldaten zurückgelassen hatten, sollten von Kiana für eine Mahlzeit verwendet werden.

Sie starrte auf die große tote Kuh und fragte sich, ob das Fleisch schon zu weit weg war. Sie ging auf Nummer sicher.
Die Tiere mussten begraben werden, da ihr Gestank in die Bauernhäuser kroch. Sie fragte sich, ob es in der Scheune noch Eier gab. Sie verließ das Haus, um zur Scheune zu gehen.

Sie ging hinein. Es war ziemlich dunkel, bis auf das Licht, das durch das einzige Fenster fiel. Sie stöberte herum und schob dabei Heu und andere Gegenstände hin und her. Nichts. Sie ging hinauf auf den Dachboden. Dort lag ein Huhn. Es war fast tot. Es schaute sie mit leblosen Augen an. Kiana hob es vorsichtig auf und trug es nach unten, um es dann zurück ins Haus zu tragen.

Jaro betrachtete die bescheidene Mahlzeit. Er zeigte auf die unidentifizierbare Masse auf einer Seite des Tellers.

„Was ist das?"
„Mein Versuch, Hühnchen zu kochen. Es war von Anfang an sehr dürr. Ich glaube, morgen wäre es schon tot." Sie deutete mit ihrem Messer darauf. „Iss es, oder ich werde es für Dich essen."
„Nein. Nein. Nein. Ich werde es essen, egal, wie schlecht es schmeckt. Ich habe nur vergessen, wie Hühnchen auf einem Teller aussieht."
„Hör auf zu sticheln. Ich weiß, dass ich kein Koch bin. Ich habe mein Bestes gegeben", sagte Kiana. Oskar stürzte sich auf das Essen.
„Eigentlich ist es nur fade. Etwas Salz und Pfeffer würden helfen."

Er schaute sich in der Küche nach den Gewürzen um. Es war keines zu sehen.

Mit vollem Mund sagte er: „Wir schlafen heute Nacht hier. Die Betten werden ein Luxus sein. Dann ziehen wir weiter. Wir schauen uns den Rest des Ortes an. Ich möchte wissen, wie dieses Dorf heißt."

Am darauffolgenden Morgen begab sich die Gruppe mit Bedacht in Richtung des nächsten Bauernhauses. Dieser lag näher am Dorf. Sie schauten sich um und hielten Ausschau nach einem Hinweis auf deutsche Soldaten, doch sie konnten nichts entdecken. Es war keiner zu sehen. Sie betraten das Haus. Auf dem Boden lagen tote Menschen. Ihre Leichen zogen Fliegen an. Oskar seufzte: „Eine weitere Beerdigung ist nötig."

Wieder durchsuchten sie das Haus nach einem Ausweis der verstorbenen Bewohner. Für die Erwachsenen wurde eine Heiratsurkunde gefunden.

Für die drei Kinder, die alle unter zehn Jahre alt waren, wurden Geburtsurkunden gefunden. Die junge Familie war ausgelöscht worden. Es mussten neue Gräber mit Namen, die auf grobe Kreuze gemalt waren, errichtet werden.

Kiana sah sich im Bauernhaus um und suchte nach etwas Wertvollem. Sie fand eine Halskette mit einer silbernen Scheibe. Sie sah sich die Scheibe an. Es war eine Münze, eine alte österreichische Münze. Sie steckte sie ein. In einer Schublade neben einem der Kinderbetten lag eine Münzdose. Sie schüttelte die kleine Schachtel, bevor sie sie öffnete. Zehn Münzen von geringem Wert purzelten heraus. Auch diese steckte sie ein. Dann fragte sie sich, was man mit den Münzen kaufen könnte. Sie dachte höchstens an eine Eiswaffel oder ein paar Bonbons. Gerade als sie das letzte Zimmer untersuchen wollte, rief ihr Oskar zu.

„Hey, Leute! Ich habe einen Keller gefunden!" Als Jaro und Kiana den Raum betraten, hatte Oskar bereits den Küchentisch und die Stühle umgestellt. Er hatte ein Messer in etwas gesteckt, das wie Bodenbretter aussah. Der einzige Hinweis darauf, dass es sich um einen Keller handelte, waren die Löcher in den Dielen. Der abgebrochene Ringgriff war entfernt worden und lag auf der Küchenbank neben der Spüle. Oskars Erkenntnis war, dass sich irgendwo im Haus ein Keller befand. Die Tür quietschte unter Protest auf. Die kurze Leiter war der einzige Weg hinein und hinaus. Langsam stieg Oskar hinunter, während Jaro nach einer Fackel oder Laterne suchte. In einem Schrank fand er eine alte Laterne. In dem Schrank wurde Geschirr aufbewahrt. Jaro zündete sie an und reichte sie Oskar.

Oskar sah sich im Keller um. Eine Seite des kleinen Kellers war von Gläsern mit selbst eingemachtem Obst und Gemüse gesäumt. Auf der anderen Seite standen ein Weinregal, ein Tisch und zwei Stühle. Er rief Kiana und Jaro zu. „Wir haben Essen. Ich reiche Gläser nach oben."

Nach zehn Minuten war der Keller leer. Zwei der zehn Weinflaschen wurden in die Mitte des Küchentisches gestellt. Er öffnete eine Flasche. Nachdem er einen Schluck daraus genommen hatte, spuckte er ihn wieder aus. „Der ist wirklich schlecht. Er ist ranzig." Er spülte sich den Mund aus, um den Geschmack loszuwerden. Das Trio öffnete zwei Gläser auf einmal: ein Gemüse- und ein Obstglas. Als diese geleert waren, wurden die nächsten beiden geöffnet. Zum ersten Mal seit Monaten waren ihre Mägen wieder voll.

„Wir schlafen heute Nacht hier und ziehen dann weiter. Gibt es irgendwelche Informationen darüber, in welchem Dorf wir sind?" Jaro schüttelte den Kopf. „Vielleicht gibt uns das Dorfzentrum einen Hinweis. Morgen ziehen wir weiter. Wir nehmen vorsichtshalber etwas Essen mit."

Am nächsten Morgen packten sie ihre Rucksäcke und fügten eine zusätzliche Tasche für die Lebensmittel hinzu.

Als sie sich dem Dorf näherten, hörten sie, dass schwere Fahrzeuge auf sie zukamen. Sie suchten Schutz hinter einer Steinmauer, vor der Büsche wuchsen. Ihre Augen reichten kaum über die Mauer und durch die Büsche hindurch, aber ihre verdeckte Sicht reichte aus, um zu erkennen, was vor sich ging.

Soldaten stürmten hinaus. Sie durchsuchten jedes Gebäude und holten alles heraus, was von Wert zu sein schien. Unter dem Tresen ihres zerstörten Ladens wurde eine alte Frau gefunden, eine Überlebende der ersten Invasion. Die Frau protestierte. Sie wurde mit dem Kolben eines Gewehrs ins Gesicht geschlagen. Sie fiel zu Boden und schrie vor Schmerzen, weil sie einen gebrochenen Kiefer erlitten hatte. Schließlich wurde sie mit einer Kugel zum Schweigen gebracht.

Der befehlshabende Feldwebel brüllte Befehle. Die Soldaten suchten weiter nach Wertsachen und Menschen. Nichts. Sie gingen zu dem Bauernhaus, in dem Jaro, Oskar und Kiana in der Nacht zuvor gewesen waren. „Hier war jemand. Auf der Spüle stehen ein Glas und leere Essensgläser. Es muss irgendwo einen Keller geben. Durchsucht den Ort."

Der Unteroffizier lief hinüber, um den Fund zu untersuchen. Er schaute sich um. „Sie können nicht so weit weg sein. „Durchsucht alles, auch die umliegenden Büsche!"

Das Trio beobachtete, wie sich die Soldaten in und um den Hof sowie auf dem umliegenden Gelände bewegten. Oskar, Kiana und Jaro passten ihre Position immer wieder an, um nicht entdeckt zu werden. Es schien dem Trio eine Ewigkeit zu dauern, bis das tödliche Katz-und-Maus-Spiel zu Ende war.

Die Deutschen zogen aus dem Dorf ab und nahmen mit, was sie für wertvoll hielten. Oskar sagte: „Wir bleiben eine Weile hier, nur für den Fall, dass sich Soldaten in den Häusern verstecken und darauf warten, uns zu erwischen. Bleibt ruhig."

Kaum hatte er diese Worte ausgesprochen, erschienen vier Soldaten. Ihre Gespräche waren so lässig wie ihre Haltung. Sie gingen um jedes Gebäude des Dorfes herum. Sie öffneten und schlossen wahllos Türen. Nichts. Ein Soldat zerrte die tote alte Frau an den Füßen vor die Kirchentür und warf sie ab. Die Männer schleppten einen Tisch und ein paar Stühle in die Mitte des Platzes. Sie begannen, ein Kartenspiel zu spielen, während sie rauchten und Bier tranken, das sie in einem der Gebäude gefunden hatten.

Oskar, Jaro und Kiana schlichen sich aus ihrem Versteck, als sie bemerkten, dass zwei der Soldaten betrunken waren. Die beiden anderen waren nicht weit weg. Sie verließen das Dorf und gingen zurück in die Berge, aus denen sie gekommen waren. „Lasst uns ein Bett für die Nacht aufschlagen. Oh, ich vermisse die Betten, in denen wir geschlafen haben", sagte Jaro. Er schaute sich um und sah Zustimmung in Kianas und Oskars Gesichtern.

Am nächsten Morgen kehrte ein deutscher Jeep zurück, um die vier Soldaten abzuholen. Das Fahrzeug raste davon. Jaro zerrte an Kiana und Oskar, die noch schliefen. „Sie sind weg", sagte Jaro.

„Ich denke, wir können in ein anderes Dorf weiterziehen. Dieser Ort ist Geschichte." „In welche Richtung gehen wir?", fragte Kiana. „Ich habe mich total verlaufen." „Bist Du sicher, dass Du alle vier weggehen gesehen hast?", fragte Oskar.

Jaron nickte. „Ich habe gesehen, wie sie gefrühstückt haben. Sie sind einfach in den Jeep gestiegen und weggefahren. Es gab keine Soldaten im Austausch für die vier, die über Nacht geblieben sind. Es ist alles klar."

Vorsichtig führte Jaron den Weg den Hang hinunter ins Dorf. Sie gingen zum Rathaus. Sie hofften, den Namen des Dorfes und eine Karte des Landes zu sehen. Kiana ging zum Schreibtisch eines Angestellten. Sie stöberte herum und suchte nach einem Hinweis. Sie fand, was sie suchte. „Wir sind in Donnersbach. Liezen liegt nordöstlich. Wir sind zu weit gefahren."

Oskar dachte über diese Information nach. „Ich glaube, die Deutschen sind schon in Liezen. Das hier ist nur ein Dorf, während Liezen eine Stadt ist. Die Deutschen sind eher an Städten interessiert. Dorfbewohner sind nur lose Enden, die man auslöschen muss. So lese ich die Situation. Gibt es hier ein Radio? Vielleicht geben die Nachrichten Aufschluss darüber, was in der Welt vor sich geht. Wir haben Weghaltz am 17. März verlassen, nur wenige Tage nach dem Einmarsch in Salzburg. Seit Monaten sind wir unterwegs und verstecken uns. Jaro schaute sich im Raum um. Dann verließ er den Raum und ging in das Büro des Bürgermeisters. Er schaltete das alte Radio ein. Der Empfang knisterte.

Oskar und Kiana gesellten sich zu ihm in den Raum. Zwischen dem Rauschen war eine Durchsage eines Beamten der deutschen Armee zu hören.

„Heute feiern wir einen großen Sieg. Ganz Österreich ist jetzt in deutscher Hand. Dies ist eine Aufforderung an alle Männer im Alter von 17 bis 45 Jahren, sich bei der deutschen Armee zu melden. Alle Männer müssen zum Rathaus ihrer Stadt gehen und sich registrieren lassen. Wer sich weigert, wird bestraft.

Die deutschen Befehle wiederholten sich. Dann ertönte deutsche Musik, die die Größe des Vaterlandes verkündete. Jaro schaltete das Radio angewidert aus. „Was zum Teufel! Mit der deutschen Armee? Das gibt's doch nicht!"

„Hitler weiß, wozu er fähig ist", sagte Oskar, während ihm die Bilder der ermordeten Bauern durch den Kopf gingen. „Sollen wir wieder in die Berge gehen und dort leben, oder schließen wir uns einer Widerstandsgruppe an?"

Kiana erinnerte sich an die berauschenden Tage des Versteckspiels in den Bergen hinter Weghaltz. „Ich glaube, ich würde mich lieber verstecken und von der Natur leben. Vielleicht kommen wir hin und wieder zu den Bauernhöfen, um Kleidung und andere lebenswichtige Dinge zu kaufen."

Jaro schaute Kiana an. „Willst Du wirklich in den Bergen bleiben?"

Kiana nickte. Oskar schaute sich im Raum um. „Ich denke, wir sind hier fertig. Weder hier in Liezen noch an einem anderen Ort. Wir müssen diese Situation einfach überleben."

Kapitel 8
Donnersbach

Das Trio schlug ein Lager in den Bergen hinter Donnersbach auf. Vom Lager bis zum ersten Bauernhaus, das sie betraten, waren es sechs Kilometer zu Fuß. Der Ausguck, den sie errichteten, lag auf dem Kamm. Er lag knapp einen halben Kilometer von ihrem Lager entfernt.

Es war ihr täglicher Weg, die Hänge hinabzusteigen und in das Bauernhaus zu gehen, um alle benötigten Gegenstände zu holen. Zunächst brauchten sie Werkzeuge, um eine dauerhafte Unterkunft zu bauen. Das Holz dafür schlachteten sie aus der Scheune. Es war nicht perfekt, aber es hielt die kühlen Nachtwinde und die Feuchtigkeit des Morgens ab. Um die aufsteigende Feuchtigkeit zu stoppen, wurden zwei etwa gleich große Teppiche auf den Boden geworfen. Die Konstruktion reichte gerade aus, damit sich die drei nachts hineinzwängen konnten.

Danach kamen die Decken und Kissen, dann der Kaffeetisch mit Besteck, Tellern und Tassen für jede Person sowie allen Lebensmitteln, die sie ergattern konnten. Die Bauernhöfe begannen, Getreide und andere Feldfrüchte anzubauen. Sie boten an, was wild wuchs. Bäder und Kleidung wurden einmal pro Woche gewaschen. Mit Wasser musste man sparsam umgehen.

Einmal in der Woche gingen sie in den Bürgermeistersaal, um Radio zu hören. Sie waren schockiert, als sie erfuhren, dass der Zweite Weltkrieg erklärt worden war. Am 1. September 1939 explodierte die Welt. Es gab keinen Ort, an dem man sich verstecken konnte. Man konnte nirgendwohin laufen. Jetzt mussten die Klügsten und Gerissensten überleben.

Jaro, Kiana und Oskar saßen im Büro des Bürgermeisters und hörten Radio. Sie hörten nicht, wie ein einsames Auto ins Dorf kam.

Erst als sie eine Autotür zuschlagen hörten, sahen sie erschrocken auf. Das Radio ging sofort aus. Sie versteckten sich an vorher festgelegten Stellen im Gebäude.

Ein deutscher Hauptmann betrat das Gebäude. Er sah sich um. Er hegte Misstrauen, da er Geräusche vernommen hatte, als er sich dem Gebäude näherte. Er untersuchte jeden Raum. Nichts. Er zuckte mit den Schultern. Dann ging er zu dem geschlossenen Laden, in dem früher verschiedene Produkte verkauft worden waren. Die Regale waren leer. Er ging zum nächsten Gebäude, einem Café-Restaurant. Er ging durch die unverschlossenen Türen. Er machte sich eine Tasse schwarzen Kaffee. Er spuckte ihn aus. Der Kaffee war schlecht. Der bittere Geschmack zog sich durch seinen Mund. Er spülte sich den Mund mit etwas Wasser aus. Einige Packungen Kekse lagen noch in der Auslage. Er öffnete eine Packung. Er schloss es so schnell, wie er es geöffnet hatte. Schimmelpilze. Er warf das Päckchen auf den Boden. Er ging weiter zum nächsten Laden. In diesem Dorf gab es nur ein Stoffgeschäft, das auch ein paar vorgefertigte Kleidungsstücke verkaufte. Auf einer Schaufensterpuppe lag ein Kinderkleid. Er untersuchte es. Es sah so aus, als hätte es die richtige Größe für seine fünfjährige Tochter. Er zog das Kleid aus. Er war sehr zufrieden mit seinem Fund.

Als er zu seinem Fahrzeug zurückkehrte, glaubte er, eine Bewegung aus dem Augenwinkel bemerkt zu haben. Er drehte sich um. Jemand war da und beobachtete ihn. Er holte seine Waffe heraus und war bereit zu schießen. Doch dann sah er, dass ein Hund humpelte. Das Tier schien um Futter zu betteln. Er schoss auf den Hund. Er stieg in sein Auto, umrundete das Dorf und fuhr davon. Irgendetwas nagte an ihm. Er hatte das Gefühl, beobachtet zu werden. Er ließ den Hund los. Er betrachtete das Kleid, das er aus dem Laden gestohlen hatte, und lächelte.

In der Abenddämmerung verließen Kiana, Jaro und Oskar ihre Verstecke. Sie trafen sich am ersten Bauernhaus, in das sie hineingingen. „Das war knapp", sagte Jaro. „Ich habe das Gefühl, dass der Bastard zurückkommen wird. Ich glaube nicht, dass wir für ein paar Tage hierherkommen sollten."

Zwei Tage später fuhren zwei Mannschaftstransporter voller Soldaten in das Dorf ein.

Jedes Gebäude wurde von den Soldaten betreten, auf eventuelle Bewohner überprüft und dann von ihnen bewacht. Oskar beobachtete die Besetzung. Er kroch zurück zum Lager. „Keine Brände. Die Nazis sind im Dorf und besetzen es."

„Scheiße", fluchte Jaro. „Was wollen sie von diesem Ort? Hier gibt es nichts von Wert."
Kiana nickte. „Die Höfe sind verwildert. Das Getreide wächst nach. Herr Hitler hat nicht genug Essen für seine Soldaten. Sie müssen wie wir plündern."
„Ach was!", spottete Oskar. „Welcher Kriegsführer würde seine Armee nicht mit Lebensmitteln oder anderen wichtigen Dingen versorgen?"
„Wenn der Nachschub Schwierigkeiten hat, durchzukommen, dann ist das ein Problem", sagte Kiana.

Sie fuhr fort. „Um Napoleon oder Friedrich den Großen zu zitieren: ‚Eine Armee marschiert auf ihrem Magen', oder so ähnlich. Verdammt, wir waren ausgelaugt, weil wir nichts gegessen haben. Das ist eine Schwäche. Was denkst Du, wie lange sie hier bleiben werden?"

Jaro zuckte mit den Schultern. „Keine Ahnung. Sie müssen einen Grund haben, an diesen Ort zu kommen. Wir müssen einfach abwarten und sehen. Seid wachsam und haltet die Köpfe unten. Wir wollen nicht in ihrer Armee landen oder tot sein."

Am nächsten Tag fuhren gegen Mittag drei Mannschaftswagen in Donnersbach ein. Die Fahrer und je vier Soldaten pro Fahrzeug stiegen aus und hielten Wache. Bei den im Dorf stationierten Soldaten herrschte reges Treiben. Die Männer waren sehr beschäftigt, während die höheren Befehlshaber laut Befehle erteilten.

Von ihrer Beobachtungsplattform aus konnten die drei Beobachter erkennen, wie die Kisten von den weniger bewachten Transportfahrzeugen zu den Neuankömmlingen verbracht wurden. Innerhalb einer Stunde fuhren die Neuankömmlinge los. Zwei Stunden später war die Zahl der in Donnersbach stationierten Soldaten um die Hälfte reduziert. Jaro flüsterte: „Verschwinde aus Donnersbach. Zählt nach, wie viele Soldaten noch übrig sind." Die Gruppe richtete ihre Aufmerksamkeit auf die deutschen Soldaten. Kiana sagte: „Ich glaube, es sind zehn."

„Ich habe zwölf", sagte Jaro.
Oskar war eine Zeit lang still. „Ich habe ungefähr zwölf. Es könnten aber noch mehr drin sein."
„Was haben sie in diese Lastwagen geladen? Aber viel wichtiger ist: Wohin fahrt ihr?", fragte Kiana.
Oskar und Jaro zuckten mit den Schultern. „Was in diesen Lastwagen war, war wichtig, und wohin sie fahren, ist unbekannt. Wir werden es nie erfahren."

Ein Geräusch von knackenden Zweigen hinter ihnen ließ sie aufschrecken. Das Trio drehte sich um. Eine nicht ältere als zwanzig Jahre alte Person, die in der deutschen Armee diente, richtete eine Waffe auf sie. Er hielt einen Finger an seine Lippen. „Pst! Ich will nicht auf meine eigenen Landsleute schießen." Er duckte sich, begann, sich die Uniform vom Leib zu reißen und zeigte dabei Zeichen des Ekels.

„Es sind fünfzehn da unten. Drei davon sind Zwangsverpflichtete wie ich. Sie haben in meinem Dorf immer wieder auf Menschen geschossen. Meine Mutter drängte mich, mich als Freiwilliger zu melden. Sie hoffte, dass sie aufhören würden, noch mehr von uns zu töten. Es hat geklappt. Sie haben aufgehört, den Rest meiner Verwandten zu erschießen. Bastarde." „Welches Dorf war das?", fragte Oskar.

„Loeben. Es liegt südöstlich von hier", antwortete der Soldat. „Mein Name ist Lori. Lori Binder."

„Ich bin Oskar Grat und das ist meine Schwester Kiana. Und das ist Jaro Bauer." „Schön, Dich kennenzulernen", sagte Lori. „Wie lange bist Du schon hier und woher kommst Du?"

Jaro war sich nicht sicher, ob er antworten sollte. Langsam gab er die Informationen preis. „Wir kommen aus Weghaltz." Dann log er: „Wir sind schon seit zwei Tagen hier."

Lori akzeptierte die Auskunft, obwohl er wusste, dass der Aufenthalt eigentlich länger gedauert hatte. Er war am Lager vorbeigelaufen und hatte die Ausrüstung bemerkt. Er widersprach nicht. Er war ein Neuankömmling in der Gruppe.

„Was war in den bewachten Lastwagen und was wurde in sie geladen?", fragte Jaro.

Lori antwortete mit bitterer Stimme: „Alles, was wie Gold, Silber und Kunstwerke aussieht.

Ich habe gehört, dass Hitler den Befehl gegeben hat, jedes Dorf zu plündern. Das Gold und Silber soll in Goldbarren umgewandelt werden. Sie sind Diebe, die alles und jeden stehlen. Bastarde."

„Wo wollen sie mit all dem hin?", fragte Oskar.

„Ich wünschte, ich wüsste es. Aber sie gehen nach Westen. Vermutlich in die Schweiz. Wer weiß. Vielleicht werden sie auch irgendwo anders hin umgeleitet. Im Moment weiß ich nur, dass es nach Westen geht. Die Schweiz hat sich in diesem Krieg bisher neutral verhalten. Ich schätze, es ist die Schweiz, ein sicherer Hafen für den Moment. Wahrscheinlich werden sie die Richtung ändern und nach Deutschland oder an einen anderen unbekannten Ort gehen. Was auch immer! Unsere nationalen Schätze verschwinden. Bastarde."

Kiana fragte: „Wirst Du nicht vermisst werden, wenn Du nicht zurückgehst?"

„Im Moment erfinden die anderen Ausreden, damit ich fliehen kann. Wenn ich zurückkehre, bin ich tot. Auch sie könnten getötet werden, weil sie mich gedeckt haben. Wenn sich eine Gelegenheit ergibt, können sie sich mir später anschließen. Hast Du etwas zum Anziehen? Ich hasse diese Uniform."

Oskar deutete auf das Lager. „Ich glaube, meine Größe passt am besten. Die braune Tasche."

Lori schlich sich davon und zog sich um.

Am nächsten Morgen entdeckte Lori zwei Soldaten, die das Lager verließen. Beide liefen in ihre Richtung. Lori flüsterte Oskar zu. „Der Soldat auf der linken Seite ist Österreicher. Sein Name ist Paul. Noch jemand aus meinem Dorf. Der andere ist ein Nazi. Sei vorsichtig."

Als sich die beiden Soldaten dem Lager näherten, sah Paul sich um. Nachdem er die Umgebung nach Wachhabenden abgesucht hatte, stach er dem deutschen Soldaten ein Messer in die Rippen. Der Soldat fiel zu Boden und schnappte nach Luft. Paul hielt seine Hand über den Mund des Deutschen und knurrte. „Du hast meine Frau und meinen Sohn getötet. Jetzt töte ich Dich." Er hielt die andere Hand über die Nase des Deutschen, bis dieser sich nicht mehr bewegte. Dann trat Paul zurück und rammte dem deutschen Soldaten das Bajonett ins Herz.

Lori kam nach vorne. Er grüßte Paul. „Gute Arbeit. Einer weniger, aber es sind noch viel zu viele vor uns."

Paul schaute überrascht auf. „Ich dachte, Du wärst schon weitergekommen. Woher hast Du die Klamotten?" Lori zeigte in Richtung der Bauernhäuser. „Ich habe sie aus einem Bauernhaus gestohlen. Ich wusste, dass sie mir nützlich sein würden."

„Was hast Du mit Deiner Uniform gemacht?", fragte Paul. „Die ist noch bei mir. Warum?"

„Hilf mir, diese Scheiße zu vergraben, und ich möchte, dass Du mit mir ..." in Uniform zurückkommst. Wir werden sagen, dass Herman desertiert ist. Das wird auch Deine Abwesenheit verdecken. Die höheren Stellen werden misstrauisch. Sie werden nicht erwarten, dass Du wieder auftauchst. Dann kannst Du zurückkommen und um Himmels willen rennen."

Auf Pauls Anweisung wurde Herman entkleidet und in einem flachen Grab, nicht weit von der Stelle, an der er ermordet wurde, begraben. „Nimm seine Kleidung mit zurück ins Dorf. Wenn Du zum ersten Bauernhaus kommst, nimm ein Stück Zivilkleidung mit. Wir lassen es so aussehen, als hätte Herman die Kleidung gestohlen und wäre unvorsichtig gewesen, ein Stück zurückzulassen."

Lori und Paul gingen zurück ins Dorf und meldeten Herman als desertiert. Paul legte Hermans Uniform auf den Tisch, der jetzt als Schreibtisch diente. „Herman ist desertiert. Er hat seine Uniform liegen lassen und ein Kleidungsstück fallen lassen, als er sich beeilt hat zu gehen. Wir haben ihn eine Weile verfolgt, aber er war zu schnell für uns. Er ist verletzt von einem Kampf, den wir hatten, bevor er weglief." Paul deutete auf das Blut. „Er hat es trotzdem geschafft zu entkommen. Tut mir leid."

Der Sergeant schrie seine Enttäuschung heraus und drehte sich dann zu Lori um. „Wo warst Du denn nur? Du hast zwei Runden im Dienst gefehlt."

Lori schaute dem Sergeant direkt ins Gesicht. „Ich habe die Berge nach geflohenen Dorfbewohnern durchsucht. Keiner versteckt sich in den Bergen."

„Was hat Dich dazu veranlasst, diese Initiative zu ergreifen?", fragte der Sergeant, der sich langsam wieder beruhigte.

„Ich sah Fußspuren hinter einer Scheune und verfolgte sie bis zu den Ausläufern des Gebirges. Dort habe ich den Bauern tot aufgefunden. Er starb an seinen Schussverletzungen", log Lori.

Der Unteroffizier nickte. „Das ist nur die Hälfte der Zeit. Was ist dann passiert?"

„Wie ich schon sagte, suchte ich nach weiteren Hinweisen auf Ausbrecher. Aber ich fand nichts. Meine Suche war gründlich. Ich habe auch Paul bei der Suche nach Herman geholfen, als er geflohen ist."

Der Wachtmeister winkte mit der Hand und entließ Lori und Paul. Der Sergeant fluchte leise: „Er ist nicht der Erste und wird nicht der Letzte sein. Er wird erschossen, wenn er gefangen genommen wird."

Spät in der Nacht machten sich Lori und Paul auf den Weg zu den Hügeln. Lori führte Paul vom Lager weg. Sie ruhten sich aus, bis die Sonne sie aufweckte. Oskar stand über ihnen und hielt zwei Becher Wasser in den Händen. Paul zuckte erschrocken zurück. „Morgen. Leider gibt es keinen Kaffee oder Tee."

Lori stellte Paul vor. „Ich habe gestern Deine Arbeit gesehen. Schön", sagte Oskar. Jaro kam mit zwei Wechselklamotten auf sie zu. „Tut mir leid, ich habe keine Wahl", sagte er. „Zieht die Uniformen aus!

Wir haben gepackt und sind startklar." „Wohin fahren wir?", fragte Paul.

„Nach Italien. Die Faschisten haben dort das Sagen, aber wir können so tun, als wären wir Zivilisten. Wenn Du willst, können wir auch sagen, dass wir Deutsche sind.

Behalte die Uniformen. Sie könnten sich als nützlich erweisen. Das hängt von der Situation ab", sagte Oskar.

Kapitel 9
Klagenfrut Nach Villach, Österreich.
Nach Undine, Italien.

Die fünfköpfige Gruppe begann, das Land zu überqueren, indem sie parallel zu den Straßen lief. Dies ermöglichte Deckung und die schnelle Reaktion auf jedes vorbeifahrende Fahrzeug. Sich zu ducken und zu beobachten, was aus der einen oder anderen Richtung kam, war eine Überlebenstaktik. Oft fuhren deutsche Fahrzeuge, die mit Soldaten und Ausrüstung beladen waren, vorbei. Zivilfahrzeuge waren selten zu sehen. Wenn doch, dann waren sie mit Menschen beladen, die mit wenigen Habseligkeiten flohen.

Je weiter man nach Süden kam, desto dünner wurden die Obstbäume, die in der Nähe der Straßen wuchsen. Die Früchte der spärlich vorhandenen Bäume wurden für einen späteren Zeitpunkt gesammelt. Während die Gruppe über den unebenen und buschigen Boden ging, wurden kleine streunende Nutztiere oder Kaninchen gefangen und verzehrt.

Ab und zu wurden ein oder zwei Häuser in der Ferne beobachtet, bevor man sich ihnen näherte. Meistens waren sie verlassen. Die Häuser wurden nach Kleidung, Lebensmitteln, Wasser und Geld durchsucht. Neue Kleidung, die passte, wurde aufbewahrt, während die alte entweder gewaschen oder weggeworfen wurde, je nachdem, was die Situation erforderte. Neue Kleidung und ein Bad brachten ihre Lebensgeister zurück.

Mit extra warmer Kleidung und frischen, dickeren Decken machten sie sich auf den Weg über die Alpen in die Stadt Klagenfurt, eine der größten Städte im Süden Österreichs. Von dort aus fuhren sie per Anhalter auf einem Zugwaggon weiter nach Villach.

Villach war die größte Stadt in der Nähe von Norditalien. In Villach ruhten sie sich von ihrer Reise aus.

Morgens schliefen sie in Deckung, nachts brachen sie in abgelegene Häuser ein und stahlen Bargeld und Lebensmittel. Manchmal verschwand die Kleidung, die sie über Nacht auf einer Leine gelassen hatten, mit ihnen. Nachmittags suchten sie nach Informationen über den Transport aus Villach heraus. Zufällig erfuhren sie, dass ein Bus nach Udine in Norditalien fuhr. Er sollte am nächsten Tag um elf Uhr vormittags abfahren.

An Bord saßen sie auf verschiedenen Plätzen. Das war eine Sicherheitsmaßnahme. Oskar saß auf einem Platz hinter Kiana, um sie zu beobachten. Lori saß ihr direkt gegenüber auf der anderen Seite des Ganges. Jaro saß gegenüber von Oskar. Paul saß vor Kiana. Als sich ein deutscher Soldat in Uniform neben Kiana setzte, machten Kianas und Oskars Herzen einen Sprung. Sie drehte den Kopf zur Landschaft draußen. Die Menschen, die emsig ihren alltäglichen Aufgaben nachgingen, lenkten sie von ihrem plötzlichen Stress ab.

Der deutsche Soldat schwieg, bis der Bus das Stadtgebiet verlassen hatte. Oskar starrte den Soldaten ununterbrochen an und bohrte mit seinen Augen fast ein Loch in dessen Kopf. Der Soldat drehte sich um und spürte, dass er beobachtet wurde. Oskar schenkte ihm ein Lächeln und nickte. Der Deutsche nickte nur zurück. Dann suchte er in seinem Rucksack nach etwas zu lesen. Lori schaute durch den Gang, in der Erwartung, dass etwas passieren würde. Aber nichts geschah. Er entspannte sich. Er schaute zu Kiana. Ein weiteres Paar beschützender Augen.

Nach zwanzig Minuten versuchte der Soldat, sich mit Kiana zu unterhalten. Oskar, Jaro, Paul und Lori spitzten die Ohren. Kiana starrte jedoch weiterhin auf das Fenster und weigerte sich, den Soldaten anzusehen, während er sprach. Schließlich verstand er die Botschaft. Er schwieg eine Zeit lang. Dann stand er auf und holte seine Reisetasche herunter. Nachdem er einen Stift und ein Notizbuch herausgenommen hatte, ließ er sich wieder nieder.

Von ihrer Position aus konnte Kiana sehen, wie der Soldat auf dem Block schrieb. Auf der ersten Seite stand eine Adresse. Sonst nichts. Die nächste Seite enthielt den Anfang eines Briefes. Die Soldaten setzten die unvollendete Aufgabe fort. Als der Brief fertig war, riss der Soldat die Adresse heraus und verstaute sie in seiner Tasche. Der Notizblock und der Stift wanderten zurück in die Reisetasche. Wieder versuchte der Soldat, ein Gespräch mit Kiana zu beginnen. Diesmal wollte er nicht ignoriert werden. Er sprach leise, aber dennoch so laut, dass Paul, Lori, Jaro und Oskar mitbekamen, was er zu sagen hatte.

„Fräulein, wir sitzen schon seit fast einer Stunde nebeneinander. Ich möchte nur eine allgemeine Unterhaltung führen. Mein Name ist Louis." Er hielt seine Hand zum Schütteln hin.

Doch Kiana drehte ihm den Rücken zu.

und schaute weiter aus dem Fenster. „Ich bin nicht an einer Unterhaltung mit irgendwelchen Fremden interessiert. Bitte lass mich in Ruhe."

Der Soldat zuckte mit den Schultern. „Okay. Hier, nimm das." Er reichte ihr die Adresse auf dem Papier. Sie gab ihm das Papier zurück und legte es auf seinen Schoß. Er hob es auf und sagte: „Das ist die Adresse einer Party. Wir brauchen mehr Mädchen, die kommen. Nimm sie. Du kannst Dir selbst eine Meinung bilden. Die Party findet morgen Abend statt. Sie beginnt um sieben Uhr abends. Ich würde Dich gerne dort sehen." Er legte ihr die Adresse auf den Schoß. Kiana ließ sie auf dem Boden liegen, wo sie die nächsten dreißig Minuten blieb. In dieser Zeit wurde der Zettel durch die Vibrationen des bergauf fahrenden Busses langsam in Richtung Oskar bewegt.

Mit dem linken Fuß zog Oskar den Zettel zu sich heran und hob ihn dann auf. Er öffnete ihn und prägte sich die Adresse ein. Dann zeigte er den Zettel auf der anderen Seite des Ganges Jaro, der dort saß. Jaro kopierte die Adresse auf die Verpackung eines Snacks, den er vor dem Einsteigen in den Bus gekauft hatte. Er steckte das Papier in seine Tasche. Oskar stand auf und lehnte sich über den Sitz vor ihm. Er verhielt sich unschuldig. „Sir, ist das Ihrer? Ich habe es auf dem Boden gefunden."

Der Deutsche sah sich den Zettel an. Er nickte und sagte: „Danke. Wie nachlässig von mir."
Oskar warf einen kurzen Blick auf Kiana, die weiterhin sehr beherrscht aus dem Fenster schaute. Als er sich auf seinen Platz zurückgesetzt hatte, dachte Oskar: „Kiana. Gut gemacht. Es hätte eine Katastrophe werden können, wenn dieser Idiot beschlossen hätte, energisch zu werden. Du hast ihm keine Chance gegeben. Oskar grinste leicht.
Lori und Jaro drehten sich um und sahen ihn an. Ihre Gesichter waren leer, aber ihre Augen sagten alles.

Der Bus fuhr in das Zentrum von Udine ein. Alle stiegen aus und nahmen ihre Habseligkeiten mit. Die fünf taten immer noch so, als würden sie sich nicht kennen. Mit den meisten anderen Fahrgästen gingen sie die Straße hinunter. Der deutsche Soldat trat erneut an Kiana heran. Er reichte ihr denselben Zettel und versuchte es mit Schmeicheleien. „Bitte komm morgen um sieben Uhr zu dieser Adresse. Es ist eine Party."

Kiana weigerte sich, den Zettel anzunehmen. „Nein, danke. Ich habe schon etwas anderes vor." Sie schaute sich um, als ob sie jemanden sehen wollte, den sie kannte. Paul ging ein Risiko ein. Er ließ seine Tasche fallen und ging auf sie zu. Er schenkte ihr ein breites Lächeln.

„Ah! Da bist Du ja. Ich konnte Dich nicht sehen. Hattest Du eine schöne Zeit bei Deiner Mutter?"

Kiana spielte mit. „Ja." Sie umarmte ihn und drückte ihm einen Kuss auf die Wange. „Sind die meisten Hochzeitsvorbereitungen schon abgeschlossen? Meine Mutter hat mir in der letzten Woche geholfen, das Kleid zu nähen. Sie wird den letzten Schliff vornehmen und es in zwei Tagen mitbringen."

Paul spielte mit. „Ja, die Kapelle ist gebucht. Die Blumen sind organisiert und der Ort für den kleinen Empfang ist bestätigt."

Der deutsche Soldat murmelte vor sich hin: „Kein Wunder, dass sie mich ignoriert hat. Das hübsche Fräulein wird heiraten." Er sah Paul an und dachte: „Er sieht ein bisschen zu alt für sie aus. Wie schade, dass sie ihre Jugend an diesen Mann verschwendet."

Lori, Jaro und Oskar schauten zu. Sie starrten auf das Ereignis.

Die beiden schauspielerten so gut, dass Oskar sich schütteln musste und sich fragte, ob Paul wirklich ein Auge auf Kiana geworfen hatte. Der Soldat ging weiter. Lori hob Pauls Tasche auf, die etwas mehr als einen Meter entfernt auf den Boden geworfen worden war. Die Gruppe formierte sich neu, nachdem sie sichergestellt hatte, dass der Soldat weit weg war.

Oskar stieß einen Seufzer der Erleichterung aus. „Das war knapp. Verdammt gut gespielt, ihr zwei. Ich habe es fast selbst geglaubt."

Paul grinste. „Ich habe ein paar Amateursachen gemacht. Ein paar Stücke für die Dörfer hier in der Gegend. In Loeben ist die Unterhaltung selbst gemacht. Das ist eine kleine Stadt, aus der Lori und ich kommen." Lori nickte zustimmend. „Da wird Kunst gemacht, Musik gespielt und zu Ostern und Weihnachten ein bisschen Theater gespielt. Meistens geht es dabei um die Unterhaltung der Kinder. Im Laufe der Jahre hat Paul bei jeder Show mitgemacht und über fünf Jahre lang alle Rollen übernommen. Die Kostüme waren ein bunter Mix aus allem, was man finden konnte."

Lori sagte: „Ich glaube, wir sollten von hier verschwinden. Da kommt ein deutscher Jeep die Straße runter, und Du weißt schon, wer drin ist." Die Gruppe ging in den nächstgelegenen Laden, einen Friseursalon. Kiana fühlte sich ein bisschen unbehaglich.

Der Friseur schaute auf. „Hallo, ihr Männer könntet alle eine professionelle Rasur und einen Schnitt gebrauchen. Hier seid ihr richtig. Danke der jungen Dame, dass sie Dich hergeschleppt hat. Ihr müsst wirklich mal aufgeräumt werden."

„Was kostet das Schneiden und Trimmen?", fragte Oskar.

„Eine Reichsmark für die Bärte. Zwei für Deine langen Haare", sagte der Barbier.

Oskar setzte sich hin. „Ich habe drei Reichsmark. Das reicht für den kleinen Bart, den ich mir wachsen lasse, und für einen Schnitt am Kragen.

Als Nächstes war Lori dran, gefolgt von Paul und Jaro.

Die Gruppe wollte gerade gehen, als der Barbier sagte: „Die junge Dame hat euch alle hergebracht. Ich gebe ihr eine kostenlose Haarwäsche. Wollt ihr auch eine kostenlose Wäsche?"

Kiana zögerte zunächst. Sie schaute zu Oskar und dann zu Jaro, der zustimmend nickte.

„Ja, eine Gratiswäsche. Vielen Dank.

Als sie fertig waren, schickte der Barbier sie hinaus. Er bemerkte, wie sie herumlungerten und überlegten, was sie als Nächstes tun sollten. Er öffnete die Tür. „Wenn ihr nirgendwo hingehen könnt oder nichts wisst, kann ich euch die Herberge zwei Blocks weiter empfehlen. Aber seid vorsichtig. Dort gehen häufig deutsche Soldaten hin. Wenn euch das nicht zusagt, gibt es ein großes Haus, das nur zwei Blocks vom Casello entfernt ist, auf der anderen Seite von Udine. Es wurde seit Kriegsbeginn zu einem Gästehaus umgebaut." Der Barbier nannte die Adressen.

Die Gruppe zog in die Herberge. Durch die Holz- und Glastüren sah man deutsche Soldaten, von denen zwei einheimische Mädchen

begrapschten. Die Gruppe war sich einig, dass dies nicht der richtige Ort für sie war. Sie liefen fast zwanzig Minuten lang zum Gästehaus.
„Viel besser", sagte Paul. „Schauen wir uns erst einmal an, was es kostet und wie hoch der Preis pro Zimmer ist."
Während sich Jaro die Kosten für die Zimmer ansah, sahen sich Lori und Paul die Umgebung an. Jaro kam zurück. „Ein Zimmer für jeden von uns wird unsere gesamten Finanzen aufbrauchen. Wir werden uns ein oder zwei Zimmer teilen müssen."
„Wie viel kosten die Zimmer?", fragte Kiana.

„Ein Doppelzimmer kostet fünf Reichsmark oder zehn Lira. Eine Familie mit zwei Betten, also ein Einzel- und ein Doppelzimmer, kostet sechs Reichsmark oder zwölf Lira." „Wir sind es gewohnt, zusammen zu bunkern. Wir nehmen das Doppel- und das Familienzimmer." Sie sahen auf, als sie Lori und Paul zurückkommen sahen.

„Alles klar. Keine Soldaten. Anscheinend kommen sie zum Übernachten und bringen ihre Freundinnen mit." Das ist Zufall. Wenn wir nach dem Essen in unseren Zimmern bleiben, sollten wir ihnen aus dem Weg gehen können", sagte Paul.

Die Gruppe war in ihren Zimmern. Lori, Paul und Jaro waren im Familienzimmer, Oskar und Kiana im Zweibettzimmer. Bis halb zehn war es ruhig im Haus. Dann liefen deutsche Soldaten lärmend den Gang entlang und sangen dabei so laut sie konnten. Lieder aus der Zeit des Dritten Reichs dröhnten aus ihren betrunkenen Mündern. Oskar hielt Kiana am Arm fest, um sie davon abzuhalten, zur Tür zu gehen und ihren Unmut kundzutun. Da klopfte es laut an die Tür.

Die Klinke wurde verbogen. Zu hören war das Geräusch eines Schlüssels, der versuchte, das Schloss zu öffnen. Erfolglos. Fluchen drang durch die Tür. Kiana keuchte vor Angst. Oskar hielt sich einen Finger vor den Mund. „Pssst! Leise. Der Bastard wird verschwinden."

Der betrunkene Soldat fluchte noch lauter und schlug mehrmals gegen die Tür, dann lenkte ihn eine andere betrunkene Stimme ab. Nach einigen Geräuschen, die sich anhörten, als würde jemand stolpern, wurde es still.

Am frühen Morgen traf sich die Gruppe hinter einem Brunnen im gut gepflegten, mittelgroßen Hintergarten. „Wohin gehen wir von hier aus?", fragte Jaro.

Paul schaute auf die grobe Touristenkarte, die er an der Rezeption erhalten hatte. „Wir gehen nach …" Sehen wir uns erst einmal um, bevor wir uns entscheiden."

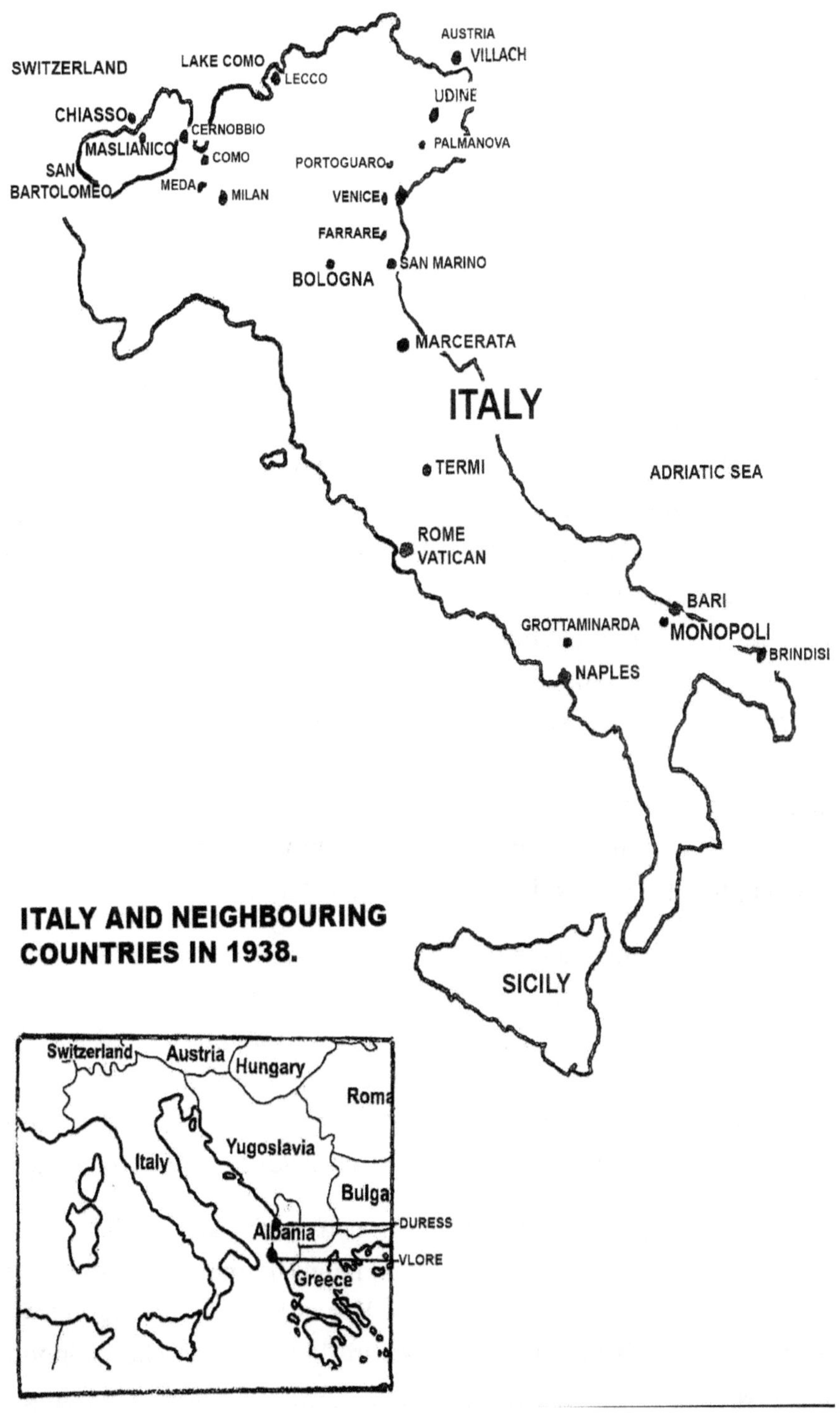

ITALY AND NEIGHBOURING COUNTRIES IN 1938.

Kapitel 10
Udine bis Rom.

Mit ihren wenigen Habseligkeiten sowie Essen und Wasser erkundete die Gruppe die in den Bergen gelegene Stadt Udine. Lori holte einen Kompass hervor, um sich zurechtzufinden, denn die Touristenkarte war nahezu unbrauchbar: Die meisten Straßen in der Nähe waren nicht eingezeichnet und die Sehenswürdigkeiten waren falsch platziert. Bewaffnet mit einem Kompass, den er einem betrunkenen deutschen Soldaten gestohlen hatte, der im Gästehaus auf dem Boden lag, lachte Lori, als er sich daran erinnerte, wie er den Kompass bekommen hatte. Er sah, wie ein Soldat den Kompass in der Hand hielt. Er erzählte den anderen: „Der Soldat war so betrunken, dass er versuchte, den Weg zu seinem Zimmer zu finden. Er rührte sich nicht einmal, als andere über ihn stiegen, um ihren Weg durch den Gang fortzusetzen."

Die Gruppe machte sich auf den Weg zu einem Park und fand eine Bank. Hier saßen sie, betrachteten die ungewohnte Umgebung und aßen ihre Rationen. Die Passanten schauten ihnen nach, denn sie sahen den unwillkommenen Zigeunern, die durch die Stadt zogen, sehr ähnlich. Fremde wurden selten angesprochen, es sei denn, sie strotzten vor Reichtum, der sich in teurer Kleidung und Autos zeigte.

Nachdem er gegessen hatte, legte sich Jaro auf den fleckigen, grasbewachsenen Boden. Er schaute in den Himmel und sagte: „Wir sollten besser etwas Geld besorgen. Wir müssen es uns irgendwie verdienen. Ich glaube nicht, dass wir in Häuser einbrechen können oder sollten. Sie sind erst einmal zu nah beieinander. Keine Deckung."

Paul stimmte dieser Einschätzung zu. „Ich glaube auch nicht, dass es mit dem Sonnenbaden klappen wird. Die Leute gehen uns aus dem Weg. Sieh nur, wie sie ihre Wege von uns abwenden." Die Gruppe sah zu.

Ein Polizist näherte sich. „Ihr Zigeuner müsst weiterziehen. Die Leute beschweren sich."

Paul war verblüfft. „Wir sind keine Zigeuner. Wir sind Österreicher. Wir sind pleite. Wir haben unser ganzes Geld ausgegeben, um hierherzukommen. Wir wollen arbeiten."

Der Polizist fragte: „Kann ich eure Papiere sehen?"

Jaro antwortete: „Wir haben keine." Dann fügte er eine Lüge hinzu: „Am letzten Kontrollpunkt an der Grenze haben die Soldaten unsere Papiere nicht zurückgegeben. Andere Leute haben ihre zur gleichen Zeit verloren. Der Fahrer bat um die Rückgabe der Papiere, aber die Soldaten weigerten sich und bedrohten ihn mit einem Gewehr. Der Fahrer fuhr mit allen Passagieren davon."

Der Polizist rollte mit den Augen und flüsterte: „So viel zum Bündnis, das wir haben."

Lori sagte: „Wir haben kein Geld und können nirgendwo hin."

Der Polizist seufzte und sah sich um.

„Dieser verdammte Krieg macht alle mittellos. Trotzdem könnt ihr hier nicht bleiben." Er zeigte auf die andere Seite des Parks. „Geh in diese Richtung. Dort gibt es einen Ort, an dem andere Obdachlose leben. Pass auf Deine Sachen auf, denn sie verschwinden oft."

In dem behelfsmäßigen Flüchtlingslager waren die Bedingungen schlecht. Diejenigen, die Glück hatten, hatten ein Zelt. Die meisten schliefen und kochten unter freiem Himmel. Der Geruch ließ die Gruppe nach Luft schnappen. Lori deutete auf eine kleine Lichtung etwas abseits der Hauptgruppe. „Ich glaube, dort haben wir die besten Chancen."

Während sie sich für die Nacht einrichteten, beschloss Oskar, die erste Wache zu übernehmen. Ständig liefen Leute herum und stahlen, wenn sich die Gelegenheit bot. Geflüster wurde manchmal zu Rufen der Wut und zu Anschuldigungen. Der Abgrund der Gesellschaft zeigte sich.

Am nächsten Morgen hörte die Gruppe das Pfeifen eines Zuges. Lori sagte: „Es ist eine Zugfahrt aus diesem Höllenloch heraus." Paul erkundigte sich nach Zügen, die weiter nach Italien fuhren. „Ein Güterzug mit drei Waggons wird gegen 23 Uhr durchkommen. Er macht einen kurzen Zwischenstopp, um Kohle und Wasser aufzutanken – der notwendige Treibstoff für die Züge der alten Bauart." Jaro dachte, dass in Udine jedes Transportmittel mindestens zwanzig Jahre hinter dem Rest der Welt zurücklag. Der nächste Halt war Palmanova. Jaro hoffte, dass diese Stadt etwas moderner sein würde.

Um zehn Uhr dreißig erreichte die Gruppe den Bahnhof. Sie stellten sich in der Nähe des Betankungsgleises auf. Langsam schnaufend kam der Zug zum Stehen. Die Bahnhofsmitarbeiter waren mit den üblichen Aufgaben beschäftigt. Lori war die Erste, die sich hinauswagte. Dann näherte sich die Gruppe nacheinander dem Zug. Die Türen waren sicher verschlossen. Sie hatten nicht vor, einen Waggon zu betreten. Paul zeigte auf das Dach. Es würde eine Dachfahrt werden. Alle stellten sich auf dem Dach auf und legten sich dann flach hin. Der Zug gab einen Abfahrtspfiff von sich. Die Räder setzten sich klappernd in Bewegung. Oskar war froh, dass alle an Bord waren und niemand sah, wie sie auf das Wagendach gestiegen waren. Wenn sie es doch sahen, ignorierten sie den Vorfall. Es gab keine Herausforderungen mehr, jetzt war es an der Zeit, sich so gut es ging festzuhalten.

Stunden später kletterte die Gruppe vom Dach des Waggons herunter. Als der Zug zum Stehen kam, schlichen sie sich davon und hofften, dass sie niemand entdecken würde. Ihr Glück war jedoch nicht von Dauer.

Gerade hatten sie den Zaun überklettert, da richteten bewaffnete italienische Soldaten ihre Gewehre auf sie.

Der Gefreite sprach. Die Gruppe antwortete nicht. Nur Jaro verstand einzelne italienische Wörter, aber nicht genug, um zu verstehen, was die Soldaten sagen wollten. Die Soldaten gaben ihnen ein Zeichen, ihre Waffen zu heben. Sie taten es. Ein anderer tätschelte sie und sagte zu dem Korporal: „Sie sind unbewaffnet."

Der Unteroffizier sah die Gruppe an. „Woher kommt ihr?"

Keine Antwort. Ein Soldat trat vor und sprach in gebrochenem Deutsch:

„Woher kommst Du?" Oskar antwortete: „Österreich."

„Bringt sie auf die Polizeiwache. Die Polizei soll sich um diese Leute kümmern", sagte der Gefreite.

sagte der Gefreite.

Mit den Gewehren im Anschlag wurden sie zwei Blocks weiter in ein Gebäude geführt. Der Gefreite gab eine kurze Erklärung ab und ging.

Der Polizeihauptmann musterte die Gruppe von oben bis unten. Er führte sie in eine Zelle, die für zwei Personen ausgelegt war. Die fünf wurden in diese eingepfercht. Nach einer Stunde wurde Paul abgeführt und in einen leeren Raum gebracht. Dort saß am anderen Ende des Tisches eine Frau mittleren Alters in einem grauen Rock und einer Bluse. Ihr langes Haar war ordentlich zu einem traditionellen Dutt gebunden. Ihre dicke schwarze Brille beherrschte ihr Gesicht.

Sie saß neben dem Kapitän.

„Ich bin Dolmetscherin für Deutsch und Italienisch. Ich rate Dir, die Fragen wahrheitsgemäß zu beantworten. Das spart Zeit und Schmerzen. Hast Du das verstanden?" Paul nickte.

„Woher kommt ihr alle?" „Aus Österreich."

„Wo in Österreich?"

„Drei sind aus dem Dorf Weghaltz bei Salzburg. Ich und der andere kommen weiter südlich aus Loeben."

„Wie habt ihr euch kennengelernt?"

Paul zögerte. „Durch Zufall in Donnersbach. Wir sind uns buchstäblich über den Weg gelaufen, als wir versuchten, an einem Baum nach Obst zu kramen. Wir waren alle am Verhungern. Zuerst stritten wir uns um das Obst, aber dann merkten wir, dass wir genauso hungrig waren wie der andere."

„Wo sind eure Familien? Ihr hättet doch sicher bei ihnen bleiben können, anstatt wegzulaufen."

Paul wurde ärgerlich, aber er wusste, dass er sich beherrschen musste. „Sie sind alle tot. Erschossen."

Die Dolmetscherin gab alles weiter, was sie gehört hatte. Der Kapitän fragte: „Was machst Du in Italien?"

„Ich versuche, Arbeit zu finden. In Österreich gibt es keine Arbeit. Alle Jobs sind weg. Die Bauernhöfe produzieren nicht mehr. Die Fabriken sind geschlossen. Viele Geschäfte sind geschlossen. Also dachten wir, wir könnten hier unser Glück versuchen."

Nachdem der Hauptmann die Übersetzung gehört hatte, sagte er: „Holt eure Freunde zusammen, auch das Mädchen.

Heute Abend werdet ihr alle in die königliche Garde oder in die neue Nationale Armee, wie sie jetzt genannt wird, aufgenommen. Du bist gerade der italienischen Armee beigetreten. Das Mädchen ist gerade den Krankenschwestern der Armee beigetreten. Es scheint, als wolltet ihr nicht in die deutsche Armee eintreten. Also könnt ihr in die italienische eintreten." Paul schnappte nach Luft. Er fragte sich, ob die deutsche Uniform, die sich noch in seiner Tasche befand, entdeckt werden würde. Ein Deserteur würde hier zurückgeschickt werden und dann entweder interniert oder von den Deutschen erschossen werden. Der Hauptmann rief die Polizisten, die vor dem Raum Wache standen.

Nur wenige Minuten nach seiner Rückkehr in die Zelle überbrachte Paul den anderen Gefangenen die Nachricht. Die entsetzten Blicke standen ihnen ins Gesicht geschrieben. Kiana sollte von Oskar getrennt und Gott weiß wohin gebracht werden. Sie würden zur italienischen Armee gehen. Paul war aufgebracht, als er sagte: „Die königliche Garde ist eine gute Möglichkeit, getötet zu werden. Sie ist nicht für den Krieg ausgebildet, und die Armee ist schlecht ausgerüstet. Wir sind dem Untergang geweiht."

Lori fügte dem Unheil noch eins hinzu. „Wenn wir in Afrika, genauer gesagt in Ägypten, eingesetzt werden, werden wir nicht länger als eine Woche durchhalten. Die Franzosen und Briten sind uns an Waffen und Ausbildung überlegen."
„Weißt Du etwas über die Krankenschwestern?", fragte Kiana.
„Keineswegs. Wenigstens bist Du dann etwas von den Kugeln entfernt", sagte Lori.
„Das ist kein großer Trost", entgegnete sie.

Unter Bewachung wurde die Gruppe zusammen mit mehreren anderen Personen in einen Zug getrieben. Soldaten, die als Wachen fungierten, beaufsichtigten die neuen Rekruten – nichts weiter als ein Haufen Ausländer, die zur falschen Zeit am falschen Ort waren.

Andere zusammengetriebene Ausländer befanden sich mit ihnen im selben Waggon. Ein französischer Mann, der etwas Italienisch konnte, erklärte in gebrochenem Deutsch: „Ich habe mitbekommen, dass wir ausgebildet werden und nach Äthiopien gehen sollen. Mussolini und König Emanuel haben einen Krieg in Äthiopien, Afrika, begonnen. Aus welchem Grund, weiß ich nicht. Der Ort ist ein Höllenloch mit Dschungel und wilden Tieren."

Lori war nicht begeistert von dem Gedanken, an einem weit entfernten Ort in den Krieg zu ziehen, der ihm und den anderen in seiner Gruppe nichts sagte. Die Person, die versuchte, ihm das Schicksal zu erklären, fügte mit Blick auf Kiana hinzu: „Ich bin mir nicht sicher, ob ich Dich bedauern oder mich für Dich freuen soll. Deine Chancen, nach Nordafrika zu kommen, sind gering. Du könntest in einem Feldlazarett enden oder in einem faschistischen Heim stationiert werden, wo Du den oberen Rängen der Gesellschaft dienst. Sie mögen hübsche Dienerinnen. Das wäre das Schlimmste für Dich."

Oskar wurde plötzlich überfürsorglich. Seine kleine Schwester in den Dienst der Huren zu stellen, ekelte ihn zutiefst an. Die Angst um ihre Sicherheit füllte seine Augen. Er hielt sie fest, weil er befürchtete, dass sie sofort ein Opfer werden würde, wenn er sie losließe.

Der Zug kam in Portogruaro zum Stehen. Es war eine Tankstelle. Die Soldaten stiegen zuerst aus, um eine kurze Pause zu machen. Der hintere Waggon wurde abgekoppelt. Die Menschen im Inneren wurden hinausbeordert und in die wenigen italienischen Personentransporter gestapelt. Sie verschwanden.

Nach dem Tanken schlängelte sich der Zug hinunter in die Stadt Marghera am westlichen Stadtrand von Venedig. Marghera war nur ein weiterer Tankstopp. Es stiegen keine Soldaten oder erzwungenen Passagiere aus dem Zug aus. Es gab noch zwei weitere Tankstopps. Der erste war in Ferrara, der zweite kurz darauf in einer Stadt namens Bologna.

Danach fuhr der Zug weiter nach San Marino. Soldaten stiegen aus, neue kletterten zu. Der zweite Waggon wurde abgekoppelt. Wieder verschwanden die Passagiere. Der Waggon, in dem Oskar und seine Gruppe saßen, wurde angewiesen, auf dem Wagen zu bleiben. Durch einen der anderen Fahrgäste erfuhren sie, dass sie nach Rom unterwegs waren.

Zwei weitere Tankstopps. Einmal in Marcerta, wo italienische Soldaten in einen Personenwagen stiegen. Zwei Waggons voller Männer saßen fast still. Das Flüstern ihrer Unzufriedenheit darüber, dass sie in einen Krieg eingezogen wurden, den sie weder wollten noch verstanden, erfüllte den Wagen.

Der nächste Halt war Termi, eine Stadt, die fast in der Mitte Italiens lag. Zu den Soldaten in den Passagierwaggons gesellte sich ein Waggon voller Rüstungsgüter. Der Zug schnaufte weiter nach Rom.

In Rom wurden die Soldaten in Militärtransportern weggefahren. Der Waggon mit der Waffenkammer verschwand mit ihnen.

Die Männer im nun stinkenden Wagen, in dem Oskars Gruppe saß, wurden in ein Gebäude getrieben. Die wenigen Frauen wurden in ein anderes gebracht. Alle Männer wurden abgefertigt und erhielten Dokumente über ihre Rekrutierung in die italienische Armee. Dort würden sie eine grundlegende Ausbildung erhalten, bevor sie dorthin geschickt würden, wo sie gebraucht würden. Die Gruppe teilte sich und die Angst, nicht vereint zu sein, wurde sehr real.

Die Frauen verließen die Gruppe mit weiteren Papieren, die sie als Krankenschwestern oder Hostessen auswiesen. Kiana erschauderte. Ihr Albtraum wurde wahr. Sie würde Hostess werden und in einem Motel in Rom untergebracht sein, nur drei Blocks vom Kolosseum entfernt. Alle Hostessen würden von bewaffneten Wachen begleitet werden. Da sie von Oskar getrennt war, hatte sie keine Gelegenheit, ihm zu sagen, wohin sie gehen würde. Wie die anderen Frauen saß sie voller Angst auf dem Weg zu ihrem italienischen Einsatzort.

In der Kaserne der königlichen Garde absolvierten Lori, Paul, Jaro und Oskar eine Ausbildung. Sie waren entsetzt über das, was sie sahen. In den Kasernengebäuden waren pro Schlafsaal fünfzig Männer untergebracht und es gab nur zwei Badezimmer pro Gebäude. Das Essen bestand ausschließlich aus Nudeln, die entweder mit Wasser oder altem Rotwein hinuntergespült wurden. Lori nannte den Wein den „Darmverderber". Da es an Ausrüstung und qualifiziertem Personal mangelte, bestand die Ausbildung nur aus anstrengender körperlicher Betätigung.

Die Rekruten bekamen Gewehre, um auf Ziele zu schießen, aber es gab keine Kugeln. Der italienischen Armee fehlte es an Munition, und das wenige, das verfügbar war, war für die vorderste Reihe reserviert.

Kapitel 11.
Frontlinie, Albanien.

Nach ihrer Ausbildung wurden Oskar, Jaro und Lori in Albanien eingesetzt. Von dort aus wurden Angriffe auf Griechenland von den Italienern gestartet. Es war einer der ersten von Mussolini befohlenen Angriffe. Die britische Luftwaffe, die sich durch eine überlegene Präzision auszeichnete, bombardierte die italienischen Stellungen an der Frontlinie. Britische und französische Schiffe bombardierten das Gebiet vom Meer aus. Die Briten beschossen die schlecht ausgerüsteten Italiener mit ihren modernen und weit überlegenen Maschinengewehren noch heftiger als die Franzosen. Mussolini bat erneut um deutsche Hilfe, um diese Schlacht zu gewinnen. Er musste sein Gesicht wahren. Die Briten und Franzosen siegten, während Hitler über den schlecht durchdachten Angriff auf Griechenland wütend war. Die Italiener erlitten schwere Verluste.

In der Schlacht setzten sich Paul, Lori, Jaro und Oskar einfach in die Schützengräben und hielten ihre Gewehre quer über die Brust. Den Kopf zu heben, um zu schießen, war ein garantiertes Todesurteil. Paul kroch ein paar Meter weg und erreichte einen sterbenden italienischen Soldaten. Er versuchte, dem Sterbenden die Kugeln abzunehmen. Plötzlich explodierte eine Granate. Paul war tot. Lori schaute entsetzt zu. Ihr langjähriger Freund, den sie wie einen älteren Bruder betrachtet hatte, war tot. Schlamm und Blut spritzten auf ihr Gesicht. Er wischte es weg. Dann sah er Pauls Körper, von dem einige Teile abgetrennt worden waren. Er war geschockt, schwieg für ein paar Sekunden und dann liefen ihm die Tränen über das Gesicht. Dann breitete sich Wut in seinem Körper aus. Er versuchte aufzustehen, um sich zu rächen, doch Oskar und Jaro drückten ihn nieder. Lori schrie: „Ich will diese Bastarde töten! Lasst mich los!" sagte Jaro mit zusammengebissenen Zähnen und kämpfte darum, Lori ruhig zu halten. „Er wird ganz sicher in den Himmel kommen. Wir sind in der Hölle. Wir müssen abwarten, bis es dunkel wird, um von hier wegzukommen." Es kostete Jaro und Oskar all ihre Kraft, Lori unten zu halten. Sie blieben unten. Die drei Männer kauerten zusammen, die Arme über den Schultern verschränkt. Sie sprachen kein Wort, während die Artillerie über ihnen feuerte. Als die Dämmerung einsetzte, wurde die Artillerie langsamer. Vereinzelte Gewehrschüsse und die Explosion einer Granate durchdrangen die Luft. Lichtblitze in der zunehmenden Dunkelheit sorgten dafür, dass das Trio an Ort und Stelle blieb, bis eine ungewisse Stille eintrat.

Oskar flüsterte, während er langsam seinen Griff um Lori und Jaro löste: „Lasst uns von hier verschwinden. Wüste. Das ist nicht unser Krieg. Holt eure Taschen und sucht nach Zivilkleidung. Zieht die Uniformen aus, sobald wir einen sicheren Ort erreicht haben. Nimm Pauls Tasche. Ich will die deutsche Uniform. Sie könnte uns nützlich sein."

Auf dem Bauch krochen die Männer durch den Schlamm und über zahlreiche tote, verrenkte Körper. Alles, was nach Munition aussah, wurde gestohlen, bis sie nichts mehr tragen konnten. Wasserkanister wurden mitgenommen und geleert. Der leere Behälter wurde neben dem Besitzer weggeworfen. Fast zwei Stunden lang schlitterte die Gruppe über die Landschaft in Richtung eines Bauernhofs. Der albanische Bauernhof war längst verlassen. Das Trio durchsuchte das Gelände sorgfältig und nahm Münzen mit kleinem Nennwert sowie jeden Hinweis auf Schmuck mit, der später verpfändet werden konnte. Die italienischen Uniformen wurden ausgezogen. Nach einem Bad wurde neue Zivilkleidung, die ungefähr passte, angezogen. Anschließend wurden alle italienischen und deutschen Uniformen gewaschen und getrocknet.

Anschließend wurden ihre Armeerucksäcke gereinigt und mit den Uniformen gefüllt. Ausgeruht, gereinigt und mit Essen versorgt planten sie ihren nächsten Schritt.

Während sie ihre Pläne zur Desertion schmiedeten, hörte Jaro im Radio, dass die Deutschen die Italiener bei der Kampagne unterstützen würden. „Ich habe nicht alle Informationen bekommen. Mein Italienisch ist noch nicht so gut.

Da stand etwas von Deutschen, die wegen eines Bündnisses mit Deutschland hierherkommen. Die stümperhaften Italiener haben die Deutschen im Grunde gezwungen, ihnen auszuhelfen.“

„Das ist alles, was wir brauchen“, sagte Oskar. „Wir brauchen noch eine deutsche Uniform, nur für den Fall, dass die Dinge problematisch werden.“
„Der nächstgelegene Seehafen ist Durrës. Er liegt noch in Albanien. Wenn wir es bis dorthin schaffen, besorgen wir uns ein Boot und segeln nach Griechenland weiter.“
„Wie sollen wir ein Boot bekommen? Ich bezweifle, dass uns irgendein Fischer eins vermietet“, sagte Jaro.
„Wir klauen eins“, sagte Oskar.

„Und was machen wir in Griechenland?“, fragte Jaro. Er war sich nicht sicher, ob das ein guter Plan war, denn die Briten, Franzosen und Italiener hatten das Land bombardiert und die Deutschen waren auf dem Vormarsch. Es würde rauer und zweifellos gefährlicher werden.

„Wir segeln rüber nach Italien und suchen Kiana. Ich werde niemanden dazu bringen, nach ihr zu suchen. Wir können getrennte Wege gehen. Ich muss nur Kiana in Sicherheit bringen.“
„Wo genau ist die Sicherheit?“, fragte Jaro.

„Wenn wir uns in den Bergen verstecken und von der Natur leben, wie wir es früher getan haben", sagte Oskar.

Kapitel 12
Durres, Albanien nach Italien.

Am frühen Abend schlich sich das Trio aus dem Bauernhaus. Während sie parallel zur Straße nach Durrës liefen, hielten sie nur inne, wenn sie ein Fahrzeug sahen oder hörten. Nur einmal gingen sie in Deckung. Es war ein Jeep, der vor sich hin tuckerte. Schwarzer Rauch quoll aus dem Auspuff. In dem Jeep saß ein italienischer Oberst. Ein deutscher Oberst stand neben ihm. Die drei Männer sahen sich an. Als könnten sie die Gedanken der anderen lesen, hockten sie sich hinter ein paar Büschen hin und hoben ihre Gewehre. Oskar, Jaro und Lori legten an. Der Fahrer und die beiden Colonels bekamen jeweils eine Kugel in die Brust. Das Auto geriet außer Kontrolle und prallte gegen einen Baum. Der Baum warf daraufhin einige Blumen und unreife Früchte über die Toten.

Das Trio rückte vor und richtete seine Gewehre auf den Jeep. Es wurde keine Bewegung festgestellt. Die Leichen wurden entfernt. Sie probierten die Uniformen an. Sie passten nicht so gut. Sie waren zu groß. Nachdem alle militärischen Embleme entfernt worden waren, wurden sie weggeworfen. Das Auto wurde vom Baum weggeschoben und untersucht. Der einzige Schaden waren die Türen auf der Beifahrerseite. Die Front hatte eine kleine Delle. Der Motor wurde getestet. Er rastete aus. Der Ruck, den das Auto bekommen hatte, hatte den Schmutz gelöst, der die Einbauten verstopft hatte. Hinten kam kein Rauch heraus. Das Auto schnurrte in Richtung der Küstenstadt Durrës.

Das Trio fuhr mit dem Wagen in das kleine Fischerdorf Durres. Eine kleine Menschenmenge versammelte sich um das Auto – ein Novum in der Stadt. Das Trio stieg aus und drängte sich durch die Menge.

Sie sprachen mehrere Bootsbesitzer an und versuchten, ein Geschäft zu machen. Nur eine Person war interessiert.

Das Auto und eine in dem albanischen Bauernhaus gefundene Halskette wurden gegen ein kleines Boot mit einem Außenbordmotor und Segeln getauscht – für den Fall, dass der Treibstoff ausgehen sollte. Das Trio bezahlte extra für den seltenen Treibstoff und kaufte Lebensmittel und andere Vorräte, bevor es die Küste hinunter nach Vlorë fuhr, dem größten Küstendorf im Süden Albaniens.

Sie legten im Hafen an. Rationen mussten gekauft werden. Der kleine Außenbordmotor wurde verpfändet. Treibstoff war zu teuer, um ihn zu kaufen. Außerdem musste er gewartet werden, doch niemand an Bord wusste, wie man den Motor repariert. Da der Proviant nicht ausreichte, wurde er mit einigen gestohlenen Gegenständen aus den Hinterzimmern einiger Geschäfte ergänzt. Das Trio machte sich auf den Weg über die Adria in Richtung der nahegelegenen italienischen Küstenstadt Brindisi.

Auf halber Strecke tobte ein Sturm. Das Trio kämpfte gegen die starken Winde und die Wellen, die das Boot umspülten und für rutschige Oberflächen sorgten. Einmal drohte das Boot zu kentern, aber mit vereinten Kräften konnten die Männer es wieder aufrichten. Zwölf Stunden lang kämpften die Männer gegen die See. Dann kehrte Ruhe ein. Die Segel und die Kajüte waren beschädigt. Das Wasser in der Kajüte wurde mühsam Eimer für Eimer herausgekippt. Die Lebensmittelvorräte waren aufgebraucht. Zwei der drei Vorratsschränke waren aufgeplatzt, sodass sich der Inhalt mit dem Meerwasser vermischt hatte.

Jaro versuchte herauszufinden, wo sie sich befanden. „Lori? Hast Du noch den Kompass, den Du dem deutschen Soldaten gestohlen hast?"

Lori durchsuchte seine Habseligkeiten und fand den Kompass. „Hier." Jaro machte ein paar Berechnungen. Der Sturm hatte sie vom Kurs abgebracht. Sie waren weiter nördlich als erwartet. „Ich glaube, wir sind jetzt näher an Monopoli als an Brindisi." Er schaute auf die Karte. Oskar und Lori setzten sich zu ihm. Oskar sagte: „Zieht euch italienische Uniformen an.
Die Geschichte besagt, dass wir die Küste für Mussolini überwachen wollten. Der Sturm hat das Schiff beschädigt."

Kapitel 13
Monopoli,
Italien.

Das Boot humpelte in den Hafen von Monopoli ein. Das Trio in italienischen Uniformen ging von Bord und tat sein Bestes, um sehr offiziell auszusehen. Sie schlenderten zur nächsten Bar, um sich zu informieren und ein oder zwei Drinks zu genießen. Die Einheimischen beobachteten die drei unpassenden Soldaten neugierig und stießen sich gegenseitig an, wer sich ihnen nähern würde.

Jaro sprach das beste Italienisch des Trios. Er fragte einen Einheimischen, ob es einen Transport nach Rom gäbe. Der Barkeeper schaute sich das Trio an und schüttelte den Kopf. Er spürte, dass etwas nicht stimmte. Er konnte es aber nicht genau sagen. „Der Zug nach Rom fährt jeden Tag um 13 Uhr", antwortete er. Das Trio schaute auf die Uhren und nahm einen Schluck. Jaro fragte: „Wo geht es zum Bahnhof?"

Der Barkeeper fragte: „Wie seid ihr drei hierhergekommen?"
Jaro erklärte schnell: „Wir waren für Mussolini auf See. Unser Boot ist in dem Sturm fast untergegangen. Wir müssen so schnell wie möglich nach Rom."
Der Barkeeper spuckte aus. „Mussolini ist ein großer Bastard, und Du arbeitest für ihn?"
Jaro fügte schnell hinzu: „Leider ist er unser Anführer. Er mischt sich ein, weil er keine guten Informationen bekommt. Deshalb gibt es auch so viele Tote."

Der Barkeeper war skeptisch. „Der Bahnhof ist drei Blocks weiter auf der rechten Straßenseite. Wenn Du dort ankommst, biegst Du drei Blocks weiter links ab. Dann kannst Du das Revier sehen."
Das Trio ging schnell durch die Tür und die Straße hinunter. Sie erreichten den Bahnhof mit zehn Minuten Vorsprung.

Sie gingen auf den Bahnwärter zu, der sie von oben bis unten musterte. „Der Zug kommt in zehn Minuten. Ich rate euch, etwas zu essen zu kaufen. Eure Fahrt ist zwar kostenlos, aber es gibt weder Essen noch Getränke." Er deutete auf das einzige Café auf dem Bahnsteig. Es war sehr gut besucht, da es keine Konkurrenz gab. Das Trio kaufte ein Standard-Snackpaket, das aus einem Stück Obst, zwei kleinen Tomaten, einem Butterbrot und einer Scheibe Salami bestand. Dazu gab es eine Miniflasche Wein aus der Region. Als der Zug ankam, wurden die Fahrgäste nach dem Einsteigen auf ihre Fahrkarten kontrolliert, aber die Soldaten wurden hineingelassen, ohne dass sie eine Fahrkarte brauchten. Lori, Oskar und Jaro fanden ein leeres Abteil und machten es sich gemütlich.

Der Zug machte eine „Milchfahrt", wie Oskar es nannte. Er hielt an fast allen Bahnhöfen auf der Strecke von Monopoli nach Neapel, um zu tanken und Fahrgäste ein- und aussteigen zu lassen. In Grottaminarda, dem einzigen Ort mit einem Café auf dem Bahnsteig, kaufte das Trio etwas zu essen. Das war alles, was ihnen noch zur Verfügung stand.

Der Zug fuhr in Neapel ein. Zivilisten und Soldaten wuselten umher. Das Trio unterhielt sich leise in einer Nische in der Nähe der Männertoilette. Oskar sprach als Erster: „Wir brauchen Geld. Sollen wir Taschendiebstähle begehen oder ein paar Läden ausrauben?"

„Nun, wir wissen, dass Soldaten umsonst reisen. Wenn wir ein oder zwei Tage bleiben, können wir ein paar Läden ausrauben. Es ist ärgerlich, dass diese Stadt größer ist als die anderen, in denen wir bisher waren. Die Gebäude stehen so dicht beieinander. Wir müssen sehr vorsichtig sein, welche Läden wir ausrauben. Ich fühle mich nicht wohl dabei, zu picken, es sei denn, die Situation verringert das Risiko einer Ergreifung."

Das Trio verließ den Bahnhof und stand auf der Straße, um zu entscheiden, was sie tun sollten.

Während sie warteten, hielt ein Transportfahrzeug der Armee an. Sie wurden aufgefordert, an Bord zu gehen. Sie wurden zu einer Kaserne gefahren. Unter so vielen neuen Soldaten fühlten sie sich sofort wie zu Hause. Sie nahmen an der üblichen körperlichen Ertüchtigung teil, übten mit falschen Waffen und schliefen in Bunkerbetten. Immerhin hatte diese Kaserne nur dreißig Leute pro Zimmer, aber trotzdem nur zwei Badezimmer.

Ein Major bemerkte, dass das Trio anders war. Sie zeigten etwas Erfahrung. Er rief sie zu sich. „Ihr drei, die ihr zusammenhaltet wie Klebstoff, wo habt ihr gedient?" Lori antwortete: „In Albanien. Wir sind Überlebende aus Albanien." Der Major lächelte. „Gut, ihr könnt diesen Soldaten beibringen, wie man überlebt. Morgen übernimmst Du die Fitnesskurse. Die anderen Ausbilder werden versuchen, Munition für Zielübungen zu besorgen. Ich sehe Dich mit den anderen Truppen um sechs Uhr morgens auf dem Sammelplatz. Nach einer Stunde können sie frühstücken. Danach wird noch drei Stunden lang trainiert."

Lori, Jaro und Oskar gingen schnell von dem Major weg. Das Trio besprach, was sie beim Training machen würden.

Um sechs Uhr morgens versammelten sich die Männer auf einem kleinen Versammlungsplatz. Der Major rief ihnen zu, was von ihnen erwartet wurde. Lori ging mit einem Drittel der Gruppe auf die andere Seite der Anlage. Jaro ging mit einer anderen Gruppe auf die gegenüberliegende Seite. Oskars Gruppe blieb, wo sie war. In den ersten zwanzig Minuten absolvierten alle die übliche Übungseinheit. Dann vermittelte jede Gruppe spezielle Fähigkeiten: auf dem Bauch kriechen, Wände hochklettern und sich tarnen. Nach dem Frühstück wechselten die Gruppen und konzentrierten sich jeweils zehn Minuten lang auf die zusätzliche Fähigkeit. Danach ging es mit der Rotation weiter. Danach schlossen sich die Gruppen zusammen.

Lori erklärte die letzten zweieinhalb Stunden. „Dieses Mal werden wir euch in zwei Gruppen aufteilen. Eine Gruppe wird der Feind sein, die andere unsere Seite. Nach dem Zufallsprinzip forderte Lori vierzig Soldaten auf, ihre Mützen abzunehmen und zur Seite zu gehen. „Ihr seid der Feind. Euer Anführer wird ein Unteroffizier sein." Jaro trat vor. „Ich werde die Aufsicht übernehmen.

Die Stammgruppe muss versuchen, den Feind aufzuhalten. Wenn ihr jemanden aus dem gegnerischen Team gefangen nehmt, fesselt ihm die Hände. Dann marschiert ihr um elf Uhr mit eurem Gefangenen zu diesem Hof. Das Team, das die meisten gefangenen Soldaten hat, gewinnt." Die Soldaten vor ihnen schauten etwas ratlos und fragten sich, wovon diese drei Leute redeten oder was sie über den Krieg wussten. Jeder Soldat erhielt ein Stück Seil, um seinen Gefangenen zu fesseln. Die beiden Gruppen verteilten sich auf das Buschland am anderen Ende des Geländes.

Während die beiden Gruppen unter Aufsicht Kriegsspiele spielten, ging Oskar wieder in die Kaserne und durchwühlte so viele Brieftaschen wie möglich. Er achtete darauf, nicht das gesamte Bargeld zu entfernen. Er hatte es auf die kleineren Scheine und die größeren Münzen abgesehen. Es war nicht genug, um aufzufallen, aber genug, um alle denken zu lassen, sie hätten weniger, als sie dachten. Er verstaute die Beute in einem Kattunbeutel, wie ihn die Banken für Münzen verwenden. Er würde die Beute mit Lori und Jaro teilen.

Nach eineinhalb Stunden stand Oskar wieder draußen und wartete darauf, dass Lori und Jaro mit ihren Schützlingen zurückkamen. Es dauerte nicht lange, bis die beiden auftauchten. Er zählte die

Zweiergruppen. Alle wurden gezählt. Oskar sah sich die Ergebnisse an. Er schüttelte den Kopf. Nur vier „Feinde" wurden gefangen genommen. Zehn „Soldaten" wurden hingegen vom sogenannten Feind gefangen genommen. Die ganze Gruppe sah erschöpft aus. Allen stand der Ausdruck der Sinnlosigkeit ins Gesicht geschrieben. Oskar sagte: „Das war nicht einmal ein Test oder ein Überlebenstraining. Ihr habt alle versagt. Habt ihr versucht, den gefangenen Menschen auf beiden Seiten zu helfen?" Alles, was er sehen konnte, waren Leute, die den Kopf schüttelten. Als der Major zurückkam, schrie Oskar die Gruppe an: „Das war entsetzlich. Wir werden das morgen wiederholen. Wegtreten zum Mittagessen." Der Major fragte Oskar: „Was war entsetzlich?"

„Wir haben eine Schlacht simuliert. Das Heimverteidigungsteam hat mit zehn Gefangenen verloren. Sie haben nur vier der vermeintlichen Feinde gefangen genommen."
Der Major schaute Oskar an. „Sie sind hier, um zu lernen, nicht um Spiele zu spielen.
Du und Deine Freunde solltet eure Fitness aufrechterhalten!"

Oskar schaute dem Major ins Gesicht. „Im Kampf muss man denken, um am Leben zu bleiben. Nur so haben wir in Albanien überlebt." Dem Major gefiel diese Erwiderung nicht. So eine Idee hatte er noch nie gehört. Er schrie zurück: „Ihr drei bekommt eine andere Aufgabe zugewiesen: Schießen. Ihr seid inkompetent bei der Exerzierarbeit. Ihr übernehmt morgen das Schießen. Jeder Soldat bekommt zehn Kugeln zugeteilt. Sorgt dafür, dass sie das Ziel treffen. Schafft ihr das?" Lori salutierte und sagte scharf: „Ja, Sir!" Oskar und Jaro machten es ihr nach.

Am nächsten Morgen versammelten sich die Soldaten wie üblich. Jaro, Oskar und Lori waren abwesend. Der Major schaute sich um und schickte einen Auszubildenden los, um ihre Kaserne zu durchsuchen. Der Soldat kehrte zurück und sagte verlegen, wohl wissend, dass er eine Standpauke bekommen würde: „Die Ausbilder

von gestern sind nicht in der Kaserne. Ihre Habseligkeiten sind weg."
Als der Major seine Abscheu und Verärgerung herausschrie, zuckten
die versammelten Männer zusammen, denn sie wussten nur zu gut,
dass der bevorstehende Tag eine Strafe sein würde. Die Wut des
Majors würde sich an ihnen auslassen. Der Major ließ alle pausenlos
Sternsprünge machen, bis er aus seinem Büro zurückkehrte. Von
dort aus konnte er erkennen, welche Männer nachlässig waren.
Über einen Lautsprecher erinnerte er die Männer daran, nicht mit
dem Springen aufzuhören. In seinem Büro stellte der Major drei
Abwesenheitsnotizen für eine Handvoll Militärpolizisten aus.

Als die Militärpolizei den Befehl erhielt, sammelte sie widerwillig
ihre Ausrüstung und einen heruntergekommenen Jeep ein, um
durch die Stadt zu fahren. Der Jeep war ein unzuverlässiges Auto,
und Benzin war knapp. Wenn ihnen der Sprit ausging, mussten sie
das Nachfüllen selbst bezahlen. Aus Erfahrung wussten sie, dass sie
niemals eine Rückerstattung erhalten würden. Sie mussten die Stadt
durchsuchen, da sie wussten, dass sie nur noch einen halben Tank
hatten und die Basis trocken war. Kein Vorfüllen. Für den Fall, dass
der Jeep stehen blieb, sollte die Werkzeugkiste auf dem Rücksitz
dabei helfen, den Jeep wieder zu starten, falls ein mechanisches
Problem auftrat. Das war oft der Fall.

Als wir uns von der Kaserne entfernten, nahm einer der Polizisten
eine Zigarette heraus. Er bot sie dem Fahrer an, der sie dankend
annahm. Derjenige, der die Zigaretten herausholte, sagte: „Halt an
dem Café an. Die Ausbrecher sind schon lange weg. Viel Glück für
sie. Keiner von uns will diesen Krieg. Mussolini sollte seinen eigenen
Hintern in Bewegung setzen und ins Kolosseum gehen, um sich mit
demjenigen zu prügeln, der ihm auf die Nerven geht. So wie sie
es in der Antike getan haben. Wenigstens können wir anderen in
Frieden leben." Er blies einen Rauchschwall aus. „Der Coffee Shop
dort reicht. Halt an, aber parke den Haufen um die Ecke."

Drei Stunden später kehrten die beiden Militärpolizisten zur Basis zurück. Sie hatten nur eine Handvoll Orte aufgesucht und jeweils eine Stunde dort verbracht. Sie meldeten, dass sie nichts gefunden hatten.

Der Major schnaufte und murmelte: „Scheiße. Diese Männer werden ins Gefängnis gehen, wenn sie gefangen genommen werden." Er drückte eine Zigarette im überquellenden Aschenbecher auf seinem Schreibtisch aus. „Scheiße", flüsterte er vor sich hin. „Ich habe Besseres zu tun, als Ausreißern hinterherzujagen."

Oskar, Jaro und Lori hatten sich Zivilkleidung angezogen. Sie fanden einen heruntergekommenen Markt und kauften Vorräte für die nächste Reise. Sie bewegten sich frei in der Menge, denn sie wussten nur zu gut, wie sie sich anzupassen hatten, und sprachen nur, wenn es nötig war. Als sie fertig waren, gingen sie zum Bahnhof, um die Abfahrtszeiten der Züge nach Rom zu überprüfen. Der Zug sollte in einer Stunde abfahren.

Zehn Minuten vor der erwarteten Abfahrt wechselten sie wieder in ihre italienischen Uniformen. Der Zug fuhr mit zehn Minuten Verspätung ein. Sie stiegen ein und fanden zwei Sitze, die einander gegenüber lagen. Es wurde kein einziges Wort gesprochen.

Der Schaffner ging vorbei und ignorierte sie. Es war freie Fahrt für Soldaten. Er sprach sie nicht einmal an. Es machte ihn traurig, dass so viele junge Männer in den Krieg gezogen waren und nie zurückgekehrt waren. Als er vorbeiging, schenkte er ihnen ein schwaches Lächeln.

Kapitel 14
Rom,
Italien.

Der Zug fuhr in den größten Bahnhof Roms ein. Das Tempo, in dem sich die Menschen fortbewegten, war deutlich höher als in ländlichen Gebieten. Die drei Personen schauten sich die Menschenmenge an und überlegten, in welche Richtung sie sich bewegte. Oskar zeigte auf sie: „Da drüben. Der Ausgang." Sie liefen schnell in diese Richtung. Niemand machte sich die Mühe, sie aufzuhalten oder anzusprechen. Das war dem Trio recht.

Draußen auf der Straße hielt ein Armeejeep an. Das Trio wurde herübergewunken. „Kann ich eure Versetzungspapiere sehen?", fragte der Feldwebel auf dem Beifahrersitz. Die drei sahen sich an. Oskar sagte in gebrochenem Italienisch: „Ich habe keine. Die Kaserne hat uns keine gegeben."

Der Unteroffizier rollte mit den Augen. „Schlappschwänze! Steigt ein! Wir werden euch zur Kaserne fahren."

Jaro sagte: „Nein, wir sind im Urlaub. Wir gehen in die Bar auf der anderen Straßenseite. Wir haben drei Tage frei und werden sie nutzen."

Der Unteroffizier nickte, während er nachdachte: „Ich kann es euch nicht verdenken.

Er fuhr los.

Jaro, Oskar und Lori gingen auf die andere Straßenseite und schauten hinein. Der Laden war gut besucht. Sie konnten sich in der Menge verstecken und dabei jede Frau beobachten, die ein- oder ausging.

In einer Ecke saßen zwei deutsche Soldaten und unterhielten sich leise miteinander. Sie sahen das Trio an und grüßten es. Soldaten, die auf der gleichen Seite standen, waren willkommen. Uniformen spielten keine Rolle.

Einer der Deutschen stellte sich vor: „Ich bin Hans. Das ist Walther. Komm und setz Dich zu uns. Tut mir leid, unser Italienisch ist nicht so gut."
Jaro lächelte. „Das ist okay. Wir sprechen einigermaßen gut Deutsch."
Jaro, Oskar und Lori setzten sich. Sie tauschten Kriegsgeschichten aus. Mit Ausnahme von Paul hatten die drei den schlecht durchdachten Angriff auf Griechenland von den Grenzen Albaniens aus überlebt. Die Deutschen waren auf Erholungsurlaub, nachdem sie sechs Monate an der Westfront in Südfrankreich verbracht hatten. Nach einer Stunde löste sich die Gruppe auf.

Oskar erkundigte sich in der Bar nach den Hostessen in diesem Lokal und in den umliegenden Hotels, Motels und Bars im Allgemeinen. Er erhielt eine ungefähre Liste mit möglichen Orten. Oskar schrieb die Namen auf, die der Barmann ihm nannte. Er beschloss, alle Orte auf der Liste aufzusuchen sowie alle neuen Namen, die entweder von den Barkeepern genannt wurden oder auf der Straße auftauchten.

Wenn sie jedes dieser Lokale besuchten, fragten sie nach anderen möglichen Orten, an denen Hostessen verfügbar waren. Mit jedem Besuch kam das Trio dem Zentrum Roms näher.

In einem der renommiertesten Hotels Roms, dem Albergo Maestoso in der Nähe der Villa Ludovisi, kamen sie an der Eingangstür an. Sie standen mit offenem Mund da. Ein Türsteher kam auf sie zu. „Gehen Sie weiter. Das ist nur für Wohlhabende." Langsam gingen die Männer ein paar Schritte zurück und überquerten dann die Straße. Sie setzten sich auf die Stühle eines Straßencafés und fragten sich, wie sie in dieses prestigeträchtige Hotel gelangen könnten.

Zwei Tage lang saßen sie in verschiedenen Geschäften mit Außenplätzen. Sie schauten sich die Kundschaft an, die in schicken Autos und teurer Kleidung ankam. Kein einziger Soldat betrat den Ort. Jaro fasste zusammen, dass es sich um Politiker, Aristokraten und Könige handelte. Es gab keine Hoffnung.

Oskar konnte nicht umhin festzustellen, dass die meisten Leute, die eintraten, Männer waren; es waren zehnmal so viele Männer wie Frauen. Die Frauen waren üppig gekleidet, trieften vor Juwelen und trugen ein prunkvolles Auftreten zur Schau. Oskar verzog das Gesicht angesichts dieses opulenten Fehlverhaltens. „Wie kommen wir da rein, um es zu überprüfen?" „Durch die Hintertür", sagte Lori im Scherz. Oskar grinste. „Keine schlechte Idee. Lasst uns alle Seiten des Gebäudes abchecken. Es nimmt einen ganzen Block ein.

Zwei Seitentüren, die direkt auf die Straße führen, wurden bereits untersucht. An der einen bewachte ein Page den Strom der Kunden, die die Abkürzung nutzten. Die zweite Tür war etwas undurchsichtiger. Wir haben das Personal beim Rein- und Rausgehen beobachtet. Keiner beobachtete den Verkehrsfluss. Oskar sah sich den möglichen Eingang an. Mit dem Kopf nickte er dem Eingang zu. „Das ist der Weg hinein. Wir machen einen kurzen Rundgang und verschwinden dann so schnell wie möglich wieder. Bleibt zusammen."

Sie traten durch die unbewachte Tür. Dort gab es eine kleine Nische mit einem unbewachten Schreibtisch. Jaro vermutete, dass das Personal dort ein- und auschecken würde. Die Gruppe ging weiter, bevor der Eingang zu Ende war. Die Halle teilte sich in zwei Gänge mit mehreren geschlossenen Türen auf jeder Seite auf. Oskar wandte sich nach links.

Er öffnete die erste Tür. Es war ein Lagerraum voller sauberer Hilfsmittel. Die nächste Tür enthielt Reinigungsgeräte. Hier standen Flaschen mit Reinigungsmitteln, die bereits in Gebrauch waren. Hinter der dritten Tür befanden sich die Uniformen der Putzfrauen.

Sie waren alle ordentlich gestapelt oder aufgehängt und mit dem Namen der Besitzerin beschriftet. Kianas Name war nicht dabei. Der nächste Raum war eine Wäscherei. Als Oskar die Tür öffnete, wurde ihm sofort klar, dass hier die Uniformen der Frauen gewaschen wurden. Reihenweise wurden die gewaschenen Uniformen auf einen Kleiderbügel gehängt und anschließend auf einer von zwei Leinen aufgereiht. Das Fenster zur Straße hin war geöffnet, um die Kleidung zu lüften und das Trocknen zu erleichtern. Im nächsten Raum gab es eine Reihe von Umkleidekabinen, in denen die Mitarbeiter ihre Straßenkleidung gegen die vorgeschriebene Uniform tauschten. Dann ging es auf der anderen Seite des Korridors weiter.

Oskar öffnete jede Tür, als er zum Startpunkt zurückkehrte. Die erste Tür befand sich direkt gegenüber der Umkleidekabine der Frauen. Das war die Umkleidekabine der Männer. Soweit er sehen konnte, zogen sich hier die Pagen um. Der nächste Raum war ein Umkleideraum für andere männliche Mitarbeiter. Der letzte und größte Raum war ein Lagerraum, in dem die Uniformen ordentlich gestapelt oder aufgehängt waren. Auch hier waren die Namen der Männer auf den Uniformen gedruckt. Danach kam die Wäscherei für die Uniformen. Im kleinsten Raum standen Maschinen für die chemische Reinigung der Anzüge. Die Maschinen waren in Betrieb, aber es war kein Personal anwesend.

Oskar, Jaro und Lori öffneten langsam die Türen auf der rechten Seite des geteilten Ganges. Jaro stellte fest, dass es sich um einen Erste-Hilfe-Raum mit einem ärztlichen Untersuchungsbett handelte. Ein Arzt war nicht anwesend. Die nächste Tür öffnete sich zu einem Schwesternzimmer. Eine Frau, die in einem Roman las, blickte auf, als die Tür geöffnet wurde. Jaro sagte schnell: „Entschuldigung. Falsche Tür." Die Krankenschwester nickte. Sie bot keine Hilfe an, sondern widmete sich wieder ihrer Lektüre.

Die nächste Tür wurde von Lori geöffnet. Sie lag direkt gegenüber dem Schwesternzimmer. Der Raum war völlig kahl. Die nächste Reihe von Räumen waren Personalduschen und -toiletten. Dies war das Ende des Ganges in diesem Bereich. Dann gab es eine Abzweigung nach rechts.

Das Trio ging den neuen, längeren Gang hinunter. Er öffnete sich zum Erdgeschoss des Motels. Auf der linken Seite befand sich der Speisesaal, in der Mitte ein Aufenthaltsraum und auf der rechten Seite die Rezeption im Foyer. Sie waren drin. Sie gingen durch den Raum und sahen sich um. Eine große Treppe führte in das obere Stockwerk. Zwischen das Treppenhaus und einen opulenten Geschenkeladen schmiegte sich ein kleiner Aufzug, der wie ein Käfig aussah, aber der modernste seiner Zeit war.

Während sich das Trio umschaute, wurde es von einem Mann in einem sehr formellen Anzug angesprochen. Er hustete. „Entschuldigen Sie, meine Herren, darf ich Sie fragen, was Sie hier zu suchen haben?"

Lori antwortete schnell. „Wir sind neue Mitarbeiter. Wir wollten uns nur einen Eindruck von unserem zukünftigen Arbeitsplatz verschaffen. Wir möchten uns ein Bild von den Gästen und der Anlage machen. Eigentlich sollten wir morgen anfangen, aber wir haben beschlossen, dass wir uns erst einmal mit der Situation vertraut machen sollten, damit wir effizienter arbeiten können, wenn es losgeht. Der Mann grinste breit. „Wir bekommen nicht oft so begeisterte Mitarbeiter. Es ist keine schlechte Idee, sich umzuschauen. In welcher Schicht arbeitest Du?" „Abends. Wir fangen gegen sechs Uhr abends an." „Oh, das ist die arbeitsreiche Zeit. In dieser Zeit können wir wirklich zusätzliche Hilfe gebrauchen. Ich werde nicht im Dienst sein. Mein Kollege wird dann Dienst haben." „Dürfen wir uns oben umsehen?", fragte Lori.

„Nur im ersten Stock. Das ist auch eine belebte Etage. Der ganze Rest sind Gästezimmer." Lori, Jaro und Oskar nickten. „Danke", sagte Oskar.

Das Trio ging die Treppe hinauf. Oben angekommen, sahen sie eine Reihe großer Räume, die alle für Veranstaltungen gedacht waren. Es gab ein deutliches Schild für die Toiletten für Männer und Frauen. In einem anderen Gang befand sich ein riesiger Speisesaal, der von Glastüren umgeben war. Das Personal deckte die Tische mit weißen Tischdecken, Weingläsern, Silberbesteck, feinem Porzellan und einer einzelnen Blume in einer schmalen Kristallvase. Lori starrte vor sich hin. „Ich frage mich, welche Geschichten die Kellner mitbekommen. Ich wette, da gibt es einige pikante Geschichten." Oskar zupfte an seinem Arm. Er zeigte auf eine kleine, halb verdeckte Lounge mit einer Mischung aus Trennwänden und sichtbaren Bereichen. „Ich wette, dort treffen sich die Hostessen mit ihren schlüpfrigen Kunden. Der Aufenthaltsraum ist ganz in der Nähe der Kasse. So kann man schnell die Schlüssel austauschen und bezahlen." Lori nickte. „Ich wette, der Kassierer hier sieht und hört in dieser Ecke alles. Mir brennen schon bei dem Gedanken daran die Ohren." Jaro zerrte an Oskars Arm. „Wir sollten uns besser beeilen. Schauen wir mal, was da oben ist. Ist das wirklich der Anfang der Gästezimmer?"

Sie bewegten sich in Richtung Treppenhaus. Sie erreichten das obere Ende der Treppe. Weitere Türen ohne Nummern.

Oskar drehte langsam die Klinke des nächsten Zimmers mit der Bezeichnung „Die Gärten". Als er die Tür öffnete, sagte er: „Sieh Dir das an!"

Er ging hinein und die anderen folgten ihm. Wie der Name an der Tür schon sagt, handelte es sich um ein Gartenbauzentrum mit einem seltsamen Zusatz. An der Wand in der Nähe des geöffneten Balkons stand ein Doppelbett. Lori scherzte: „Liebe machen in einem Garten, was?"

Oskar runzelte die Stirn. „Draußen ist drinnen, mit maximaler Privatsphäre. Ich frage mich, wer so ein Zimmer benutzt?"

Jaro war schnell bei der Antwort. „Wohlhabende Arschlöcher mit aufgeblasenen Egos."

Sie verließen den Raum. Der nächste Raum war mit „Das Musikzimmer" beschriftet. Ein Klavier und eine Geige hatten jeweils einen Stuhl und an einer Seite stand ein Grammophon. Auf einem Schrank daneben stand eine Reihe von Langspielplatten mit den neuesten Sängern und Musikern der Zeit. In der Mitte stand ein kunstvoll gedeckter Tisch für zwei Personen. Dahinter befand sich ein blassblauer, durchsichtiger Stoffvorhang, hinter dem sich ein übergroßes Bett mit vier Pfosten befand, das mit opulenten Bezügen bedeckt war. Der durchsichtige Stoffvorhang, der mit einem roten Band an den Pfosten befestigt war, musste nur leicht gezerrt werden, um ihn zu lösen. Oskar stöhnte auf. „Ekelhaft. Füttere die Frau und lass sie dann im Bett bezahlen. Je reicher Du bist, desto moralisch bankrotter bist Du." Das Trio verließ den Raum.

Der nächste Raum hieß „Das Raucherzimmer". Sie betraten den Raum. Auf einer Reihe maßgefertigter Regale standen verschiedene Zigaretten und Zigarren. Auf einer Bank, die sich vor den Regalen befand, waren Streichhölzer, Feuerzeuge, Aschenbecher und Zigarrenabschneider fein säuberlich angeordnet. An der gleichen Wand hingen Flaschen mit Spirituosen und Weinen. Auf einem Tisch daneben standen Gläser für jedes Getränk. In der Mitte des Raumes standen zwei dreisitzige Sofas, die durch einen schmalen Couchtisch voneinander getrennt waren. Auf der anderen Seite des Raumes standen zwei aneinandergequetschte Doppelbetten. Sie waren schlicht mit feinen Laken, einer schlichten Tagesdecke und sechs Kopfkissen ausgestattet. Jaro sagte: „Schick. Es macht mich stutzig, was hier passiert."

Er hielt eine Schachtel hoch, die auf dem Nachttisch neben den Kissen stand. „Mein Gott! Kondome. Die müssen ja ganz schön was draufhaben. Ich schätze, Babys sind ausgeschlossen."

„Lass uns hier abhauen! Das soll ein anständiges Motel sein? Es ist nicht viel mehr als eine teure Absteige", kommentierte Lori.

Die nächste Tür, die den Namen „The Daylight" trägt, war verschlossen. Der Raum war besetzt. Sie legten ihre Ohren an die Tür. Eine männliche Stimme war deutlich zu hören. Die viel leisere Stimme einer Frau war gedämpft zu hören. Jaro sagte: „Sehr besetzt. Ich wünschte, ich könnte das Arschloch sehen, das versucht, sich zu erleichtern. Ich würde sein Bild gerne für alle sichtbar aufhängen." Lori zog ihn zurück. „Pst, sie könnten uns hören. Lass uns gehen." Die Geräusche im Raum verstummten für eine Sekunde, als Loris Stimme durchdrang. Dann machte derjenige, der drin war, weiter.

Der letzte Raum hieß „Der D-Raum". „Ich frage mich, wofür D steht", sagte Oskar. Er drehte die Türklinke und trat langsam ein. Seine Kinnlade fiel auf den Boden. Die anderen, die ihm folgten, sahen ebenso schockiert aus. Oskar brachte kaum die Worte heraus. „D steht für Danger." „Nein", sagte Lori, „D steht für Dungeon. Ein mittelalterlicher Kerker." An der Wand auf der rechten Seite des Raumes waren Fesseln für Arme und Füße befestigt. Auf dem Regal davor standen Masken und kurzstielige Lederpeitschen. In der Mitte stand ein Bett. Auch hier waren an den beiden Enden des Bettes Fesseln befestigt. Ganz links befand sich ein privates Bad, das von Kerzen und verschiedenen Parfümflaschen umgeben war. Auf einem kleinen Tisch in der Nähe stand ein Erste-Hilfe-Kasten. Lori schaute hinein. Er enthielt nur das Nötigste: ein paar Verbände, etwas Desinfektionsmittel und Watte. „Was zum Teufel?", sagte Oskar, der von der Vorstellung, die ihm durch den Kopf schoss, völlig angewidert war. „Dieser Ort ist etwas für die perversesten Widerlinge. Ich frage mich, ob das Hotelpersonal für diese Art von Aktivitäten geschult wurde oder ob die Leute ihre eigenen Partner mitbringen. Ich möchte kotzen. Lass uns von diesem widerlichen Ort verschwinden!"

„Wir kommen morgen wieder. Wir müssen Kiana finden", sagte Oskar mit grünem Gesicht. „Ich hoffe, sie arbeitet nicht hier." Er gestikulierte zu den Räumen, während sie gingen.

Als sie die Hälfte des Ganges hinter sich gebracht hatten, öffnete sich die Tür zu dem verschlossenen Raum. Ein Mann in den späten Vierzigern kam heraus. Er war gut gekleidet und trug einen teuren Anzug. Er nickte ihnen zu, als er an ihnen vorbeiging. Die Tür zu dem Raum blieb geschlossen. Das Trio wartete in der Nähe der Toilette, um zu sehen, wer als Nächstes herauskommen würde. Sie brauchten nicht lange zu warten. Eine Frau Mitte zwanzig kam heraus, als wäre nichts passiert. Sie war seriös gekleidet, und ein paar moderne Accessoires versuchten, ein altes Kleid aufzufrischen. Sie ging die Treppe hinunter, ihre Handtasche über den Arm gehängt. Sie sah aus, als ob sie sich um nichts in der Welt kümmern müsste und als wäre nichts passiert. Der Inbegriff der Unauffälligkeit.

Das Trio folgte ihr in einiger Entfernung, blieb aber am Fuß der Treppe stehen. Sie gingen etwas nach rechts, um die Gäste passieren zu lassen. Sie beobachteten, wie die Frau das Foyer betrat. Sie setzte sich in die Sitzecke, zog einen Zigarettenbeutel heraus, zündete ihn an und paffte ein paar Mal, bevor sie die brennende Zigarette in den gerade geleerten Aschenbecher legte. Sie öffnete ihre Handtasche und zog ein Notizbuch heraus. Sie schrieb etwas hinein. Das Trio konnte nur raten, was sie schrieb: den Geldbetrag, den Namen der Person oder die Uhrzeit mit Ort. Das kleine schwarze Buch steckte sie beiläufig wieder in ihre Handtasche. Die Frau rauchte ihre Zigarette zu Ende und verließ dann das Motel durch den Haupteingang. Sie verschwand auf der belebten Straße. Um sechs Uhr abends standen Oskar, Lori und Jaro vor dem Dienstboteneingang des Hotels. Oskar holte tief Luft. „Lass uns loslegen." Durch die unbewachte Seitentür für das Personal betraten sie das Albergo Mastoso zum zweiten Mal. Sie gingen zu den Uniformräumen und zogen sich alle Uniformen an, die ihnen passten.

Lori ging zur Eingangstür, um dort zu helfen. Er beobachtete jede Person, die kam oder ging, und half den Gästen bei Bedarf.

Oskar ging in das Restaurant im ersten Stock. Er gab sich als Wasserträger aus, füllte die Gläser der Gäste nach und beobachtete dabei, wie diese ihre Getränke hinunterschluckten. Jaro stellte sich in das Restaurant im unteren Stockwerk. Er spielte ebenfalls den Wasserträger, der den Gästen die im Voraus bezahlten Tassen mit Kaffee oder Tee brachte.

Um zehn Uhr abends hatten die drei ihre Schicht beendet und trafen sich wieder vor dem Hotel. Sie tauschten Notizen aus. Jaro erzählte, dass er gehört hatte, dass Hostessen in den Vatikan eskortiert worden waren, um in dieser reinen Männerdomäne als Kellnerinnen zu arbeiten. „Das ist die nächste Station", sagte Oskar. Er schaute die anderen an und sagte: „Ihr müsst nicht mitkommen. Diese Ausflüge sind gefährlich." Lori erwiderte: „Gefährlich ja. Aber das Risiko ist es wert. Es ist zu schwer, diese Aufgabe allein zu bewältigen."

Kapitel 15

Der Vatikan.

Oskar, Lori und Jaro standen auf dem Petersplatz und staunten. Schweigend drehten sie sich um, um die Szenerie in sich aufzunehmen.

Die Menschen um sie herum gingen zielstrebig weiter und ignorierten die Neuankömmlinge. Oskar brach das Schweigen. „Wo sollen wir anfangen?"

Lori antwortete: „Vielleicht sollten wir uns erst einmal über den Ort informieren."

„Wir sollten auch Informationen über die Kardinäle und den Papst einholen. Ich habe den Verdacht, dass dieser Ort viele Geheimnisse birgt."

„Wie kommst Du darauf?", fragte Jaro.

„Sieh Dir nur diesen Ort und die umliegenden Gebäude an. Das Christentum propagiert Bescheidenheit. Das hier ist nicht gerade bescheiden. Prunk und Reichtum schreien im Allgemeinen nach Korruption. In meinen Augen sieht es so aus und riecht auch so. Das entspricht nicht meiner Vorstellung vom Christentum." Oskar versuchte, in der wachsenden Debatte neutral zu bleiben. „Ich denke, wir sollten uns eine Unterkunft suchen. Das könnte einige Zeit dauern. Wir müssen Geld besorgen." Jaro warf einen Blick auf eine wohlhabend aussehende Frau. „Ja, da hast Du Recht. Und hier kommt das Mittagessen." Er warf den Kopf in Richtung der Frau.

Sie war modisch gekleidet und trug eine Perlenkette, die ihren Hals schmückte. Ihre Handtasche war fest an ihrem Arm befestigt. Ihr kleiner Hund lag an ihrem Busen, während sie die Handtasche um den Hund geschlungen hatte. Hinter ihr liefen zwei gut gekleidete Kinder, die sich über den Veranstaltungsort beschwerten. Sie jammerten, dass sie etwas zu essen, zu trinken und eine Pause für ihre schmerzenden Füße bräuchten.

Die junge Dame zerrte am Arm ihrer Mutter. „Mir tun die Füße weh. Wir sind den ganzen Morgen gelaufen, um ein paar alte Gebäude zu sehen, die mit Vogelkacke bedeckt sind." Die Dame warf ihr einen strengen Blick zu. Bevor sie antworten konnte, sagte der deutlich jüngere Junge: „Ich bin hungrig und müde. Trage mich statt ‚Amore'." Die Augen der Frau weiteten sich vor Zorn. „Sag mir nicht, dass Du auf einen Hund eifersüchtig bist? Bist Du es?"
Der Junge schaute auf den Boden, um den Blickkontakt zu vermeiden. Er war wütend. Er wollte zuschlagen, aber das würde nur noch mehr Ärger bringen, vor allem an einem öffentlichen Ort. Langsam sah er mit finsterem Blick auf.
„Ich bin nicht eifersüchtig auf einen Hund. Ich bin nur hungrig und müde. Diese Schuhe fangen an, meinen Füßen wehzutun." Er setzte sich auf den Boden. Seine ältere Schwester gesellte sich schnell zu ihm, verschränkte die Arme und sprach ihrem jüngeren Bruder Unterstützung zu. Da die Frau keine andere Wahl hatte, setzte sie den Hund ab und zog die Kinder hoch. Diese wehrten sich zunächst, bis Amore in Richtung des Brunnens losstürmte.

Die Frau und die Kinder verfolgten ihn. Der Hund huschte davon, kläffte vor Freude über seine neu gewonnene Freiheit und ignorierte die Rufe nach seinem Namen. Als er den Brunnen erreichte, sprang er ins Wasser und spritzte vor Freude. Das Mädchen zog seine Schuhe aus und sprang hinterher, um den Hund zu fangen. Der Junge folgte ihr, während die Mutter ihr Entsetzen herausschrie und versuchte, die Kinder zurückzurufen. Der Junge fing den Hund, der zappelte, um wieder frei zu sein. Der Hund hatte Erfolg. Die Frau sah die Kinder an. Sie setzte sich auf die Brunnenmauer und rief den Kindern Anweisungen zu, bis der Hund wieder eingefangen war. „Gib mir Amore. Du hast gerade eine große Blamage verursacht. Wir gehen jetzt zurück ins Café, um Deine Großeltern zu treffen. Was werden sie sagen, wenn sie Dich so sehen?" Beide Kinder zuckten mit den Schultern. Schüchtern sagte das Mädchen: „Mama mia! Schaut euch zwei an."

Jaro und Lori waren den Kindern zum Springbrunnen gefolgt. Zielstrebig zogen sie ihre Schuhe aus und wateten in das kalte Wasser. Jaro bot dem Mädchen und seiner Mutter einen Gin an. Er sagte mit lauter Stimme:

„Ma'am, entspann Dich. Wenn Du in den Ferien bist, lass die Kinder etwas Spaß haben. Es ist gut für Kinder, im Wasser zu spielen."

Durch diese Bemerkung abgelenkt, sahen die Dame und ihre Kinder Jaro an, zu dem sich Lori gesellte. Lori spritzte Jaro mit Wasser ab, was den Beginn einer Wasserschlacht markierte. Die Kinder machten mit und lachten, während die Mutter ungläubig zusah.

Da ihre Aufmerksamkeit ganz auf die Kinder gerichtet war, die mit den Fremden spielten, nutzte Oskar die Gelegenheit, die Handtasche der Dame zu öffnen. Er holte einen Kleingeldbeutel heraus und entnahm ihm Lira. Das Portemonnaie wurde leise zurück in die Handtasche gesteckt. Das Geld verschwand in Oskars Tasche. Oskar entfernte sich beiläufig und näherte sich dann aus einer etwas anderen Richtung wieder. Er gesellte sich zu Jaro und Lori ins Wasser. Sie spielten herum, bis die Dame und die Kinder weiterzogen.

Anstatt den Besuch auf dem Petersplatz fortzusetzen, führte die Frau ihre Kinder aus dem Bereich. Als sie gingen, schauten Oskar, Jaro und Lori ihnen über die Schultern und winkten mit einem breiten Lächeln.

Jaro, Lori und Oskar kletterten aus dem Springbrunnen. Sie fröstelten, als das Wasser von ihren Kleidern tropfte. „Wie viel haben wir bekommen?", fragte Jaro. „Fünfzig Lira. Das reicht für zwei Mahlzeiten und eine Übernachtung in einem Gästehaus. Einen Block weiter habe ich ein Gästehaus mit einem Schild für freie Zimmer gesehen. Wir sollten besser sofort buchen, bevor es weg ist."

In dem Gästehaus teilte sich das Trio ein Familienzimmer. Es hatte ein Bunkerbett und ein Doppelbett. Es war etwas überfüllt mit Möbeln.

Jaro breitete Prospekte und die Zeitung auf dem unteren Bett aus. Oskar saß auf dem Doppelbett, Lori neben ihm. Jaro reichte eine Broschüre an die anderen weiter. „Das ist eine grobe Karte." Das Trio studierte die Karte. Lori kommentierte: „Außer den Namen der Gebäude ist hier nicht viel zu sehen." Die Schweizergarde befindet sich an jedem Eingang. Problem Nummer eins.

„Irgendwo muss es Unterkunftsräume geben, aber ich kann sie nicht ausfindig machen." Er drehte die Karte um, studierte sie weiter und reichte sie Lori. Lori sah sich die Karte an. „Ich schätze, die Quartiere sind hier drüben hinter den Hauptgebäuden." Er legte die Karte zur Seite.

Die nächste Broschüre enthielt eine kurze Geschichte über die Entstehung des Petersplatzes.

Die anderen Broschüren enthielten weniger Informationen über die übrigen Gebäude. Die letzte Broschüre, die Jaro vorlas, enthielt eine kurze Biografie des aktuellen Papstes, Pius XII. Jaro hörte auf, laut vorzulesen. „Ich sehe etwas Interessantes. Hier steht, dass Papst Pius XII., als er noch Kardinal war, Kardinal Pacelli hieß. Er lebte als Botschafter des Vatikans in Deutschland. Er bemerkte die Aggression gegen die Juden. Er war maßgeblich an der Ausarbeitung eines Vertrags mit den Deutschen beteiligt, der die deutschen Katholiken schützen und die Religionen und Ethnien aller Menschen respektieren sollte. Er verurteilte auch die Deportation von Juden in Konzentrationslager. Seltsam. In den Zeitungen stand, der Vatikan habe sich zwar lautstark geäußert, aber in Wirklichkeit nichts unternommen, um das Abschlachten zu stoppen oder den Juden zu helfen. Vielleicht haben sie einige in Italien gerettet, aber sie haben nichts unternommen, um Juden in anderen Ländern zu retten.

Oskar lehnte sich auf dem Bett zurück und starrte an die Decke. Die Farbe blätterte ab und drohte, weiter abzublättern. Er trommelte mit den Fingern auf seine Brust. Er setzte sich wieder auf. „Okay, sie sind Heuchler. Nur Worte. Die Opulenz dieses Ortes, zumindest von außen, riecht nach vergangener Geldgier. Wenn Kiana sich an diesem falschen Ort der Verehrung befindet, dann müssen wir sie so schnell wie möglich herausholen."
Lori runzelte bei Oskars Gesichtsausdruck die Stirn. „Vorgetäuschte Ehrfurcht? Was meinst Du damit?"
Oskar antwortete sachlich: „Sie sagen, dass sie das Gebot Gottes befolgen, ein rechtschaffenes Leben führen und so weiter. Das bezweifle ich. Irgendetwas riecht faul. Es ist nur ein brüderliches Gefühl gegenüber einer verletzlichen Schwester.

Sie sind wie faule Äpfel: außen schön, aber innen ist der Wurm drin. Kann mir jemand sagen, dass ich falsch liege?"
Er nahm eine weitere Broschüre, las sie und legte sie dann angewidert weg. „Was ich über das Christentum weiß, ist, dass sich die katholische Kirche um 200 nach Christus von der griechisch-orthodoxen Kirche abgespalten hat. Die Gruppe wollte jemanden, der Gott vertritt, aber die konservativen griechisch-orthodoxen Christen wollten nicht, dass jemand Gott vertritt. Für die Griechen konnte und sollte niemand Gott repräsentieren. Die katholische Kirche griff also von Anfang an nach der Macht. Sie basierte auf dem Wunsch nach Macht – und damit einhergehend auf dem Streben nach Reichtum. Ich würde gerne in die Archive gehen und lesen, was tief in den Gewölben verborgen ist. Ich wette, dass Veruntreuung, illegale Landaneignungen und Sexskandale die Hauptbestandteile sind. Ja, ich wette, dass auch einige Fehlübersetzungen der Bibel dabei waren, um die männlich dominierte Hierarchie zu fördern. Ich wette, dass das Wort „Zelebration" in „Zelebrant" umgewandelt

wurde, um die Priester bei der Stange zu halten. Ich wette, das hat nicht funktioniert."

Lori sah Oskar an. „Halt die Klappe. Das klingt so ketzerisch."

Oskar grinste. „Ist es das? Wenn sie so rein sind, wie sie zu behaupten versuchen, warum sind die Aufzeichnungen dann nicht öffentlich einsehbar?" Das ist nur meine Meinung. Lass Dich von meinen Gedanken nicht von unserer Mission ablenken, Kiana zu finden."

Nach einem kurzen Schweigen sagte Jaro: „Okay. Angenommen, wir behaupten, die alten Männer seien Engel, dann werden sie kein Problem damit haben, dass ein Bruder seine Schwester besucht. Die Bürokratie könnte sich einmischen. Wir können das abschätzen, indem wir einfach fragen und schauen, wie die Antwort ausfällt. Wenn sie weiterhin behaupten, dass es keine Besucher gibt, dann stimmt etwas nicht. Sollen wir es auf die direkte Art versuchen, um das Wasser zu testen?"

Am nächsten Morgen näherte sich das Trio den Türen der Basilika. Wie erwartet wurden sie an der Tür aufgehalten. Ein rangniedriger Priester, der als Beamter fungierte, fragte: „Guten Morgen. Kann ich Ihnen behilflich sein?" Oskar antwortete: „Mir wurde gesagt, dass meine Schwester hier als Küchenhilfe arbeitet. Ich würde sie gerne sehen." Der Priester musterte Oskar von oben bis unten, dann musterte er Lori und Jaro mit demselben missbilligenden Blick.

Georgina Fatesas

„Im Vatikan gibt es keine Frauen außer den Gastnonnen. Ist Deine Schwester eine Nonne?"

„Nein, mir wurde gesagt, dass sie für den Küchendienst rekrutiert wurde."

„Das klingt nicht richtig. Es gibt ein älteres Ehepaar, das für einen Teil des Personals kocht. Sie haben keine Kinder im Vatikan."

Oskar sah die höfliche Ablehnung. Er beschloss, sein Glück zu versuchen. „Ist es möglich, mit dem älteren Ehepaar zu sprechen?" Vielleicht können sie etwas Licht ins Dunkel bringen und alle

Möglichkeiten für meine Suche ausloten. Wir wurden vor fast einem Jahr von der Nationalgarde getrennt. Sie und ein paar andere Frauen wurden als Hostessen eingeteilt, der Rest als Krankenschwestern für die verletzten Soldaten", sagte der Pfarrer mitfühlend. Oskar fügte hinzu: „Unsere Mutter ist schwerkrank. Es ist ihr letzter Wunsch, alle ihre Kinder zu sehen, bevor sie stirbt. Wir haben nicht viel Zeit. Vielleicht höchstens einen Monat." Der Priester nickte. „Ich werde das Ehepaar bitten, Dich am anderen Stadteingang zu treffen. Er heißt Porta del Perugina. Dort gibt es eine Seitenstraße namens Italia. Sie zweigt von der Via di Porta Cavalleggeria ab." Der Priester zeigte in die allgemeine Richtung. „Sie werden heute Nachmittag um halb drei vor den Toren stehen. Ist das eine Hilfe?"
Oskar lächelte und dankte dem Priester. „Ich werde auf jeden Fall dort sein. Nochmals vielen Dank."

Um 14:15 Uhr waren Oskar, Jaro und Lori am Tor der Porta del Perugina. Ein Mann und eine Frau um die sechzig kamen ihnen um Viertel nach zwei entgegen. Der Mann sagte zum Wachmann: „Lass sie rein. Wir haben sie schon erwartet." Der Wachmann nickte. „Kommen Sie hier rüber." Er zeigte auf einen Baum mit einer Bank. „Hier sitzen die Besucher immer. Die Wachen können uns zwar nicht hören, aber wir sind trotzdem gut sichtbar."
„Nun, junger Mann, wie kann ich Dir helfen?", fragte der Mann. Oskar erzählte ihm dasselbe wie dem Priester. Das ältere Ehepaar nickte, während es die Informationen aufnahm. Die Frau sagte: „Wir bilden junge Leute aus, die später unsere Arbeit machen. In ein paar Jahren werden wir in den Ruhestand gehen.

Aber es dauert ein paar Jahre, um das Personal auf Vordermann zu bringen. Vielleicht ist Deine Schwester eine von denen, die den Kardinälen das Essen servieren. Ich habe gehört, dass einer jungen Dame ständig Teller mit Essen und volle Weingläser über den Kardinälen herunterfielen. Sie wurde zu anderen Aufgaben abkommandiert."

„Was zum Beispiel?", fragte Oskar.

Der Mann hustete, bevor er antwortete. „Äh, Es gibt einen Ort tief im Inneren des Vatikans. Ich weiß nicht genau, wo er liegt. Wir dürfen uns auf dem Gelände nur eingeschränkt bewegen." Der Mann deutete auf einen weit entfernten Ort, an dem sich andere Gebäude befanden. „Wir können nicht darüber hinausgehen." Er deutete auf die Straße, die die erlaubte Seite von den Gebäuden auf der anderen Seite trennte. „Dort befinden sich einige junge Damen und die Unterkunft für die zu Besuch befindlichen Nonnen. „Wo sind die Nonnenquartiere?", fragte Oskar.

Der Mann und die Frau zeigten auf eine weitere Ansammlung von Gebäuden in der Ferne. „Irgendwo da drüben. Welches genau, kann ich Dir nicht mit Sicherheit sagen." „Was genau machen die jungen Damen, wenn sie dort sind?", fragte Lori und wandte sich dabei nicht von den drei möglichen Gebäuden ab. „Dienstmädchen. Köchinnen. Wäsche waschen. Vielleicht noch ein paar andere Aufgaben, die wir nicht kennen dürfen. Im Allgemeinen landen die Ausgestoßenen, wie die Kardinäle sie nennen, in den Nonnenquartieren. Mehr kann ich Dir nicht sagen."

Oskar fragte: „Wie kann ich ihr eine Nachricht zukommen lassen? Unsere Mutter ist sehr krank.

Außerdem wird sie Urlaub brauchen."

Der alte Mann und die Dame standen auf. „Du musst Dich an die Auskunftsstelle in der Basilika wenden. Manche Priester sind hilfsbereit, andere nicht so sehr. Du musst auf Pater Vincent gestoßen sein, der ein sehr weiches Herz hat und sehr familienorientiert ist. Wenn Pater Dominic im Dienst ist, kann er sehr schroff sein und ist allen gegenüber misstrauisch. Viel Glück." Das Paar stand auf und ging davon. Oskar, Lori und Jaro sahen ihnen hinterher. Ihre Blicke wanderten zu der entfernten Gebäudegruppe hinüber, in der Kiana untergebracht sein könnte.

Das Trio kehrte in die Basilika zurück. Wie der Zufall es wollte, war Pater Vincent noch im Dienst. Oskar erklärte ihm, dass Kiana sich möglicherweise in der Nonnenunterkunft aufhielt. Pater Vincent zog ein Buch heraus. Er blätterte schnell durch die Seiten. Er kam zu einem Abschnitt mit der Aufschrift „Nonnenquartiere, Liste der Bediensteten". Sein Finger fuhr die Seite hinunter. Bei Kianas Namen hielt er inne. „Ah, ja. Hier ist sie. Kiana Grat. Jetzt heißt sie Schwester Gertrude."

„Schwester?", riefen Oskar, Jaro und Lori im Chor.

„Oh ja, alle Frauen werden Schwester genannt." Pater Vincent grinste. „Und wir werden Brüder genannt."

„Hat sie das Gelübde abgelegt, eine Nonne zu werden?", fragte Oskar.

Pater Vincent schaute dem Trio direkt in die Augen. „Das kann ich nicht beantworten. Ich habe keine Informationen."

„Wie kann ich sie sehen? Aber noch wichtiger ist: Wie kann sie gehen, um unsere sterbende Mutter zu besuchen?"

„Einen Moment", sagte Pater Vincent. Er nahm ein Telefon hinter dem Hauptschalter in die Hand. Er wandte sich mit seinen Fragen an jemanden, der über mehr Autorität verfügte, und nickte ein paar Mal, bevor er zurückkam. „Ich schicke einen schriftlichen Antrag an das Nonnenquartier. Dann bekomme ich eine Antwort. Komm morgen wieder. Pater Dominic wird Dienst haben. Ich werde eine Notiz hinterlassen, damit Du den Antrag sofort bekommen kannst. An welchem Tag reist Du ab und wann kommst Du zurück?"

Oskar antwortete: „Morgen Nachmittag um eins. Wir müssen den Zug nach Bologna nehmen. Dort leben unsere Eltern."

Pater Vincent schrieb auf den Zettel. „Ich werde ihn einen Monat lang offen lassen.

Allein mit dem Zug dauert es über einen Tag, um dorthin zu kommen.

„Kannst Du dafür sorgen, dass sie ihre Reisetasche hat? Sie hat keine Kleidung zu Hause."

Pater Vincent machte die Notiz:

„Ihre Brüder werden sie an der Rezeption abholen. Eine Tasche mit ein paar Kleidungsstücken zum Wechseln."
Pater Vincent lächelte und verabschiedete sich von dem Trio.

Am nächsten Morgen war Pater Dominic an der Rezeption. Oskar stellte sich vor und erwähnte, dass er seine Schwester, Schwester Gertrud, abholen wollte. Pater Dominikus sah sich die Aushänge in einer Mappe an. „Ah! Ja." Er schaute sich um, aber Kiana war nicht zu sehen.

Eine Nonne trat an den Schreibtisch heran. Sie war durch den Haupteingang gekommen.
„Ich glaube, jemand sucht nach Schwester Gertrude", sagte sie.
Pater Dominic zeigte auf Oskar. Oskar sagte: „Wir sind ihre Brüder. Unsere sterbende Mutter möchte sie sehen, bevor sie stirbt."
Die Nonne hustete und schaute Oskar skeptisch an. Sie warf allen drei Männern einen Blick zu. „Sie wartet draußen. Ihr könnt das unausstehliche Mädchen mitnehmen. Bringt sie nicht zurück."
Dann verlangte die Nonne die Papiere für Kianas Entlassung. Sie kritzelte sie durch.
Diese junge Dame darf nicht zurückkehren. Sie ist endgültig entlassen. Ungeeignet für diese Einrichtung."

Sie knallte den Ordner zu. Sie sah Pater Dominic an. „Lass dieses Kind nie wieder in diese heiligen Mauern zurück." Dann wandte sie sich an Oskar. „Nimm Deine Schwester und verschwinde! Komm nicht zurück. Ich werde froh sein, euch beide nicht mehr zu sehen. Sie wartet draußen." Die Nonne stolzierte hinaus.

Als Kiana Oskar sah, lief sie zu ihm, um ihn zu umarmen. Dann breitete sie die Arme aus, um auch die anderen zu umarmen. Sie konnte sich das Grinsen nicht aus dem Gesicht wischen. „Ich habe euch alle so sehr vermisst. Lasst uns von hier verschwinden.

Ich kann es kaum erwarten, in die Welt hinauszukommen."

Als sie weit weg vom Petersplatz waren, fragte Oskar:

„Was genau ist da drinnen passiert?"

Kiana lächelte niedergeschlagen. „Die lüsternen Bastarde, nun ja, einige waren es. Einige waren sehr höflich und nett. Einige wenige sollten vor Gericht gestellt und erschossen werden. Nur weil sie hoch oben in der Kirche stehen, heißt das nicht, dass soziale Regeln oder Moral außer Acht gelassen werden sollten. Heuchler!

Georgina Fatesas

Sie geben der Kirche einen schlechten Ruf. Die Guten werden zum Schweigen gebracht, während die Handvoll Tyrannen die Oberhand behält. Wie auch immer, wo ist Paul?"

„Leider wurde Paul in Albanien erschossen. Uns ist die Munition ausgegangen und er hat versucht, uns welche zu besorgen", sagte Lori.

Kiana spürte, wie ihr die Tränen kamen. „Er gehört zu den Tausenden auf dem Feld. Einige der Frauen, die mit mir weggebracht wurden, wurden als Krankenschwestern eingesetzt. Auch sie hielten nicht lange durch. Einige, so wurde mir gesagt, wurden gefangen genommen und sind jetzt Kriegsgefangene. Andere wurden erschossen. Es ist ein grausamer, sinnloser Krieg." Oskar schaute sich auf der Straße um. „Lass uns etwas essen gehen und uns ausführlich unterhalten."

In einem kleinen, unscheinbaren Restaurant im Freien verzehrten sie langsam ihre Mahlzeit. Nachdem die Männer ihr Essen beendet hatten, erzählte Kiana von ihren Erlebnissen. „Zuerst wurde ich in ein Gebäude geschickt, in dem eine sogenannte hochrangige Dame über alle herrschte. Sie brachte etwa zehn von uns bei, Marionetten der Männer zu sein: zu lächeln, sich zu bedanken und gehorsame Diener zu sein, egal wie schrecklich man behandelt wurde. Ich spielte bei der sogenannten ‚Ausbildung', wie sie es nannten, mit. Ich musste so schnell wie möglich von diesem Sklaventreiber wegkommen.

Mein erster Auftrag führte mich in ein großes Motel im Süden der Stadt. Ich weiß nicht, wie es heißt. Ich wurde mit verbundenen Augen zum Veranstaltungsort geführt und kam wie alle anderen Mitarbeiter durch eine Seitentür herein. Man sagte mir, ich solle Barkeeper an der Hauptbar sein. Natürlich nahm ich an, dass ich nur Bier ausschenken und die gewünschten Getränke besorgen sollte. Das war die gute Seite. Ich kann ein gutes Bier zapfen und Wein auf die richtige Art servieren. Die schlechte Seite war, dass von mir erwartet wurde, Trinkgeld anzunehmen und mit den Männern mitzugehen, wann immer es möglich war. Die Trinkgelder waren aus gutem Grund mehr als großzügig. Es wurden sexuelle Dienste erwartet. Man gab mir viel Geld, das mir in den BH geschoben wurde. Dieses Geld wurde mir jedoch schnell wieder abgenommen und mit Ausreden zurückgegeben. Monatszeitschriften oder schon ausgebucht für die Nacht. Die Stammgäste begannen jedoch, diese Ausreden zu durchschauen, und versuchten, ihre Forderungen mit höheren Geldbeträgen oder einfach mit Gewalt durchzusetzen.

Die Gewalt packte mich am Arm und zerrte mich über den Tresen. Sie auf der einen Seite und ich auf der anderen. Der Chef ignorierte die Aktion. Eigentlich lachte er sogar. Ich war ihre Unterhaltung. Oft bekamen die Jungs ihre Getränke ins Gesicht geworfen oder ich bekam einen Schlag verpasst. Ein unheimlicher Stammgast, der mich mehrmals begrapscht hatte, bekam eine heftige Lektion. Der Barkeeper hatte zufällig einen Eispickel in der Nähe vergessen. Als dieser Arsch nach meinem Arm griff, schnappte ich mir den Eispickel und schlug damit zu. Sein Arm war wie ein Springbrunnen. Er ließ mich schneller los, als er mich gepackt hatte. Natürlich meldete mich der Barbesitzer bei der Behörde. Die Drachenkönigin versetzte mich in den Vatikan, weil sie dachte, ich würde mich dort besser benehmen.

Im Vatikan war ich eine von drei Frauen, die den Mitarbeitern das Essen servierten. Die Jungs waren im Allgemeinen gut erzogen. Es ging nur darum, die gleichen Mahlzeiten an alle Mitarbeiter zu verteilen. Es brauchte kein Gehirn, um sich zu merken, wer was wollte. Dann wurde ich zur Bedienung der Priester und Kardinäle „befördert". Es gab mehr Kardinäle als Priester. Damit begannen der Spaß und die Spiele.

In der ersten Woche benahmen sich alle Kardinäle höflich und respektvoll. Dann begann die sexuelle Frustration. Ihre Hände wanderten unter meinen Rock. Am Anfang bin ich einfach weggetreten. Wenn ihre Füße in Sichtweite waren, trat ich auf ihre Zehen und drückte so fest ich konnte nach unten. Die Hände verschwanden. Diejenigen, die hartnäckig blieben, mussten feststellen, dass ich Essen über sie fallen ließ. Ein paar Mal schüttete ich ihnen auch Wasser oder Wein über den Kopf. Natürlich entschuldigte ich mich ausgiebig für meine vermeintliche Ungeschicklichkeit. Ich wurde rausgeschmissen und ins Nonnenquartier geschickt.

„Allerdings habe ich einige schreckliche Dinge mitbekommen. Heuchler." „Was zum Beispiel?", fragte Oskar.
„Nun, der Vertrag, den Papst Pius XII. unterzeichnet hat, wurde von Hitler völlig ignoriert. Er kümmerte sich um nichts und niemanden außer um sich selbst. Das ist nichts Neues. Interessanterweise halfen der Papst und die Kardinäle nur den italienischen Juden, aber nicht den Juden aus anderen Ländern.

Ich habe gesehen, wie Delegationen die Hilfe verweigert wurde. Um einen Kardinal zu zitieren: „Sie sind nicht unser Problem." Es gab ein Flugblatt, das auf allen Tischen auslag. Ich konnte es nicht lesen, blieb aber bei einem der Kardinäle stehen, von dem ich wusste, dass er kein Krake war. Er las vor, was Papst Pius XII. an alle und die Allgemeinheit geschickt hatte. Diese Worte brennen mir im Gedächtnis. „Es ist für einen Christen unmöglich, sich am Antisemitismus zu beteiligen. Antisemitismus ist geistig unzulässig.

Wir sind alle Semiten." Es gab noch viel mehr, aber das ist mir im Gedächtnis geblieben. Und trotzdem weigerten sie sich, Juden aus anderen Ländern zu helfen? Das ist unglaublich. Es gab eine Ansprache an die Italiener und die Politiker. Es hat lange gedauert, bis ich das Wesentliche von dem, was er sagte, verstanden habe.

„Okay, ich verstehe, dass der Vatikan einen neutralen Standpunkt einnehmen musste. Aber die Rede war ausweichend. Sicher, der Papst wollte weder Hitler noch Mussolini aufhetzen. Ich bin mir sicher, dass die Kardinäle das genauso sahen. Ich verstehe die Zurückhaltung. Sie versteckten ihre Ansichten hinter den Worten ‚Gerechtigkeit und Klarheit'. Das heißt, wir machen alles. Weißt Du, was mich zum Kochen bringt?"

Oskar gestikulierte, dass sie weitermachen solle, während er an seinem kalten Kaffee nippte. Er wartete, bis Kiana einen weiteren Schluck Kaffee genommen hatte. „Die oberen Kardinäle, oh ja, sie haben einen Rang. Die höheren Kardinäle nennen sich ‚Der Heilige Stuhl'. Ein Blinder kann mehr sehen als sie. Und die Nonnen? Die sind genauso blind.

Als ich in den Nonnenquartieren war, gab es wieder eine Mischung aus sehr netten Damen und Fledermäusen aus der Hölle, die immer regierten. Sie hielten das patriarchalische System mit blindem Gehorsam aufrecht, sogar zu ihrem eigenen Nachteil. Zunächst wurde ich dem Quartier der Besuchsnonnen zugeteilt. Dort war es gut. Du musstest Dich nicht so lange mit schrecklichen Menschen abgeben. Sie kamen und gingen. Dann wurde ich in ein festes Quartier eingeteilt. Ich hatte das Glück, einige wunderschöne Nonnen kennenzulernen. Ich werde diesen Damen immer meinen größten Respekt zollen. Ich habe wirklich gerne für sie gearbeitet. Es war mir eine Freude. Anschließend wurde ich in die sogenannte Mutter-Oberin-Abteilung versetzt.

Igitt. Hündinnen. Nur zwei von ihnen waren nett. Zwei andere waren okay, aber der Rest waren Satans Weiber.

Die Frau, die mich zum Schalter gebracht hat, war – okay, Du kannst mich hart nennen, wenn ich das sage – die Königin der Schlampengruppe. Sie muss in ihrem früheren Leben eine Sklavenhändlerin gewesen sein. Ich musste jeden Morgen um fünf Uhr aufstehen. Eine Stunde lang zum Gebet gehen. Dann habe ich das Frühstück für zwanzig von ihnen vorbereitet. Frühstück gab es immer um sieben Uhr dreißig. Es gab nicht einfach Toast mit italienischem Aufstrich, sondern pochierte oder gebratene Eier und Nudeln. Zum Tee oder Kaffee musste außerdem Obst gereicht werden. Bis neun Uhr fünfzehn musste ich aufräumen und das Essen für das Mittagessen holen. Sie erwarteten immer drei Gänge. Suppe, noch mehr Nudeln, etwas rotes Fleisch (außer freitags) und eine Auswahl an Gemüse. Und als Krönung gab es noch ein Dessert. Die Mahlzeiten wurden um 12:30 Uhr serviert. Danach musste ich aufräumen, was auch das Wischen der Böden umfasste. Zum Nachmittagstee gab es italienisches Gebäck sowie Tee, Saft, Wasser oder Kaffee. Anschließend ging es an die Vorbereitung des Abendessens, zu dem noch mehr Gäste kommen konnten. Mir wurde nie gesagt, wie viele Gäste es waren, selbst als ich danach fragte. Ich musste ihre Gedanken lesen. Das war der Punkt, an dem ich am meisten Ärger bekam. Entweder wurde zu viel oder zu wenig Essen geliefert oder es wurde nicht genug gedeckt. Wenn ich mich zu wehren versuchte, bekam ich eine Ohrfeige, weil ich angeblich unverschämt war oder es wurde eine andere Ausrede erfunden.

Eines Abends habe ich keine Mahlzeiten serviert. Sie waren zwar gekocht, aber in Töpfen. Ich war so erschöpft, ich brauchte wirklich eine Pause. Ich wurde für das Schlafen gemaßregelt. Ich durfte nicht vor zehn Uhr ins Bett gehen. Ich musste noch dreißig Minuten lang beten, bevor ich mich zur Ruhe legen durfte. Zur Strafe musste ich ihnen alle 20 Paar Schuhe putzen.

„Das ist ein bisschen zu viel", sagte Jaro und schüttelte langsam den Kopf. „Ich habe es ihnen heimgezahlt. Ich habe alle geputzten

Schuhe einfach neben den Eingang zum Flur gelegt, der zu den Schlafzimmern führte. Als ich sie in ihre Zimmer bringen musste, habe ich die meisten Schuhe absichtlich durcheinandergebracht. Die Schuhe hatten keine Namen drauf. Das wiederholte ich dreimal, dann lehnte ich mich zurück und beobachtete ihre Verärgerung.

Die Nonnen, die ich mochte, bekamen immer ihre Schuhe. Eine von ihnen brach sogar in Gelächter aus. Ich schätze, sie hatte auch genug von ihrem miesen Verhalten gegenüber den anderen.

„Erst kürzlich habe ich mir einen freien Tag und einen freien Nachmittag gegönnt. Ich war erschöpft von der Arbeit an sieben Tagen die Woche und hatte außer den guten Nonnen, die kamen und hier und da ein paar einfache Aufgaben erledigten und ein kurzes Gespräch führten, keine Unterstützung. Sie gaben mir das Gefühl, ein wenig menschlich zu sein. Mir selbst eine Auszeit zu gönnen, kam bei den Schlampen nicht gut an. Ich fing an, die Gebetszeiten zu streichen. Wenn ich um neun Uhr abends ins Bett ging, mussten sich einige dieser Nonnen selbst ein Glas Wasser oder Wein oder was auch immer sie wollten, holen. Manchmal stürmten sie in mein Zimmer und zerrten mich aus dem Bett, um sich bedienen zu lassen. Wenn sie mich aus dem Bett zerren können, können sie sich die Energie und Zeit sparen und die Sachen selbst holen. Es gibt schließlich kein Schild an der Küchentür, das ihnen den Zutritt verbietet. Das war eine furchtbare Machtdemonstration.

Eine Sache hat mich verwirrt, und ich habe sie ein paar Mal gesehen. Als ich eigentlich in der kleinen Kapelle für die Nonnen beten sollte, hörte ich den Lärm von Lastwagen, die in den Ort fuhren. Vom Fenster aus konnte ich erkennen, dass es sich um deutsche Lastwagen handelte. Sie luden Kisten in verschiedenen Größen und anscheinend auch Gemälde ab. Die Soldaten, die die Waren transportierten, gingen in einen überdachten Gang. Die Männer kamen jedes Mal mit leeren Händen zurück. Als ich mich von der Hausarbeit wegschlich, ging ich zu dem tunnelähnlichen

Bauwerk. Es gab zwei Türen. Die eine führte in die Männerquartiere. Die andere Tür war verschlossen. Sie war alt, schwer und dreifach verriegelt. Ich vermute, dass die Gegenstände in diesem Bereich verschwunden sind. Ich habe mich ein wenig umgeschaut und die Ohren offen gehalten. Ich bin mir nicht hundertprozentig sicher, ob mein Italienisch alle Informationen richtig wiedergibt. Ich fummele immer noch mit der Sprache herum. Ich bin mir jedoch sicher, dass einer der ranghohen Kardinäle, die dort herumliefen, zu einem anderen ebenso ranghohen sagte, dass die Deutschen Kulturgüter zum Schutz vor dem Krieg abgeliefert haben.
Lori runzelte die Stirn. „Du meinst, dass einige der geplünderten Artefakte Europas in den Tresoren des Vatikans gelagert wurden – unter dem Vorwand, sie zu bewahren?"

Die Deutschen haben das als Ausrede benutzt, um ihre Beute zu verstecken?" Er stieß einen Lufthauch aus. „Die Deutschen müssen ihre Verstecke für die geplünderten Gegenstände aufgefüllt und dabei ein gutes Geschäft mit dem Papst oder anderen Beamten gemacht haben. Ich wette, dass der Vatikan nach dem Krieg die Beute behält und seine Beteiligung an der Plünderung abstreitet."

Jaro mischte sich ein. „Die Lastwagen, die in Donnersbach bewacht wurden, sind in die Schweiz gefahren, oder nicht? Die Schweiz könnte der unschuldige Austauschort sein: Lastwagen rein, Gegenstände kategorisieren und dann weiterschicken. Der Gedanke daran, was alles gestohlen wurde und in den Tresoren des Vatikans versteckt sein könnte, macht mir Angst."

Oskar spottete. „Der Vatikan war schon immer gierig. Soweit ich weiß, zahlten die Menschen im Mittelalter und im religiösen Eifer der damaligen Zeit Steuern an den König oder an das Feudalsystem, in dem sie gefangen waren. Diese Steuern zahlten sie getarnt als Spende an die katholische Kirche. Die Annahme von Bestechungsgeldern ist tief in ihrer Geschichte verwurzelt. Offensichtlich hält die Gier bis heute an. Die Heuchler nennen sich Menschen Gottes. Steht nicht in der Bibel, dass Jesus einen Tempel wegen seiner Untaten beim Einsammeln von Reichtum verwüstet hat? Und hier ist diese Institution, die genau das Gleiche tut." Oskar schüttelte angewidert den Kopf.

Die Gruppe hörte auf zu reden, als ein paar italienische Soldaten auf sie zugingen.

Der Soldat, der Kiana schon oft belästigt hatte, blieb stehen und sah sie streng an. „Kiana, meine liebe Kiana, Du wolltest mir keine Gesellschaft leisten, als ich für Dich bezahlen wollte, aber hier isst Du mit drei Männern. Ich bin etwas verärgert."

Oskar stand auf. Sein Mund war vor Wut verschlossen. „Lass die Finger von meiner Schwester."

Lori und Jaro standen auf, bereit zum Angriff. Jaro log und zeigte die gleiche Wut. „Fass meine Cousine an, und Du wirst wissen, wie sich meine Faust anfühlt." Der Soldat wich zurück. „Vielleicht können wir uns an einem anderen Tag zum Essen treffen?" Kiana schaute ihn von oben bis unten an. „Träum weiter. Ich bin nicht käuflich." „Ah, Du bist umsonst!", sagte der Soldat. Lori, die etwas weiter entfernt stand, trat einen Schritt näher. Das Nächste, was der Soldat wusste, war, dass er auf dem Boden lag. Oskar und Jaro schlugen gleichzeitig auf ihn ein. Der Soldat kämpfte darum, aufzustehen. Er hielt Oskar und Jaro die Hand hin, damit sie aufhörten. Lori hob eine Faust, um den Soldaten erneut zu schlagen. Der Soldat wich zurück. „Ich hab's kapiert. Ich muss an euch beiden vorbei."

Loris Stimme ertönte, als er log: „Und durch mich. Du fasst meine Freundin nicht an."

Der Soldat stand langsam auf. „Drei Bodyguards, die sich so gut verstehen, ich verstehe schon. Hände weg."

Oskar sagte: „Und auch die Augen weg." Der Soldat schaute sich um und sah drei Fäuste, die bereit waren, ihn erneut zu schlagen. Oskar wandte sich an die anderen und sagte mit leiser Stimme: „Lasst uns hier verschwinden. Wir müssen einen Zug erwischen."

Kapitel 16
Von der Vatikanstadt nach Bologna

Am Bahnhof gingen Oskar, Jaro und Lori in die Herrentoilette. Dort zogen sie ihre italienischen Armeeuniformen an. Die Gelegenheit wurde von Kiana genutzt, um sich einen Habit und einen Schleier anzuziehen.

Dann näherte sie sich dem Fahrkartenschalter. Der Mann schaute sie an. „Warum sollte sich eine hübsche Dame wie Sie in der Kirche verstecken?"

Kiana lächelte nur zurück. „Es hat seine guten Seiten, aber wie jeder Beruf hat auch dieser seine schlechten Seiten. Ein Ticket nach Bologna, bitte." Der Mann am Fahrkartenschalter nickte zustimmend. „Fahrkarten für Nonnen sind zum halben Preis. Nach Bologna sind es zwanzig Lira."

Kiana schaute in ihr Portemonnaie und zog alles heraus, was sie hatte. Es waren fünfzehn Lira. Sie schaute sich um, um zu sehen, ob Oskar in der Nähe war. Er und die anderen beiden kauften in einiger Entfernung an einem Stand Essen. Kiana sagte: „Ich werde mit dem Rest des Geldes zurückkommen." Sie wollte gerade gehen, als der Mann an der Kasse sagte: „Fünfzehn ist nah genug." Kiana lächelte und überreichte ihm das Geld. Sie nahm den Fahrschein entgegen. „Vielen Dank." Dann fügte sie, als ob sie die Rolle spielen würde, hinzu: „Gott segne Dich und Deine Familie." Sie bekreuzigte sich schnell und eilte davon.

Der Zug hielt mehrmals zum Tanken an. Es dauerte vierundzwanzig Stunden, bis sie Bologna erreichten. Als sie ankamen, zogen sie

Zivilkleidung an, Kiana normale Straßenkleidung. Die Uniformen steckten sie alle in ihre Taschen. Dann liefen sie zu einem nahe gelegenen Park.

„Was machen wir von hier aus?", fragte Kiana.
„Wir besorgen uns Geld und suchen uns eine Bleibe. Wir müssen etwas hören, um zu erfahren, was in diesem Krieg passiert."

Sie entfernten sich langsam vom Park. Drei Blocks weiter sahen sie ein Schild an einem Haus. „Unterkunft verfügbar." Kiana sagte: „Wir sollten uns das ansehen. Als sie den schmalen Weg zum Haus hinaufging, fiel ihr der ungepflegte Vorgarten auf, und die Haustür sah reparaturbedürftig aus. Sie klopfte an. Eine Stimme aus dem Inneren rief: „Ich komme!"

Die Frau war Mitte sechzig. Ihr ergrautes Haar hatte sie am Hinterkopf zu einem festen Dutt gebunden. Eine Schürze bedeckte ihr geblümtes Kleid, das schon bessere Tage gesehen hatte. Sie grüßte Kiana: „Kommst Du mit aufs Zimmer?"
Kiana nickte. „Ja, ich brauche ein Zimmer." Dann wandte sie sich an die Gruppe, die am Tor wartete. „Meine drei Freunde brauchen auch ein Zimmer", fügte sie hinzu.
Die alte Dame runzelte nachdenklich die Stirn. „Ich habe nur ein Zimmer. Zwei Einzelbetten. Einer von euch kann auf dem Boden schlafen und ihr könnt auf der Couch im Wohnzimmer schlafen. Das Zimmer kostet zehn Lira. Willst Du es?" „Nur eine Minute. Ich werde mit meinen Brüdern sprechen", sagte Kiana. Sie ging zurück zum Tor und erzählte ihnen den Deal.

Oskar öffnete seine Brieftasche. „Ich habe nur acht Lira und zwei Reichsmark. Schau mal, ob die Reichsmark akzeptiert werden. Frag sie, ob wir etwas für sie tun können, um die Differenz auszugleichen."
Kiana ging zurück zu der wartenden Dame. Als sie hörte, dass Reichsmark als Ausgleich dienen sollten, verzog sie angewidert das Gesicht. „Nur Lira. Aber ihr könntet etwas arbeiten. Damit bin ich

einverstanden. Kommt." Sie schaute über Kianas Schulter hinweg und winkte dem Trio zu.

Sie führte die Gruppe in das Hinterzimmer. „Ihr drei schlaft hier. Einer von euch wird auf dem Boden schlafen. Ich werde ein paar zusätzliche Decken holen. Du, junge Dame, schläfst auf dem Sofa in der Lounge.

Wenn ihr eure Taschen weggeräumt habt, sage ich euch, welche Arbeiten erledigt werden müssen. Ich werde die acht Lira nehmen." Sie streckte die Hand aus. Osaka ließ das letzte Geld in ihre Hand fallen. Die Frau umklammerte das Geld und ging weg.

Zehn Minuten später versammelte sie die Gruppe um den Küchentisch. „Ihr könnt anfangen, die Schindeln auf dem Dach zu reparieren. Fangt hinten an. Der Raum, in dem ihr euch befindet, ist wie ein Sieb. Es gibt Löcher, durch die Wasser und Wind eindringen. Das muss zuerst repariert werden. Ich zeige euch, wo die Schindeln und Werkzeuge gelagert werden. Mein Mann hat früher nach der Arbeit oder an den Wochenenden Reparaturen durchgeführt. Er ist vor drei Jahren verstorben. Er kaufte die Schindeln, hatte aber nie die Gelegenheit, sie auf das Dach zu nageln. Er wurde zu krank, um noch auf das Dach zu klettern. Ich habe ihm verboten, dort hinaufzugehen." Die Frau schaute zur Decke hinauf und machte das Kreuzzeichen. „Eine Zeit lang kamen meine Söhne vorbei, um die Gartenarbeit und kleinere Reparaturen zu erledigen. Dann hatte Mussolini die schlechte Idee, dass meine Jungs in Äthiopien für Italien kämpfen sollten. Meine Tochter half mir, aber man sagte ihr, sie solle als Krankenschwester in Jugoslawien arbeiten. Sie wurde schwer verletzt. Man schoss ihr in die Beine. Eine Kugel in jedes Bein. Jetzt ist sie verkrüppelt. Ihre Kinder tun ihr Bestes, um ihr zu helfen. Ich gehe einmal im Monat hin, um beim Kochen und bei der Wäsche zu helfen." Die Frau richtete ihren Blick auf Kiana. „Kiana, Deine Aufgabe ist es, bei der Hausarbeit zu helfen. Das Bad und die Küche müssen gründlich geputzt werden. Das fällt mir schwer. Meine Arthritis in den Hüften und Knien hindert mich daran, manche Arbeiten gut zu erledigen. Auch meine Hände zeigen schon erste Anzeichen von Arthritis." Die Frau seufzte und versuchte, über ihre Beschwerden zu scherzen. „Wenn man sechzig wird, fängt der Körper an zu klagen und wackelt wie ein loses Rad an einem alten Karren. Du versuchst, einen Teil zu reparieren, und ein anderer Teil fängt an zu quietschen."

Sie nickte, damit Kiana in der Küche anfangen konnte. „Mach auch unter der Spüle weiter. Nimm alles heraus und säubere die Regale." Dann wandte sie sich an Lori, Jaro und Oskar. „Kommt mit mir in den Schuppen hinten."

Das Trio folgte der alten Frau in den Hinterhof. Sie zeigte auf den Schuppen. „Darin findet ihr eine Leiter, einen Hammer, Nägel und Schindeln."

„Du kannst jetzt anfangen." Sie ging weg und ließ das Trio zurück, um herauszufinden, wie die Reparaturen durchzuführen waren. Oskar sagte: „Ich gehe hoch und schaue mir das Dach an, um zu sehen, wie die anderen Schindeln genagelt sind. Ihr zwei fangt an, die Schindeln aus dem Schuppen zu holen. Zehn Minuten später verkündete Oskar: "Ich habe eine Methode gefunden, um die Schindeln auf dem Dach zu montieren." Ich glaube, das ganze Dach muss erneuert werden. Einige sehen sehr fragwürdig aus. Jaro, gib mir den Hammer, die Nägel und eine Schindel. Dann reiche die Schindeln weiter nach oben. Lori, bring sie einfach zu Jaro rüber." Den ganzen Nachmittag arbeitete das Trio auf dem Dach. Der größte Teil des Daches wurde repariert. Oskar zählte, wie viele Schindeln sie noch benötigten, um die Arbeit am nächsten Tag abzuschließen. „Wie viele haben wir noch?" Lori zählte die, die noch im Schuppen waren. „Drei."
Oskar antwortete: „Wir brauchen noch fünfzehn. Lass uns die letzten drei erledigen und ihnen die schlechte Nachricht überbringen."

Kiana hat bis zum Nachmittag die Küche, die Decken, die Wände, die Innenschränke und den alten Ofen fertiggestellt. Das Bad wurde nicht einmal angerührt. Es war kurz vor sechs Uhr abends, als die alte Dame mit einer Ladung Gemüse hereinkam. „Mach mal Pause. Die Küche sieht wunderbar aus." Sie ging umher und bemerkte, dass die Farbe an der Wand hinter dem Kochfeld abzublättern begann. „Ich glaube, das muss gestrichen werden." Traurig blickte sie auf die Wand. „Kein Geld. Keine Farbe. Das muss so bleiben." Jaro und Oskar betraten den Raum, nachdem sie schnell gebadet hatten. Sie erzählten ihr, dass sie zusätzliche Fliesen bräuchten. Die Frau verdrehte die Augen. „Kein Geld. Keine Fliesen mehr. Es bleibt dabei. Welcher Raum wird betroffen sein?"
Oskar antwortete: „Der vordere Teil über dem Innenhof."
„Igitt. Kein wichtiger Bereich. Jetzt ruht euch alle aus. Ich habe die Zeitung geholt. Es ist die Zeitung von gestern, wenn das in Ordnung ist. Wir bekommen die Zeitungen hier immer einen Tag zu spät."

Bis zum Mittagessen am nächsten Tag waren alle Aufgaben, die die Dame verlangt hatte, erledigt. Oskar fragte: „Wenn wir an einem anderen Ort Arbeit finden und bezahlt werden, können wir dann noch eine Nacht bleiben?"
„Natürlich. Lasst die Taschen im Aufenthaltsraum. Du kannst mir bis halb sechs Bescheid geben. Ich glaube nicht, dass es noch mehr Leute gibt, die eine Unterkunft suchen."

Sie murmelte vor sich hin, während sie sich der Zubereitung des Essens zuwandte: „Die sollten besser Arbeit finden. Ich brauche das Einkommen."

Am Nachmittag ging die Gruppe in einen nahegelegenen Park. Sie saßen auf einer Baumstammschaukel und diskutierten über ihre Möglichkeiten. Kianas und Jaros Augen waren ständig auf die Häuser gerichtet, die den kleinen Park umgaben.

Jaro nickte in Richtung eines mittelgroßen Hauses. Er bemerkte, dass die Besitzer das Haus gerade verlassen hatten. Sie waren in einem auffälligen, neuen Auto weggefahren. Er sagte: „In dem Haus könnten sich Bargeld und andere Dinge befinden. Ich habe die Besitzer gerade in einem auffälligen Auto wegfahren sehen. Wir sollten besser gehen, bevor die Besitzer zurückkommen."

Die Gruppe folgte Jaro zu dem Haus. Sie untersuchten es eine Weile. Kiana ging die kleine Treppe hinauf und klopfte an die Tür. Keine Antwort. Sie lauschte erneut. Sie drehte den Knauf. Zu ihrer Überraschung war die Tür nicht verschlossen. Sie gab den anderen ein Zeichen, ihr zu folgen.

Die Gruppe betrat das Wohnzimmer. Eine stilvolle Sitzgruppe bildete den Mittelpunkt des Raumes. Auf der Anrichte standen Familienfotos. Jaro starrte auf den Mann in Uniform und die Fahne hinter ihm.
Er rief den anderen zu: „Hey, wir sollten uns beeilen! Die Leute hier sind Mussolini-Anhänger. Der Mann scheint einen hohen Rang zu haben. Ich glaube, der Mann ist ein Zwei-Sterne-General. Es muss ein Hauptquartier geben. Geh dorthin." Die anderen liefen schnell um das Haus herum. Sie fanden eine verschlossene Tür. „Ich glaube, das ist das Büro", sagte Jaro. Oskar knackte das Schloss. Die Tür öffnete sich und gab den Blick auf einen Schreibtisch frei, der auf einer Seite mit Papieren vollgestapelt war. Oskar durchwühlte die Schubladen und sah sich einige der Papiere an. Lori warf einen Blick hinter das Gemälde an der Wand. Er fand einen Safe. „Weiß jemand, wie man einen Safe öffnet?", fragte er die anderen. Oskar und Jaro schüttelten den Kopf.

Kiana verließ den Raum und ging zu den Schlafzimmern.

Sie fand etwas Kleingeld in einem der Kinderzimmer und insgesamt zwanzig Lira in einem Portemonnaie in einer Schublade des Ankleidezimmers der Mastersuite. Sie steckte das Geld zusammen mit ein paar Ringen und einer Goldkette ein. Sie verließ das Zimmer, um in die Küche zu gehen.

Gleich neben der Tür schnappte sie sich drei Einkaufstüten. Dann bediente sie sich in der Vorratskammer. Sie füllte die Tüten mit Brot, Gemüse und Obst. Es war genug für zwei Mahlzeiten für alle. Auf der einen Seite eines Schranks entdeckte sie eine Flasche Rotwein. Sie nahm sie sowie vier Tassen und Vorspeisenteller mit, die sie abwusch und auf einem Gestell neben der Spüle abtrocknen ließ. Dann traf sie sich mit den anderen.

Ihre Suche hatte wenig ergeben. Oskar ging zurück zu den Schubladen des Schreibtisches. Er untersuchte die Tiefen auf passende Höhen. Eine Schublade war flacher als die anderen. Er nahm den Inhalt heraus und schob ihn erst an den Rändern und dann in der Mitte herum. Schließlich sprang der falsche Boden auf. Er holte Bargeld in Lira und Reichsmark heraus. Alles wurde sorgfältig zurückgegeben. Er sagte: „Zeit zu gehen, wir haben genug Geld für jetzt." Lori half Kiana bei ihrer Beute. Die Gruppe schloss die Tür sorgfältig, bevor sie ging. Sie wollten gerade um die Straßenecke biegen, als die Besitzer zu ihrem Haus zurückkehrten. Ihr Auto war draußen geparkt. Langsam kletterte die Familie heraus. Sie betraten ihr Haus.

Oskar und die anderen eilten davon. „Sie werden den Diebstahl vielleicht einen halben Tag lang nicht bemerken. Das große Anzeichen wird die Küche sein. Ich habe die Lebensmittelvorräte fast vollständig aufgebraucht. Dann werden sie anfangen zu suchen, um herauszufinden, was gestohlen wurde. Es kann ein oder zwei Tage dauern, bis die Frau merkt, dass die Goldkette gestohlen wurde. Ich habe die eher bescheiden aussehenden Ringe genommen. Sie hatte ein paar sehr schöne Ringe, aber ich dachte, die wären schwer zu verkaufen. Lass uns unsere Sachen holen und in ein anderes Gästehaus gehen. Wenn wir erwischt werden, will ich nicht, dass die alte Dame etwas damit zu tun hat." Als sie gegen vier Uhr nachmittags das Haus erreichten, war die Dame nicht zu Hause. Sie sammelten ihre Taschen ein und hinterließen der Dame eine Nachricht, dass sie abreisen würden.

Kiana legte zwei kleine Tomaten, ein Brötchen und zwei Liras mit einem Zettel auf den Tisch. „Das sollte sie bei Laune halten." Sie gingen alle hinaus.

Als sie ein größeres Gästehaus einige Häuserblocks entfernt erreichten, bemerkten sie, dass sich mehrere deutsche Soldaten in der Nähe aufhielten. Bei näherem Hinsehen handelte es sich um Leute mit höherem Rang. Lori sagte: „Lasst es uns woanders versuchen." Sie zogen weiter.

Ein paar Blocks weiter betrat die Gruppe ein weiteres Gästehaus. Sie untersuchten die Umgebung nach Deutschen. Es war keiner zu sehen. Doch dann tauchte ein italienischer Oberst vor ihnen auf. Er winkte sie zu sich. „Junge Männer und junge Dame, was führt euch hierher?"

Jaro antwortete: „Wir machen eine Reisepause. Wir sind auf dem Weg nach Venedig, um an Beerdigungen teilzunehmen. Viele unserer Familienmitglieder sind im Krieg gefallen. „
„Dann macht mit und geht zurück an die Front! Wir brauchen mehr Männer." Er sah Kiana an. „Wir brauchen auch mehr Krankenschwestern. Du bist doch Krankenschwester, oder?"
Kiana lächelte. „Nein, Sir. Ich bin eine Nonne, die für die Beerdigung ihrer Verwandten beurlaubt wurde."
Der Colonel nickte. „Eine Nonne? Das ist gut genug. Ich hoffe, dass Du Dich um die verletzten Männer kümmerst und ihnen die letzte Ölung gibst."
Der Schalterbeamte rief die Gruppe zu sich. Er überreichte ihnen zwei Schlüsselbunde. Kiana nahm die Schlüssel entgegen. Der Colonel runzelte die Stirn. „Nur zwei Sätze?"

Oskar antwortete: „Wir haben ein kleines Budget. Beerdigungen können teuer sein. Mehrere erst recht." Der Oberst schien mit dieser Antwort zufrieden zu sein. Er ging weiter.

Am nächsten Morgen versammelte sich die Gruppe im Aufenthaltsraum um das Radio. Gespannt lauschten sie den verschiedenen Nachrichten.

Mussolini war zum alleinigen „Herrscher" Italiens geworden, nachdem König Emanuel von Mussolini ins Exil nach Ägypten gezwungen worden war. Die Pakte mit Deutschland standen weiterhin auf wackligen Beinen, aber die Deutschen kooperierten mit Mussolini und nahmen seine Misserfolge in Kauf. Die italienischen Feldzüge nach Griechenland und Jugoslawien über Albanien gingen weiter und kosteten Tausende Menschen das Leben. Die Situation in Afrika war nicht viel besser.

Der Feldzug in Ägypten verlief schlecht. Die Briten, Australier, Neuseeländer und Franzosen hatten ihre Kräfte vereint. Die Italiener waren ihnen in allen Belangen unterlegen und mussten eine schwere Niederlage einstecken. Aufgrund des deutsch-italienischen Vertrags boten die Deutschen eine gewisse Entlastung. Trotzdem drang die Wahrheit nicht bis zur italienischen Öffentlichkeit durch. Es wurden mehr Truppen geschickt. Halbe Bataillone wurden zusammengelegt, um die Zahlen zu verstärken. Doch alle scheiterten bei der Eroberung Ägyptens.

Die Wahrheit über die äthiopischen und ägyptischen Misserfolge sowie alle anderen Misserfolge wurde der Öffentlichkeit in der Heimat nie mitgeteilt. Das hätte einen großen moralischen Einbruch, Aufruhr oder Massendesertion in der jungen Armee zur Folge haben können. Mussolini wollte nicht zugeben, dass er der Versager war. Er hielt die Propaganda im Radio und in den Zeitungen am Laufen.

Über den deutschen Vorstoß an der Westfront, der sich von der Schweizer Grenze bis zur Nordsee oberhalb von Holland erstreckte, wurde nur wenig berichtet. Nach der Sendung sagte Lori: „Die Welt ist verrückt geworden. Es gibt keinen wirklich sicheren Ort mehr."

In diesem Moment kam der Oberst herein. Er grüßte die Gruppe und lächelte, um seine Niedergeschlagenheit und Sorge zu verbergen. Er setzte sich selbst auf den freien Zweisitzer neben der Gruppe. Er nahm eine Zigarre heraus, zündete sie an und zog einen Hauch Tabak ein. Er zog einen Hauch Tabak ein und atmete aus. „Übrigens, ich bin Oberst Luca Morelli. In der Eilmeldung wurde nur die halbe Wahrheit gesagt. Mussolini lässt gerne Details weg und mischt Teile der Wahrheit mit Lügen. Wenn das passiert, klingen die Dinge genau, sprich: Sei selektiv taub und blind."

Oskar fragte: „Ich bin sicher, Du weißt mehr, als im Radio zugelassen wird."
Oberst Morelli nickte. „Sicher weiß ich das." Er schaute die Gruppe fest an. „Ich nehme an, ihr drei Männer seid desertiert. Gut für euch. Ich werde es geheim halten. Junge Dame, wenn Sie überleben wollen, bleiben Sie bei dieser Gruppe. Sie könnten jedoch gezwungen sein, sich aufzulösen, wenn der Krieg weitergeht. Ich glaube nicht, dass sich die Welt in den nächsten Jahren beruhigen wird. Ich sage Dir jetzt, wo Du sicher bist." Er paffte weiter an seiner Zigarre.

„Geh in die Schweiz oder nach Schweden oder Norwegen. Wenn Du es Dir leisten kannst, vielleicht auch nach Australien oder Neuseeland. Dort befinden sie sich zwar im Krieg, aber ihre Heimatländer werden nicht bombardiert. Die pazifischen Inseln und andere asiatische Länder sind nicht sicher. Die Welt rottet ihre Bevölkerung aus. Die nächste Krankheit wird folgen, weil die Toten nicht schnell genug begraben werden können. Versteck Dich, wo immer Du kannst."

Oskar warf ein: „Warum ist Italien über Griechenland und Jugoslawien in [...] Albanien?"

Der Oberst sah auf und schaute Oskar in die Augen. „Die faschistische Regierung machte König Emanuel zum Kaiser von Äthiopien und zum König von Albanien. Ich vermute, sie wollten, dass er die Schuld für ihre kolonialen Bestrebungen auf sich nimmt – vor allem, wenn die Dinge schiefgehen. Aber es läuft in jedem Aspekt des Krieges schief. König Emanuel war gegen den Krieg gegen Griechenland und Jugoslawien und wurde für seine Bemühungen ins Exil nach Alexandria in Ägypten geschickt. Unsere Delegationen haben den König angefleht, zurückzukommen. Vielleicht kommt er zurück. Wenn er zurückkommt, wird er vermutlich auf der Seite der Alliierten stehen. Er hasst Mussolini und seine Schergen. Mein Bruder, General Paco Morelli, lebt in einem protzigen Haus, das von Mussolini gebaut wurde. Er hat ein schickes Auto, eine verwöhnte Frau und zwei verwöhnte Kinder. Für ihn ist Mussolini Gott." Der Oberst stieß einen Spieß aus. „Mein Bruder und ich reden nicht mehr miteinander. Der Krieg hat uns und den Rest der Familie entzweit. Das ist traurig. So ist die Realität. Viele Familien sind gespalten. Nicht nur in Italien, sondern überall. Der Krieg trennt nur.

Meiner Beobachtung nach sind Kriege, die von Politikern geführt werden, zum Scheitern verurteilt. Es gibt keinen Respekt für die Soldaten, aber vor allem keine Vorplanung für einen Krieg – und erst recht nicht für das, was danach kommt. Sie schaffen Niederlagen, keine Siege.

„Ich rate jetzt mal, und ich könnte falsch liegen. Italien wird zweimal fallen. Die Deutschen haben es satt, Italien bei verpfuschten und schlecht geplanten Angriffen zu Hilfe zu kommen. Wenn das passiert, wird Italien zu einer Marionette Deutschlands. Igitt. Das wird für die Alliierten ein Anreiz sein, in Italien einzumarschieren. Wir werden zwar erneut fallen, doch die Alliierten werden Italien schließlich vor einem weiteren Untergang bewahren. Sie werden uns dabei helfen, unsere Freiheit wiederzuerlangen. Ich kann es kaum erwarten, dass das passiert."

Lori fragte: „Wenn das passiert, was denkst Du, wird dann mit deinem Bruder passieren?" „Ich muss hier Vermutungen anstellen. Er könnte Selbstmord begehen, bevor er sich wegen Kriegsverbrechen vor Gericht verantworten muss. Er könnte sich wegen Kriegsverbrechen verantworten und eingesperrt werden. Oder er könnte wie ein Feigling wegrennen. Alle Tyrannen sind Feiglinge, wenn der Spieß sich umdreht, Schafe im Wolfspelz. Er hat sein Schicksal selbst in die Hand genommen. Ich gratuliere euch jungen Leute zu eurer Bereitschaft zu desertieren. Lauft und lasst euch nicht erwischen." Der Oberst wollte sich gerade erheben, als Oskar fragte: „Dein Bruder, wohnt er in dem Haus mit der Venus-Statue davor?"

Der Oberst runzelte die Stirn. „Äh, ja. Warum?"
„Ich dachte, es würde Dich vielleicht freuen zu wissen, dass er ausgeraubt wurde. Er wird es natürlich nie sagen."
Der Colonel grinste und begann zu lachen. „Gut gemacht. Du hättest sein Haus niederbrennen sollen. Dann würde er merken, wie es ist, wenn andere seine Häuser zerstören. Er hat irgendwo einen Safe. Der könnte außer Geld noch andere interessante Dinge enthalten. Als wir noch miteinander sprachen, gab er mir zur Sicherheit die Kombination. Er wollte sichergehen, dass der Inhalt dorthin verteilt wird, wo er hingehört."

„Wir haben ihn gefunden", antwortete Oskar. „Wo ist es?", fragte der Oberst.

„Hinter einem hässlichen Gemälde von Salvador Dalí", antwortete Oskar.
„Hmm. Wahrscheinlich gestohlen. Danke für die Information. Ich habe das Bild gesehen. Ich stimme zu, dass es hässlich ist. Keine Finesse. Übrigens, wie willst Du in die Schweiz kommen? Du brauchst auf jeden Fall Dokumente. Pässe sind am besten. Ich habe einen Kontakt bei der Einwanderungsbehörde. Er nimmt Blanko-Pässe für Menschen an, die irgendwohin fliehen wollen. Wenn Du seine Dienste brauchst, lass es mich wissen."

Lori war von der Idee angetan. „Wir werden vier brauchen. Die Fotos haben wir schon gemacht. Wie viel wird es kosten?" Der Colonel stand jetzt auf.

„Ich werde die Kosten übernehmen. Es ist eine Belohnung dafür, dass Du meinen gefährlichen Bruder ausgeraubt und mir verraten hast, wo sich sein Safe befindet. Ich werde mich einfach revanchieren. Ich werde den Mann innerhalb von vierzig Minuten kontaktieren und einen Termin für ein Treffen vereinbaren. Ich werde eine Nachricht am Schreibtisch des Angestellten hinterlassen. Ich muss jetzt gehen und wieder so tun, als ob ich es nicht wäre. Ich hoffe, wir treffen uns eines Tages wieder, vielleicht in der Schweiz. Dorthin werde ich gehen, wenn ich zwei Wochen Urlaub vom Dienst habe. Ich habe genug von diesem Krieg." Der Oberst neigte seinen Hut und ging weg.

„Kann man ihm trauen?", fragte Jaro.

„Wir werden uns draußen verstreuen und sehen, was passiert. Wenn die Militärpolizei oder die örtliche Polizei kommt, dann wissen wir Bescheid", sagte Oskar.

Lori war von der Idee angetan. „Wir wollen zu viert sein. Wir haben die Bilder schon gemacht. Wie viel wird das kosten?"

Der Oberst stand an dieser Stelle. „Ich werde die Kosten übernehmen. Es ist eine Belohnung dafür, dass Du meinen gefährlichen Bruder ausgeraubt und mir verraten hast, wo sich sein Safe befindet. Ich werde mich einfach revanchieren. Ich werde den Mann innerhalb von vierzig Minuten kontaktieren und einen Termin für ein Treffen vereinbaren. Ich werde eine Nachricht am Schreibtisch des Angestellten hinterlassen. Ich muss jetzt gehen und wieder so tun, als ob ich es nicht wäre. Ich hoffe, wir treffen uns eines Tages wieder, vielleicht in der Schweiz. Dorthin werde ich gehen, wenn ich zwei Wochen Urlaub vom Dienst habe. Ich habe genug von diesem Krieg." Der Oberst neigte seinen Hut und ging davon.

„Kann man ihm trauen?", fragte Jaro.

„Wir werden uns draußen verstreuen und sehen, was passiert. Wenn die Militärpolizei oder die örtliche Polizei kommt, dann wissen wir Bescheid."

Die Gruppe verteilte sich an verschiedenen Stellen außerhalb des Gebäudes. Getreu seinem Wort kehrte der Oberst zurück, ging hinein und verließ das Gebäude so schnell, wie er gekommen war. Die Gruppe wartete eine Stunde lang. Lori ging ins Gästehaus, um den Zettel abzuholen. Er war auf der Hut und bereit, von jeder Art von Polizeieinheit überrumpelt zu werden. Es passierte nichts. Wie vereinbart, ging er zu einem Außenrestaurant und wartete. Doch es kam niemand. Er gab Kiana ein Zeichen. Sie leitete das Signal an Jaro weiter, der es wiederum an Oskar weiterleitete. Die Gruppe formierte sich neu, blieb aber in höchster Alarmbereitschaft. Ihre Augen beobachteten ständig die Umgebung.

Zwei Stunden später trafen sie den Kontaktmann. Der Mann in den Vierzigern trug eine dicke Brille. Er positionierte sich in einer Ecke des Ladens, den seine Frau führte. Er begrüßte die Ankömmlinge mit einem warmen Lächeln.

„Willkommen in meinem Büro. Bitte setz Dich. Zeigen Sie mir die Fotos." Er nahm die Fotos nacheinander in die Hand. Er stellte die üblichen Fragen nach Name und Geburtsdatum. Als nächsten Verwandten schrieb er „verstorben".

Er reichte die Fotos nacheinander zurück. Er stand auf und ging, ohne ein Wort zu sagen. Die Gruppe verließ den Raum vorsichtshalber mit großem Abstand zueinander. In italienischen Armeeuniformen und Kiana in ihrem Nonnenhabit bestiegen sie den Zug nach Mailand. Es gab keinen Grund, in Bologna zu bleiben. Jetzt, da sie Geld gestohlen und einen Ring verpfändet hatten, mussten sie aus der Stadt verschwinden.

Kapitel 17
Mailand nach
Meda.

Zivilkleidung wurde von ihnen sofort angezogen, sobald sie aus dem Zug gestiegen waren. Oskar betrat ein kleines Motel. Er ging zum Check-in-Schalter und fragte nach einer Touristenkarte. Der junge Mann auf der anderen Seite sah ihn kaum an. Mechanisch überreichte sie ihm die Karte. Oskar bedankte sich bei ihr. Das Mädchen grunzte fast ein Wort der Anerkennung.

Vor dem Motel schaute die Gruppe auf die Karte. Auf der Vorderseite waren lediglich einige Straßen des Stadtzentrums eingezeichnet. Die Rückseite erwies sich jedoch als viel wertvoller. Es handelte sich eher um eine Karte von Norditalien bis zum Comer See. Die Gruppe lächelte über diesen Fund. Sie konnten ihre Route planen. Sie verließen das Hauptquartier, um Erkundigungen über die Städte im Norden einzuholen und der Schweiz einen Schritt näher zu kommen. In zwei Stunden wollten sie sich im Park auf der anderen Straßenseite treffen.

Kiana kehrte als Letzte zu dem vorher festgelegten Ort zurück. Sie sagte zu den anderen: „Es gibt einen Mann, der einen Bus fährt. Er macht Rundfahrten zu einer kleinen Stadt namens Lecco. Lecco liegt im Nord-Nordosten. Sie ist etwa zwanzig Kilometer von der Küste des Comer Sees entfernt. Der Preis pro Person beträgt zehn Lira. Mir wurde auch gesagt, dass die Fahrt bei gutem Wetter fünf Stunden dauert, bei schlechtem Wetter aber auch sechseinhalb Stunden dauern kann. Dann müssen wir bis zur Grenze laufen und die restlichen Berge überqueren. Was hast Du gefunden?"

Oskar sagte: „Nicht viel." Er holte noch ein paar Lira heraus. „Nur das hier."

Jaro sagte: „Ich sah, wie Deutsche einen Mannschaftswagen beluden. Ich hörte, wie sie sagten, sie würden über die Städte Como und Maslianico in die Schweiz einreisen." Como ist ein Hafen am Comer See. Maslianico ist die größte Stadt an der italienischen Grenze vor dem Übergang in die Schweiz. Für uns geht es mit dem Boot entweder nach San Bartolomeo oder Cernobbio, bevor wir nach Maslianico weiterfahren. Die Frage ist, ob wir den Deutschen folgen, ein oder zwei Tage später denselben Weg nehmen oder mit dem Boot fahren."

Oskar war unschlüssig. „Wenn wir zu Fuß nach Como gehen, wird es Tage dauern, bis wir Como oder Lecco erreichen. Falsche Abbiegungen könnten dazu führen, dass wir in Österreich oder einem anderen Land landen, das mit Deutschland im Krieg ist. Wir sollten uns nach weiteren Transportmöglichkeiten nach Como umsehen."

„Lass uns erst einmal eine Unterkunft suchen", sagte Jaro. „Dann können wir uns später um alles kümmern. Möchte jemand etwas trinken?"

Sie fanden ein kleines, heruntergekommenes Motel, das nicht mehr als zwanzig Zimmer hatte. Die ungestrichenen Wände waren hauchdünn. Stimmen in normaler Lautstärke drangen durch. Es wurde nur geflüstert. Als die Gruppe merkte, wie dünn die Wände waren, schaute sie sich an. Oskar sagte: „Wir reden draußen auf der Straße. Hier gibt es zu viele Ohren."

In dieser Nacht war es ihr Ziel, Mailand nach weiteren Informationen zu erkunden. Nach Como reisten sie mit dem Bus oder dem Zug. Die Reise nach Lecco war nur mit dem Bus möglich. Lecco bot den Deutschen mehr Sicherheit und war weit weg. Sie wären weiter von der Schweiz entfernt, aber näher an Österreich. Como wäre viel näher an der Schweiz gewesen. Egal, in welche Richtung – die Berge waren immer ein Hindernis, vor allem, wenn sie zu Fuß gehen mussten. Die Gruppe stimmte ab. Es sollte Como sein.

In ihren Uniformen gingen sie zum Bahnhof in Mailand. Zu ihrem Entsetzen fuhren keine Züge nach Como. Eine kleine Lawine hatte die Gleise bei Meda blockiert. Die Straße war ebenfalls nicht befahrbar.

Kiana schaute auf die Bahnhofsuhr. „Wir haben den Bus nach Lecco verpasst. Er fährt in drei Minuten, und wir sind mindestens zwanzig Minuten entfernt."

Lori schaute sich um und stellte fest, dass auch andere Fahrgäste von der Schließung betroffen waren. „Lass es uns morgen versuchen. Auf der anderen Straßenseite gibt es ein kleines Café. Lass uns dorthin gehen und planen, was wir tun werden."

Wieder suchten sie nach Informationen über den Transport nach Como. Oskar fand eine Polizeistation und wagte sich hinein. Nach zehn Minuten erhielt er einige Informationen. Es gab einen Bus, der jeden Tag nach Meda fuhr. Er verlässt Mailand jeden Tag um halb neun Uhr morgens. Er kommt um sechs Uhr abends zurück. Oskar fragte nach dem Weg. Es gab keine offizielle Bushaltestelle. Die Leute mussten zum Haus des Fahrers gehen.

Ein älterer Mann und seine ebenso alte Frau waren auf ihrem Morgenspaziergang. Kiana sprach sie an. „Entschuldigen Sie bitte, Können Sie mir und meinen Brüdern den Weg zu dieser Adresse zeigen?" Der Mann las die Adresse vor. „Ah, ja, das ist auf der anderen Straßenseite, wo wir wohnen. Ihr seid ganz in der Nähe."

Der alte Mann zeigte die Straße hinauf: „Geht bis zum Ende und biegt dann links ab. Dann gehst Du ganz bis zum Ende der Straße. Dann biegst Du rechts ab. Dort stehen vier Häuser und ein Schuppen. Warte vor dem Schuppen auf den Bus." Kiana bedankte sich bei dem Paar und gab die Anweisungen an die Gruppe weiter.

Um acht Uhr morgens war die Gruppe an dem Schuppen. Der Bus tauchte langsam aus seinem Nachtlager auf. Er war in einem schlechten Zustand: Beulen und kaputte oder fehlende Scheiben ließen ihn für die Fahrt unzuverlässig und kalt aussehen. Der Fahrer begrüßte die Gruppe. „Ich bin noch nicht fertig. Die Fenster müssen repariert werden." Er holte Pappbögen heraus und klebte sie an die Innenseite des Busses. Als er fertig war, lehnte er sich stolz zurück. „Perfecto." In der Zwischenzeit hatten sich drei weitere Personen zu der Gruppe gesellt.

Der Fahrer sagte aufmunternd: „Steig ein. Meine Frau wird die Fahrpreise kassieren, bevor wir losfahren." Als alle Platz genommen hatten, kam eine Dame mittleren Alters mit einer Tasche herein. Sie sagte leise zu allen: „Zehn Lira bitte."

Oskar gab ihr vierzig Lira. Er zeigte auf die Mitglieder seiner Gruppe. Sie nickte und nahm die Scheine. Sie verließ den Bus.

Nach dreißig Minuten hielt der Bus in einem unscheinbaren Dorf. Hier stiegen vier weitere Personen ein und zahlten dem Fahrer jeweils den gleichen Betrag. Die neuen Reisenden setzten sich, als der Bus losfuhr. Zwanzig Minuten später hielt der Bus erneut an.

Deutsche und italienische Soldaten hatten den Bus angehalten. Der Fahrer fluchte, als er mitten auf der Straße zum Stehen kam. Ein Deutscher hielt den Fahrer mit vorgehaltener Waffe fest, während ein Italiener etwas sagte. „Wohin fährt dieser Bus?" Der Fahrer versuchte, so ruhig wie möglich zu bleiben. „Meda." Der italienische Soldat sah sich die Reisenden an. Er befahl einem Mann, seinen Platz zu räumen und sich auf einen anderen freien Platz zu setzen. Dann senkte der Deutsche sein Gewehr. Er warf die Person, die direkt hinter dem Fahrer saß, hinaus. Diese fand einen anderen Sitz weiter hinten. Oskar setzte sich neben Kiana. Lori setzte sich neben Jaro. Die Neuankömmlinge bemerkten die Veränderung. Der Italiener fragte: „Warum habt ihr euch bewegt?" Lori antwortete: „Nur für

den Fall, dass noch mehr Soldaten zusteigen. „Kommen noch mehr?"
Der italienische Soldat schaute ins Leere und antwortete nicht. Die
Passagiere waren jetzt deutlich leiser, Flüstern ersetzte die kaum
hörbaren Stimmen. Ein Reisender legte seine Mundharmonika weg.
Der Fahrer war wütend. Er erhob sich von seinem Sitz und verlangte
den Fahrpreis. Die Soldaten lachten und richteten ihre Gewehre auf
den Fahrer. Er kehrte zu seinem Sitz zurück und setzte die Fahrt nach
Meda fort.

In Meda stiegen die Fahrgäste aus dem Bus aus. Die Soldaten waren
die Letzten, die ausstiegen. Oskar und Kiana gingen direkt zu einer
Taverne in der Nähe des Busdepots. Lori und Jaro folgten ihnen einige
Minuten später. In der Taverne saßen sie in getrennten Gruppen und
unterhielten sich leise. Sie wollten sichergehen, dass die Soldaten
nicht auftauchten. Sie tauchten nicht auf. Das Unbehagen blieb
jedoch, als sich die beiden Gruppen vereinigten.
„Die beiden Soldaten im Bus haben es ernst gemeint", sagte Lori.

„Zu ernst. Vielleicht ein Machttrip", sagte Kiana. „Ich habe solche
Leute im Vatikan gesehen. Unheimlich. Selbstsüchtige Teufel. Sie
sprechen mit verdrehter Zunge, sagen das eine und tun das andere.
Igitt." „Ich glaube, wir müssen besonders vorsichtig sein. Die Grenze
ist nur noch sechzig Kilometer entfernt. So nah und doch so fern.
Wir sollten uns wärmere Kleidung für die Reise kaufen, und ein paar
Decken werden uns helfen.

In der kleinen Stadt gab es nur zwei Tavernen mit
Übernachtungsmöglichkeiten. In der einen, die ein freies Zimmer
hatte, hing ein Schild mit der Aufschrift ‚Nur für Paare'. Lori und
Kiana traten ein und gaben sich als Paar aus. Als sie im Zimmer
waren, schlich Lori hinaus, um Oskar und Jaro hereinzuschmuggeln.

Später am Abend verließen Lori und Kiana die Taverne. Zwei
Stunden später kamen sie mit vier Decken zurück, von denen sie
drei von der Wäscheleine genommen und eine gekauft hatten.

Oskar kehrte von seiner nächtlichen Plünderung mit zwei dicken Jacken zurück, die er in der Taverne gestohlen und zwei weitere, die er in einem Laden gekauft hatte. Der Laden war geschlossen, aber der Besitzer arbeitete noch. Oskar hatte an das Fenster geklopft, um dessen Aufmerksamkeit zu gewinnen. Der Besitzer freute sich über den zusätzlichen Verkauf. Jaro kam mit einem Sortiment an Handschuhen und dicken Socken zurück, die er aus einem Geschäft gestohlen hatte. Er fügte hinzu: „Ich war an der Vorderseite und habe bemerkt, dass die Hintertür offen war. Der Besitzer arbeitete im hinteren Bereich. Ich konnte seinen Scheitel sehen. Als ich zur Hintertür ging, um ihn darauf aufmerksam zu machen, war er jedoch nicht mehr zu sehen. Ich glaube, er war auf der Toilette im hinteren Bereich. Die Hintertür war noch offen. Ich half mir einfach selbst und hoffte, dass der Mann lange genug im Toilettenblock blieb, damit ich entkommen konnte. Wir müssen nur noch etwas zu essen besorgen, dann ist alles erledigt. Wir sollten bei Tageslicht aufbrechen. Eine Überquerung in der Nacht wäre zu gefährlich. Allein der Gedanke an die Kälte lässt mich jetzt schon frösteln.

Kapitel 18
Von Meda nach
Como.

In aller Herrgottsfrühe machte sich die Gruppe auf den Weg, um die Berge zu überqueren. Sie liefen gerade die Straße entlang, als ein Bauer vorbeifuhr.
Er hielt bei der Gruppe an. Er fragte: „Wohin geht ihr?"
„Nach Como", antwortete Oskar.
Der Bauer sah besorgt aus. „Wie wollt ihr denn die Berge überqueren? Die Kälte wird euch umbringen."
Oskar entgegnete: „Wir haben warme Kleidung und Decken."
Der Bauer schüttelte den Kopf. „Mein Hof liegt auf halber Höhe des Berges. Ich kann euch alle dorthin bringen, wo ich abbiegen muss, um zu meinem Hof zu gelangen. Wollt ihr mitfahren?" Ohne lange zu überlegen, kletterte die Gruppe in das alte, große Auto.

Es dauerte fast vierzig Minuten, bis der Bauer aufhörte zu fahren. Da war eine Seitenstraße. „Ich biege hier ab. Es wird Zeit, dass Du aussteigst. Geh nicht länger als eine Stunde. Du musst Dir einen Unterschlupf suchen. Ein Sturm zieht auf. Auf der linken Seite der Straße gibt es eine alte Hütte, die von Hirten genutzt wird. Ein Pfad führt dorthin. Er könnte mit Schnee bedeckt sein. Wenn das der Fall ist, kann es sein, dass Du die Hütte verpasst. Es gibt keine Schilder, die euch den Weg zeigen. Die Gruppe bedankte sich bei dem Bauern und ging weiter die Straße hinauf.

Nach einer Stunde Fußmarsch wurde der Himmel dunkel. Kiana blickte auf die drohenden Wolken. „Wir suchen besser schnell einen Unterschlupf. Sieht jemand von euch eine Hütte?" Lori kletterte auf einen Baum bis zum ersten Ast.

„Ich sehe sie. Wir sind daran vorbeigelaufen. Sie sieht wirklich alt aus." Er zeigte in Richtung der Hütte. „Ich kann Dir den Weg zeigen."

Nach fünf Minuten des Zurückgehens sagte Lori: „Hier entlang." Er schob mit den Füßen etwas Schnee beiseite. Eine schlammige Spur kam zum Vorschein. Als die Gruppe die Hütte erreichte, sahen sie sich ihren Zustand an. Jaro fragte: „Ich bin mir nicht sicher, ob dieses Wrack standhalten wird. Der Wind nimmt zu. Schauen wir uns um, ob es noch etwas anderes gibt."
Oskar zeigte auf eine Felsengruppe. „Ich sehe mir das mal an." Die Felsen lagen in einer groben U-Form. Ein Stein war über einen Teil des U gestürzt und bildete ein grobes Dach. Oskar murmelte vor sich hin: „Das wird eine Absicherung sein, falls die Hütte zu wackeln beginnt."

Die Gruppe betrat die Hütte und sah sich um. Lücken in einer Holzwand ließen den Wind hindurchpfeifen. Es gab eine Feuerstelle aus Steinen. Kein Holz. „Sollen wir hier bleiben?", fragte Kiana und spürte, dass es in der Hütte genauso kalt war wie draußen.
„Wenn wir eine Decke über der Wand opfern, durch die der Wind am stärksten weht, und uns aneinanderkuscheln, werden wir die Nacht überleben", sagte Oskar. Eine Decke wurde an der Wand aufgerichtet, die den meisten Wind abhielt. Lori und Kiana sammelten etwas Holz und hofften, dass es nicht zu feucht war, um es anzuzünden. Sie versuchten ein paar Mal, das Feuer zu entfachen, bevor sie aufgaben.

„Das sieht nach einer kalten Mahlzeit aus", sagte Jaro, während seine Zähne zu klappern begannen. „Es gibt eine Auswahl an gefrorenem Gemüse und Obst." Er drehte einen Apfel auf seinen Fingern, während er sprach, und grinste. „Möchte jemand Gelato?" Er fuhr mit seiner Clownerie fort. „Reines Obst- oder Gemüse-Gelato." Er stellte die Auswahl in die Mitte der Gruppe. Langsam griffen sie nach einem Stück.

Im Laufe der Nacht wurde der Wind stärker. Die Hütte schüttelte sich ein wenig.

Die Gruppe wurde durch Lärm und Erschütterungen aus dem unruhigen Schlaf gerissen. Sie sahen sich in der Hütte um. Sie hatten ähnliche Gedanken: Sollten sie fliehen oder auf das Beste hoffen? Sekunden später hatten sie ihre Antwort. Schnell packte die Gruppe ihre Sachen zusammen, riss die Decke von der Wand und rannte nach draußen. Es gab ein lautes Geräusch. Die Hütte stürzte ein. Oskar führte sie zu einem Felsvorsprung, wo sie für den Rest der Nacht Schutz suchten.

Am nächsten Tag war der Himmel blau. Der Wind hatte sich zwar gelegt, dafür sorgte aber der Windchill-Faktor, der das Wetter ungemütlich machte. Die Gruppe packte ihre wenigen Habseligkeiten zusammen und machte sich auf den Weg zurück zur Hauptstraße. Sie liefen fast einen Tag lang; ihre schweren Rucksäcke machten den Marsch langsam. Sie erblickten die Stadt Como in der Ferne, und es war bereits spät am Nachmittag. Sie waren zu müde, um weiterzugehen, und machten sich wegen eines möglichen Sturms Sorgen, weshalb sie einen Unterschlupf suchten. Lori fand eine Felsnische am Straßenrand. Er zeigte darauf und sagte: „Das sieht nach einem Zuhause für die Nacht aus. Wenigstens sind wir auf drei Seiten geschützt. Die beiden Büsche vorne dienen als Windschutz." Da sie nichts Besseres fanden, zwängte sich die Gruppe in die Felsnische.

Die Aufgabe, Holz zu sammeln, um ein Feuer zu machen, wurde von Oskar und Jaro übernommen. „Hoffentlich können wir ein Feuer machen. Selbst zehn Minuten werden sich wunderbar anfühlen."

Sie brachten das Holz zurück ins Lager, wo Lori und Kiana bereits die spärlichen Rationen ausgelegt hatten. Kiana schaute von ihrem Essensarrangement auf. „Wir haben ein kleines Stück gefrorene Salami, gefrorenen Käse, gefrorene Nüsse und gefrorenes Brot. Das ist alles. Ich hoffe, das Holz ist nicht zu nass." Oskar brauchte mehrere Anläufe, um das Feuer zum Brennen zu bringen. Am Ende der Mahlzeit legte er die heißen Holzstücke an die Innenkanten der Felsennische. Die zusätzliche Wärme würde nicht lange anhalten, aber solange sie anhielt, war es ein kleiner Luxus. Bevor sie einschliefen, planten sie ihren Weg nach Como.

Die Straße dorthin war ereignislos. Nur wenige Autos oder Lastwagen fuhren vorbei. Von ihrem letzten Lager aus brauchten sie etwas mehr als eine Stunde, um den Stadtrand zu erreichen.

Kapitel 19
Como.

Fast ziellos streiften sie durch die Straßen von Como. Die Notizen über die Lage der Gästehäuser und die potenziellen Ziele für einen Bargeldüberfall wurden angefertigt. Ab und zu hielten sie inne, um nach dem Weg und der Entfernung zum Seeufer zu fragen. Dort musste ein Boot zur Verfügung stehen, das gemietet werden konnte, auf dem gearbeitet werden konnte oder das einfach mitgenommen werden konnte. Als sie das Ufer erreichten, sahen sie sich um.

Die Boote waren an Pfählen vertäut, die zwei Stege stützten. Weitere, meist kleinere Boote wurden an Land geschoben. Die meisten waren mit Segeltuch bedeckt, das durch das Gewicht des jüngsten Schnees herunterhing, der auf dem Boden lag. Kiana entdeckte einen heruntergekommenen Kiosk. „Lass uns dorthin gehen und nach Informationen fragen."

Während sie den kurzen Weg zurücklegten, äußerte Jaro seine Beobachtung zum Wasser des Sees: "Das Wasser ist nicht zugefroren." Es gibt Eisbrocken. Wenn jemand ins Wasser fallen würde, würde er in etwa fünf Minuten an Unterkühlung sterben. Die Scherben könnten außerdem Probleme mit dem Motor verursachen. Segeln ist die einzige Möglichkeit, es sei denn, wir gehen zu Fuß zur Schweizer Grenze."

Sie erreichten den heruntergekommenen Kiosk. Obwohl er geschlossen war, klopfte Kiana so laut sie konnte an die Tür. Schließlich ging im hinteren Teil des Ladens ein Licht an. Eine müde

aussehende Frau mittleren Alters öffnete die Tür einen Spalt breit. Sie rieb sich die Augen und fragte grob: „Was willst Du?"
Kiana versuchte zu lächeln. „Wir möchten ein Boot nach Cernobbio mieten."
Die Frau lehnte einen Arm an die Tür. „Viel Glück. Die Armee hat die Kontrolle über die größeren Boote übernommen und die Besitzer der anderen Boote weigern sich, in See zu stechen, weil sie von der Armee aufgehalten werden. Die Armee denkt, dass alle in die Schweiz fliehen wollen. Wenn euch unsere Armee nicht aufhält, werden es die Deutschen tun. Es gibt eine ganze Reihe deutscher Boote, die auf dem See patrouillieren. Sie schießen zuerst und stellen dann Fragen. Viele Menschen sind einfach verschwunden, wurden erschossen oder in Kriegsgefangenenlager in Deutschland oder Polen gebracht. Ich schlage vor, Du gehst zu Fuß. Ich werde nicht noch mehr Boote riskieren." Damit schloss die Frau die Tür.

„Nun, das war kurz und informativ", sagte Kiana.
„Wir gehen besser zurück in die Stadt", sagte Oskar. „Haltet die Augen offen nach einer Unterkunft oder einem Arbeitsplatz. Wir sind knapp bei Kasse und brauchen Essen."

Als sie auf ihr erstes offenes Straßencafé stießen, blieben sie stehen. Jaro sah sich die Speisekarte auf einem der drei leeren Tische an. „Nicht viel Angebot. Es gibt türkischen Kaffee und eine Auswahl an Orangensaft und Apfelsaft als Getränke. Das Essen ist auch nicht viel besser. Die Hälfte der Speisen ist durchgestrichen. Es gibt Nudeln, Eier auf Toast, Käse auf Toast, italienischen Salat ... das war's."
Lori stöhnte auf. „Eine durch diesen Krieg verursachte Lebensmittelknappheit. Wie viel haben wir denn?"

Oskar nahm eine weitere Speisekarte in die Hand, um sich die Preise anzusehen. „Nun, wir haben genug für Wasser und zwei Portionen Eier auf Toast. Möchte sich jemand die Eier auf Toast teilen?" „Wir sollten uns lieber etwas Arbeit suchen", sagte Lori.

Die Bestellung von zwei Portionen Eier wurde aufgegeben. Der Kellner und Besitzer runzelte die Stirn über die Bestellung. Als zwei der Gäste begannen, die Portionen aufzuteilen, runzelte er die Stirn und schüttelte den Kopf. Er beschloss, die Gruppe genau im Auge zu behalten. Als sie gingen, beobachtete er, wie sie langsam die Straße hinaufgingen und um eine Ecke bogen.

Die Gruppe kam an einem Gästehaus vorbei. Da sie kein Geld hatten, fragten sie, ob sie im Tausch gegen Arbeit eine Unterkunft bekommen könnten. Nach einigem Feilschen gab der Besitzer und Angestellte ihnen grünes Licht. Er führte sie in ein kleines Hinterzimmer mit zwei Einzelbetten. Sie hatten kaum Zeit, ihre Sachen in den Zimmern zu verstauen, als der Besitzer sagte,

„Du, junge Dame, wirst in der Küche arbeiten. Sie muss gereinigt werden." Er zeigte auf Lori und Jaro. „Ihr zwei kommt mit mir." Er führte sie in ein anderes Gästezimmer. Langsam öffnete er die Tür. Lori erschrak über den Zustand des Zimmers. „Was ist hier passiert?" „Deutsche. Sie haben das Zimmer verwüstet und so ziemlich alles kaputtgemacht. Manche Leute sollten einfach keinen Alkohol trinken. Sie werden gewalttätig. Räumt den Raum auf und macht ihn sauber. Legt alles, was nicht mehr zu reparieren ist, auf eine Seite des Flurs. Das muss vor fünf Uhr entsorgt werden. In der Regel kommen um diese Zeit neue Gäste an. Dann wies er Oskar an, ihm nach draußen zu folgen. „Kannst Du ein Schindeldach reparieren?" Oskar nickte. „Ich habe es schon einmal gemacht. Eine alte Dame hat mich gebeten, ihr Dach für zwei Nächte zu reparieren. Wir brauchten drei Leute, um das ganze Dach neu zu decken. Wir haben es in zwei Tagen geschafft."

Der Mann nickte. „Einverstanden. Die Löcher befinden sich im hinteren Bereich über zwei Schlafzimmern, die von anderen Gästen genutzt werden. Ich denke, etwa fünfzehn Schindeln werden ausreichen, um die Löcher abzudecken. Wenn Du damit fertig bist, gib mir Bescheid. Ich habe einen anderen Auftrag."

Am späten Nachmittag hatte Kiana ihre Aufgabe erledigt. Die Küche glänzte. Lori und Jaro waren noch dabei, den verwüsteten Raum zu reparieren. Müll in Kisten säumte eine Seite des Ganges. Der Besitzer schaute hinein und sah, dass das Bett mit alten Vorhängen bedeckt war, die Farbtropfen von der Decke auffingen. Das Handwaschbecken in der Ecke glänzte wie neu. Die Schranktüren waren wieder an ihren Scharnieren befestigt. Der Schrank war innen und außen aufgeräumt. Der Besitzer sah sich den angesammelten Müll an und inspizierte dessen Inhalt. Dann ging er zu Oskar, um nach dem Rechten zu sehen.

Oskar untersuchte den Rest des Daches auf weitere Schäden oder Lücken. Der Besitzer rief ihm zu: „Bist Du fertig?"
Oskar ging zum Rand hinüber. „Es gibt drei weitere verdächtige Stellen, die sich in naher Zukunft zu möglichen Lücken entwickeln könnten. Ich werde sie jetzt reparieren. Ich werde fünf weitere Schindeln brauchen. Der Besitzer antwortete: „Ich werde mehr kaufen müssen.

Komm runter und nimm den Müll aus dem Durchgang, während ich neue kaufe." Oskar kletterte vom Dach herunter.

Als der Besitzer zurückkam, war der gesamte Müll im Hausflur hinter dem Zaun verstaut und konnte schnell entfernt werden. Oskar kletterte wieder auf das Dach und begann mit der Arbeit. Der Besitzer überprüfte dann noch einmal das Schlafzimmer. Die Decke war fertig. Auch die Wände oberhalb der Holzvertäfelung waren fertig. Der Besitzer sah sich die alten Vorhänge an. Durch Farbspritzer war eine Wiederverwendung unmöglich geworden. Er überlegte, dass die Vorhänge ohnehin alt waren und neue Vorhänge angebracht wären. Ihm war aufgefallen, dass es weniger Spritzer gab als bei allen Handwerkern, die er bisher beschäftigt hatte. Er nickte.

Er traf Kiana im gemeinsamen Aufenthaltsraum. Sie blickte auf, als er sich ihr näherte. „Kannst Du nähen?", fragte er.

Kiana legte die Zeitschrift, in der sie geblättert hatte, zur Seite. „Nicht gut, und ich habe noch nie eine Nähmaschine benutzt. Warum?" „Ich brauche neue Vorhänge. Kannst Du Vorhänge anbringen?" „Ich habe das noch nie gemacht. Ich kann es versuchen", antwortete sie.

Zwanzig Minuten später kam der Mann mit einem Bündel Stoff zurück. „Zieh diese vorgefertigten Vorhänge auf. Ich konnte nichts finden, das besonders schön aussieht. Da kommt nicht viel durch." Er schaute auf das knallrote, schwarze, cremefarbene und grüne abstrakte Muster hinunter. „Nicht mein Geschmack." Er reichte ihr die Vorhänge. „Häng sie morgen auf. Die Farbe muss erst trocknen."

Am Vormittag des zweiten Tages hatte die Gruppe ihre Aufgaben erledigt. Der Besitzer begutachtete alle Arbeiten. Er nickte zustimmend und lächelte, als er sah, wie sich der Raum verändert hatte. Die knalligen Vorhänge mit den cremefarbenen Akzenten sahen gar nicht so fehl am Platz aus. Zumindest passte das Creme zur Decke und zu den Wänden. Der Besitzer sagte, als er sich der Gruppe näherte: „Wollt ihr länger bleiben? Handwerker sind schwer zu bekommen, und ihr leistet gute Arbeit?"

Die Gruppe warf sich kurze Blicke zu. Oskar antwortete: „Wir sind nur auf der Durchreise. Wer will schon, dass wir arbeiten?"
„Ich habe einen Freund, der fast blind ist. Er kann nicht weit laufen, hat aber genug Geld, um die Arbeit zu bezahlen. Sein Haus muss repariert werden. Das Dach und das Innere könnten mal wieder eine gründliche Reinigung vertragen. Er kann den sich ansammelnden Schmutz nicht sehen, und die Einheimischen weigern sich, die Arbeiten auszuführen, oder sie denken, sie wären dazu nicht in der Lage. Die Arbeit wird zwei Tage dauern, und er ist bereit, dafür zu bezahlen.
Oskar schaute die anderen an, um sich zu orientieren. Sie nickten, um die Aufgabe zu erledigen. „Wann fangen wir an?"
„Jetzt", antwortete der Mann.

Zwei Tage später war die Gruppe mit dem Großreinemachen fertig und organisierte den Abtransport des Mülls. Der blinde Mann zahlte der Gruppe genug Geld, um die Unterkunft und mehr zu bezahlen.

Der Besitzer des Gästehauses lächelte, als er das heruntergekommene Haus begutachtete. Die Verwandlung war abgeschlossen. Er versicherte dem blinden Freund, dass das Haus von innen fast wie neu aussehe und sich die Ausgaben gelohnt hätten.

Oskar sagte: „Wir haben beschlossen, weiterzuziehen. Wir werden zu Fuß nach Maslianico gehen."

„Wie schade, dass ihr geht. Wenn die Geschichten stimmen, brauchen wir zu Fuß drei Tage und an jedem Kilometer werden wir von Soldaten bewacht. Was ist in Maslianico?"

Bevor Oskar antworten konnte, platzte Jaro heraus: „Familie. Meine Tanten und ein Onkel."

Der Besitzer sagte: „Sei vorsichtig. Das ist nahe der Grenze. Die Schweizer werden nichts sagen, aber die italienischen Soldaten werden euch aufhalten. Solltet ihr nicht bei der Armee sein?"

Oskar antwortete: „Wir haben unsere Zeit abgesessen. Wir waren in Albanien und haben versucht, die Griechen zu bekämpfen, aber sie wurden von den Briten unterstützt, die uns ständig bombardiert haben. Einer unserer Freunde ist in diesem Krieg gestorben."

„Tut mir leid, das zu hören. Ich glaube, die Hälfte der jungen Männer ist dort drüben begraben. Politiker sollten niemals Kriege führen. Es ist traurig für mich, so hart arbeitende und gute Arbeiter gehen zu sehen. Viel Glück bei der Ankunft in Maslianico!

Drei Tage später befand sich die Gruppe zwei Kilometer vom Stadtrand von San Bartolomeo entfernt. Sie wurden von einer italienischen Patrouillengruppe aufgehalten. Da ihre Antworten auf die Frage, warum sie nach Maslianico reisen wollten, nicht ausreichten, wurden sie bei vorgehaltener Waffe festgehalten, bis ein Vorgesetzter informiert wurde. Sie wurden zum Verhör in ein Gebäude gebracht.

Als sie dort Oberst Luca Morelli sahen, den sie in Bologna getroffen hatten, waren sie überrascht. Oberst Morelli befahl, die Gewehre zu senken. „Wie ich sehe, treffen wir uns wieder, meine Freunde", sagte der Oberst mit einladender Stimme. Die Soldaten um sie herum schauten überrascht. Der Oberst wandte sich an die Soldaten und befahl: „Gebt diesen Leuten eine Mahlzeit und lasst sie dann in mein Büro bringen."

Im Büro vergewisserte sich Oberst Morelli, dass die Mitarbeiter, die gerade draußen waren, Zeit hatten. Dann sagte er mit sanfter Stimme: „Danke für die wertvollen Informationen über den Safe meines Bruders. Ich habe eine ansehnliche Summe für den Ruhestand verdient. Mein Bruder war außer sich vor Wut über den Raubüberfall. Seine Frau war noch zehnmal schlimmer, als ich den Großteil der übrigen Juwelen mitnahm. Natürlich hat niemand etwas gesehen. Jetzt habe ich eine Aufgabe für Dich, bei der Du mir helfen kannst. Wenn Du nach Maslianico kommst, geh zu dieser Adresse." Der Oberst reichte ihm einen Zettel mit einer Adresse. „Ich habe zwei Nichten im Alter von zehn und fünfzehn Jahren. Ich möchte, dass Du sie in die Schweiz bringst. Begleite sie bitte über die Grenze, wo sie von meiner Schwester Maria abgeholt werden. Maria ist eine meiner beiden Schwestern. Die Mädchen haben Maria seit fünf Jahren nicht mehr gesehen. Sie war schlau und ist früh ausgestiegen. Ich werde Maria anrufen und ihr sagen, dass Du mit den Mädchen unterwegs bist und dass sie einen Kilometer hinter der Schweizer Grenze warten soll. Dort gibt es eine Hütte, die von allen Neuankömmlingen genutzt wird, um Lebensmittel zu kaufen, bevor sie tiefer in die Schweiz einreisen. Es gibt Schilder, die auf die Hütte hinweisen." Der Colonel zeichnete eine Karte auf dasselbe Papier, nur für den Fall, dass die Schilder abgerissen würden.

„Sag Maria, dass ich in vier Wochen nachkomme und dann nach ein paar Verzögerungen offiziell Urlaub bekomme. Es ist wichtig, die Mädchen rauszuholen. Der Krieg verschärft sich. Die Schweiz ist das sicherste Ziel für sie." Er hustete und zwinkerte mir grinsend zu.

„Für den Moment bleibt ihr in der Kaserne. Zieht eure italienischen Uniformen an." Dann wandte er sich an Kiana: „Ich bin mir nicht sicher, was ich mit Dir machen soll."

Kiana hustete. „Ich habe jetzt eine Uniform. Ich habe sie von einer Wäscheleine in Meda gestohlen."

Oskar schaute überrascht. „Das hast Du uns nicht gesagt."

Kiana grinste. „Ich wollte euch überraschen. Ich werde bei Oskar, Lori und Jaro bleiben. Wenn wir zusammen sind, bin ich in Sicherheit."

Der Oberst fühlte sich unwohl, aber er sah keine Alternative. „Dann ist es abgemacht. Komm morgen früh nach dem Frühstück in dieses Büro."

Am nächsten Morgen besuchten sie das Büro von Oberst Morelli. Die Sekretärin hielt sie auf. „Der Oberst entschuldigt sich dafür, dass er euch nicht persönlich empfangen kann. Über Nacht ist viel passiert. Er sagte, ich solle euch diese Anweisungen in diesem Umschlag geben." Oskar nahm den Umschlag entgegen.

Er nickte. „Das ist in Ordnung."

Als sie das Gebäude verließen, sagte Oskar: „Wir sollten uns einen Ort suchen, um uns umzuziehen und die Anweisungen zu lesen."

Die Gruppe schaute sich um. Jaro deutete auf eine öffentliche Toilette. „Nicht ideal. Aber es muss reichen."

Die Straßen waren voll mit Lastwagen der italienischen und deutschen Armee. Wenn die Lastwagen durchfuhren, drängten sich die Menschen schnell an die Ränder. Lori fragte ein junges Mädchen: „Was ist hier los?"

Das Mädchen runzelte die Stirn. „Hast Du es nicht gehört? Die Deutschen übernehmen den Comer See, um die Menschen daran zu hindern, ihn zu benutzen. Sie sagen, dass Spione ihn benutzen, um in die Schweiz zu gelangen."

„Nein, das habe ich nicht gehört. Danke, dass Du mir Bescheid gesagt hast."

Jaro kehrte zur Gruppe zurück und berichtete. „Mit dem Boot in die Schweiz zu fahren, kommt jetzt nicht mehr infrage. Die Deutschen patrouillieren auf dem See. Wir suchen besser eine Zeitung, um uns auf den neuesten Stand zu bringen."

Sie fanden einen Laden, der Zeitungen verkaufte. Die einseitige Boulevardzeitung enthielt jedoch kaum Informationen über die neuen Patrouillen auf dem See. Während die italienischen Streitkräfte auf dem Land patrouillierten, waren die Deutschen mit beschlagnahmten Booten auf dem See unterwegs. Die größeren Boote wurden umgebaut, um die deutsche Kriegsmaschinerie zu verbessern. Motoren, die nicht leistungsstark genug waren, wurden aufgerüstet. An vier Stellen wurden Geschütze angebracht: eines vorne und eines hinten sowie je eines auf jeder Seite. Ohnmächtig und wütend mussten die Einheimischen zusehen, wie einige Eigner erschossen wurden, weil sie ihre Schiffe nicht ablieferten. Damit war ihre Lebensgrundlage plötzlich weg, was zur Lebensmittelknappheit in der Stadt beitrug.

„Was machen wir jetzt?", fragte Oskar, der wie die anderen frustriert über die Ereignisse war.

Kiana grinste. „Das sollte kein großes Problem sein. Wir haben doch deutsche Uniformen."

Lori sah sie an und lächelte. „Leider haben wir nur drei und ich bezweifle, dass die Nonnentracht bei den anderen Deutschen, die wir treffen werden, gut ankommen würde." „Dann werden wir uns eine besorgen", sagte Jaro, während er sich auf der Straße umsah. „Es muss einen Ort geben, wo die Deutschen hingehen. Haltet die Augen offen."

Nachdem sie einige Einheimische gefragt hatten, wo die Deutschen stationiert waren oder häufig hingingen, wies einer von ihnen sie auf ein Lager vier Kilometer außerhalb der Stadt hin.

In der Abenddämmerung ging die Gruppe die Hauptstraße entlang und schob ein Fass mit geplündertem Gemüse, Brot, Butter und Wein. Als sie sich der Grenze des Lagers näherten, wurden sie von Wachen angehalten. Diese befragten die Gruppe und untersuchten die Schubkarre.

Jaro und Kiana, die zivil gekleidet waren, wurden zu einem Platz geführt, an dem sie ihre Waren verkaufen konnten. Lori und Oskar, die Uniform trugen, wurden automatisch durch die Tore geschleust. Zwei andere Verkäufer hatten sich bereits niedergelassen. Die Soldaten begutachteten die Waren, bevor sie um den Kauf feilschten.

Lori und Oskar liefen frei durch das Lager. Gelegentlich winkten und nickten sie anderen zu, wenn sie an ihnen vorbeigingen. Als sie an einem unbewohnten Zelt vorbeikamen, hielt Oskar Wache, während Lori den Inhalt durchwühlte.

Er stahl aus einem Zelt einen Helm, um seine Uniform zu vervollständigen, und aus anderen stahl er etwas Bargeld. Dabei achtete er darauf, etwas zurückzulassen, um den Diebstahl zu verschleiern. Insgesamt waren die Uniformen zu groß. Er änderte seine Taktik. In einem Zelt fand er eine Uniform, die offensichtlich für eine kleine Person bestimmt war und ungefähr die Größe hatte, die Kiana tragen konnte. Die Uniform wurde in einem deutschen Rucksack verstaut. Da hatte Lori eine Idee. „Lass uns zu dem Gebäude da drüben gehen, dem Badehaus. Ich glaube, wir können dort noch ein paar Sachen holen."

Sie gingen in Richtung Badehaus. In den Duschen waren drei Männer. Sie waren so sehr in ihr Gespräch vertieft, dass sie nicht bemerkten, wie jemand ihnen eine Jacke, einen Gürtel und Stiefel abnahm. An einer anderen Stelle im Duschraum verschwanden drei Helme. Oskar setzte sich einen Helm auf den Kopf. Sie trugen die beiden Statisten zum Verkaufsstand, an dem Jaro und Kiana ihre Waren verkauften.

Der Stand war leer, aber Kiana hatte die Männer mit ein paar deutschen und italienischen Liedern bei Laune gehalten. Jaro reichte seinen Hut herum, um Geld zu sammeln. Münzen wurden in den Hut gesteckt. Er bedankte sich bei jedem, der etwas spendete. Die Menge stöhnte auf, als Kiana sagte: „Die Show ist vorbei, Jungs. Wenn ich kann, werde ich nächste Woche wiederkommen." Diese Bemerkung löste ein paar Lacher und Applaus aus. Mit einem breiten Lächeln verbeugte sie sich.

Die Schubkarre wurde an den Ort zurückgebracht, an dem sie gefunden worden war. Die Besitzer waren nicht schlauer. Sie fanden eine Lücke zwischen zwei Gebäuden in der Stadt. Die hintere Lücke war durch ein klappriges Holztor versperrt. In der Nische befand sich eine behelfsmäßige Umkleidekabine aus einer alten Decke, die von zwei Teammitgliedern gehalten wurde, während sich die anderen die deutschen Uniformen anzogen. In ihren Uniformen machten sie sich auf den Weg zum Hafen, wo die meisten der unbenutzten Boote vor Anker lagen.

Lori stieg in ein Boot und überprüfte die Kabine. Dann überprüfte er den Kraftstoffvorrat. Der Tank war halb voll. Er rief die anderen zu sich. Oskar löste das Boot vom Liegeplatz. Mit langsamer Geschwindigkeit tuckerte das Boot ein paar Kilometer den See hinauf, bevor es abbog und sich der Küste näherte. Als der Motor Anzeichen eines niedrigen Treibstoffstands zeigte, lenkten sie das Boot ans Ufer. Sie schoben das Boot ans Ufer und ließen es zurück. Irgendjemand würde es schließlich finden.

Kapitel 20
Von San Bartolomeo nach Maslianico.

Im Schutz der Dunkelheit bewegten sie sich lautlos am Ufer entlang, bis sie einige Molen erblickten. Von dort aus konnten sie die Straßen sehen. Die Dämmerung brach gerade an. Die Suche nach einer Unterkunft war dringend notwendig, da sie sich umziehen mussten. Sie fanden keine geeigneten Unterschlupfe. Dann fanden sie eine Gasse. Dort konnten sie sich von den deutschen Uniformen in Zivilkleidung umziehen.

Während die Sonnenstrahlen ihren Weg erhellten, begann die Gruppe, die Straße hinunterzugehen. Sie hielten Ausschau nach einem Gästehaus und liefen in Richtung des vermuteten Hauptteils der Stadt. Zu dieser Tageszeit waren die Gästehäuser noch geschlossen, aber sie stellten fest, dass viele "Kein Zimmer frei"-Schilder abgenommen worden waren. Kiana fragte: „Ich frage mich, ob die Schilder abgehängt sind, weil die Häuser wirklich voll sind, oder weil die Besitzer nicht wollen, dass sie von den frühen Neuankömmlingen geweckt werden.“

Oskar legte ihr einen Arm auf die Schulter. „Vielleicht ist es ein bisschen von beidem. Ich wette, es sind mehr deutsche Soldaten hier als italienische. Wir sind immer noch in Italien. Wir müssen in Bewegung bleiben. Ich frage mich, ob wir eine Karte finden können. Wir können nicht mehr weit von der Grenze entfernt sein.

Bis zum Mittag hatte die Gruppe keine Fortschritte gemacht. Die meisten Geschäfte waren geschlossen und die wenigen, die geöffnet hatten, wirkten verlassen. Es herrschte ein Mangel an allem. Jaro wagte sich in ein Schuhgeschäft und fragte den Besitzer: „Wie ich sehe, gibt es nicht viele Schuhe im Laden. Gibt es ein Transportproblem?" Der Mann blickte von seiner Werkbank auf. Er war gerade dabei, ein Paar abgenutzte Schuhe zu flicken.

„Heutzutage kommt nichts mehr durch. Die meisten Fabriken liefern nur noch Schuhe für den Krieg. Was Du hier siehst, ist Ausschussware aus der Fabrik. Sie sind schlecht verarbeitet, aber ich kann sie so reparieren, dass sie wieder tragbar sind. Unsere Schweizer Kunden kommen nicht mehr, was die Situation zusätzlich erschwert. Die Deutschen zerstören die Schiffe und evakuieren die Menschen aus dem See, um sie in Gefangenenlagern zu internieren. Mistkerle! Du bist neu hier, oder?"

Jaro nickte. „Ich bin nur auf der Durchreise. Wie komme ich nach Chiasso?"
Der Schuster legte seine Arbeit auf der Bank ab und stand auf. Er flüsterte: „Das ist keine gute Idee. Deutsche und italienische Soldaten, die jede Straße bewachen, sind hier bis zur Schweizer Grenze stationiert. Es gibt mehr Deutsche als Italiener. Mussolini", der Mann hielt inne und spuckte zur Seite, „gibt unseren Männern keine warme Kleidung. Sie sterben an der Kälte. Sie erkälten sich, und dann heißt es Abschied nehmen. Dieser Bastard! Die Familien zahlen den Preis. Das tun wir immer, und er sitzt gemütlich da und gibt schlechte Befehle aufgrund seiner sehr schlechten Ideen aus. Um nach Chiasso zu kommen, muss man über die Berge gehen und hoffen, dass man nicht erfriert. Jaro gab dem Schuster eine kleine, wertvolle italienische Münze. Es war die letzte Münze, die er hatte. Er nickte, bevor er hinausging. Der Schuster nahm das Geldstück, lächelte und steckte es ein. Seine Augen folgten Jaro aus der Tür.

Er sah, wie Jaro sich mit zwei anderen Männern und einer Frau traf. Er beobachtete, wie sich die Gruppe entfernte. Dann machte er sich wieder an die Arbeit und vergaß das Intermezzo. Der Mann hatte ihn bezahlt. Er dachte bei sich: Was für ein seltenes Geld für ein paar Informationen! Und wenn es junge Leute waren, die vor dem Krieg geflohen waren? Er seufzte und dachte nach. Wenn er keine familiären Verpflichtungen hätte, würde er sich ihnen auf der Flucht anschließen. Er flüsterte zu sich selbst: „Viel Glück beim Überqueren der Berge. Wenn euch nicht die Kälte erwischt, dann vielleicht die Deutschen."

Am nächsten Tag überlegte die Gruppe, wie sie in einer Stadt, die offensichtlich finanziell am Boden lag, Geld verdienen könnte.

Sie drangen in ein paar Häuser ein, gingen aber mit leeren Händen wieder hinaus. Kein Bargeld. Kein Schmuck und kaum etwas zu essen. Die Menschen lebten an der Armutsgrenze, so wie sie selbst. Kiana schlug vor: „Wir sollten ins Stadtzentrum gehen. Vielleicht gibt es dort mehr Möglichkeiten. Ich habe die Idee, dass wir – oder zumindest ich – singen und ein bisschen Straßenmusik machen."
Oskar, Jaro und Lori dachten darüber nach. „Okay. Hier gibt es sowieso nichts. Die Leute dort sind vielleicht besser dran. Es kann nicht schaden, es zu versuchen", sagte Jaro.

Als sie den Stadtplatz erreichten, waren sie überrascht, dass die meisten Geschäfte geschlossen waren. Auf den Straßen herrschte jedoch reges Treiben. Die Ladenbesitzer hatten einen Markt aufgebaut, der die Menschen der Stadt anzuziehen schien. Die Gruppe mischte sich unter die Menge und erbeutete das eine oder andere Kleingeld sowie einige Lebensmittel, die sie beim Umhergehen verzehrten. Sie trafen sich vor einer Taverne. In einer Ecke verglichen sie ihre Notizen und sahen nach, wie viel in den Geldbörsen zusammengekommen war: Gerade mal dreißig Lira. Das mussten sie besser machen. Das Geld reichte gerade so für eine Übernachtung in San Bartolomeo, falls sie überhaupt eine Unterkunft finden würden. Die Gruppe ging zurück zum Markt.

Kiana und Jaro begannen zu singen. Lori und Oskar standen mit Mützen zur Seite, um das Wechselgeld einzusammeln. Als Kiana und

Jaro eine Pause machten, zog sich die Gruppe in eine ruhigere Ecke zurück, um das Kleingeld zu zählen.

Lori stöhnte auf. „Wir brauchen noch zwei Lira." Sie gingen an einen anderen Ort auf dem Markt. Kiana und Lori begannen, italienische Lieder zu singen. Jaro und Oskar beobachteten derweil die Menge. Nach zwanzig Minuten hörten Kiana und Lori auf zu singen. Von der Ecke aus, in der Oskar stand, nickte er ihnen zu. Sie hatten ihr Ziel erreicht und ein paar Münzen mehr in der Tasche.

Es war kurz vor acht Uhr abends, als sie ein Einzelzimmer in einem Haus fanden. Es handelte sich nicht um ein Gästehaus im eigentlichen Sinne, sondern um ein Zimmer in einem normalen Haus. Die alte Dame tat ihr Bestes, um über die Runden zu kommen.

Die Vermietung von ein oder zwei Zimmern war ihre einzige Einnahmequelle, seit ihr Mann vor Jahren gestorben war. Sie wurde von ihren beiden Söhnen und ihrer Tochter unterstützt, doch im Krieg starben ihre beiden Söhne und ihre Tochter wurde schwer verletzt, als eine Bombe in der Nähe des Sanitätszelts einschlug. Ihre Enkelkinder im Teenageralter taten ihr Bestes, um sie zu versorgen. Die alte Dame wollte ihre Enkel nicht mehr als nötig belasten. Vier Menschen, die ihr Haus füllen, bedeuteten ein Einkommen. Sie wies die drei Männer in das Gästezimmer und Kiana in ein anderes, viel kleineres Zimmer. Die alte Dame sagte: „Im Preis sind Suppe und Frühstück enthalten." Damit war das Geschäft für die Gruppe besiegelt.

Als die Gruppe am nächsten Tag abreisen wollte, sagte die alte Dame: „Ich würde mich freuen, wenn ihr noch eine Nacht bleibt."
Oskar antwortete: „Wir haben nicht genug für eine weitere Nacht. Wir haben uns sehr über eure Gastfreundschaft gefreut."
Die alte Dame wollte ihre einzigen Kunden jedoch nicht für einen Monat auf der Flucht lassen. „Wie wäre es, wenn ihr etwas für mich arbeitet? Dann könnt ihr eine weitere Nacht bleiben."

Die Gruppe schaute sich an, bevor Jaro fragte: „Was für eine Arbeit brauchst Du denn?"

„Ich streiche mein Haus, damit mehr Kunden kommen. Den Zaun habe ich selbst gestrichen, aber das Haus schaffe ich nicht. Ich komme nicht hoch und bin nicht gut auf Leitern. Mir wird schwindlig. Ich habe die Farbe, die Pinsel und die Tünche hinten im Schuppen." Sie umklammerte Jaros Arm und zog ihn in Richtung Hinterhof. „Komm. Kommt schon, ihr anderen. Ihr schafft das schon." Zögernd folgte die Gruppe.

Sobald sie die Tür öffnete, purzelten verschiedene Werkzeuge heraus. Sie schob sie beiseite und murmelte: „Die Enkelkinder sollten hier aufräumen, damit nichts herausfällt." Sie zeigte auf die großen Dosen mit Farbe. „Da ist die Farbe." Sie suchte den Schuppen mit den Augen ab und zeigte auf ihn. „Da sind die Pinsel und die Chemikalien zum Aufräumen." Sie packte Kianas Arm und zog sie weg. „Das ist die Arbeit der Männer. Deine Arbeit ist im Haus."

Als die Frau und Kiana ins Haus gingen, sagte die Frau: „Hilf mir erst etwas zu kochen und dann das Haus zu putzen. Die Wände und die Decke sind staubig. Sie müssen geputzt werden. Danach machen wir die Böden." Kiana stöhnte, sagte aber nichts.

Drei Stunden später war der Anstrich fertig und Kianas Arbeit getan. Die alte Dame betrachtete das Haus von der Straße aus. Obwohl sie sah, dass einige Stellen ungleichmäßig getüncht waren, nickte sie zustimmend. „Jetzt gehst Du raus und genießt Deinen Urlaub. Ich sehe Dich heute Abend um sechs. Dann wird das Abendessen serviert."

Währenddessen erkundete die Gruppe die Stadt nach Informationen über die Routen nach Chiasso. Die Informationen waren eindeutig. Die Deutschen beherrschten die Straßen nach Maslianico und die alternative Route nach Cernobbio. Sie hatten Kontrollpunkte an zufälligen Stellen entlang der Straßen auf der italienischen Seite der

Grenze eingerichtet. Es war auch riskant, von der Straße abzuweichen und parallel zur Hauptstraße zu laufen. Das würde Verdacht erregen. Das hieße, dass die Deutschen sie als Zielscheibe benutzen würden. Das kam nicht infrage. Die einzige Möglichkeit war der Weg über die Berge, wo kalte und unerbittliche Winde die Landschaft in eine eisige Hölle verwandelten. Sie hatten bereits ausgeschlossen, noch ein paar Tage in der Stadt zu bleiben. Es gab keine Arbeit und die Einheimischen könnten ihnen gegenüber misstrauisch werden. Sie würden über die Berge gehen. Sie planten ihre Bedürfnisse für eine zweitägige Überquerung. Mit etwas Glück würden sie die Berge an einem Tag überqueren.

In der ersten Nacht auf dem Berg kauerte die Gruppe in felsigen Nischen zusammen. Die Decken und die Enge hielten den kalten Wind ab, der über die Hänge wehte. Mit fast erfrorenen Fingern aßen sie ihre Essensrationen. An Schlaf war kaum zu denken. Der Schnee verlangsamte ihre Wanderung, da sie ihre Beine hoch über den Schnee ziehen mussten, um dann wieder einzusinken.

Die nächste Nacht war nicht so kalt. Sie fanden ein paar Bäume, hinter denen sie Schutz suchten, und wickelten sich so gut wie möglich ein.

Während sie fröstelten, trödelte ein einsamer Fuchs vorbei. Lori betrachtete das Tier, das seinen Kopf zu der Gruppe gedreht hatte. „Das sieht lecker aus. Schade, dass wir keine Gewehre oder andere Werkzeuge haben." Er gab dem Fuchs ein Zeichen, weiterzugehen. „Husch, husch. Guckt uns nicht so an. Ich bezweifle, dass wir so gut schmecken werden. Husch. Husch."

Am nächsten Morgen hatte sich der Himmel aufgeklart. Von ihrem inoffiziellen Ausguck aus konnten sie die Dächer von Maslianico sehen. „Nur noch ein Hügel, dann sind wir da." Sie packten ihre wenigen Habseligkeiten zusammen und machten sich auf den Weg in die Stadt. Sie wollten so viel Strecke wie möglich zurücklegen, bevor ein neuer Sturm aufzog.

Erschöpft kletterten sie den letzten Abhang hinunter. Als sie eine Stacheldrahtbarriere sahen, blieben sie stehen. Oskar fluchte über das Hindernis: „Wer zum Teufel hat das hier hingestellt? Das hier ist immer noch Italien. Wozu der Draht auf dieser Seite der Stadt?"
Die anderen stöhnten und konnten sich keinen Grund vorstellen. Sie hatten keine Werkzeuge, um den Stacheldraht zu durchtrennen. Sie konnten nicht wissen, wie weit er reichte.
„In welche Richtung gehen wir?", fragte Jaro und schaute sich in der Landschaft um.
Oskar antwortete: „Gute Frage. Die Straße zur Stadt muss ganz in der Nähe sein. Ich werde auf den Baum klettern und nachsehen, ob es eine gibt."

Zehn Minuten später war Oskar wieder auf dem Boden. „Die nächste Straße ist etwa zwei Kilometer entfernt. Die schlechte Nachricht ist, dass Deutsche und Italiener sie für den Verkehr in beide Richtungen bewachen. Es gibt ungefähr fünfzig Meter Niemandsland innerhalb Italiens. Die Stadt Maslianico scheint von Draht umgeben zu sein. Viel mehr kann ich nicht erkennen. Was sollen wir tragen? Italienische oder deutsche Uniformen? Zivilkleidung kommt nicht infrage. Das ist ein sicherer Weg, um durchsucht und vielleicht als Gefangene genommen zu werden."

Lori kletterte auf den Baum und beobachtete das Geschehen in der Ferne. „Ich sage, zwei von uns gehen in deutschen Uniformen und die anderen beiden in italienischen. Die beiden Gruppen von Soldaten arbeiten Seite an Seite. Das würde ganz normal aussehen."

Kiana und Lori zogen deutsche Uniformen an, während Jaro und Oskar italienische Uniformen anzogen. Sie liefen in Richtung Straße und zum Kontrollpunkt. Auf dem Weg dorthin beobachteten sie andere, die hindurchgingen, und beschlossen, es ihnen gleichzutun. Sie nickten den Wachen zu und gingen weiter in Richtung Maslianico.

Sie erreichten den Stadtrand und die erste von vielen Straßen. Sie blieben stehen. Ein weiterer Kontrollpunkt. Sie salutierten vor den Wachen und gingen hindurch. Sie gingen weiter, als wäre alles normal. Als sie sich von dem scheinbar letzten Kontrollpunkt entfernt hatten, entspannten sie sich. In der Stadt wimmelte es von Soldaten beider Seiten, doch die Trennung zwischen den beiden Armeen war deutlich erkennbar. Nur wenige Zivilisten liefen durch die Straßen, und die, die es taten, liefen eilig mit gesenktem Kopf vorbei, um Blickkontakt mit den Soldaten zu vermeiden. Kiana schaute sich in der fast menschenleeren Straße um. Sie deutete auf eine Taverne. „Lass uns hineingehen und sehen, was los ist."

Noch in ihren Uniformen betrat die Gruppe die Taverne. Die wenigen italienischen Soldaten im Lokal sahen auf. Diejenigen, die es taten, fuhren sofort mit ihren privaten Gesprächen fort. Die Deutschen, die sich die Mühe machten, aufzublicken und die Neuankömmlinge zu beobachten, riefen sie zu ihrer Gruppe hinüber. Lori und Kiana nickten ihnen zu. Jaro und Oskar sahen nur zu. Lori flüsterte: „Ich glaube, wir sollten uns selbst schmücken. Vielleicht können wir so ein paar Informationen bekommen." Die Gruppe ging zu den sitzenden Soldaten hinüber.

Diese boten ihnen zwei noch freie Stühle am Tisch an und gaben Oskar und Jaro ein Zeichen, zwei weitere Tische zu besetzen. Die Gruppe stellte sich mit Varianten ihrer Namen vor. Kiana wurde plötzlich zu Karl und Lori zu Leo. Oskar nahm den italienischen Namen Ottavia an, während Jaro den Namen Jacopo annahm.

Zwanzig Minuten später verließen Lori, Kiana, Jaro und Oskar die kleine deutsche Gruppe, die immer lauter wurde, je mehr Alkohol ihre Körper sättigte. Kiana sagte, als sie gingen: „Lasst uns einen anderen Ort zum Bleiben suchen, aber wir müssen uns umziehen."

Die Gruppe fand eine andere Taverne, die weniger überfüllt war. Oskar hielt in dem kurzen, engen Gang zu den Toiletten Wache. Kiana überprüfte die Damentoilette, indem sie rief, ob jemand drin war. Sie schlüpfte in den Raum, fand eine Kabine und zog sich Zivilkleidung an. Während Kiana sich in der Hauptbar nach Arbeit und Unterkunft erkundigte, wechselten sich die Männer bei der Wache ab. Während sie auf ihre Getränkebestellung wartete, erstarrte sie, als sie eine Stimme hinter sich hörte. Langsam drehte sie sich um und sah den deutschen Soldaten, den sie im Bus auf der Fahrt von Villach in Österreich nach Udine in Italien abgeschüttelt hatte.

Louis lächelte und sagte: „Wir treffen uns wieder, Fräulein. Das Schicksal hat uns zum zweiten oder ist es das dritte Mal?"
Kiana starrte nur vor sich hin und versuchte, ihre Gedanken zu sammeln. Schließlich sagte sie, ohne ihren Blick von Louis abzuwenden: „Glaube, was Du willst. Ich habe kein Interesse oder die Absicht, mit Dir zu sprechen." Sie brachte die Getränke, die der Barkeeper auf ein Tablett gestellt hatte, zu einem Tisch mit vier Stühlen. Sie stellte ein Bier auf jeden Platz. Louis folgte ihr und setzte sich auf einen der Stühle. Kiana nahm das Bier weg und sagte: „Das ist nicht für Dich. Geh." Jaro, Oskar und Lori trugen jetzt Zivilkleidung, als sie einen deutschen Soldaten an ihrem Tisch entdeckten. Ihnen war klar, dass Kiana ziemlich verärgert war.

Das Trio ging hinüber. Oskar sagte zu Kiana: „Danke, Schwesterherz, dass Du unsere Drinks geholt hast. Jaro und Lori stellten sich neben Louis, um ihn in die Enge zu treiben. Er sah, wie die drei Männer ihn umzingelten und ihm nur die Möglichkeit ließen, sich nach hinten zu bewegen. Er sagte: „Warum könnt ihr Männer sie nicht in Ruhe lassen?"
Oskar zischte: „Ich bin für meine Schwester verantwortlich. Sie kann Dich eindeutig nicht leiden. Geh weg."

Jaro trat vor. „Meine Cousins sind nicht von Dir beeindruckt.

Bitte zieh weg."

Lori fügte hinzu: „Meine Freunde mögen Dich nicht. Lasst uns in diesem Lokal höflich sein. Bitte geh einfach weg."

Louis schaute zu Kianas Leibwächter, nickte und ging langsam weg. Er sah Kiana an. „Wir sehen uns. Vielleicht können wir uns ein anderes Mal unter anderen Umständen treffen." Louis ging verärgert weg. Als er sich der Tür näherte, warf er noch einen Blick auf die Vierergruppe. Er nahm ihre Gesichter zur Kenntnis. Seine Gedanken überschlugen sich. Im Bus saß die gleiche Gruppe von Männern. Eine von ihnen kannte er noch aus früheren Zeiten, ihr Mann war weg. Sie war eine hübsche junge Witwe, die von drei Männern etwas zu sehr beschützt wurde. Ihm fiel auf, dass sie einwandfreies Deutsch sprachen und ihr Italienisch einen leichten Akzent hatte. Er fragte sich, wer diese Gruppe sein könnte. Er würde sie im Auge behalten.

In dieser niedrig gelegenen Taverne gab es einige Unterkünfte. Die Gruppe buchte ein Familienzimmer. Das Zimmer hatte vier Betten. Drei Einzelbetten und ein Doppelbett. Kiana entschied sich für das Bett, das am nächsten zur Tür stand. Sie überließ es den anderen, zu entscheiden, wer die anderen Betten bekommen sollte. Sie saßen alle im Zimmer und tuschelten über ihre nächsten Aktionen. Es waren zu viele Soldaten an Land. Maslianico war die letzte Stadt in Italien, bevor sie die Grenze überquerten. Sie erinnerten sich an ihren Auftrag, zwei Teenager-Mädchen über die Grenze in die Schweiz zu bringen. Oskar zückte die Adresse und zeigte auf eine sehr zerfledderte Stadtkarte, die an der Wand hing.

Die Karte zeigte lediglich das Stadtzentrum, wobei Pfeile auf Dörfer oder sogar Vororte hinwiesen. Oskar zeigte auf den Pfeil. „Es sieht so aus, als ob wir nach Norden gehen müssen, um die Kinder abzuholen. Ich frage mich, ob wir die Grenze überhaupt überqueren können, wenn wir uns um die Statisten kümmern müssen. Wir haben schon genug Probleme, das selbst zu tun. Diese Mädchen haben keine Uniformen. Das wird ein Problem sein."

Jaro sagte: „Ich weiß, das wird unpopulär klingen, aber wir gehen über die Berge, überqueren die Grenze an einem abgelegenen Ort und fahren dann wieder zurück nach Chaisso, um die Mädchen abzusetzen. Wir brauchen bessere Informationen.

„Bessere Karten werden helfen. Morgen suchen wir nach Informationen über die Berge, die Bedingungen usw. Kiana, kannst Du Lebensmittelvorräte sammeln, während wir uns in der Stadt umhören?"

Am nächsten Morgen durchsuchte Kiana die Lebensmittelläden und kaufte ein, was sie für gut befand. Sie wollte nicht wie früher mit Streichhölzern erwischt werden, wenn sie versuchte, feuchtes Holz anzuzünden. Sie kaufte einen Minikanister mit Kerosin. Dann erinnerte sie sich an den Stacheldraht, der ihren Weg versperrte. Sie fand ein Set mit einer großen Drahtschere. Sie schaute sich das Werkzeug an und flüsterte: „Damit sollte es klappen. Jetzt brauche ich nur noch Handschuhe, um unsere Hände zu schützen." Kiana zuckte zusammen, als sie eine Stimme hinter sich hörte. Louis war da. Diesmal hatte sie keine Rückendeckung.

Sie eilte zum Tresen, bezahlte schnell die Drahtschere und das Kerosin und rannte dann fast die Straße hinunter. Louis war ihr auf den Fersen. Er holte sie ein, zog sie am Arm und hielt sie auf.

Instinktiv ließ sie das Essen und das Kerosin fallen, drehte sich um und schlug Louis mit der großen Drahtschere über den Kopf. Er stolperte ein paar Schritte rückwärts und fiel dann zu Boden. Kiana sammelte ihr Essen, die Schere und den Kanister ein und rannte so schnell sie konnte zur Taverne. Sie schloss sich im Raum ein. Sie zitterte vor Angst, denn sie erwartete, dass die Polizei oder ein deutscher Militärpolizist an die Tür klopfen würde. Während sie schluchzte, dachte sie: „Ich stecke in großen Schwierigkeiten. Ich muss die Jungs warnen. Aber wie? Ich kann diesen Raum nicht verlassen. Sie fluchte über die Situation, die sie für sich und die anderen geschaffen hatte.

Eine Stunde später hörte Kiana, wie ein Schlüssel ins Schloss gleitet. Sie ging in Deckung und bewaffnete sich mit der Drahtschere. Dann hörte sie, wie Oskar mit Jaro sprach. Sie entspannte sich, lief hinüber und umarmte Oskar. Sie schüttelte sich und weinte. Er zog sie ein wenig zurück. „Was ist denn los?"

Kiana erklärte ihm schnell, was passiert war. „Ich weiß wirklich nicht, ob ich ihn umgebracht oder nur ausgeknockt habe. Es tut mir leid. Es tut mir so leid, ich habe alles vermasselt. Jedes Mal, wenn ich Schritte außerhalb des Zimmers hörte, zitterte ich vor Angst, weil ich nicht wusste, wer hinter mir her war."

Jaro sagte: „Ich habe gehört, wie einige Leute sagten, dass ein deutscher Soldat angegriffen wurde. Er wurde zur Behandlung in das örtliche Krankenhaus gebracht. Ich denke, wir sollten uns auf den Weg machen und diesen Ort verlassen. Wenn der Soldat sich erholt hat, wird er durchsucht."

Kiana sagte: „Der Soldat war Louis. Ich glaube, er ist mir gefolgt. Wie ich schon sagte, war es instinktive Selbstverteidigung. Der Typ macht mir Angst." Lori begann, seine Sachen zu packen. „Fang an zu packen und verschwinde von hier. Wir können unseren nächsten Schritt später besprechen."

Drei Stunden später fand die Gruppe eine Pension. Es waren keine anderen Gäste da. Die Familie, die das Gästehaus betrieb, hieß sie willkommen. Das Geld war knapp und jeder Gast war willkommen. Die Familie hatte ihre Kinder umquartiert. Die Mädchen wurden in einem Zimmer mit zwei Stockbetten untergebracht. Die Jungen wurden in ein anderes Zimmer mit einem Einzelbett und einem Etagenbett gepfercht. Das Babybettchen stand bei den Eltern. So konnten drei Schlafzimmer zur Vermietung freigegeben werden.

In ihrem neuen Übernachtungsquartier plante die Gruppe ihre weiteren Schritte. Sie würden über die Berge nach Chiasso fahren. Die Teenager-Mädchen mussten das einfach aushalten. Das hieß, dass die Reise zwei oder drei Tage dauern würde, obwohl sie Chiasso von Maslianico aus sehen konnten. Es war frustrierend, so nah und doch so fern.

Sie holten die beiden Mädchen Chiara und Fiorella von ihrer Mutter Alicia ab. Die Mädchen waren überrascht, dass sie über die Berge fahren würden. Alicia rief ihre Schwester Maria an und bat sie, in zwei Tagen in der Hütte zu sein. Sie warnte, dass es je nach Gelände und Wetterbedingungen auch drei Tage dauern könne.

Alicia fuhr die Gruppe so weit wie möglich zu den Bergstützpunkten. Sie passierten drei Kontrollpunkte. Die Pässe, die einzigen Ausweise, die sie bei sich hatten, wurden kontrolliert und die Fotos darin überprüft.
Am Ende der Straße ließ Alicia die Gruppe aussteigen. Sie kontrollierte das Gepäck, umarmte ihre Töchter ein letztes Mal und sah ihnen zu, wie sie in den Bäumen am Fuße der Bergkette verschwanden.

Als Alicia nach Hause kam, spürte sie sofort die Leere im Haus. Sie schaltete das Radio ein, um sie zu vertreiben. Sie zuckte vor Schreck zusammen. Es wurde eine Beschreibung der jungen Frau gegeben, die von der Polizei wegen Angriffs auf einen deutschen Soldaten gesucht wurde. Alicia fragte sich, ob die junge Frau und die Männer kriminell waren. Doch dann änderte sie sofort ihre Meinung. Luca, ihr Bruder, hätte diesen Leuten niemals sein Vertrauen geschenkt. Sie lächelte, als sie die Situation betrachtete. Die Flucht ihrer Töchter in die Schweiz war eine Erleichterung für sie. Auch wenn es ein gefährlicher Weg war. Der Weg über die Straße, eine viel kürzere Alternative, war wesentlich gefährlicher. Sie hatten Essen dabei. Sie hatten warme Kleidung, Schlafsäcke und eine zusätzliche Decke. Aber sie waren schwer beladen. Sie sah, wie sie langsam auf die Bäume zugingen. Sie nickte zu sich selbst. Sie sind in guten Händen. Frauen greifen Männer nicht ohne Grund an. Es steht einer Frau zu, sich gegen einen angreifenden Mann zu verteidigen. Dabei war die Nationalität unerheblich.

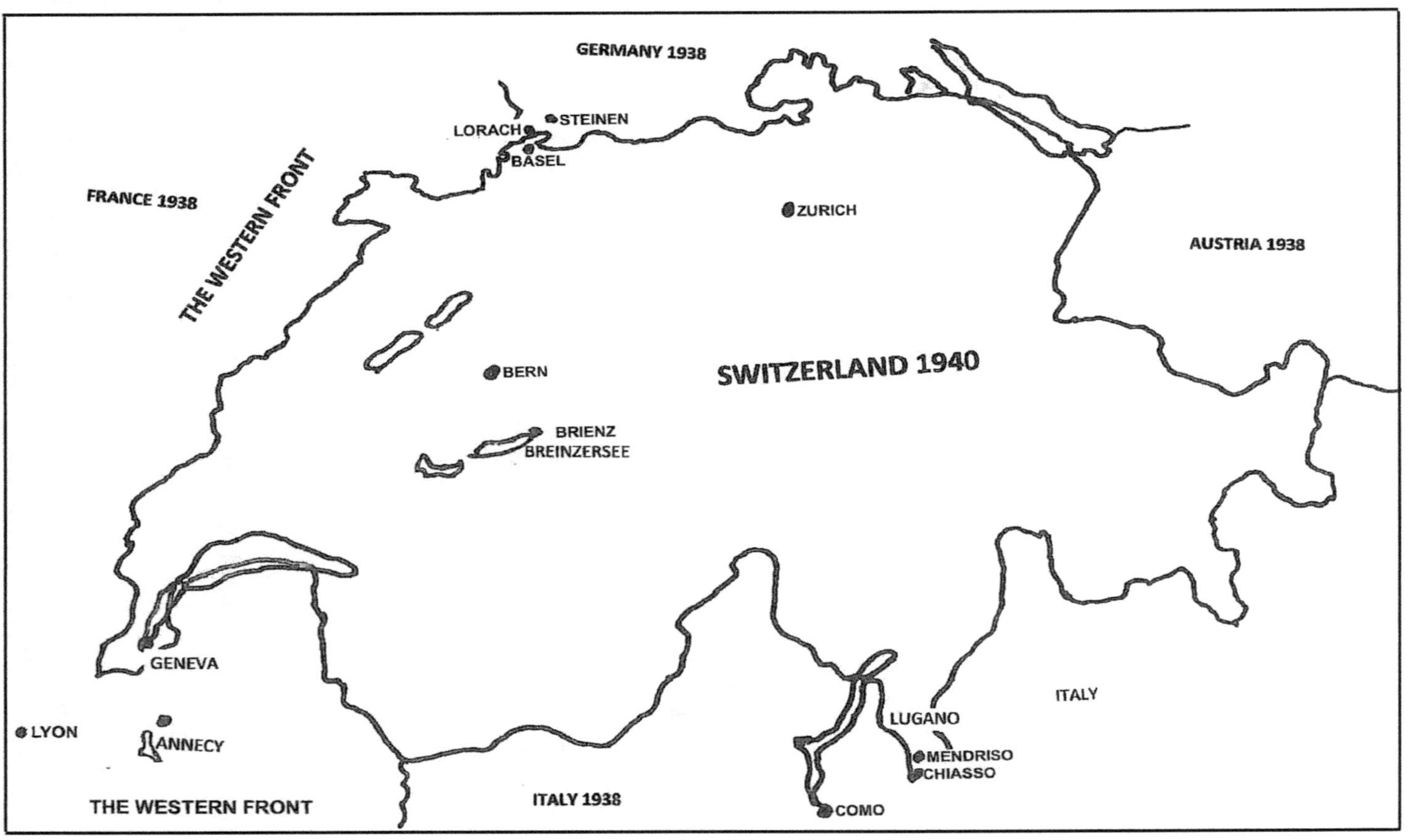

GERMANY 1938
THE WESTERN FRONT
FRANCE 1938
LORACH
STEINEN
BASEL
ZURICH
AUSTRIA 1938
BERN
SWITZERLAND 1940
BRIENZ
BREINZERSEE
GENEVA
LYON
ANNECY
ITALY
LUGANO
MENDRISO
CHIASSO
COMO
ITALY 1938
THE WESTERN FRONT

Kapitel 21
Chiasso

Die sechsköpfige Gruppe kauerte in der ersten Nacht in den Bergen in einer Höhle, die nicht mehr als drei Meter tief war. Sie machten ein kleines Feuer in der Nähe des Eingangs, um ihre Rationen aufzuwärmen.

Um die Kälte, die von den kalten Felsen ausging, zu verringern, wurde das schwelende Holz an den Seiten der Höhle verstreut. Am Höhleneingang wurden ein paar kleinere Steine aufgeschichtet, soweit es die gefundenen Felsen zuließen. Zwischen den Lücken wurde eine Decke drapiert. Diese notdürftige und minimal wirksame Windbarriere war alles, was sie tun konnten. Kiana sorgte dafür, dass die Mädchen näher aneinander und an sich selbst schlafen, um die Körperwärme zu maximieren. Die Männer taten dasselbe. Die ganze Nacht hindurch heulte der Wind und es schneite.

Am nächsten Morgen musste die Gruppe den Schnee wegschieben. Der hatte den Ausgang der Höhle blockiert.

Als alle draußen waren, stöhnte Oskar. Der Boden war dick mit Schnee bedeckt und glitschig. Er fluchte. „Als wäre es nicht schon schwierig genug, jetzt ist es auch noch rutschig." Die Gruppe untersuchte die Umgebung nach einem leichteren Weg. Bei so viel Schnee war es schwierig, eine Entscheidung zu treffen. Kiana deutete auf eine entfernte Stelle. „Sag mir, wenn ich falsch liege. Ist das Rauch, den ich da drüben sehe?"

Alle richteten ihre Aufmerksamkeit auf die dunkelgraue Wolke. Jaro meinte: „Ich glaube, Du hast recht, aber es ist sehr weit weg."

Oskar schaute auf den Kompass, den er in der Hand hielt. „Es geht in die richtige Richtung nach Chiasso. Ich habe das Gefühl, dass dort etwas passiert ist. Lasst uns aufbrechen."

Kurz vor Ende des Tages fanden sie schließlich, was brannte. Sie erschraken. Es war ein Flugzeug, das abgestürzt war. Seine Teile und sein Inhalt waren über den Berghang verstreut. Oskar warnte die anderen. „Ich werde allein gehen. Bleibt in Deckung! Ich gebe euch ein Zeichen, wenn ihr weitergehen dürft. Wenn mir etwas zustößt, lauft weg. Geh nach Osten. Ich meine, lass mich allein." Er drehte sich zu Kiana um. „Verstehst Du, was ich meine? Nicht schreien. Lauf einfach nach Osten."

Langsam näherte sich Oskar dem abgestürzten Flugzeug. Er untersuchte die Trümmer, während er ging. Hier und da lagen Metallstücke auf dem Boden verstreut. Nichts von Wert oder Interesse. Das Heck war vom Rumpf abgebrochen. Oskar blieb stehen, als er ein leises Stöhnen hörte. Er war in höchster Alarmbereitschaft. Er ging in die Hocke und dann in den Kriechgang über. Er erreichte den Hauptrumpf. Ein Mann in britischer Uniform, aus dessen verschiedenen Körperteilen Blut tropfte, schaute Oskar ausdruckslos an. Der Mann versuchte zu lächeln, als er Oskar sah. Er murmelte: „Der Sturm." Der Mann stieß die nächsten Worte aus. „Bist Du mein Kontaktmann?" Oskar antwortete nicht sofort. „Nein. Ich habe nur zufällig den Rauch gesehen. Meine Neugier hat mich gepackt." Der verletzte Mann spuckte Blut aus und schnappte weiter nach Luft. Sein Auge wurde glasig und er hörte auf zu atmen. Oskar schwieg und wusste nicht, was er tun sollte. Alles, woran er denken konnte, war, dass die beiden Teenagerinnen das nicht sehen sollten. Er wünschte sich, er hätte nicht gesehen, was er gesehen hatte.

Er zog den verletzten Mann heraus und legte ein flaches Grab an, während nur eine Schicht Schnee den schwer verletzten Körper bedeckte. Nachdem er sichergestellt hatte, dass alles in Ordnung war und die Mädchen den toten Mann nicht sehen würden, winkte er der wartenden Gruppe zu. Es war sicher.

Die Gruppe durchsuchte das Flugzeug. Es handelte sich um eine britische Spitfire, die für die Luftraumüberwachung umgebaut worden war.

Jaro sah sich die halbgeschmolzenen Kameras an Bord an. Er fragte sich, ob auch der Film beschädigt war. Die Hitze des Feuers hatte die Kamera mit ihrer Halterung verschweißt, sodass er sie nicht aus ihrer Halterung lösen konnte. Er manipulierte das Objekt, indem er hineinstoch, daran schob und zog, und zwar an allem, was sich noch bewegen ließ oder so aussah, als ließe es sich bewegen. Ein Teil ließ sich öffnen, aber nicht genug, um ihn aufzustecken. Er fand ein Stück gezacktes Metall, das er hineinstecken konnte. Er drehte den provisorischen Hebel bis zum Anschlag. Plötzlich sprang der Schlitz auf. Darin befand sich ein Film mit Schmelzspuren. Die unentwickelte Schadensrolle wurde von Jaro aus der Schublade geholt und dem Sonnenlicht ausgesetzt. Alle noch vorhandenen Bilder waren verschwunden oder so stark beschädigt, dass sie unbrauchbar waren. Jaro entdeckte eine weitere Kamera, die an der Unterseite des Flugzeugs befestigt war. Sie glühte noch vom Feuer. Er betätigte erneut den Hebel, um zu sehen, was sich auf dem Film befand. Das Filmfach glich geschmolzener Lava, aus der sich der Inhalt ergoss. Jaro sprang zurück und schüttelte seine Hand. Der heiße Glibber verbrannte ihm die Finger.

„Ich habe etwas gefunden!", rief Lori den anderen in der Gruppe zu. „Ich habe etwas gefunden! Eine Aktentasche!" Die anderen rannten zu der Aktentasche, die Lori etwa zehn Meter vom Cockpit entfernt gefunden hatte. Er öffnete die Tasche. Die Dokumente waren auf Englisch. Lori fragte: „Kann jemand Englisch lesen?" Die älteste der Teenagerinnen, Chiara, sagte: „Ich habe in der Highschool Englisch gelernt. Ich bin aber nicht gut darin. Kann ich es versuchen?"

Lori reichte ihr ein Dokument. Die anderen versammelten sich um sie. Sie stolperte über einige Wörter. Sie sagte, dass sie andere nicht kannte. Sie fasste einen Gedanken zusammen und teilte ihn den anderen mit: „Es ist vielleicht nicht genau. Ich glaube, hier steht, dass Hitler den Vertrag mit Italien brechen wird." Sie schaute auf und fragte: „Heißt das, dass Italien auch überfallen wird?"

Oskar antwortete: „Der Pilot muss in Kontakt mit einem Spion gestanden haben, um solche Informationen zu haben. Da ich nicht alles in diesem Dokument kenne, muss ich das bejahen." Er schaute zu den anderen. „Wisst ihr noch, was Oberst Morelli bei unserem ersten Treffen gesagt hat? Er vermutete, dass Hitler von Mussolinis Misserfolgen genug hat und deshalb in Italien einmarschieren könnte. Es sieht so aus, als wären seine Schlussfolgerungen aus all den Katastrophen richtig gewesen. Was machen wir mit diesen Dokumenten?"

Ohne zu zögern sagte Kiana: „Packt sie in den Aktenkoffer und vergrabt ihn. Damit können wir nicht reisen. Wenn wir erwischt werden, werden wir als Spione ermordet." Chiara legte die Dokumente in die Aktentasche und schloss sie. Sie reichte sie Oskar. „Hier. Begrabe sie. Wir sind keine Spione, aber das macht uns zu Spionen. Ich will nicht als Spionin sterben." Oskar schaute sich nach einem geeigneten Platz um. Er dachte an die Leiche, die er vorhin begraben hatte. „Ich habe einen Platz." Er ging zu dem toten Piloten hinüber. Er deckte die Leiche teilweise auf und schob den Sack unter den toten Mann. „Das ist nicht ideal." Wenn der Schnee schmilzt, werden der Mann und die Dokumente leicht zu finden sein. Wenn der Boden nicht gefroren wäre, könnten beide richtig begraben werden. Das ist alles, was ich tun kann.

Die Gruppe durchsuchte das Flugzeugwrack noch etwas länger. Das jüngere Mädchen, Fiorella, hob den Deckel einer Truhe. Sie rief aus: „Ich habe etwas gefunden. Es ist eine komplette britische Uniform mit einer Pistole."

Oskar war der Erste, der sie erreichte. Das Mädchen hielt die Uniform hoch. „Ich glaube, sie passt Dir." Sie reichte sie Oskar. Fiorella kramte tiefer in dem Karton. Sie lächelte wild über das, was sie sah. „Lecker! Schokolade und andere leckere Sachen." Sie holte drei Schokoriegel, zwei Packungen Erdnüsse und ein Päckchen Lakritze heraus. Sie kramte nach mehr, fand aber kein weiteres Essen.

Oskar untersuchte den Inhalt der Truhe noch einmal. Er zog eine kleine Schachtel mit Munition für die Pistole heraus. Er steckte die Schachtel ein. Dann nahm er die Uniform und legte sie an. Sie passte fast. Sie war etwas zu kurz, was die Arme und die Hosenlänge betraf, aber sonst war sie in Ordnung. Die Uniform, die Pistole und die Munition wurden in seinen Rucksack gezwungen.

Die Gruppe suchte Schutz hinter einigen Bäumen, als das Flugzeug zurückkehrte. Oskar war sehr besorgt. „Unsere Fußabdrücke im Schnee werden sie zu uns führen."

Jaro schaute über seine Schulter. „Ich weiß, das ist unzureichend und primitiv, aber hilf mir, diesen kleinen Ast mit Blättern zu schneiden. Ich werde mich hinter die Gruppe begeben und dafür sorgen, dass unsere Fußabdrücke verschwinden. Geht einfach in einer geraden Linie hintereinander." Die Gruppe, die normalerweise zu zweit unterwegs war, marschierte nun als eine einzige Reihe den Hang hinunter, in Richtung Schweizer Grenze. Obwohl es nicht perfekt war, verwischte Jaro die offensichtliche Spur. Er murmelte vor sich hin: „Es sollte heute Nacht besser schneien. Mein Arm fängt schon an zu schmerzen."

Das Sonnenlicht wurde immer schwächer. Der Wind frischte auf. Oskar hielt die Gruppe an. „Wir sollten uns einen Lagerplatz suchen."

Kiana deutete auf eine Baumgruppe. „Ich werde mir die Bäume ansehen." Fiorella lief zu ihr. „Ihr scheint euch mit Wandern und Campen auszukennen", sagte sie.

Die Erinnerung an die Bergwanderungen in Österreich ließ Kiana lächeln. „Am Anfang waren wir hoffnungslos, aber wir sind alle hartnäckig genug, um es durchzuziehen. Wenn ich daran denke, was wir alles getan haben, um zu überleben, kommt es mir wie ein anderes Leben vor. Jetzt ist es unsere zweite Natur." Kiana hielt an, als sie eine halb zerstörte Hütte sah. Sie ging hin, um sie genauer zu untersuchen. Sie fragte sich, ob sie eine weitere Nacht mit Winterstürmen würde überstehen können. „Geh und erzähl den anderen von dieser kaputten Hütte. Es ist vielleicht unsere einzige Möglichkeit." Fiorella rannte aus dem Wald und rief den anderen zu, sie sollten kommen.

Die ganze Nacht hindurch wehte der Wind und es schneite. Die Überreste der Hütte wackelten. Kiana versuchte, die Mädchen zu trösten. Sie klammerten sich an sie. Kiana fühlte sich, als würde sie jeden Moment verschwinden. „Wenigstens ist dieser Sturm nicht annähernd so schlimm wie der von letzter Nacht", meinte Lori. Sonst wäre diese Hütte über die Hänge verteilt." Seine Augen beobachteten das Rütteln des Holzes. Oskar sagte ihm, er solle die Klappe halten, da er die Angst der Mädchen schüre.

Am nächsten Morgen war der Himmel kristallblau. Die Luft war knackig. Die Gruppe kam langsam aus der Hütte heraus. Oskar zeigte in Richtung Nordosten. „Wir gehen in diese Richtung." Die Grenze kann nicht mehr weit sein.

Sie kämpften sich drei Stunden lang durch den Schnee, bis sie schließlich zum Stehen kamen. Stacheldraht versperrte ihnen den Weg. Kiana kramte in ihrer Tasche, um die Drahtschere herauszuholen. Jaro nahm die Schere und begann, den Draht zu schneiden. Als er etwa die Hälfte geschafft hatte, reichte er sie Lori. Lori begann mit dem Schneiden. Die Mitarbeiter stapelten die entfernten Stücke etwa fünf Meter entfernt am Fuß der Barriere auf. Lori fluchte genauso viel wie Jaro. Das ständige Öffnen der Schere und Drücken des Griffs ließ ihre Hände schmerzen. Sie stieß einen

Seufzer der Erleichterung aus, als der letzte hartnäckige Draht durchgeschnitten war. Es war ein etwa ein Meter breiter Durchgang entstanden. Einer nach dem anderen gingen sie hindurch. Als alle durch waren und sich von der Öffnung entfernt hatten, lachten und jubelten sie. Der Geruch von Freiheit erfüllte die Luft.

Oskar zeigte fast genau nach Osten. „Chiasso liegt in dieser Richtung. Wie weit genau, kann ich nicht sagen. Lass uns gehen und schauen, wie weit wir kommen, bevor es Nacht wird. Ich will wirklich keine weitere Nacht im Freien verbringen."

Zwei Stunden später sahen sie die Dächer einer Stadt. Kiana hielt die Gruppe an. „Wir müssen irgendwie auf die Straße kommen, damit es so aussieht, als wären wir den normalen Weg gekommen. Lasst uns vorsichtig sein. Ein Fehler kann uns in Schwierigkeiten bringen." Als sie sich der Stadt weiter näherten, hielten sie erneut an, um die Situation neu zu bewerten. Chiara sagte: „Es ist lange her, dass ich an diesem Ort war. Ich bin mir nicht sicher, ob ich mich richtig erinnere. Es gibt einen Wanderweg, der mit der Hauptstraße verbunden ist. Wir sollten dorthin gehen und so tun, als hätten wir gerade eine Halbtageswanderung hinter uns." Die anderen fanden die Idee gut. Lori sagte: „Geh voran."

Innerhalb weniger Minuten war die Gruppe auf der Hauptstraße, wo sie sich zu den vielen anderen Menschen gesellten. Einige von ihnen waren Flüchtlinge, die überall dorthin flohen, wo man sie aufnehmen wollte.

Andere waren Einheimische, die ihren üblichen Aufgaben nachgingen. Es gab keine Soldaten, die die Straße bewachten. Der Kontrollpunkt an der Grenze war das einzige Anzeichen von Offizialität, und der lag weit hinter ihnen.

Die Hütte, in der sich die Mädchen mit Maria treffen sollten, kam in Sichtweite. Die Gruppe betrat langsam die belebte Hütte. Chiaras und Fiorellas Augen suchten die Menge ab. Fiorella flüsterte Chiara zu: „Es ist lange her, dass ich Tante Maria gesehen habe. Ist sie das, die allein an einem Tisch in der Nähe des großen Fensters sitzt?" Chiara blinzelte. „Sieht aus wie sie." Die Frau drehte sich um. Chiara bestätigte: „Ja, das ist sie. Kommt mit." Die Gruppe folgte ihr zu der Frau.

Als die Frau ihre Nichten und die vier Unbekannten auf sich zukommen sah, stand sie auf. Maria quietschte vor Freude, als sie die Mädchen sah. Sie umarmte jedes von ihnen fest und küsste sie auf die Wangen. Als sie sicher war, dass ihre Umarmungen fast das Leben aus ihnen herausgequetscht hatten, nickte sie der Gruppe zu. „Bitte stellt mich diesen netten Leuten vor."

Nachdem die Vorstellungsrunde abgeschlossen war, bestand Maria darauf, dass sie mit ihr zusammen essen. Sie sagte: „Es gibt hier Schweizer und italienisches Essen. Aber der Krieg hat zu einer starken Rationierung geführt. Die Mahlzeiten sind nicht mehr so gut und üppig wie früher. Aber so ist das nun mal im Krieg: Die Lebensmittelversorgung wird gekürzt oder unterbrochen." Sie reichte ihnen eine abgeänderte Speisekarte.

Nach dem Essen führte Maria sie zu ihrem geparkten Auto. Sie sagte: „Tut mir leid. Das Auto ist zu klein. Ich muss zwei Fahrten machen. Chiara, Fiorella und Kiana steigen zuerst ein. Meine Herren, ich bin in dreißig Minuten zurück, um euch abzuholen." Maria fuhr zu einem kleinen Bauernhof, der nicht größer als zehn Hektar war. Sie warf die Mädchen fast hinaus und raste dann zurück zur Hütte, um die Männer abzuholen.

Das Bauernhaus fühlte sich plötzlich klein an, weil sechs Menschen mehr darin lebten. Marias Mann Marco kam in der Nacht vom Ziegenhüten zurück. Er brachte einen Eimer Ziegenmilch herein und stellte ihn auf den Boden, als er Fiorella und Chiara sah. Maria stellte den beiden schnell die Fremden vor, die ihre Nichten durch das, wie Marco es nannte, besetzte Italien gebracht hatten. Maria stellte die

Milch zum Kochen auf die Herdplatte. Sie sagte: „Ich hoffe, ihr habt nichts gegen Ziegenmilch. Wir haben eine Weile gebraucht, um uns an den Geschmack zu gewöhnen. Wir haben keine Schafe mehr. Schafsmilch ist besser. Unsere Schafe sind ständig verschwunden. Ich vermute, sie wurden gestohlen und landeten auf der Speisekarte der Hütte. Beweise habe ich nicht. Sobald es keine Schafe mehr gab, hat das Chalet Hammel und Lamm vom Speiseplan genommen." Sie zwinkerte mir zu.

Marco deutete den Neuankömmlingen an, sich an den einzigen Tisch im Esszimmer zu setzen. „Tut mir leid, dass es so eng ist. Wir bekommen selten Besuch. Und jetzt erzähl mir. Wie habt ihr euch kennengelernt, Luca?" Oskar nahm die Frage auf und berichtete von den damit verbundenen Ereignissen, bis sie zum Flugzeugwrack kamen. Dann übernahm Chiara mit dem ganzen Enthusiasmus eines Teenagers, der in ein großes Abenteuer verwickelt ist. Marco nickte, während er die Österreicher immer wieder musterte.

Nachdem sie gegessen hatten, führte Maria ihre Nichten und Kiana in ein Schlafzimmer. Als Kiana sah, dass es nur zwei Betten gab, meldete sie sich sofort freiwillig, um auf dem Boden zu schlafen. „Ich bin es gewohnt, auf dem Boden und auf unebenem Untergrund zu schlafen." Maria stieß einen Seufzer der Erleichterung aus. Jaro, Lori und Oskar wurden angewiesen, im kleinen Aufenthaltsraum zu schlafen. Sie rollten ihre Decken und Schlafsäcke aus und richteten sich für die Nacht ein.

Am nächsten Morgen beschlossen Kiana, Lori, Jaro und Oskar, die Familie zu verlassen, um tiefer in die Schweiz zu reisen. Als sie aufbrechen wollten, bot Marco ihnen an, sie zurück zum Chalet zu fahren. Er sagte: „Hinter dem Chalet ist ein Busdepot. Es gibt nur einen Bus, der nach Norden fährt. Er fährt nach Lugano. Dort musst Du umsteigen, um nach Bellinzona zu kommen. Von dort aus hast Du die Wahl zwischen Bus und Zug.

Wie auch immer Du Dich entscheidest, beide fahren bis zum Endziel Bern im Nordwesten. Das ist viel näher an der deutschen Grenze, wo die britisch-französischen und deutschen Frontlinien ihre langen Kämpfe austragen. Frankreich hat einen Teil seines Territoriums verloren. Die alternative Route mit Bus oder Zug führt Dich nach Zürich. Das ist näher an Deutschland, nämlich an München.

In den 1930er Jahren baute die Schweizer Regierung drei Funktürme für die drei Hauptsprachen des Landes: Französisch, Deutsch und Italienisch. Die ursprüngliche Sprache, die noch von einer sehr kleinen Minderheit gesprochen wird, hat keinen eigenen Radiosender. 1937 stellte die Schweizer Regierung den deutschen Radiosender in Beromünster auf Kurzwelle um. Ein Grund dafür war, dass die Nationalsozialisten ihre Propaganda ausspuckten. Das ist für uns beleidigend. Wir spucken aus Trotz, aber auch in Übereinstimmung mit unserer Verfassung und unserer Doktrin der ‚Geistigen Landesverteidigung‘, die Realität aus."
Oskar unterbrach ihn. „Was ist die Doktrin der Geistigen Landesverteidigung?"

Marco dachte kurz nach, während er versuchte, das Wesentliche in einfachen Worten zusammenzufassen. „Es ist die kollektive Reaktion des Schweizer Volkes auf die Nazi-Propaganda. Die Nazis versuchen, das Schweizer Volk zu zermürben und damit auch das europäische Volk. Es gibt vier Hauptteile, die eine Mischung aus unserer Verfassung und der Bibel sind. Ja, jemand hat Teile der Bibel modernisiert und angewendet. Ich bin mir nicht sicher, welche genau. Ich glaube, ein Teil stammt aus dem Brief des Paulus an die Römer, ein Teil aus Matthäus, ich glaube, es ist die Stelle 26,41, und ein paar andere. Jedenfalls heißt es dort so etwas wie „Sieg des Geistes über das Fleisch" und „nicht auf der Grundlage der Ethnie". In biblischer Sprache ist das eine klare Absage an die rassistische Nazi-Ideologie. Die vier wichtigsten Punkte unserer Verfassung und ihre Parallelen zur Bibel sind:

*Föderalismus vs. Uniformität,
*Gleiche Rechte und Respekt für Minderheiten vs. Arroganz der Ethnie.
*Toleranz und individuelle Freiheit vs. Staatsideologie.
*Mehrparteiendemokratie vs. Einparteiendiktatur.
Die Schweizer Verfassung und die Geistliche Landesverteidigung bilden zusammen das „Glaubensbekenntnis der Schweizer Zivilreligion".

„Gewöhn Dich daran, denn Du wirst es überall und von jedem hören. Das Glaubensbekenntnis regt die Deutschen wirklich auf, und sie tun sich schwer, etwas dagegen zu tun." Er fuhr mit seiner jüngsten Geschichtsorientierung für die österreichische Gruppe fort.

„Wenn Du durch die Schweiz reist, hörst Du verschiedene Radiosender in verschiedenen Sprachen: Französisch im Westen, Italienisch im Süden und Deutsch im Norden und in der Mitte. Ich habe im einzigen Radiosender für diese Gegend, dem italienischen, gehört, dass deutsche und französische Flugzeuge abgeschossen wurden, weil sie den Schweizer Luftraum verletzt haben. Die Länder, darunter auch Großbritannien und Amerika, wurden gewarnt, dass Flugzeuge, die den Luftraum verletzen, abgeschossen werden. In einigen Städten, die von Flugzeugen beider Seiten belästigt wurden, gibt es ab acht Uhr abends Stromausfälle. Das soll die Navigation der ausländischen Flugzeuge durcheinanderbringen. Manche bombardieren die falschen Städte, während andere in die Berge stürzen. Unsere Flugabwehr schießt zuerst und identifiziert dann den Schuldigen. Manchmal zwingen die Flugabwehrtruppen ein ausländisches Flugzeug zum Absturz. Die Piloten werden inhaftiert, wenn sie abgestürzt sind. Das Flugzeug wird anschließend in die Schweizer Luftwaffe integriert. Wir haben eine Mischung aus Flugzeugen aus Frankreich, Deutschland – das ist zufällig unser Hauptlieferant –, Großbritannien und Amerika. Sie alle werden irgendwann erfahren, dass die Schweiz eine Flugverbotszone ist." Marco schüttelte den Kopf. „Die Welt ist verrückt geworden."

Marco fuhr auf den kleinen Parkplatz an der Hütte. Er lotste die Gruppe zum Busbahnhof. Er verabschiedete sich von ihnen und fuhr los. Er wusste, dass er in ein paar Tagen zurückkehren musste, um Luca abzuholen – vorausgesetzt, Luca konnte in seiner italienischen Uniform die Grenze passieren. Wenn nicht, dann musste Luca wie die Nichten über die Berge gehen. Ihm blieb nichts anderes übrig, als auf den Anruf zu warten.

Im Busdepot studierten Jaro, Kiana, Lori und Oskar die übergroße Karte der Schweiz, die die Hälfte der schmalen Wand neben dem Fahrkartenschalter bedeckte. Der Schalter selbst war ein verherrlichter Kasten mit einem Sitz für den Fahrkartenverkäufer und einem Tresen, der sich zur Tür öffnete, wenn man den inneren Riegel zur Seite zog. Es gab nur einen

Preis und ein Ziel: Lugano. Oskar erkundigte sich nach dem Fahrpreis und fragte dann, ob Lira oder Reichsmark akzeptiert würden. Der Verkäufer zuckte mit den Schultern. „Beides ist akzeptabel. Francs wären besser." Oskar kaufte vier Fahrkarten und bezahlte mit gemischter Währung. Er nahm die Franken als Wechselgeld an. Er winkte Oskar weiter. „Der nächste Kunde bitte."

In Lugano stieg die Gruppe aus dem Bus aus. Ihre Finanzen waren wieder knapp. Jaro sagte: „Es sieht nach der gleichen Routine aus: Arbeit und Unterkunft finden. Wie viel haben wir?"
Oskar öffnete sein Portemonnaie. „Sechs Lira, vier Reichsmark und jetzt sieben Francs. Das reicht vielleicht für eine Mahlzeit. Ich schlage vor, dass wir keine Diebstähle begehen. Die schmeißen einen schnell raus." Während er das sagte, zeigte er auf eine Zeitung an einem Ständer. In der Zeitung stand, dass die Schweiz den Zustrom von Flüchtlingen nicht bewältigen könne und diese von der Einreise ausschließen sowie andere an den Grenzen abschieben werde. Die

nächstgelegene Grenze war für die Flüchtlinge der Ausweg. Oskar las einen weiteren Abschnitt der Zeitung. „Es sieht so aus, als würde die Schweiz alle Männer zur Armee einberufen, um ihre Grenzen zu schützen. Und wir gehören zur Altersgruppe der Wehrpflichtigen. Wundere Dich nicht, wenn wir eingezogen werden, um unsere Pflicht für dieses Land zu erfüllen. Sie zahlen den Soldaten achtzig Prozent ihres zivilen Lohns. Wir sollten herausfinden, wie die Lohnstruktur aussieht, für den Fall, dass wir zum Dienst eingezogen werden." Jaro und Lori waren nicht beeindruckt. „Gibt es in dieser Zeitung einen Stellenmarkt?"

Oskar nahm die oberste Zeitung aus der Ehrenkiste und steckte die kleinste Münze in den Schlitz. Er blätterte die Zeitung bis zum hinteren Teil durch. Dort gab es zwei Spalten mit groß gedruckten Anzeigen.
Er las sich die Liste durch. „Buchhalter, Kassierer für die Zürcher Bank in Zürich, einige Jobs in der Landwirtschaft. Sehen wir uns die Liste an: Ziegen und Schafe hüten, allgemeine Reparaturen, Pflanzarbeiten für den Sommer. Das war's." Sein Blick wanderte zum unteren Ende der Seite. „Kiana.

Das könnte etwas für Dich sein. Schwesternhelferin/ Schwesternhelfer im örtlichen Krankenhaus gesucht. Patienten zu baden, Verbände zu wechseln, bei der Ernährung zu helfen und die Stationen zu reinigen, gehören zu den Aufgaben. Wie hört sich das an?" „Das schaffe ich schon, aber es ist ein ziemlich beschissener Job, vor allem, wenn sich jemand in die Hose macht. Ich bin mir nicht sicher, ob ich das schaffen würde. Es muss besser sein als jede Bararbeit. Ich habe genug davon, Bier zu zapfen und schlüpfrige Bemerkungen oder Anspielungen zu machen. Wie lautet der Name des Krankenhauses?" Oskar las den Namen vor. „Lugano General Hospital." Er schaute auf das Straßenschild der Straße, in der sie sich befanden. „Es muss am Ende dieser Straße sein. Er blickte auf und sah ein Kreuz, das kaum über die umliegenden Dächer hinausragte.

Er zeigte darauf. „Es ist dort unten. Wir können zusammen hingehen. Vielleicht können wir noch andere Arbeiten wie Gartenarbeit oder sogar Putzen übernehmen."

Als sie das Krankenhaus erreichten, suchten sie den Triage-Schalter auf und baten dort um weitere Informationen und eine Wegbeschreibung für den Job. Die Krankenschwester, die auf solche Anfragen vorbereitet war, antwortete: „Geh den Gang hinunter und eine Treppe hinauf. Dort ist ein Schild mit der Aufschrift ‚Bewerbungen und Ausbildung'. Klopfe an diese Tür. Dr. Brucker. Er ist für Bewerbungen und Ausbildung zuständig."
Kiana bedankte sich bei der Krankenschwester. Die Gruppe ging sofort in das Büro von Dr. Brucker.

Dr. Brucker war in seinen Fünfzigern. Er sah sich die Bewerbungsformulare für mögliche Stellen im Krankenhaus an. Er befragte Kiana zu ihren bisherigen Berufserfahrungen. Er nickte nachdenklich über ihre Erfahrungen. „Wir hatten schon zwei andere Bewerber. Wir brauchen nur einen. Wir können aber einen weiteren aufnehmen, da unser Personal in die Gebiete geschickt wird, die sowohl von den Alliierten als auch von den Achsenmächten bombardiert werden." Er spottete. „Bombardierungen, die als Unfälle erklärt werden, hinterlassen immer ein Chaos, und wir haben zu wenig Personal. Kannst Du morgen mit Deiner Ausbildung beginnen?"
Kiana lächelte. „Ich muss eine Unterkunft finden. Kannst Du mir einen Ort empfehlen?"

Dr. Brucker schaute über seine Brille hinweg. „Wir haben freie Zimmer im Schwesternwohnheim." Er schrieb sich die Adresse auf, rief den Hausverwalter an und informierte ihn über den Einzug einer neuen Person.

Er sah sich die nächste Bewerbung an. Oskar hatte auf einem Blatt Ordnungsdienst und auf einem anderen Gartenarbeit notiert. Dr. Brucker sah sich beide Bewerbungen an. „Wir brauchen Gärtner in Vollzeit. Wir haben damit begonnen, unser eigenes Gemüse anzubauen, um die Patienten zu ernähren. Die Rationen tragen nicht zur Genesung der Patienten bei. Die Menschen brauchen eine Vielfalt an frischen Lebensmitteln und keine begrenzte Auswahl in ihren letzten Tagen. Du bist angestellt. Du fängst morgen an. Ich werde unseren Chefgärtner bitten, Dich herumzuführen und Dir zu zeigen, wo die Werkzeuge aufbewahrt werden."

„Kannst Du eine Unterkunft empfehlen?", fragte Oskar. „Noch eine Person, die eine Unterkunft sucht?"

Oskar hustete. „Meine Freunde und ich sind neu in der Gegend. Die anderen beiden warten draußen. Sie sind auch auf der Suche nach Arbeit."

Dr. Brucker schaute über seine Brille hinweg und lehnte sich dann in seinem Stuhl zurück. „Bring sie rein."

Nach einer zwanzigminütigen Diskussion wurde Jaro für den Rettungsdienst der Stadt eingeteilt, während Lori bei allgemeinen Reparaturen und Wartungsarbeiten helfen sollte. Allen wurde ein Gästehaus empfohlen, in dem häufig Krankenhauspersonal untergebracht ist.

Zwei Monate lang arbeiteten Kiana, Lori, Oskar und Jaro fröhlich an ihren neuen Aufgaben. Sie mischten sich unter die Einheimischen, hielten sich aber gleichzeitig bedeckt. Dann erhielten alle drei Männer einen Brief. Sie wurden in die Armee eingezogen. Die Ausbildung sollte zu Beginn des nächsten Monats beginnen. Oskar fluchte. Zusammen mit Jaro und Lori erschienen sie in Dr. Bruckers Büro, um den Zeitpunkt ihrer Einberufung zu erklären. Dr. Brucker stöhnte. „Ihr werdet drei Wochen lang ausgebildet und dann einen Monat lang an der Grenze oder irgendwo, wo ihr gebraucht werdet, eingesetzt. Dann müsst ihr jedes Jahr diese drei Wochen Ausbildung wiederholen. Du wirst bezahlt. Zwanzig Prozent Deines Lohns fließen in Deinen Wehrsold. Das ist die Verteidigungsversicherung. Danke, dass Du mir das im Voraus gesagt hast.

Das gibt mir Zeit, Leute zu finden, die diese Stellen besetzen. Wenn Du zurückkommst, werden die Stellen frei sein. Die Ausbildung findet in Zürich statt. Wir sehen uns, wenn Du zurückkommst." Damit winkte er sie weg. Dr. Brucker war sichtlich verärgert. Die Personalbesetzung ist in diesen Zeiten schon schwer genug, und jetzt kommt auch noch der Kreisverkehr hinzu. Er schaute auf die Uhr an der Wand über der Tür. Er stand auf, um seine Runde zu beginnen.

Kiana war von der Nachricht, dass ihr „Unterstützungsteam", wie sie die drei Männer im Stillen nannte, eine andere Richtung einschlug, nicht beeindruckt. Sie protestierte nicht. Sie hatte einen Job, den sie mochte – abgesehen vom Aufräumen biologischer Unfälle, wie sie es nannte. Im Wohnheim fühlte sie sich mit fünf anderen Helfern und Krankenschwestern sicher. Es gab keine Bomben, und das Leben auf der Flucht hatte zumindest vorübergehend ein Ende. Als sie sich von Oskar, Lori und Jaro verabschiedete, war sie traurig. Die Trennung von ihrem Team würde schwierig werden. Sie wusste, dass sie sich anpassen musste. Es waren ja nur sieben Wochen. Die Zeit würde wie im Flug vergehen.

Kapitel 22
Zürich.

Im Vergleich zur Ausbildung in der italienischen Armee war das Training im Heerlager eine Mischung aus Fitness und dem Umgang mit verschiedenen Geräten. Für das Trio war das Essen besser und die Unterkunft unvergleichlich. Ein Schlafsaal, der über voll funktionsfähige Sanitäranlagen verfügte, bot nur vier Personen Platz. In einer Ecke gab es sogar zwei Zweisitzer-Sofas. Ein echter Luxus. Obwohl das Trio in seiner Unterkunft aufgeteilt war, konnten sie immer wieder zusammen sein. Doch in der vorletzten Nacht kam der Knackpunkt.
Über uns heulten die Sirenen. Die Lichter gingen aus. Die Soldatinnen und Soldaten verteilten sich auf ihre Schlafsäle. Sie suchten Schutz unter ihren Betten, um sich vor den Trümmern der Explosionen zu schützen. Bomben regneten herab, kündigten ihre Ankunft mit bösen Schreien an und explodierten. Jede Bombe schien näher zu sein als die vorherige. Es gab zwei besonders laute Explosionen. Beide erschütterten den Boden. Oskar spürte, wie der Boden bebte, während gleichzeitig ein Fenster explodierte und die Glassplitter in alle Richtungen flogen. Genauso schnell, wie es angefangen hatte, hörten die Bomben wieder auf. Der Geruch von Feuer erfüllte die Luft.

Im Schlafsaal, in dem sich Oskar befand, war nur das Zerspringen von Glas zu hören. Einer der Männer aus Oskars Gruppe versuchte, das Licht einzuschalten. Es gab keinen Strom. Als die Männer langsam durch die Tür nach draußen gingen, durchbrach das Geräusch von zersplitterndem Glas unter ihren Füßen die unheimliche Stille. In der Ferne konnten sie den höllischen roten Schein erkennen.

Bei der Bombardierung wurde etwas Großes getroffen. Das konnte aus dieser Entfernung nicht festgestellt werden.

Draußen wurden die Männer angewiesen, sich auf dem Übungsplatz zu versammeln. Es wurde ein Appell abgehalten und dabei die Reihenfolge von Schlafsaal eins bis zwanzig durchgegangen. Oskar hörte, wie Jaros antwortete. „Hier!" Oskar stieß einen Seufzer der Erleichterung aus. Dann wurden die Namen für die Schlafsäle neunzehn und zwanzig aufgerufen. Keine Antwort. Oskar hielt den Atem an und lauschte auf Loris' Antwort. Keine. Lori war verschwunden, zusammen mit zehn anderen Männern.

Ein batteriebetriebener Scheinwerfer, der von einem Turm aus strahlte, beleuchtete den Platz und zeigte Männer mit Verletzungen. Das Licht drehte sich langsam zu den Schlafsälen neunzehn und zwanzig. Die Gebäude waren dem Erdboden gleichgemacht, das Dach lag auf dem Boden und die Wände waren wie verstreute Stöcke im Spiel Fiddlesticks. Die Männer rannten zu den Trümmern und begannen, die Gebäude auseinanderzuziehen. Die Hoffnung, noch jemanden lebend zu finden, war gering. Der Feldwebel schrie alle paar Minuten den Befehl, anzuhalten und zu lauschen. Leise Stimmen waren zu hören. Einer nach dem anderen wurden die Männer aus dem Wrack gezogen. Es waren drei Tote und der Rest waren Verletzte.

Als Lori herausgezogen wurde, lächelte er und hustete, um seine Lunge zu befreien. Oskar und Jaro rannten zu ihm hin und umarmten ihn herzlich. Lori hustete wieder. „Gebt mir Luft!"
Jaro sagte: „Wir haben uns große Sorgen gemacht. Wir dachten, Du wärst hinüber." Lori wischte ihm den Schmutz aus dem Gesicht. „Beinahe. Offensichtlich ist es noch nicht meine Zeit. Autsch! Mein Rücken tut weh." Jaro hob Loris Hemd hoch und rief: „Sanitäter!

Hierher!" Es kam niemand. „Steig auf meinen Rücken", sagte Jaro. Ich bringe Dich zu den Sanitätszelten, die gerade aufgebaut werden. Du hast ein paar hässliche blaue Flecken auf dem Rücken." Oskar warf einen kurzen Blick darauf. „Das sind keine blauen Flecken, sondern ein riesiger Fleck, der fast den ganzen Rücken bedeckt. Ist Dein Bett zusammengebrochen?"

Lori nickte schwach. „Es hätte schlimmer sein können, denn das Bett hat das Dach abgefedert und mich nicht erdrückt. Ein kleiner Segen."

Am nächsten Tag untersuchten Militärpolizei und örtliche Polizei den Schaden. Ein Polizeiinspektor fluchte. „Verdammter Hitler und sein Propagandaschwachsinn! Ein Unfall. Von wegen. Das ist neutrales Gebiet, und wir werden immer wieder beschossen." Der Inspektor schrieb in seinen Bericht, welche Arten von Bomben verwendet wurden, woher sie stammen könnten und wo sie jeweils gelandet waren. Die Ränder des Armeelagers hatten ein klaffendes Loch hinterlassen, in dem sich ein Panzer verstecken könnte. Das Kraftwerk hatte einen Volltreffer abbekommen. Im Umkreis von mehreren Kilometern würde es keinen Strom mehr geben.

Am nächsten Tag sollten die Soldaten nach Hause zurückkehren. Stattdessen wurden sie an verschiedene Standorte versetzt. Oskar kontaktierte Dr. Brucker im Laguna-Krankenhaus. Er informierte ihn über das Geschehene und den neuen Einsatzort an der Nordgrenze. Oskar fragte, ob er die Nachricht an Kiana weitergeben könne. Der Arzt stimmte zu. Sobald er genesen war, würde Lori nach Lugano zurückkehren und seine Arbeit wieder aufnehmen.

Kapitel 23
Bern nach Lugano.

Oskar und Jaro wurden nach Bern im Nordwesten transportiert. Die Stadt lag viel näher an der Grenze als Zürich. Bern und die umliegenden Städte und Dörfer wurden mehrfach bombardiert – viele der Angriffe kamen von der französischen Grenze, wo monatelang gekämpft worden war. Von dort aus wurden die neuen Rekruten in zwei Gruppen aufgeteilt. Jaro und Oskar wurden der deutsch-schweizerischen Grenzstadt Basel zugeteilt.

Ihre Aufgabe bestand darin, die Überwachung der deutschen Züge und Lastwagen zu unterstützen, die die Schweiz nutzten, um nach Italien und in andere Mittelmeerländer zu gelangen. Oskar und Jaro waren über die sogenannte neutrale Haltung der Schweiz verärgert. Während das Überfliegen verboten war, waren Lastwagen und Züge mit überdachten Waggons erlaubt. Der Schweizer Offizier, der das deutsch-schweizerische Abkommen überwachte, nahm entweder einen Goldbarren oder Franken bzw. Reichsmark als Bezahlung an. Alle zwei Wochen fuhr ein mit Gold und Geld beladener Schweizer Lastwagen zur Bank der Schweiz. Es wurden keine Fragen gestellt. Die Staatskasse der Schweiz verzeichnete ein Wachstum, da sie ihrem wichtigsten Handelspartner die Nutzung ihres Straßen- und Schienennetzes gestattete.

Jaro und Oskar verbrachten sechs Wochen damit, die erwartete Aufsichtspflicht zu erfüllen. Als sie entlassen wurden, entschieden sie sich nicht dafür, nach Zürich zurückzukehren. Stattdessen zogen sie deutsche Uniformen an und fuhren auf einem Lastwagen in Richtung Süden.

Der LKW fuhr durch Städte und hielt nur zum Tanken an. Sie fuhren weiter an Bern vorbei und hielten am Ufer des Breinzersees, der ein großer Binnensee ist.

Auf dem Lagerplatz gab es ein paar Häuser. Die Einheimischen waren den häufig eintreffenden deutschen Soldaten zahlenmäßig stark unterlegen. Um nicht in ein Wespennest zu stechen – so nannten die Einheimischen die Deutschen – versorgten sie die Armee mit Lebensmitteln. Es hieß: nichts sagen, nichts hören und nichts sehen. Am Leben zu bleiben, war die Priorität. Verletzungen bedeuteten eine ganztägige Reise nach Bern. Für die Einheimischen war das immer teuer und zeitaufwändig.

Oskar wurde eingeteilt, um die Lastwagen zu bewachen. In den ersten drei Stunden standen er und vier andere Soldaten Wache bei den Lastwagen. Jaro würde bei der nächsten Schicht dabei sein. Die Nacht verlief in den ersten zwei Stunden ereignislos.

Ein Leutnant und ein Hauptmann gingen auf die stehenden Lastwagen zu. Der Hauptmann kletterte hinten in einen der Lastwagen. Der Leutnant folgte ihm. Sie öffneten eine Kiste, um ihren Inhalt zu überprüfen. Dann wurde eine andere Kiste nach dem Zufallsprinzip ausgewählt. Der Hauptmann sagte: „Diese Kiste reicht." Er tippte auf eine ungeöffnete Kiste mit Goldbarren. Sie schoben die Kiste zur Öffnung des Lkws. Sie sprangen heraus und hoben die Kiste heraus. Sie gaben Befehle. „Soldaten, schließt eure Augen, bis wir sagen, wann ihr sie öffnen sollt." Die Soldaten gehorchten. Oskar schloss seine Augen, bis die beiden Männer an ihm vorbeigingen. Dann beobachtete er ihre Handlungen.

Die Kiste wurde an den Rand des Sees getragen, wo ein Ruderboot wartete. Die Männer ruderten in einer Entfernung von maximal zwanzig Metern vom Ufer entfernt. Sie warfen die Kiste ins Wasser, wo sie dreißig Meter tief auf den Grund sank. Fürs Erste war sie verschwunden, doch nach dem Krieg konnte man sie wiederfinden.

Zurück am Ufer gaben die beiden Offiziere den Befehl, die Augen zu öffnen. Steinerne Gesichter starrten sie an. Oskar grinste, als die Offiziere verschwanden. Mistkerle! Ich werde tauchen lernen müssen, um das zu bergen. Eine Stange wäre schön.

Georgina Fatesas

Als Jaro fragte, ob es etwas Aufregendes gäbe, lenkt Oskar seine Aufmerksamkeit wieder auf die Realität. Oskar zwinkerte ihm zu. Da er wusste, dass in der Stille der Nacht jeder jedes Wort hören konnte, log er: „Nichts. Verdammt langweilig."

Am nächsten Tag verließen die Lastwagen Brienz. Sie fuhren in Richtung Süden. Diesmal hatte jeder Lkw zusätzlichen Treibstoff dabei. Sie würden nicht in irgendeinem kleinen Dorf oder einer Stadt anhalten. Es gab einen Zeitplan, der eingehalten werden musste. In der Nacht schlichen sich Oskar und Jaro aus dem nordwestlichen Stadtrand von Lugano weg. Sie zogen sich so schnell wie möglich Zivilkleidung an.

Der Kapitän hielt einen unerwarteten Appell ab. In seinen Unterlagen waren Oskar und Jaro nicht aufgeführt. Der Hauptmann bemerkte es nicht, aber ein Soldat sah verwirrt aus. Er dachte darüber nach, was er gesehen hatte. Die beiden Neuankömmlinge machten sich aus dem Staub. Er war sich nicht sicher, ob er die Diskrepanz melden sollte, schüttelte dann aber den Kopf. Er zog an einer Zigarette und dachte über die Möglichkeiten nach. Die Hölle würde ausbrechen. Die Armee sollte für die Einheimischen unsichtbar sein. Es hat sich nicht gelohnt, wegen zwei Personen, die nicht einmal auf der Liste standen, einen Aufstand zu machen. Er würde auf jeden Fall verhört werden. Ein weiterer Grund, den Mund zu halten. Viel Glück für die beiden, die per Anhalter mitfahren und dann desertieren. Mutig. Er gluckste vor sich hin und blies den Rauch aus.

Er zog sich zurück, um seine private Unterhaltung zu genießen. Er warf einen Blick um sich und fragte sich, ob er auch nach Belieben verschwinden und erscheinen konnte. Wie ein Geist oder ein Spion. Es spielte keine Rolle. Sie kamen und gingen. Das Kommando hat es nicht bemerkt. Ich bin darin geübt, mich gegenüber jeder Art von Korruption dumm zu stellen. Zum See zu gehen und zu schweigen war ein gutes Training. Dass die Chefs allen sagten, sie sollten die Augen schließen, war ein Witz. So stellten sie sicher, dass alle zusahen. Das Gold wird später abgeholt. Er grinste, als die Zigarette zu Ende war. Was Hitler nicht wusste, spielte keine Rolle. Ich werde mein Glück nach dem Krieg versuchen. *Er stampfte den Zigarettenstummel aus. Scheiß auf Hitler!*

Kapitel 24
Lugano.

Als Oskar und Jaro Kiana und Lori trafen, wurde ihnen bewusst, dass Lori hinkte. „Ist das dauerhaft?", fragte Jaro. „Leider ja. Ich habe leichte Fortschritte gemacht. Ich glaube, es ist eher ein Nervenschaden. Die Ärzte haben mir ein Bild von dem Bluterguss gezeigt. Er war massiv. Ich glaube, da ist ein Riss. Ich lag lange Zeit auf dem Bauch." Er schaute zu Kiana hinüber. „Sie war mir eine große Hilfe. Ich war nicht gerade der beste Patient." Kiana kommentierte: „Manche Leute, die ich betreut habe, waren viel schlimmer. Du musst Dich trotzdem schonen und darfst nicht mehr als zwei Kilo heben. Frauen können besser mit Schmerzen umgehen als Männer. Und jetzt erzähl uns, was in Bern passiert ist?"

„Bern war nur ein Zwischenstopp. Wir waren in Basel. Als unsere Zeit um war, sollten wir zurück nach Zürich fahren. Auf der Ladefläche eines deutschen Lastwagens haben wir eine sehr interessante Fahrt gemacht. Lasst uns zum Park gehen. Jaro und ich werden euch erzählen, was mit den Deutschen passiert ist." Die Gruppe ging langsam in Richtung Park. Oskar und Jaro erzählten ihre Geschichten. Am Ende fragte Lori: „Wer wird uns das Tauchen beibringen?" Jaro und Oskar zuckten mit den Schultern. „Zu wissen, dass die Seen patrouilliert werden, ist im Moment keine Option. Es würden zu viele Schaulustige kommen und zu viele Fragen gestellt werden. Lasst uns untertauchen und in Ruhe weiterleben. Die Goldsuche müssen wir auf die Zeit nach dem Krieg verschieben, wann auch immer das sein wird."

Oskar und Jaro konnten ihre Arbeit im Krankenhaus wieder aufnehmen.

Sie waren erleichtert, nun wieder ein stabiles Einkommen und einen sicheren Lebensunterhalt zu haben.

Nur selten mischten sie sich unter die anderen Einheimischen und hielten sich eher zurück. Es war ein Balanceakt, sich zurückzuhalten und trotzdem als sozial wahrgenommen zu werden.

Eines Abends wurde Kiana zur Arbeit gerufen. Deutsche Soldaten waren mit ihrem LKW am Berghang verunglückt und wurden ins Krankenhaus transportiert. Kiana eilte mit vielen anderen dienstfreien Leuten in die Notaufnahme. Wie die anderen Helferinnen und Helfer wurde sie angewiesen, bei der Reinigung der Wunden zu helfen. Außerdem sollte sie, wenn nötig, den Blutverlust verlangsamen oder stoppen. Zehn Soldaten mit verschiedenen Verletzungen füllten eine Station. Die meisten hatten gebrochene Gliedmaßen. Einige hatten Stichwunden. Die Ärzte hatten die Gegenstände entfernt. Es waren Baumstücke, Kies und Metall. Sie waren aus ihren Körpern entfernt worden. Diese Trophäen waren neben den Betten der Soldaten ausgestellt.

Tage später wurden die meisten Soldaten aus dem Krankenhaus entlassen. Gemeinsam mit den bereits Entlassenen errichteten sie ein provisorisches Lager in der Nähe des LKW-Wracks. Sie mussten feststellen, dass der gesamte Inhalt von den Einheimischen geplündert worden war. Sie wollten niemanden über den fehlenden Inhalt befragen. Niemand würde ihnen antworten, zudem befanden sie sich auf neutralem, fremdem Boden. Diplomatie war angesagt, keine Anschuldigungen. Die Soldaten kauften Zivilkleidung, um sich unter die einheimische Bevölkerung mischen zu können, ohne sich Beschimpfungen anhören zu müssen.

Diejenigen, die entlassen wurden, gingen häufig ins Krankenhaus, um ihre verletzten Kameraden zu besuchen. Kiana hatte gerade Dienst, als sie zwei neue Soldaten bemerkte, die die Männer im Krankenhaus besuchten. Einer von ihnen hatte ein Notizbuch und machte sich Notizen. Durch die Entfernung und den Blickwinkel war ihre Sicht auf die Gesichter der beiden verdeckt. Erschwerend kam hinzu, dass sie ihre Mützen nach unten gezogen hatten, sodass ihre Gesichter im Schatten lagen. Erleichtert seufzte sie auf, als sie bemerkte, dass sie mit ihrer Befragung fertig zu sein schienen. Die Männer standen auf, das Notizbuch verschwand in einer Jackentasche und die Stühle wurden wieder an ihren ursprünglichen Platz gestellt.

Kiana wollte nicht, dass sie sie sahen, als die Männer die Station verließen. Sie ging hinter die Schwesternstation und beugte sich hinunter, um so zu tun, als würde sie Gegenstände für ihre Arbeit aussuchen. Sie stöberte weiter herum, musste aber aufhören, als einer der Männer an den Tresen klopfte. Zunächst ignorierte sie das Klopfen und stöberte weiter. Doch dann beugte sich einer der Männer über den Tresen und sagte: „Hör auf, Dich zu verstecken. Wir brauchen Informationen über die Männer, die noch auf der Station sind."

Langsam und widerwillig stand Kiana auf. Sie dachte: „Verdammt! Schon wieder Louis. Sie zuckte zusammen. Louis erkannte sie und schenkte ihr ein Lächeln. „Fräulein. So sieht man sich wieder." Kiana starrte zurück. Sie sagte nichts. Louis fuhr fort. „Wann können die Männer freigelassen werden?"
„Das weiß ich nicht. Dazu ist nur der Arzt befugt", antwortete sie.
„Kann ich den Arzt sehen?", fragte Louis.
„Nur einen Moment. Ich werde sehen, wer Dienst hat." Sie ließ die Männer bei der Schwesternstation zurück und ging den Flur hinunter.

Während sie weg war, sagte Louis zu seinem Begleiter Max: „Ich habe dieses Mädchen vor etwa zwei Jahren kennengelernt. Sie war in einem Bus von Villach in Österreich nach Udine in Italien unterwegs. Sie hat die ganze Zeit aus dem Fenster geschaut und sich geweigert, mit mir zu reden. Als sie aus dem Bus ausstieg, tat sie so, als würde sie einen viel älteren Mann heiraten. Als ich sie wieder traf, sagte sie, sie sei verwitwet. Ich glaube ihr kein Wort. Sie ist nur schwer zu bekommen."

„Ich muss sagen, sie ist sehr attraktiv. Hat sie Familie?", fragte Max.

„Ich weiß sicher, dass sie einen Bruder hat. Sie tut so, als wären die anderen Männer, mit denen sie gesehen wird, ihre Brüder oder andere Verwandte. Sie und ihre männlichen Freunde sind wie Klebstoff. Ich habe den Verdacht, dass mehr hinter ihrem Hintergrund steckt. Sie und ihre männlichen Gefährten scheinen auf der Flucht zu sein. Wovor, das weiß ich nicht. Das will ich herausfinden.

Die Männer hörten auf zu reden, als Kiana mit einem Arzt und einer Krankenschwester zurückkam.

Dr. Brucker begrüßte sie und hörte sich ihr Anliegen an. Dr. Brucker stieß einen Seufzer aus. „Zwei können morgen entlassen werden. Aber sie brauchen noch etwas Ruhe. Der Mann da hinten ..." Dr. Brucker blätterte in den Krankenakten, um die Beschwerden des Patienten zu finden. „Er kann erst in einer Woche oder später entlassen werden. Hast Du die Souvenirs gesehen, die wir aus seinem Magen geholt haben?" Beide Männer nickten.

„Nun, dieser Mann kann nicht länger Soldat sein. Er wird zurück nach Deutschland geschickt, sobald es ihm besser geht. Ich halte nicht den Atem an. Ich habe ihn alle zwei Tage untersucht. Er kommt nicht gut zurecht. Er hat eine Infektion, die wir nur mit Mühe unterdrücken können. Mal ist er bei Bewusstsein, mal nicht. Komm mit mir."

Dr. Brucker führte die deutschen Soldaten zu dem Mann zurück. Der Arzt stöhnte. Er schrie: „Krankenschwester! Krankenschwester! Hilfe!" Die Krankenschwester und Kiana kamen angerannt. „Er ist wieder bewusstlos. Überprüfe seine Vitalwerte."

Die Krankenschwester sagte: „Er ist sehr schwach. Sein Blutdruck sinkt. Kiana, wie hoch ist seine Temperatur?"

„Zu hoch. Es sind vierzig Grad und mehr." Sie rannte los, um einen Eisbeutel zu holen. Als sie zurückkam, waren alle still. Der Mann war gestorben. Dr. Brucker sagte: „Jetzt kannst Du ihn nach Deutschland bringen. Es ist sicher für ihn, zu reisen. Ich werde ihn in der Leichenhalle aufbewahren, bis Du zurückkommst. Du hast drei Tage Zeit, um ihn abzutransportieren. Danach wird er auf unserem Ausländerfriedhof beerdigt. Die durchschnittlichen Beerdigungskosten betragen fünfhundert Francs."
Louis schaute überrascht. „Okay. Wir werden ihn begraben. Können wir die Unterlagen haben?" Dr. Brucker nahm die Krankenblätter aus der Halterung am Ende des Bettes und gab sie Louis. „Du brauchst einen Totenschein. Das werde ich jetzt tun."

Dr. Brucker ging in sein Büro. Minuten später kam er zurück. Er überreichte Louis die Bescheinigung. „Das ist alles, was es für diesen Mann gibt." Dr. Brucker, die Krankenschwester und Kiana verließen den Raum. Louis lief schnell, um Kiana einzuholen. Er packte sie an der Hand und zog sie zurück. „Wie wäre es mit einem Abend in der Stadt?"

Kiana zog ihre Hand zurück, während Dr. Brucker und die Krankenschwester schockiert zuschauten. „In Deinen Träumen! Lass meine Hand los. Ich bin nicht interessiert." Dann stellte sich Kiana zwischen Dr. Brucker und die Krankenschwester, bevor sie mit ihren improvisierten Begleitern wegging.

Max sagte: „Das lief gut. Wieder eine glatte Absage. Ich denke, Du solltest aufgeben. Drei Neins bedeuten Nein."

„Ja, sie ist verdammt süß. Eines Tages wird es passieren, aber nicht heute oder in naher Zukunft." Louis wandte sich an seine Begleiterin. „Bin ich so hässlich, dass sie sich weigert, mit mir zu gehen?"
Überrumpelt sagte Max: „Nein, vielleicht ist es die Uniform. Vielleicht hat sie andere Gründe, die Du nicht kennst."
„Was zum Beispiel?"

Max zuckte mit den Schultern. „Frag sie."

„Sie will nicht einmal mit mir reden. Wie soll ich sie denn dazu bringen, sich mir gegenüber zu öffnen?"

„Das ist Dein Problem. Lass uns von hier verschwinden."

An diesem Abend traf sich Kiana mit Oskar, Jaro und Lori. Sie erwähnte, dass Louis in der Stadt war und sie um ein Date gebeten hatte. Die Männer waren zunächst schockiert und brachen dann in Gelächter aus. „So lustig ist das nicht", erwiderte sie.

Oskar sagte: „Ich hätte gerne sein Gesicht bei der dritten Absage gesehen. Du weißt wirklich, wie Du sein Ego verletzen kannst."

„Mit diesem Mann stimmt etwas nicht. Wirklich nicht. Schleimig."

„Er hat Informationen über den Unfall gesammelt. Er taucht ab und zu auf. Er muss einem höheren Kommando unterstellt sein. Es ist besser, wenn wir uns von ihm fernhalten", sagte Lori.

Drei Tage später ging Kiana die Straße entlang, um ein paar Lebensmittel einzukaufen. Ihr Herz blieb stehen, als sie eine Stimme hinter sich hörte: „Hallo Kiana. So sieht man sich wieder."

Kiana begann, schneller zu laufen. Sie war nur noch wenige Meter vom Laden entfernt, als sie spürte, wie eine Hand nach ihrem Arm griff.

Sie warf einen Blick auf das Fenster des Friseursalons und sah, wo Louis stand. Sie wirbelte herum und trat ihm in die Leistengegend. Als er zu Boden fiel und sich die verletzte Stelle hielt, rannte Kiana in den Laden und erklärte, was passiert war. Die Dame grinste. „Komm her." Sie nahm Kiana in den Arm. „Mensch, Du zitterst ja wie Espenlaub. Setz Dich zu mir. Wenn mein Sohn von einer Lieferung zurückkommt, bringe ich ihn dazu, Dich nach Hause zu begleiten." Kiana stieß einen Seufzer der Erleichterung aus.

Während sie auf die Rückkehr ihres Sohnes wartete, stellte sich Kiana vor und kaufte die benötigten Lebensmittel ein. Miya erklärte ihrem Sohn Elio schnell die Situation. „Ich passe auf den Laden auf, während Du sie nach Hause bringst." Elio begleitete Kiana bis zu den Toren des Wohnheims. „Du solltest jetzt in Sicherheit sein. Ich werde auf Dich aufpassen, bis Du reingehst."

Dann ging Elio zurück zum Laden. Als er ankam, bediente Miya zwei Männer. Alle drei sahen auf, als er hereinkam. „Sie ist jetzt zu Hause. Sie ist in Sicherheit." Elio hörte auf zu reden. Er änderte, was er sagen wollte. Er richtete seine Bemerkungen an die Männer. Er sah die beiden Männer an, von denen er vermutete, dass sie der Grund für Kianas Unruhe waren. „Männer sollten respektieren, wenn eine Dame Nein sagt. Kein Interesse bedeutet, dass sie nicht interessiert ist. Das arme Mädchen ist traumatisiert." Louis und sein Begleiter verließen den Laden, nachdem sie etwas Obst gekauft hatten.

Louis flüsterte: „Traumatisiert? Meine Männlichkeit ist traumatisiert. Seitdem kann ich nicht mehr richtig pinkeln. Das Mädchen kann härter treten als ein Maultier."
Max gluckste. „Ich wusste nicht, dass Du von einem Maultier getreten wurdest. Wann ist das passiert?"
„Äh, das ist es nicht. Das ist nur ein Vergleich, den ich angestellt habe."
„Oh. Und die Rohrleitungen funktionieren auch nicht? Läuft es seitwärts?" „Halt die Klappe." Louis verpasste ihm einen Schlag auf den Kopf.
„Nun, wir wissen jetzt zumindest, dass es nicht die Uniform ist, die sie abschreckt. Entweder Du bist das Problem oder sie ist nicht bereit für eine Beziehung." Louis ignorierte die Bemerkung.

Als Kiana sich an diesem Abend mit Oskar, Lori und Jaro traf, erzählte sie ihnen, was passiert war. Oskar schob sein Haar zurück und verzog das Gesicht. Er und die anderen fühlten sich in ihrem jetzigen Leben wohl. Zögernd fragte er die Gruppe: „Ziehen wir wieder los? Ich werde niemanden auffordern, mitzukommen. Dieser Ort war gut zu uns."

Lori sagte: „Ich bin körperlich noch nicht bereit, irgendwohin zu wandern. Ich brauche mehr Zeit, um mich zu erholen. Aber es geht mir schon besser. Ich kann mich mehr bewegen und die Blutergüsse sind verschwunden. Ich bin noch nicht bereit, weiterzuziehen, aber ihr könnt das gerne tun, wenn ihr wollt."

Jaro fügte hinzu: „Dieser Ort passt zu mir. Ich werde euch aber bis zur Grenze begleiten, wenn ihr euch entschließt, weiterzuziehen."

Oskar dachte über diese Bemerkung nach. „Okay, wir warten, bis Lori vollständig genesen und wieder zu Kräften gekommen ist. Aber in der Zwischenzeit sollten wir eine Flucht planen, für den Fall, dass es schiefgeht. Wir brauchen Karten. Wir müssen den Kriegsnachrichten mehr Aufmerksamkeit schenken. Davon könnte abhängen, was wir tun. Dieses Wochenende habe ich völlig frei. Ich würde gerne die Morellis besuchen. Hat jemand Interesse?"

Kiana dachte über ihren Zeitplan nach. „Ich werde ein paar Tauschgeschäfte machen müssen. Vielleicht können wir uns in Mendrisio treffen, das liegt auf halbem Weg. Das würde den Mädchen eine Pause vom Hof verschaffen und ihnen die Möglichkeit geben, mehr von diesem Land zu sehen."

„Die Idee gefällt mir. Ich werde sie anrufen. Sie sind eine der wenigen Bauernfamilien in der Gegend, die ein Telefon haben", sagte Oskar.

Kapitel 25
Mendriso.

Im Busdepot von Mendriso warteten Oskar, Lori, Jaro und Kiana auf den Bus aus Chiasso. Die dreißigminütige Fahrt würde an der Mendrisio-Hütte enden. In der Hütte herrschte reges Treiben.

Chiara, Fiorella, Maria und Marco lächelten, als sie ausstiegen. Doch als Luca nicht auftauchte, wich das Lächeln der Besorgnis. Nach der herzlichen Begrüßung geleitete Oskar alle in ein nahe gelegenes Restaurant. Etwa in der Mitte des Essens fragte Kiana Maria: „Wo ist Luca?" Marias Augen weiteten sich. Sie stieß einen leisen Schluchzer aus. Marcos Arm legte sich plötzlich um Marias Schultern, und er zog sie an seine Brust. „Ihm wurde die Einreise verweigert", antwortete Marco. Er war einer von Hunderten, denen gesagt wurde, sie sollten in ihr eigenes Land zurückkehren. Wir haben ihn durch die Zäune gesehen. Er rief nach uns, aber die Grenzbeamten schoben ihn weg. Wir haben einen Brief erhalten, in dem stand, dass er es in den Bergen versuchen würde. Wir haben ihm Details über Deinen Weg und das Loch im Stacheldraht verraten, das Du geschaffen hast. Wir können nicht mit Sicherheit sagen, ob er den Bergpfad versucht hat und dabei gestorben ist oder ob er aufgegeben hat und nach Italien zurückgekehrt ist. Dort hätte er vor ein Kriegsgericht gestellt werden können, weil er Menschen geholfen hat, in die Schweiz zu fliehen. Wir wissen es einfach nicht."

Oskar dachte über die Antwort nach und versuchte, eine Verbindung zu den im Radio erwähnten Ereignissen in Italien herzustellen. „Es wäre sehr schwierig für ihn gewesen, auf dem üblichen Weg über die

Grenze zu kommen. Der Bergpfad war nicht gerade ein Spaziergang im Park. Ich bin sicher, Chiara und Fiorella werden das bezeugen."

Oskar nahm einen Schluck von seinem Bier. Er fuhr fort. „Die Alliierten ziehen unter der Führung und mit der Unterstützung von König Emanuel über Italien hinweg. Ich habe gehört, dass die Städte im Norden Italiens am stärksten bombardiert wurden: Mailand, Udine, Trient, Brescia und Vercelli, um nur einige zu nennen. Mailand, Udine, Trient, Brescia und Vercelli, um nur einige zu nennen, wurden schwer bombardiert."

Kiana meldete sich zu Wort: „Schade, dass der Vatikan verschont geblieben ist. Ich hätte gerne gesehen, wie einige der nicht so heiligen Männer, die diesen Ort bewohnen, zu Luzifer gehen. Als ich dort als Reinigungskraft arbeitete, sah ich, wie deutsche Lastwagen Holzkisten abluden. Die Kisten waren klein und schwer. Einige der größeren Kisten waren so geformt, als würden sie Kunstwerke verstecken. Der Vatikan hat davon profitiert. Das ist nicht gerade eine gottgefällige Tat." Oskar gab ihr einen Tritt unter den Tisch. Sie hörte auf zu reden. Sie entschuldigte sich: „Tut mir leid. Der Vatikan hat schlechte Erinnerungen an mich, mein Lieblingshasser."

Marco fragte die Gruppe: „Wollt ihr in Lugano bleiben?" Lori antwortete: „Wir sind uns nicht sicher. Es war gut für uns. Leider wird Kiana ständig von einem deutschen Soldaten namens Louis belästigt. Es kann sein, dass wir uns als Gruppe auflösen. Kiana und Oskar überlegen, weiterzuziehen. Jaro und ich haben uns noch nicht entschieden."

Die beiden Gruppen verließen das Restaurant und fuhren in gemieteten Autos in die malerischen Gegenden der Stadt. Um vier Uhr nachmittags gingen die beiden Gruppen getrennte Wege. Maria, Marco und die Mädchen fuhren zurück zu ihrem Hof in der Nähe von Chiassio.

Oskar, Lori, Jaro und Kiana fanden eine Taverne für eine Übernachtung. Sie quetschten sich wieder in ein Familienzimmer. Kiana grinste. „Da werden Erinnerungen wach."
Oskar schaute zu ihr und fragte: „Du hast Dich an die Schlafsäle gewöhnt. Vermisst Du die Mädchen?"
Kiana antwortete: „Ich habe mich mit zwei Mädchen angefreundet und gehe mit den anderen einfach respektvoll um. Das kann manchmal lustig sein, aber man braucht auch mal seinen eigenen Freiraum. Das kommt überhaupt nicht vor. Der Gang zum Krankenhaus ist schon der einzige persönliche Freiraum, den man bekommt.

Sechs Personen in einem Zimmer können mitunter ganz schön viel sein. Manchmal sinkt die Zahl, weil das Personal geht. Ich genieße diese wenigen Tage mit weniger Personal. Bleiben wir die ganze Nacht hier oder sollen wir uns die satirische Langzeitvorstellung „Die Pfeffermüller" ansehen?"

Jaro antwortete begeistert: „Oh ja! Man hat mir gesagt, sie sei genauso gut wie das Cabaret Cornichon. Die Show hat uns allen gefallen."
Lori sagte: „Wenn sie Hitler und seine Kumpane so sehr auf die Schippe nehmen, wie sie es im Cabaret Cornichon tun, bin ich dafür."

Nach der Aufführung lachte die Gruppe, als sie sich daran erinnerte, wie sie die oberen Ränge der deutschen Armee verhöhnt hatten. Sie klickten mit den Absätzen und salutierten im Scherz, nachdem sie sich an einige der Dialoge erinnert hatten.
Ihr Lachen endete an der Eingangstür der Taverne. Sie machten sich auf den Weg zur Bar, um einen Absacker zu trinken.

Sie hatten schon die Hälfte ihrer Getränke und einen kleinen Snack hinter sich, als Lori Kiana anstupste. „Wie ich sehe, ist Dein Freund gerade reingekommen."

Kiana fluchte und zischte auf Loris Stichelei hin: „Das Arschloch ist überall. Ich glaube, er verfolgt uns. Es gibt zu viele Zufälle." Sie schob einen Arm über Loris Schulter. Lori grinste. „Das wird Dich nicht unsichtbar machen. Er hat bereits durchschaut, dass Jaro und ich nicht mit Dir verwandt oder befreundet sind."
„Das vermute ich auch. Andererseits seid ihr zwei mehr als nur beste Freunde. Eine Familie. Und eine Familie hält zusammen, um sich gegenseitig zu beschützen."

Jaro drehte sich zum Tresen um und sah, wie Louis und Max ihre Getränke in der Hand hielten. Max sagte leise: „Deine Freundin scheint einen anderen Liebhaber zu haben." „Komisch. Letztes Mal war es der andere Typ, der uns jetzt anschaut. Vielleicht ist sie ein bisschen pervers und mag es, mit zwei gleichzeitig im Bett zu sein." Louis hob sein Glas und sah Jaro an: „Prost. Du Glückspilz." Jaro grinste und erwiderte seinen Blick.

Louis begann, sich dem Tisch zu nähern. Max folgte ihm behutsam. Höflich fragte er: „Dürfen wir uns zu euch setzen?"
Ein lautes „Nein" ertönte.
„So soll es sein." Louis entfernte sich langsam. Aus der Ferne beobachtete er die Gruppe, die jetzt miteinander flüsterte.

„Wir müssen ihm den Laufpass geben", sagte Oskar. „Wir gehen raus und umrunden den Block. Wir verstecken uns überall, wo wir können. Wenn sie verschwinden, kommen wir zurück."

Die Gruppe trank ihre Getränke aus, aß ihre Snacks und ging nach draußen. Sie liefen gemeinsam um die Ecke. Sie stießen auf eine Gasse, die an der Hintertür eines Ladens endete. „Hier rein", wies Jaro an. „Kiana, lass uns ein paar Klamotten tauschen. Wir haben fast die gleiche Größe. Nur die untere Hälfte."

Kiana grinste. „Das klingt lustig." Schnell tauschten die beiden die Hälfte ihrer Kleidung. Jaro und Lori gingen in eine Richtung weiter, wobei Lori ihren Arm über Jaros Schulter legte. Oskar begleitete Kiana zurück in die Taverne.

Louis und Max näherten sich derweil Lori und Jaro, der den Kopf leicht gesenkt hatte. In der Dunkelheit konnte Louis nur den Rock sehen, der sich in der aufkommenden Abendbrise wiegte. Er sagte mit all seiner Zuversicht: „Fräulein, Ich möchte nur mit Dir sprechen."
Lori antwortete: „Sie hat deutlich gemacht, dass sie nicht in Deiner Nähe sein oder mit Dir sprechen will. Brauchst Du noch einen Angriff in die Leistengegend, um das klarzustellen?"
Louis entgegnete: „Lass sie für sich selbst sprechen."
Jaro quiekte: „Geh weg! Ich bin nicht interessiert. Lass mich einfach in Ruhe." Louis und Max waren über den Stimmbruch erstaunt. „Wollen wir mal sehen, was wir hier haben?" Er holte eine Taschenlampe heraus und leuchtete Jaro damit ins Gesicht. Jaro und Lori reagierten darauf, indem sie Louis und Max traten, bevor sie wegliefen.

Louis und Max fluchten, hoben sich vom Boden auf und nahmen die Verfolgung auf. Sie rannten die Straße hinauf und bogen dann in eine Reihe kleiner Geschäfte ein. Mit Louis und Max auf den Fersen rannten sie gezielt auf eine Polizeistation zu, die gerade ihre Türen für die Nacht schloss. Lori schrie: „Hilfe! Bleibt offen!" Die beiden Polizisten sahen die vier Männer, die auf sie zukamen, an.
Der ältere Polizist murmelte vor sich hin: „Warum muss das ausgerechnet zum Feierabend passieren?"

Lori und Jaro drängten sich an den Polizisten vorbei und betraten das Polizeirevier. Zu ihrer Überraschung folgten Louis und Max ihnen, während die Polizisten ihnen hinterherliefen. Der jüngere Beamte verschloss die Tür von innen, während der ältere versuchte, die beiden Gruppen zu beruhigen. Er rief: „Setzt euch und haltet alle die Klappe!"

Einer nach dem anderen kamen die vier Männer zum Stehen. Sie keuchten alle. Der ältere Beamte fragte: „Was ist hier los?"
Alle antworteten gleichzeitig mit unterschiedlichen Antworten. Die beiden Gruppen zeigten aufeinander. Der ältere Beamte knallte ein Buch hart auf seinen Schreibtisch und schrie: „Hört sofort damit auf! Du!" Er zeigte auf Lori, die einen Rock trug. „Warum trägst Du einen Rock?"

Lori schnaufte: „Dieser Mann hat meine Schwester belästigt, als wir in Lugano waren. Dann ist er uns hierher nach Mendrisio gefolgt. Er hat versucht, sich zu uns einzuladen, um meiner Schwester näherzukommen. Sie hat allen klargemacht, dass sie nichts mit ihm zu tun haben will. Sein Freund ist neu in der Szene. Um sicherzustellen, dass meine Schwester sicher nach Hause kommt, haben wir die Kleidung getauscht. Und tatsächlich, der Köder hat funktioniert. Sie folgten uns in eine dunkle Gasse. Dann sind wir abgehauen.
Louis war wütend: „Ihr Bastarde! Ihr habt uns in der Gasse angegriffen. Seht ihr!" Er zeigte auf einen blauen Fleck an seinem Kinn.
„Das hat man davon, wenn man Frauen nachstellt, die offensichtlich nicht mit einem zusammen sein wollen! Nein heißt nein! Arschloch."
Louis ging auf Jaro zu. Max zog ihn zurück. „Fick Dich. Lass sie selbst entscheiden, ob sie mich sehen will."

„Sie hat Dich von Anfang an nicht gemocht, als Du im Bus von Villach nach Udine neben ihr gesessen hast. Das hätte eigentlich schon reichen müssen. Aber nein. Du musstest darauf bestehen, um Dein aufgeblasenes Ego zu befriedigen." Er flüsterte: „Kraut." Wieder hob Louis die Faust. Der jüngere Offizier packte Louis am Arm. „Ich denke, es ist Zeit, sich abzukühlen. Verbringt die Nacht in unseren wunderbaren Zellen im hinteren Teil", sagte der ältere Offizier.

Nachdem die Männer eingesperrt worden waren, sagte der ältere Offizier: „Lass uns nach Hause gehen. Sie können sich selbst beruhigen. Wenn sie sich gegenseitig anschreien, müssen wir uns das nicht anhören. Wenn der als Mädchen verkleidete Mann das getan hat, um sicherzustellen, dass seine Schwester sicher nach Hause kommt, hat es funktioniert. Ich habe noch nie erlebt, dass ein Bruder seine Pflicht, auf seine Schwester aufzupassen, so ernst genommen hat. Dieser Louis muss es schwer haben, Freunde zu finden."

Am nächsten Morgen kamen die beiden Beamten zurück. Der ältere Beamte fragte: „Habt ihr alle eure Differenzen schon geklärt?" Er hörte vier Zischlaute und sah verdrehte Gesichter. „Ich glaube nicht." Er ging zu Loris' und Jaros Zelle. „Ihr zwei zuerst. Gebt eure Aussage ab. Wenn eure Aussagen nicht übereinstimmen, werdet ihr alle länger bleiben müssen. Prinzessin, Du bist die Erste." Jaro wurde in den Verhörraum geführt, wo er über vergangene und aktuelle Ereignisse berichtete. Danach wurde er zurück in die Zelle geführt. Lori war die Nächste. Louis und Max wurden als Letzte befragt und in ihre Zellen zurückgebracht. Der ältere Beamte sagte: „Die Geschichten passen irgendwie zusammen. Sie sind nah genug dran. Kannst Du in der Taverne anrufen und Kiana und Oskar bitten, zu kommen? Sie sollen besser eine Hose für die Prinzessin mitbringen."

Kiana und Oskar stellten sich dem älteren Beamten auf dem Polizeirevier. Kiana erzählte ihm von dem Kleidertausch. Sie äußerte ihre Sorge über ihre Abneigung gegenüber Louis. Alles, was sie wollte, war, dass er sich ihr nicht nähert. „Ich habe ein schlechtes Gefühl bei ihm. Deshalb möchte ich nicht mit ihm zusammen sein oder ihn in meiner Nähe haben." Ich mag es nicht, wie er zu verschiedenen Zeiten und an verschiedenen Orten auftaucht. Das ist es. Er hat etwas Schlechtes an sich, das ist alles. Ich folge meinem Bauchgefühl."

Der Beamte sagte: „Dann folge deinem Bauchgefühl. Das machen wir hier auch, wenn es ein Verbrechen gibt. Und jetzt sag mir: Sind all diese Männer Deine Brüder?" Kiana sah dem Beamten direkt ins Gesicht. „Oskar ist es. Oskar, die anderen beiden und ich haben schon so viel zusammen durchgemacht. Wir betrachten uns als eine Familie. Was mit einem von uns passiert, betrifft uns alle. Wir lieben uns wie eine eng verbundene Familie. Ja, Lori und Jaro sind meine freiwilligen Brüder. Niemand wird diese Tatsache ändern. Ende der Geschichte." „Ich verstehe", sagte der Polizist. „Ihr habt Glück, dass ihr in diesen schwierigen Zeiten einen so starken Zusammenhalt habt. Wo sind Deine Eltern?

„Tot. Von den Deutschen umgebracht." „Wo?"

„In Österreich, vor etwas mehr als drei Jahren. Oskar, Jaro und ich sind die einzigen Überlebenden. Wir haben Lori auf unserer Flucht getroffen. Er war auch auf der Flucht. Er war mit einem anderen inoffiziellen Bruder zusammen, Paul. Paul ist in Albanien gestorben. Er hatte versucht, ihnen Munition zu besorgen. Sie hatten keine Munition, um sich zu verteidigen", antwortete Kiana.

„Sie haben also einen Krieg miterlebt. Gibt es noch andere Verwandte?"

„Alle tot. Sie wurden von den Deutschen getötet", antwortete Kiana. „Wann können wir gehen? Wir müssen einen Bus nach Lugano erwischen."

Der Offizier nickte. „Warte hier. Ich werde mit deinem Amtsbruder Oskar sprechen. Dann könnt ihr gehen."

Zehn Minuten später gesellte sich Oskar zu Lori und Jaro, die sich inzwischen wieder Hosen angezogen hatten. „Wir müssen uns beeilen", sagte Oskar. Alles ist gepackt und in der Taverne. Der Bus fährt in einer Stunde."

Der ältere Beamte wartete absichtlich dreißig Minuten, bevor er zu Louis und Max sprach. Er warnte sie eindringlich: „Lasst sie mit ihren Brüdern allein. Sie mögen keine Deutschen, und ihr seid Deutsche. Deutsche haben ihre Familien ausgelöscht."

„Das ist also der Grund, warum sie mich meidet", sagte Louis, als er diese Enthüllung akzeptierte. „Nicht alle Menschen, die deutsche Uniformen tragen, sind Mörder oder sogar deutsche Staatsbürger. Wie schade. So süß." Max hustete, um Louis daran zu erinnern, dass er aus seinen Träumen erwacht war.

Kapitel 26
Genf und die Westfront.

Die Tage vergingen wie im Flug. Die Normalität des Lebens stellte sich wieder ein, als sich der Alltag aus Arbeit und Privatleben wieder eingespielt hatte. Doch dann wurde die neue Normalität wieder erschüttert. Lori, Jaro und Oskar wurden zu einer weiteren Runde Grenzdienst in der Schweizer Armee einberufen. Diesmal würden sie für drei Monate weg sein.

Das Trio begab sich in die ihnen in der Meldung zugewiesene Kaserne. Bald füllte sich der Platz mit einer Mischung aus neuen Rekruten und altgedienten Grenzwächtern. Alle hörten, wie ihre Namen aufgerufen wurden. Von verschiedenen Stellen ertönten laute Stimmen, die „hier" oder „ja" sagten. Der verantwortliche Offizier forderte alle neuen Rekruten auf, sich auf die rechte Seite des Platzes zu begeben. Die anderen wurden mit anderen Befehlen in einen anderen Bereich verwiesen.

Die neuen Rekruten – darunter auch Lori – wurden in die Hütten geführt, in denen sie als Einheit untergebracht werden sollten. Der verantwortliche Offizier bemerkte Loris Hinken. Er rief Lori zu sich. „Kannst Du mithalten?"

Lori antwortete: „Ich bin mir nicht sicher. Ich werde es selbst herausfinden müssen." Der Beamte nickte. „Wie wurdest Du verletzt?"

Lori log: „Die Italiener hatten die Angewohnheit, jeden in ihre Armee zu rekrutieren. Ich war in Albanien im Einsatz. Dort habe ich diese bleibende Erinnerung bekommen – ein Geschenk der Briten."

Der Offizier nickte. „In diesem Fall kannst Du Dich der anderen Gruppe anschließen. Ich werde Dir einen Zettel geben, damit Du zu ihnen gehören kannst." Der Offizier kritzelte etwas auf den Zettel.

Er hat militärische Erfahrung. Daher auch das Hinken. Nimm ihn mit.

Lori zeigte den Zettel dem kommandierenden Offizier, der die meisten Soldaten kommandierte.
Die Truppen wurden in zwei Gruppen aufgeteilt und sofort zu einem Zug gebracht, der sie zu einer Lagerbasis in der Nähe von Genf brachte.

Während der zweistündigen Zugfahrt saß Lori neben Jaro und Oskar, die beide lächelten. Die Gruppe war intakt. Nach der Ankunft in ihrer Kaserne und dem Auspacken bekamen die Soldaten etwas Zeit, um sich in der Umgebung zurechtzufinden. Nach dem Mittagessen mussten sich alle in der Kantine einfinden. Der kommandierende Offizier stellte sich auf eine leere Obstkiste, um eine Ankündigung zu machen.
„Morgen werden alle Soldaten, die schon einmal Wehrdienst geleistet haben, mit ihren Mentoren zu den ihnen zugewiesenen Grenzpatrouillenstandorten aufbrechen. Alle ganz neuen Rekruten bleiben hier und machen ihre vorgeschriebene Ausbildung. Dann werdet ihr zur Grenze gebracht, um die bereits im Dienst befindlichen Soldaten zu unterstützen. Die neuen Rekruten können jetzt gehen und sich auf dem Platz mit den Offizieren treffen, die euch ausbilden werden." Er wartete, bis die Männer den Raum verlassen hatten.

Dann fuhr er mit seiner Ankündigung fort:
„Wenn ich Deinen Namen sage, stehst Du auf und gehst zu deinem ernannten Mentor. Er wird Dir erklären, was Du zu tun hast, und Dir bei Bedarf zeigen, wie man Stacheldraht repariert, ohne sich dabei zu verletzen. Er wird für Deine Ausbildung verantwortlich sein. Er wird eine Woche bei Dir bleiben, bevor er nach Hause geht. Damit

soll sichergestellt werden, dass der Übergang vom neuen zum alten Personal reibungslos verläuft. Nutze diese Gelegenheit, um Deinen Mentor in den nächsten zwei Stunden kennenzulernen. Stelle Fragen zu allem Möglichen. Packe Deine Sachen, damit Du um 16 Uhr an die Front gebracht werden kannst."

Jaro, Oskar und Lori waren mit ihren neuen Mentoren häufig im Nachtdienst unterwegs.

Wenn sie Tagschicht hatten, verbrachten sie ihre Zeit damit, Stacheldraht zu reparieren und das Kriegsgeschehen in der Ferne zu beobachten. Sie zeichneten auf, welche Flugzeuge von welcher Seite vorbeiflogen und Bomben, Propagandaflyer oder sogar Lebensmittel in abgelegene Dörfer abwarfen. Das war der einfache Teil ihrer Arbeit.

Nachts konnte man nur versuchen, das Dröhnen der Motoren und die fallenden Bomben auf der französischen Seite der Grenze zu zählen. Manchmal wurden auch Fallschirme beobachtet. Die weißen Fallschirme bildeten unheimliche, absteigende Wolken. Auch sie wurden aufgezeichnet. In der Nacht waren die Schreie von Männern, Frauen und Kindern zu hören. Bei den Explosionen, gefolgt von blutigen Schreien, die durch den Wind getragen wurden, erstarrten alle Schweizer Soldaten. Es war ein Gemetzel, gegen das sie nichts ausrichten konnten. Jeder Schweizer Soldat fragte sich, wann eine verirrte Bombe auf seiner Seite der Grenze einschlagen würde. Dieser quälende Gedanke kehrte immer nachts zurück, wenn die Dunkelheit die klaren Grenzlinien verwischte, die man bei Tag sah.

Für Lori, Oskar und Jaro wurde die Nachtschicht immer gruseliger. Bomben konnte man nicht sehen, nur hören. Man wusste nicht, wie weit sie fielen, bis sie explodierten. Das war für sie sehr nervenaufreibend. Es war anstrengend, ständig auf der Hut zu sein, ob jemand versuchte, durch die Sperren in die Schweiz zu fliehen.

Jedes Geräusch wurde misstrauisch beäugelt. Das bedeutete, dass alle Gewehre bereit waren und der Finger am Abzug lag. Hin und wieder waren Schüsse zu hören. Wer geschossen hatte und worauf, wurde nie verraten. Die Neugier verstärkte die Unruhe in der Nacht.

Eines Morgens befanden sich die Schweizer Soldaten in höchster Alarmbereitschaft. Die Sicht war kaum besser als in der Nacht. Der vom Wind aufgewirbelte Staub roch nach Schießpulver, und der Rauch brennender Dörfer erfüllte die Luft. Noch mehr Schreie, noch mehr Bomben regneten von der von Deutschland besetzten Seite der Westfront auf die französischen Städte herab. Die Deutschen rückten in einem alarmierenden Tempo vor.

Innerhalb weniger Tage hatten Oskar und Jaro beobachtet, dass die Bomben und das hörbare Geschützfeuer nachgelassen hatten. Der Rauch der eroberten Dörfer wehte in die Schweiz. Nun waren auch die von deutschen Bombern abgeworfenen Bomben sichtbar. Wenn die Bomben fielen und explodierten, schlossen Oskar und Jaro die Augen, um das Gemetzel auszublenden. Ihre Fantasie beschwor Bilder der Zerstörung herauf. In ihren Köpfen tauchten Bilder ihres Heimatdorfs Haltzweg auf, das in Rauch aufgegangen war. Wut erfüllte ihre Körper. Ihr Mentor Julian sah ihre Verzweiflung und hielt sie zurück, indem er sie zu Boden zog. Leise sagte er: „Wir können nichts tun. Wir dürfen uns nicht einmischen. Wenn wir das tun, sind wir tot. Die Deutschen könnten bei uns einmarschieren. Wir müssen neutral bleiben. Das ist der einzige Weg, um zu überleben."
Oskar und Jaro begannen, sich zu beruhigen. Sie setzten sich auf den Boden und richteten ihre Gewehre auf den Stacheldraht. „Krieg ist die Hölle. Er dient keinem Zweck. Er zerstört Familien und Seelen", sagte Oskar.
„Das ist sehr tiefgründig", sagte Julian, während er die Hand ausstreckte, um Oskar hochzuziehen. „Ich habe einen Philosophen vor mir." Dann reichte er Jaro die Hand, um auch ihn hochzuziehen. Oskar grinste hämisch. „Nein, Jaro und ich haben gesehen, wie unser Zuhause sinnlos zerstört wurde. Das lässt einen die Dinge in einem

anderen Licht sehen. In meinem Dorf steht nur noch ein Obelisk. Ich fühle mich wie dieser Obelisk: ein Wächter mit einem Herz aus Stein, aber dennoch zerbrechlich in meiner Umgebung. Ich bin immer auf der Hut, warte und bewache die Geister der vergangenen Jahre. Das bin ich."

„Und Deine Freunde, Lori und Jaro? Sind sie auch Obelisken?"

Oskar nickte. „Wir sind alle Obelisken, Relikte aus der Vergangenheit. Wir sind nur ein Mahnmal oder ein Hinweis auf das, was einmal war und nie wieder sein kann. Der Krieg vertreibt nur Menschen mit verlorenen oder zerrütteten Seelen – oder mit beidem."

Oskar und Julian richteten ihre Aufmerksamkeit auf ein Geräusch, das von hinten kam. Jaro schrie zum Himmel: „Was haben diese Leute getan, und was haben wir getan, dass wir es verdient haben, vernichtet zu werden?"

Julian wies auf die reduzierten Kriegsaktivitäten in der Nähe hin. „Die Dörfer werden von den Deutschen niedergebrannt. Es gibt weniger Schreie und weniger Bombenangriffe in dieser Gegend. Das meiste scheint sich über den Hügeln auf der rechten Seite abzuspielen."

Jaro sagte: „Ich habe Nachrichtenberichte gehört, aber ich weiß nicht, was davon wahr ist und was eher Propaganda. Die Deutschen sind in einigen Teilen Frankreichs mehrere Kilometer vorgerückt, in anderen nur wenige. Ich gehe davon aus, dass Paris innerhalb von sechs Monaten angegriffen wird."

Julian gab Jaro einen freundlichen Klaps auf den Rücken. „Bist Du ein Wahrsager? Ich habe meine Zweifel. Die Franzosen und Briten sind zu stark."

Jaro mischte sich ein: „Und sie sind zu weit verstreut. Ihre Linien sind dünn. Sie werden Soldaten aus anderen Ländern heranziehen müssen. Die Briten werden Soldaten aus ihrem Reich heranziehen, und ich wette, dass diese auf französischem Boden kämpfen werden."

„Siehst Du, was ich meine? Ein Wahrsager", sagte Julian und kicherte. „Ich kann verstehen, warum ihr beide Freunde seid. Ich habe einen

Philosophen und eine Wahrsagerin, die mich beschützen. Was ist Dein Freund Lori?"

„Verärgert", sagte Jaro mit einem breiten Grinsen im Gesicht. „Eigentlich muss man kein Kriegsstratege sein, um zu wissen, was passieren wird, wenn man den gesunden Menschenverstand benutzt und die Fakten zusammenfügt."

Julian war überrascht. „Wie alt seid ihr drei eigentlich?" „Zwanzig, fast siebzig", antwortete Oskar.

An diesem Abend wurde ausnahmsweise keine Grenzpatrouille für eine Stunde gerufen. Lori nutzte die Gelegenheit und setzte sich zu Oskar und Jaro. „Irgendetwas muss los sein. Eine Stunde lang keine Patrouillen."

Bevor Jaro oder Oskar etwas erwidern konnten, trat der Kommandant vor die versammelten Soldaten.

„Ich werde es schnell machen. Wir können die Grenze nicht zu lange unbeaufsichtigt lassen. Wir brauchen Freiwillige, die nach Frankreich gehen und Informationen sammeln." Der Kommandant sah sich um. Keiner hob die Hand. Er seufzte: „Ich hatte gehofft, das zu vermeiden."

Er hielt einen schwarzen Beutel mit Kordelzug hoch. „Ich habe bunte Strohhalme. Wenn Du einen roten Strohhalm herausziehst, kannst Du Dich als Freiwilliger melden."

Die Tüte wurde an einen der Mentoren ganz links in der ersten Reihe weitergegeben. Es wurden zwanzig naturfarbene, gelblich-braune Strohhalme herausgezogen. Der erste rote kam heraus. Der Mann wurde blass und begann zu weinen. Weitere Strohhalme wurden herausgezogen. Keine roten Strohhalme. Lori zog schließlich einen roten Strohhalm heraus und fluchte so laut, dass es die Umstehenden hören konnten. Alle drehten sich mit traurigen Augen um.
Oskar fluchte vor sich hin: „Scheiße."

Zögernd griff er in die Tasche. Er zog einen gelben Strohhalm heraus. Er stieß einen Seufzer der Erleichterung aus. Als Nächster war Jaro an der Reihe. Er zog einen roten Strohhalm heraus. Er fluchte noch etwas lauter. Der Sack ging weiter. Zwei weitere rote Strohhalme wurden gezogen. Julian grinste, als er seinen Strohhalm in der Hand hielt. Er fluchte. „Ich soll morgen nach Hause gehen." Enttäuschung und Wut zogen über sein Gesicht.

Als die Tasche an den Kommandanten zurückgegeben wurde, forderte dieser die Inhaber der roten Strohhalme auf, nach vorne zu kommen.

Julian war im Begriff, sich zu erheben, als Oskar ihm abrupt den roten Strohhalm entriss und ihm hastig einen gelben Strohhalm übergab. Oskar flüsterte: „Glaubst Du, ich lehne mich zurück und sehe zu, wie meine Freunde die feindlichen Linien überqueren? Versprich mir nur eines: Wenn wir nicht zurückkehren, sag meiner Schwester Kiana Bescheid. Sie ist Krankenschwester im Lugano General Hospital. Versprich es mir."
Julian nickte. „Versprochen. Danke."

Kapitel 27
Süd-Ost-Frankreich.

Unter der Führung des zweiten Kommandanten der Basis, Hauptmann Henri Meyer, überquerten Oskar, Lori, Jaro und Unteroffizier Alfred Suter, der als erster einen roten Strohhalm gezogen hatte, im Schutze der Dunkelheit lautlos die Grenze nach Frankreich. Der zwanzig Kilometer lange Marsch führte die Gruppe die Borne-Bergkette hinauf zum ersten Halt, dem Plateau Des Gliers. Während sie sich ausruhten, beobachtete Hauptmann Meyer die Umgebung. Die Stadt Annecy, die als die Perle der französischen Alpen bezeichnet wird, schlief noch immer. Deutsche Fahrzeuge und Panzer säumten die Straßen. Kapitän Meyer seufzte: „Verdammt. Zu viele Deutsche. Sie haben die Stadt besetzt."

Alle zuckten zusammen, als ein Geräusch sie zum Umdrehen brachte. Ein Mann hielt ein Gewehr auf die Gruppe gerichtet und fragte: „Was haben wir denn hier?"
Unteroffizier Suter stotterte: „Nicht schießen! Schweizer Armee."
Der Mann zeigte immer noch auf das Gewehr. „Das ist nicht gerade glaubwürdig. Warum bist Du in Zivilkleidung?"
Kapitän Meyers sprach: „Ich sammle Informationen. Wir bekommen zu viel Propaganda. Wir wollen die Wahrheit und keinen Nazi-Müll. Ich werde euch meine Anweisungen zeigen. Ich werde meine Hände in die Jackentaschen stecken und die Anweisungen herausziehen."
Langsam steckte der Hauptmann die Hand in die Innenseite seiner Jacke und zog ein Stück Papier heraus. Langsam reichte er es dem

Mann. Der Mann nahm das Papier, hatte aber Mühe, es unter dem Nachthimmel zu lesen.

Er steckte den Zettel ein und winkte der Gruppe mit seiner Waffe, aufzustehen.
„Folgt mir."

Als sie weitergingen, dämmerte es bereits. Der Mann befahl ihnen, anzuhalten. Er zog den Zettel heraus und las den Inhalt. „Ich bin immer noch nicht überzeugt." Er gab einen Pfiff von sich. Wie aus dem Nichts tauchten weitere Männer auf. Sie alle hielten Gewehre auf die Gruppe gerichtet. „Sie behaupten, sie seien Schweizer, die versuchen, Informationen über die Deutschen zu sammeln. Der Anführer der Widerstandsgruppe trat vor, nahm den Zettel an sich und sagte: „Beobachte sie weiter, während ich das überprüfen lasse." Der Mann ging weg und nahm den Zettel mit.

Zwanzig Minuten später kam er zurück. „Lasst sie gehen. Sie sind rechtmäßig. Meine Kontakte haben sie überprüft, und unsere Grenzpatrouille hat gesehen, wie sie die Schweiz verlassen haben. Unsere Patrouille ist ihnen bis zu ihrem Rastplatz gefolgt." Die Gewehre wurden gesenkt. Der Anführer der Widerstandsgruppe unter der Leitung von Leutnant Dario Payet sagte: „Willkommen in unserer kleinen Widerstandsgruppe! Wir nennen uns die ‚Stillen Ritter'. Was wollt ihr wissen?"

Hauptmann Meyer sagte: „Ich werde meine Leute vorstellen. Das sind Unteroffizier Alfred Suter sowie die Gefreiten Oskar Grat, Lori Binder und Jaro Bauer. Die Deutschen überschwemmen die Schweiz mit Propaganda, besonders im Norden. Es gibt noch andere kleine Gruppen, die nach wahrheitsgetreuen Informationen suchen, damit wir dem Unsinn, der uns um die Ohren fliegt, etwas entgegensetzen können."
Leutnant Payet sagte: „Die Stadt ist besetzt, wie Du aus Deinen Beobachtungen entnommen hast. Nichts kommt rein oder raus,

ohne dass es von den Deutschen inspiziert wird. Sie sind gründlich. Die Familien werden stichprobenartig nach Nummern überprüft. Unsere Häuser werden auf alles und jeden überprüft. Sie machen uns die Hölle heiß, und wir tun unser Bestes, um sie aufzuhalten oder zu verlangsamen." Meyers fragte: „Wie viele sind in dieser Widerstandsgruppe?"

„Das ist geheim", sagte Payet. Meyers nickte. Er wusste, dass seine Neugierde nicht sofort oder überhaupt nicht befriedigt werden würde.

„Wie Du siehst, ist es unsere Aufgabe, an gute Informationen zu kommen. Wir müssen in das Dorf eindringen."

Leutnant Payet brach in Gelächter aus. „Von mir aus. Das ist Selbstmord. Die Deutschen wissen über alles Bescheid. Du würdest nicht mehr als zwei Meter in die Stadt kommen, bevor Du tot bist."

Oskar, Lori und Jaro grinsten. „Es ist Selbstmord, so gekleidet hineinzugehen. Es ist kein Selbstmord, so zu tun, als wäre man Deutscher", sagte Lori.

„Oh ja. Junge euthanistische Menschen enden tot", sagte ein Soldat, der hinter Lori stand. Lori richtete seine Aufmerksamkeit auf den Sprecher. Er grinste. „Oskar, Jaro und ich haben ein bisschen Kriegserfahrung aus erster Hand gemacht." „Wo?", fragten die beiden Hauptleute gleichzeitig. Lori warf einen kurzen Blick zu Oskar und Jaro, als wüsste er, dass er über das Ziel hinausgeschossen war. Oskar und Jaro nickten. Sie nahmen ihre Rucksäcke ab und leerten sie aus.

Die Menschen um sie herum schnappten nach Luft. Auf den Boden fielen drei deutsche und drei italienische Uniformen. Eine britische Uniform lag ebenfalls auf dem Boden. Oskar sagte: „Wir sind alles Deserteure, die gezwungen wurden, der deutschen Armee beizutreten. Wir alle haben gesehen, wie die Deutschen unsere Verwandten ermordet haben. Wir gingen nach Italien, wo die Italiener so verzweifelt nach Soldaten suchten, dass sie jeden in die Armee zwangen. Wir dienten in Albanien, bevor wir von der italienischen Seite desertierten. Auf der Flucht in die Schweiz stießen wir auf ein abgestürztes britisches Überwachungsflugzeug. Wir konnten nur eine Uniform abwerben. In der Schweiz verhalten wir uns wie Schweizer und halten uns an die Gesetze. Wir werden unsere Zeit in der Schweizer Armee absitzen. Wenn wir unsere Zeit in der Schweizer Armee beendet haben, werden wir unsere Jobs in der Schweiz wieder aufnehmen. Wir haben nicht die Absicht, vor der Schweizer Armee wegzulaufen oder uns eine Ausrede zu suchen. Die Schweiz ist gut zu uns gewesen. Es ist unsere Entscheidung, zu bleiben."

Kapitän Meyer stieß bei dieser Enthüllung einen Luftzug aus. Er war für einen Moment verblüfft. „Nun, das macht die Entscheidung leicht. Diese drei Männer werden mit einem oder zwei von euch auf die Suche nach Informationen gehen. Was ist Deine Meinung dazu?" „Das muss ich mit unserem Kapitän besprechen", sagte Leutnant Payet.

Am nächsten Tag wurden Lori, Jaro und Oskar mit Antonie Payet, dem Bruder von Leutnant Dario, sowie Jean Roux zusammengetan. Jean und Antonie trugen Zivilkleidung, während Oskar, Lori und Jaro deutsche Uniformen trugen.

Als sie sich der Stadt Annecy näherten, ging die Gruppe an der kleinen Patrouille am Rande der Stadt vorbei. Keiner von ihnen war verdächtig. Antonie zeigte auf die Hauptstraße. „Bieg links ab. Die Deutschen haben das größte Hotel, das Haute Savoie, übernommen. Sie mögen ihren Luxus. Ich werde meine Familie besuchen, die ich seit vier Tagen nicht mehr gesehen habe. Jean bringt euch zum Motel und läuft dann weiter in Richtung seines Hauses. Ihr geht allein in die Haute Savoie. Wenn wir jetzt gehen, werden wir erschossen."

Jean lief weiter am Motel vorbei. Lori, Oskar und Jaro blieben draußen stehen. Sie holten tief Luft, bevor sie hineingingen. Sie taten so, als wären sie mit der Umgebung vertraut. Lori nickte in Richtung des Restaurants, in dem jetzt ein Buffet aufgebaut war. Zwischen fünf Uhr morgens und acht Uhr abends gingen Soldaten ein und aus. „Lasst uns etwas essen, bevor wir herumwandern und versuchen, etwas Nützliches zu finden."

Oskar, Lori und Jaro beendeten ihre Mahlzeit. „Das war so gut. Wohin sollen wir als Nächstes gehen?"
Oskar sagte: „Das Badezimmer. Ich muss gehen. Es ist erstaunlich, was man auf der Toilette alles hört. Viele Leute sind unaufmerksam."
Lori dachte über die Umgebung nach. „Ich werde ins nächste Stockwerk gehen und schauen, ob es dort ein Büro oder einen Kommunikationsraum gibt."
Jaro sagte: „Ich werde herumgehen und schauen, wie viele und welche Soldaten untergebracht sind. Ich habe festgestellt, dass die Rezeption nicht immer besetzt ist. Vielleicht steht in ihren Büchern, wer in welchem Zimmer wohnt. Wir sollten uns heute Nachmittag um vier Uhr in diesem Restaurant treffen."

Oskar war auf der Toilette, als zwei Soldaten hereinkamen. Die Männer lachten und prahlten mit ihren Eroberungen unter den einheimischen Frauen.
Obelisk
„Je jünger sie sind, desto unschuldiger oder naiver sind sie. Das sind die Besten, auf die man losgehen kann. Sie wissen nichts. Ich glaube, ich habe eine geschwängert. Sie war voller blauer Flecken von ihren wütenden Eltern", sagte der jüngere Mann.
„Ist sie nach der Schlägerei immer noch schwanger?", fragte der andere.
„Ich bin mir nicht sicher. Aber das ist egal. Das Kind wird immer ein Bastard sein, und ich werde keine Verantwortung übernehmen", sagte der erste Mann. Oskar war wütend. Er wollte aus der Kabine

stürmen und dem Soldaten das Gesicht einschlagen. Er musste sich sehr zurückhalten.

Nachdem mehrere Männer gekommen und gegangen waren, ohne ein Wort zu sagen, wollte Oskar gerade gehen, als er ältere Stimmen hörte. „Ich werde eine weitere Hausdurchsuchung organisieren. Wir haben schon seit einer Woche keine mehr gemacht. Vielleicht können wir die vermissten Männer finden, die zu der wachsenden Widerstandsgruppe gehören. Ich habe gehört, sie nennen sich die ‚Stillen Ritter'." „Ja, lass uns die Einheimischen aufrütteln. Wir machen morgen eine Suchaktion", sagte die andere Stimme.

Oskar verließ die Kabine, nachdem die unbekannten Männer gegangen waren. Er wartete auf die anderen, die er im Restaurant treffen wollte. Jaro war der Erste, der erschien. Er lächelte und flüsterte: „Ich weiß, in welchen Räumen sich die Hauptmänner, Leutnants und höheren Angestellten aufhalten. Es sind ein Oberst und ein General zu Besuch. Sie sind hier, um die Hausinspektionen zu überwachen, die morgen stattfinden werden. Es ist eine Schnellinspektion."

Lori kam zurück. „Es gibt einen Kommunikationsraum im zweiten Stock. Der Dienstplan der Operatoren ist an die Wand geheftet. Die Männer kommen und gehen, wie sie wollen. Sie haben den Raum unbeaufsichtigt gelassen. Eine Nachricht kam durch. Ich nahm den Anruf entgegen. Ich habe Informationen über eine Waffenlieferung erhalten, die in zwei Tagen eintreffen wird. Ich habe die Straße notiert, auf der sie unterwegs sein werden. Wir sollten besser von hier verschwinden."
Um 16:30 Uhr gingen sie nach draußen. Jean ging auf sie zu und dann weiter. Das Trio folgte ihm und bog um die Ecke, wo sie Antonie trafen.
Antonie fragte: „Habt ihr etwas gefunden?"

„Natürlich haben wir das. Morgen gibt es eine unangekündigte Hauskontrolle. Sie suchen nach abwesenden Männern. Sie wissen von der Widerstandsgruppe und ihrem Namen, ‚Silent Knights'. Ein General und ein Oberst werden die Kontrolle leiten. Ich vermute, dass sie sicherstellen wollen, dass alle Verfahren eingehalten werden und alle Männer der Widerstandsgruppe gefasst werden. Außerdem soll sich herumsprechen, dass die Soldaten – zumindest die Gefreiten und Unteroffiziere – junge Mädchen absichtlich zu sexuellen Aktivitäten verleiten. Sie zu schwängern scheint für sie eine Trophäe zu sein. Warnt ihre Eltern, damit sie die Mädchen aufklären können."

Lori mischte sich ein: „Der Funkraum ist im zweiten Stock. Er war für ein paar Minuten leer. Ich habe einen Anruf entgegengenommen. In zwei Tagen kommt ein Lkw mit Munition hierher." Er gab die Details weiter. Jaro sagte: „Im dritten Stock wohnen Hauptleute, Leutnants, Obersten und jetzt auch ein General. Es scheint, als sei diese Etage für VIPs und andere Tyrannen des Regimes reserviert." Jean und Antonie waren überrascht über die Menge an Informationen. „Wir gehen besser zurück ins Lager und sagen den Leuten, dass sie zur Inspektion zu Hause sein müssen."

Oskar sagte: „Ich will bleiben und sehen, wie sie die Inspektionen durchführen. Jaro und Lori gehen mit Jean und Antonie zurück. Es hat keinen Sinn, dass wir alle drei erwischt werden." Lori und Jaro begannen zu protestieren. Oskar hob die Hand, damit sie aufhörten. „Ich brauche jemanden, der auf Kiana aufpasst, falls ich hier nicht rauskomme. Das ist endgültig. Geht alle."

Als die Vierergruppe weit weg war, kehrte Oskar in die Haute Savoie zurück. Er saß im Aufenthaltsraum und versuchte, die französische Zeitung so gut es ging zu lesen. Seine Augen huschten immer wieder im Raum hin und her. Manchmal fing er ein Gespräch mit anderen deutschen Soldaten an. Er tat sein Bestes, um nicht aufzufallen. Als das Restaurant schloss, verließ er den Aufenthaltsraum. An der

Rezeption fragte er, welche Zimmer noch frei waren. Er spielte den geilen Soldatentrick. „Ich möchte eines der einheimischen Mädchen mitbringen. Ich brauche ein freies Zimmer. Ich habe eine nette junge Dame aufgetan." Der Soldat grinste breit.

„Du hast Glück. Zimmer 412 im vierten Stock ist eines dieser Zweckzimmer." Oskar nahm den Schlüssel entgegen und ging die Treppe hinauf.

Am nächsten Morgen herrschte im Motel reges Treiben. Eine Reihe von Lastwagen war aufgereiht. Jeweils sechs Männer kletterten hinten in die Lkws, bevor sie zu den entsprechenden Straßen fuhren. Der Lkw, in dem Oskar saß, hielt an einer Kreuzung an. Drei Soldaten gingen auf der linken Straßenseite, die anderen beiden und Oskar auf der rechten. Sie klopften laut an die Türen, bis diese geöffnet wurden. Bei Verzögerungen wurden die Türen zertrümmert. Verängstigte Bewohnerinnen und Bewohner, viele von ihnen im Nachthemd, standen draußen aufgereiht. Während eine Person einen Zählappell durchführte, betraten zwei Personen das Haus.

Der Soldat, der bei Oskar war, sagte: „Ihr könnt euch zuerst draußen umsehen. Überprüft alle Schuppen und alles, was sich unter den Häusern befindet, vor allem, wenn ihr irgendwelche Zugangstüren seht." Oskar nickte. Er öffnete einen Schuppen mit Gartenwerkzeugen. Er sah sich die Anordnung genau an. Er schloss die Tür. Dann schaute er hinter einem Baum nach. Dann überprüfte er den widerspenstigen Garten, der sich auf beiden Seiten des Hauses erstreckte. Nichts.

In der Nähe eines Außenhahns entdeckte er eine Falltür. Er öffnete sie vorsichtig. Er ging auf die Knie, um in den Hohlraum unter dem Haus zu gelangen. Er hörte ein Geräusch, als würde jemand tiefer in den Schatten schlurfen. Er hörte auf, sich zu bewegen, und lauschte weiter. Stille. Er sah ein Stück weißen Stoff, das im Schein der Taschenlampe leuchtete. Plötzlich sauste eine Katze heraus und ließ ihn aufschrecken. Er schaute wieder hin und zerrte an dem Stoff. Es war nur ein Lappen. Er sah weiter nach. Nichts.

Beim nächsten Haus begann er mit dem oberen Stockwerk. Zwei Kinderzimmer und ein Badezimmer sahen ganz normal aus. Im Hauptschlafzimmer spürte er jedoch, dass dort etwas nicht stimmte. Die Dicke des Kleiderschranks passte nicht zur übrigen Einrichtung. Er dachte: „Es muss eine Geheimtür geben." Er schob und zerrte an verschiedenen Stellen. Langsam schob sich die Rückwand auf. Im Spalt starrte ihn eine Frau mittleren Alters ängstlich an.

Oskar hob den Finger zum Mund. „Pssst." Er schloss die Tür wieder. Eine Soldatenstimme drang von unten durch. „Alles klar." Oskar antwortete: „Alles klar." Er ging die Treppe hinunter und hoffte, dass die verängstigte Frau noch einen Tag lang beruhigt durchatmen konnte.

Als der Blick auf die Straße frei war, rannten die Hausbesitzer die Treppe hinauf. Sie öffneten die Geheimtür. Die Frau stieß einen Seufzer der Erleichterung aus. Sie umarmte ihre Schwester und erzählte ihr schnell, was passiert war. Der Schwager sagte: „Es muss der Österreicher gewesen sein, der uns über die plötzliche Inspektion informiert hat."
Die Frau sagte: „Er hat mich gesehen und einfach nur ‚Pst' gesagt. Er schloss die Tür und sagte, es sei alles in Ordnung."
„Wenn ich ins Lager zurückkehre, werde ich nachsehen, ob es dieser Mann war. Wenn er es war, hat er vielleicht Informationen darüber, wie Du nach Israel kommen kannst."

Am nächsten Tag im Lager stellte der Mann Fragen über die Neuankömmlinge. Man wies ihn in Jaros Richtung, der sich langsam über Oskars verspätete Rückkehr Sorgen machte. Minuten später erschien Oskar und begann, sich die deutsche Uniform vom Leib zu reißen, um sie durch Zivilkleidung zu ersetzen. „Schön, dass Du wieder da bist. Wo warst Du so lange?", fragte Jaro.

„Tut mir leid. Ich habe Dir gesagt, Du sollst mit Lori zurück in die Schweiz gehen. Warum bist Du hier?"
„Um sicherzustellen, dass Du zurückkehrst", antwortete Jaro.
Oskar fuhr fort: „Nach der Inspektion wurde ich für einen Tag als Butler eingeteilt. Der Butler des Generals war krank und ich war der Ersatz. Wo sind Jean und Antonie?"

Oskar rief ihre Namen. Die beiden Männer kamen herüber. „Nicht mehr schreien! Der Wind trägt Deine Stimme. Was wollt ihr?«
„Der Lastwagen mit der Munition wurde von einer anderen Widerstandsgruppe in die Luft gesprengt. Oder war es Deiner?"
Antonie grinste, sagte aber nichts. Oskar nickte und fügte dann hinzu: „Es kommen noch drei weitere Lastwagen.

Die Soldaten machen eine Rotation, und die Lebensmittel sind auf dem Weg. Insgesamt sind es drei Lastwagen. Auf dem gleichen Weg wie vorher. Das wird in drei Tagen ankommen."

Der Mann, der mit Oskar sprechen wollte, drängte sich vor. „Du hattest Inspektionsdienst, stimmt's? Du hast meine Schwägerin gefunden, die sich hinter einem Schrank versteckt hat. Sie sagte, Du hättest sie nicht angezeigt." „Warum sollte ich? Ich bin kein Fan von Deutschen."
Der Mann fuhr fort: „Meine Schwägerin ist Jüdin. Sie ist auf der Flucht, seit ihre Familie verschleppt wurde. Gibt es eine sichere Route nach Israel?" Bevor Oskar antworten konnte, sagte Jaro: „Es gibt keinen sicheren Weg. Erwarte nicht, dass der Vatikan Dir hilft. Er hilft nur italienischen Juden und die Deutschen kommen oft mit Kisten voller Gold oder anderen Wertgegenständen. Der Vatikan beherbergt Gegenstände für die Deutschen." Die Leute um sie herum schnappten nach Luft. Antonie fragte: „Woher weißt Du das?"
Oskar antwortete: „Meine Schwester musste im Vatikan arbeiten. Sie hat gesehen, was dort passiert ist. Oskar sah Jaro an. „Wir sollten diesen Ort besser verlassen."

Jaro antwortete: „Lori, Alfred und der Hauptmann sind in die Schweiz zurückgegangen.

Alfred hat gesagt, er werde an der Grenze auf unsere Rückkehr warten." „Ich will so schnell wie möglich weg", sagte Oskar.

Jean schaute Oskar aufmerksam an: „Wir können jemanden wie Dich gut gebrauchen. Bist Du sicher, dass Du gehen willst?"

Oskar nickte. „Nächstes Jahr, wenn ich zur Schweizer Armee einberufen werde, werde ich Dir einen Besuch abstatten. Ich weiß nicht genau, wie groß Deine Gruppe ist, aber ich schätze, sie ist beachtlich. Ich werde jetzt eine Wette abschließen. Die ‚Silent Knights' werden die erste Widerstandsgruppe sein, die die Deutschen besiegt. Die deutsche Führung hat einen Fehler gemacht und fast alle ihre Männer in einem Gebäude untergebracht. Sagen wir mal so: viele Eier in einem Korb. Behalte das im Hinterkopf. Ich bin mir sicher, Jaro hat Dir den Grundriss der Haute Savoie erklärt. Es wird an euch liegen, euch zu verteidigen. Eure Regierung konzentriert ihre Streitkräfte weiterhin im Norden. Im Grunde seid ihr auf euch allein gestellt – abgesehen vom wachsamen Auge der Schweiz.

BERLIN
POLAND
NETHERLANDS
GERMANY
COLOGNE
BELGIUM
KARLOVVARY
COLDITZ
PILSEN
ROZVADOV
CZECHOSLAVIKIA
AMBERG
VOHENSSTRASS
NUREMBERG
FRANCE
AUGSBURG
MUNICH
BOBINGEN
SALAZBURG
LORRACH
STEINEN
ELSBETHEN
AUSTRIA
AUDINCOURT
DELLE
WEGHALTZ
BONCOURT
BASEL
OBERSEE
ZURICH
BERN
SWITZERLAND
GENEVA
ITALY

Kapitel 28
Die Schweiz und Deutschland.

Später in der Nacht zogen Jaro und Oskar ihre Uniformen der Schweizer Armee an. Im Schutze der Dunkelheit gingen sie zurück zur Schweizer Grenze. Am Grenzübergang trafen sie auf Alfred und Lori. Lori umarmte jeden von ihnen. „Schön, dass ihr alle wohlbehalten zurück seid. Der Hauptmann möchte euch in seinem Büro sehen. Seid heute Morgen gegen neun Uhr dort."
Oskar stieß einen Seufzer der Erleichterung aus. „Gut, ich muss etwas schlafen. Sechs Stunden werden nicht ausreichen, aber es ist ein Anfang. Ich bin so hungrig. Gibt es hier irgendwelche Snacks? Ich bin mir nicht sicher, ob ich schlafen kann, wenn ich so hungrig bin."
Lori reichte ihnen jeweils eine Orange und zwei Scheiben Butterbrot. Jaro schaute sich die karge Mahlzeit an. „Das ist besser als nichts."
„Tut mir leid, das ist alles, was ich bekommen konnte. Die Lebensmittelvorräte sind jetzt knapp", sagte Lori. Nachdem der Bericht über die zusätzlichen Tage in Frankreich ausgefüllt worden war, wurde die Gruppe vom Kapitän entlassen.

In seinem Büro las er den Bericht nicht nur einmal, sondern zweimal durch. Diese Männer arbeiten hervorragend im Team. Ich frage mich, ob sie die Deutschen wieder infiltrieren und an weitere Informationen gelangen könnten. Er trommelte mit seinem Stift auf den Tisch. Ich frage mich ... Er griff zum Telefon und rief das höhere Kommando an.

Eine Woche später wurde das Büro des Hauptmanns von Lori, Oskar, Jaro und Alfred betreten. Neben dem Hauptmann saß ein Oberst.

Der Originalbericht und eine Kopie lagen ordentlich davor. Nachdem die Männer angewiesen worden waren, sich zu setzen, sagte der Oberst: „Ich habe den Bericht gelesen.

Es ist eine seltene Ausnahme, dass wir auf Männer treffen, die es schaffen, in feindliche Lager einzudringen und wieder herauszukommen. Du sollst Informationen sammeln, um der Propaganda entgegenzuwirken, die unsere Ohren angreift. Was sagst Du dazu?" Oskar war der Erste, der das kurze Schweigen brach. „Mehr Lohn und in fünf Wochen wieder zu Hause. Keine weiteren Einberufungen in der Zukunft. Jemand soll meiner Schwester Bescheid sagen, wenn etwas schiefgeht, zum Beispiel, wenn einer von uns stirbt. Ich möchte außerdem, dass der Rest meines Lohns, falls ich vorher sterben sollte, an meine Schwester ausgezahlt wird – als eine Art Entschädigung."

„Alfred, was ist mit Deiner Familie? Wen möchtest Du benachrichtigen?" „Meine Eltern und meine Verlobte müssen benachrichtigt werden. Außerdem bin ich in fünf Wochen zu Hause. Wenn ich wieder einberufen werde, darf ich die Grenze nicht mehr überqueren. Ich denke, ich habe meine Grenzübertritte hinter mir."

„Das ist abgemacht. Du bekommst fünfzig Prozent mehr Lohn für diesen Job", sagte der Oberst.

Jaro sagte: „Nein, doppelter Lohn. Es ist doppelt so gefährlich."

„Ich habe nur eine Freigabe für 50 Prozent mehr", sagte der Oberst.

Lori sagte: „Dann sag demjenigen, der es ist, dass er den doppelten Lohn bekommen soll. Wenn sie nicht einverstanden sind, sag ihnen, dass sie sich uns auf dieser Informationsbeschaffungsmission anschließen sollen. Sie sollen unseren Wert aus erster Hand erfahren. Wir übernehmen keine Verantwortung für ihren Tod."

Der Colonel blickte die vier Männer an. „Ich werde sehen, was ich tun kann. Bereitet euch darauf vor, nach Basel geschickt zu werden. Das wird eure neue Basis sein. Dort hört man die schlimmste Propaganda."

Drei Tage später waren Oskar, Lori, Alfred und Jaro in Basel. Der Lärm der deutschen Flugzeuge, die Bomben auf die Stadt werfen wollten, war unüberhörbar. Einige fielen tatsächlich und verursachten Chaos in den Straßen. Es folgten eine schwache deutsche Entschuldigung und die Nationalhymne. „Meine Güte!", sagte Lori. „Was für ein Quatsch! Wenn ich diese Musik höre, bekommen meine Ohren einen Wutanfall."

Jaro grinste. „Die Deutschen stoßen viel Gas aus ihren Mündern aus. Das muss gestopft werden."

„Es sieht so aus, als müssten wir zu den Radiosendern gehen. Wie viele Sender leiden unter hirnlosem verbalen Schund?"

„Ich weiß es nicht. Wir müssen ein paar Hausaufgaben machen", sagte Alfred.

Im Schutze der Dunkelheit fuhren Lori, Alfred, Jaro und Oskar in deutschen Uniformen nach Deutschland. Lori zeigte auf einen deutschen Jeep am Straßenrand. Die Gruppe sah sich nach dem Besitzer um. Der Besitzer war nicht zu sehen. Lori ging näher heran. Die Schlüssel lagen noch auf dem Sitz. Lori vermutete, dass der Besitzer nicht bemerkt hatte, dass die Schlüssel aus seiner Tasche gefallen waren. Er schaltete den Motor ein und schaute auf die Tankanzeige, die einen halben Tank anzeigte. „Das muss reichen", dachte er. Im ersten Gang fuhr er den Jeep auf die Straße. Die anderen kletterten hinein. Der Jeep raste davon.

Als sie außerhalb von Lorrach ankamen, zogen sie sich Zivilkleidung an. Sie suchten sich ein Gasthaus, um sich auszuruhen, bevor sie die Stadt nach einer möglichen Funkstation auskundschafteten. Sie fanden keine, aber in einem Laden wurden Radios und Volksempfänger verkauft. Jaro stupste Oskar an.

„Ich wette, hier gibt es irgendeinen kleinen Radioempfangsverstärker. Ich denke, ein Feuer könnte den Einheimischen helfen, damit ihr Gehirn nicht von der Propaganda verdummt wird. Was sagst Du dazu?"

„Das ist eine Idee. Lass uns reingehen und den Laden überprüfen. Tut so, als wärt ihr Kunden", sagte Oskar.

Der Ladenbesitzer ging auf die Gruppe zu und grüßte sie. Die Gruppe erwiderte den Gruß.

Oskar fragte: „Zeig uns das beste und stärkste Modell."

Der Mann zögerte. „Das Standardmodell ist der Volksempfänger. Es ist das beste. Und es ist billig."

Jaro zeigte auf ein anderes Modell. „Wie wäre es mit diesem hier?"

Der Ladenbesitzer ging hinüber. „Das ist teuer. Du musst vorsichtig sein, wenn Du es benutzt. Herr Gobbles hat es zum Verrat erklärt, ausländische Sendungen zu hören. Manchmal kann man aber ausländische Sendungen hören. Es ist leistungsfähiger und die Klangqualität für deutsche Sendungen ist so gut."

Jaro nickte. „Danke. Ich werde diese Information berücksichtigen." „

Alfred fragte als Nächstes: „Gibt es in der Stadt ein Postamt oder einen anderen Ort, von dem aus wir Telegramme an unsere Familien schicken können?"

Der Mann lächelte. „Hier. Ich habe eine kleine Einheit. Ich berechne sie, wie überall sonst auch, nach dem Wort."

Alfred nickte. „Ich muss eine Nachricht sorgfältig verfassen. Ich werde morgen einen Termin vereinbaren, um sie zu schicken."

Oskar sagte: „Ich werde einen dieser Volksempfänger kaufen. Kann ich ihn auf eine wöchentliche Zahlung umstellen?"

Der Ladenbesitzer antwortete: „Die meisten Leute tun das. Der niedrigste Betrag sind 2 Reichsmark pro Woche."

Oskar antwortete: „Ich werde morgen mit einer Anzahlung zurückkommen. Den Rest zahle ich pro Woche." Er streckte seine Hand aus, um die Vereinbarung zu besiegeln. Als die Gruppe den Laden verließ, plauderten sie aufgeregt über die bevorstehenden Einkäufe, damit der Ladenbesitzer morgen auf jeden Fall einen oder zwei Verkäufe tätigen würde.

Um Mitternacht verließ die Gruppe das Gasthaus. In der Stadt war es still, bis auf eine streunende Katze, die miaute, um Aufmerksamkeit oder Futter zu bekommen. Der Hundetelegraf funktionierte. Das Bellen wurde in der ganzen Stadt weitergeleitet. Wenn die Nachricht beendet war, gab die nächste Gruppe die Barkenfolge weiter. Oskar sagte: „Kein Hund hat uns auf der Straße angebellt. Wir sind immer noch sicher."

Lori knackte das Schloss an der Hintertür und betrat den Laden. Im Eingangsbereich stand ein nicht gerade einfacher Küchenschrank mit einem Waschbecken. An der einzigen Steckdose war eine kleine elektrische Kanne angeschlossen, eine neue Erfindung der damaligen Zeit. Oskar öffnete die Tür zum nächsten Raum.

Eine leistungsstarke Telegrafenmaschine spuckte eine Nachricht aus. Als die Übertragung endete, zerriss Lori das Band und steckte es ein. Oskar holte den Vorrat an Tonbändern heraus, wickelte die Spulen ab und verursachte so ein Durcheinander auf dem Boden. Ab und zu riss er einen Abschnitt heraus, nur damit sich der Besitzer über die Kürze des Bandes ärgern konnte.

Oskar sah sich die kleine Maschine an, die er noch nie zuvor gesehen hatte. Die Maschine begann von ganz allein zu arbeiten. Zu seinem Erstaunen kam ein Brief mit unterschiedlicher Druckqualität aus ihr. Als sie stehen blieb, pfiff Oskar. Er las die Informationen: „Bereitet euch auf neue Sendungen vor!" Mehr traditionelle deutsche Musik, mehr Musik aus dem Dritten Reich und neue Kriegsfortschritte. Wir werden auf französischem Boden in Richtung Paris und alle umliegenden Gebiete vorrücken. Alle Panzer und Kavallerie sollen nach Norden und in alle Gebiete der Westfront umgeleitet werden. Der Widerstand der Franzosen gegen das allmächtige Dritte Reich ist gering.
Es lebe Hitler!

Oskar steckte den Brief ein, während Lori und Jaro die nun stumme Maschine betrachteten. „Nun", sagte Lori, „was ist das für eine Technologie? Briefe, die an der Post vorbeigehen. Das ist ein bisschen unheimlich."

Oskar schaute sich die Maschine genau an. „Sie wird an den Strom angeschlossen. Ich habe eine Idee. Wenn man die Stromleitungen kappt, funktionieren Maschinen wie diese nicht mehr. Ich frage mich, ob sie die gleichen Funktürme benutzen. Oder benutzen sie die Stromleitungen?"

„Das werden wir später herausfinden, wenn wir diesen Ort verlassen", sagte Jaro. „Wir sollten lieber unsere Arbeit fortsetzen." Während Alfred den Stecker für die Maschine aus der Wand riss, sagte er: „Gib mir etwas, um das Kabel zu kappen." Lori reichte ihm eine Schere. Alfred versuchte, es zu schneiden. Das Kabel franste Stück für Stück aus. Schließlich schnitt Alfred zwei Drähte im Inneren des Kabels durch. Er warf das Kabel auf den Boden. „Das sollte die Kommunikation stören."

Jaro begann, den Boden mit Kerosin zu bespritzen. „Zeit zu gehen." Draußen legten sie eine kleine Kerosinspur als Zündschnur. Die Lunte wurde angezündet. Das Feuer kroch auf den Laden zu. Als die Gruppe sich aufteilte und verschiedene Wege zurück zum Gasthaus nahm, griff das Feuer auf den Laden über.

Erst am Vormittag „erfuhr" die Gruppe von dem Feuer. Die aufgebrachte Empfangsdame teilte es all jenen mit, die das Telegrafiesystem am häufigsten nutzten. Alfred sagte: „Was für eine Schande! Ich wollte gerade eine Nachricht nach Hause schicken. Da kann man jetzt nichts mehr machen. Gibt es einen anderen Telegrafenladen in einer anderen Stadt?" Die Empfangsdame antwortete: „Es könnte einen in Steinen geben."
Oskar nickte. „Danke. Sie liegt allerdings in der falschen Richtung. Wenn wir dort ankommen und zum Stützpunkt zurückkehren, ist

unsere Ruhezeit vorbei. Wir müssen zurück zu unserer Einheit an der Westfront."

Oskar, Lori, Alfred und Jaro fuhren tiefer nach Deutschland hinein. Sie fuhren in Richtung Steinen. Alfred zeigte auf den kaum sichtbaren Turm in der Ferne links. „Ich glaube, das ist ein Turm." Die anderen blieben stehen und richteten ihren Blick auf die Stelle, auf die Alfred zeigte. Lori grinste. „Es ist ein Turm, und es ist egal, was für einer es ist. Es geht nach unten. Sie verließen die Straße und schoben sich durch die Büsche zum Turm.

Als sie am Fuß des Turms ankamen, schauten sie nach oben und schützten ihre Augen vor der späten Morgensonne. „Geht einer von uns hinauf? Oder sprengen wir ihn in die Luft?", fragte Alfred.
Jaro untersuchte den Turm, indem er langsam um ihn herumging. „Zu viele Drähte. Man bräuchte eine Ausbildung, um zu wissen, welchen Draht man durchschneiden muss. Wenn man den falschen durchschneidet, wird es eine sehr unschöne Leiche geben." Alle in der Gruppe blieben stehen. Ein Lastwagen kam in ihre Richtung. Die Gruppe verstreute sich in den Schutz der Büsche.

Ein Wartungsteam stieg aus dem Fahrzeug aus. Sie holten einige Ausrüstungsgegenstände aus dem hinteren Teil des Lastwagens und legten sie ordentlich auf dem Boden aus. Oskar war am nächsten am Lkw dran. Er schlich zum Heck des Lkws, kletterte hinein und schloss die Tür. Er legte die einzige Stange Dynamit, die er hatte, in den Lkw, befestigte ein Kabel daran und rollte es dann heraus. Das Kabel war perfekt für eine Sicherung geeignet. Er stieg so schnell wie möglich aus.

Die Männer fuhren weg, während das Kabel hinter dem Lkw herausrollte. Oskar zündete das Kabel an. Es folgte dem Lkw bis zum nächsten Turm, der nur gut hundert Meter entfernt war.

Der Lkw befand sich am Fuß des zweiten Turms, als er explodierte. Der Turm wurde erschüttert und an der Seite des explodierenden Lkws beschädigt. Die integrale Festigkeit des Turms wurde dadurch stark beeinträchtigt. Dennoch blieb der Turm aufrecht stehen. Als die Gruppe den Ort erreichte, untersuchten sie den Schaden. Lori ging als Erste vor. Die Soldaten waren tot.

Der Lkw schwelte vor sich hin. Seine überlebenden Teile waren auf dem Boden verstreut. Andere waren zu einer soliden Masse verschweißt, die wie eine moderne Skulptur aussah. Ein großer Werkzeugkasten hatte die Explosion überlebt. Sein Deckel war verformt, ließ sich aber dennoch aufdrücken. Lori nutzte dies aus, um die Kiste zu öffnen. Er rief den anderen zu: „Hey, wir sind auf Gold gestoßen! Wir haben Werkzeug gefunden, um den Rest des Turms abzubauen."

Die anderen kamen angerannt. Sie untersuchten die verschiedenen Werkzeuge, um herauszufinden, welche den Turm zum Einsturz bringen konnten. Alfred nahm eine Säge und begann, die am meisten gefährdete Turmstütze zu bearbeiten. Jaro nahm einen Vorschlaghammer und schlug auf dasselbe Bein ein. Nach zehn Minuten gab das verbliebene Metall nach. Alle vier drückten auf die Struktur. Zwar schwankte es, aber es musste noch mehr getan werden.

Sie griffen das zweite Stützbein an, das nicht so stark beschädigt war wie das erste. Nach zwanzig Minuten war die Stütze durchtrennt. Oskar schlug mit dem Vorschlaghammer so fest zu, wie er konnte. Dabei wurde der untere Teil der Stütze verbogen. Trotzdem hielt der Turm stand. Lori nahm den Vorschlaghammer und ging zur ersten durchbrochenen Stütze zurück. Er schlug ihn gegen den stärker beschädigten oberen Teil. Da nun ein Teil beider Stützen verbogen war und die Basis nicht mehr berührte, war der Turm an seiner schwächsten Stelle.

Alfred suchte in den verstreuten Abfällen nach Kabeln und Seilen. Er band sie am Turm fest. Dann gab er den Befehl: „Zieht so fest ihr könnt. Lasst uns den Turm runterholen." Egal, wie sehr sie zogen, der Turm blieb stehen. Jetzt gab es jedoch eine Biegung, die bis zu den Oberleitungen reichte. Oskar sagte: „Lasst es uns noch zweimal versuchen. Wenn die Seile an der Spitze brechen, haben wir unsere Arbeit getan. Den Rest kann die Natur erledigen."

Sie zogen ein weiteres Mal. Die oberen Kabel schienen unter der neuen Spannung zu leiden. Beim zweiten Zug krachten zwei Kabel mit einem gewaltigen Knall, ähnlich wie bei einem Blitz während eines großen Gewitters. Überall flogen Funken. Das stromführende Kabel brachte die Gruppe zum Laufen. Zwei stromführende Kabel zischten und peitschten wie verletzte, wütende Schlangen in alle Richtungen. Auch die Drähte auf der anderen Seite des Turms knackten. Noch mehr Funken. Der Turm war nicht betriebsbereit. Die Gruppe formierte sich einige Meter von dem peitschenden Ungetüm entfernt neu. Dann gab es einen lauten Knall. Der Turm stürzte ein und krachte auf den darunter stehenden Lastwagen. Lori nickte. „Das sieht so aus, als wäre der Turm auf die Wartungsmannschaft gefallen. Ein verrückter Unfall. Lasst uns zurück in die Schweiz fahren, bevor uns jemand verfolgt."

Kapitel 29
Lugano, Schweiz.

Drei Wochen lang war die Schweizer Bevölkerung keiner deutschen Propaganda ausgesetzt. Die Deutschen konnten die Schweizer Sendungen hören, ohne dass die deutsche Technik die Schweizer Programme blockierte. Die Freiheit des Rundfunks endete, als der Turm ersetzt und die Kabel repariert wurden. Das deutsche Kommando in der Gegend war in höchster Alarmbereitschaft, um weitere Sabotageakte zu verhindern und die schwer fassbare Widerstandsgruppe ausfindig zu machen. Es gab keine weiteren Sabotageakte und die Gruppe wurde nicht gefunden. Die Deutschen in der Region wurden stärkeren Restriktionen unterworfen, zudem wurde die Propaganda intensiviert.

Alfred kehrte in seine Heimatstadt Bern zurück und wurde, wie versprochen, nie wieder zum Grenzdienst einberufen. Stattdessen wurde er im Rahmen eines besonderen Handelsabkommens, das kurz vor dem Krieg geschlossen worden war, als Beobachter für deutsche Züge und Lastwagen eingesetzt, die das Land durchquerten. Die Schweizer Regierung wollte so die Anzahl der überdachten Zugwaggons und Lastwagen überprüfen, um sicherzustellen, dass die deutsche Regierung die richtigen Gebühren zahlte.

Lori, Jar und Oskar kehrten nach Lugano im Süden zurück. Sie waren beunruhigt, als Kiana erwähnte, dass Louis ständig wieder auftauchte. Es gab Tage, an denen er nicht auftauchte, aber wenn er es tat, war seine Anwesenheit offensichtlich. Sie sagte, dass sie in den letzten zwei Wochen ihrer Abwesenheit immer eine männliche

Begleitung oder zwei Frauen aus dem Wohnheim dabei gehabt hatte, wenn sie das Gebäude verlassen hatte.

Sie verließ das Gebäude nachts nie, um zu irgendeiner Versammlung zu gehen, egal wo. Sie wollte nicht, dass Louis die Chance ergriff, sich ihr aus irgendeinem Grund zu nähern.

Oskar machte es sich zur Aufgabe, Kiana zur und von der Arbeit zu begleiten. Natürlich verschwand Louis auf dem Weg dorthin immer hinter einem Gebäude. Als Kiana bei der Arbeit war, sprach Oskar Louis an. „Was ist Dein Problem? Lass meine Schwester in Ruhe."
Louis starrte Oskar an. „Dies ist ein freies Land. Ich kann tun, was ich will."
Oskar sagte mit wachsender Wut: „Es steht Dir nicht frei, Menschen zu terrorisieren oder zu verfolgen."
„Dafür gibt es keine Gesetze", erwiderte Louis. „Ich habe es überprüft." Lori und Jaro wurden in die Familien- oder Freundschaftszone versetzt. Damit steht mir die Tür weit offen, um sie anzusprechen. Wenn ich sie kennenlerne, denke ich, dass sie die Art von Mädchen wäre, die ich heiraten würde." Bevor Louis ein weiteres Wort sagen konnte, fand er sich auf dem Gehweg wieder und pflegte seine geprellte Wange. Oskar wollte Louis erneut schlagen, hielt sich aber zurück. Es bildete sich eine Menschenmenge. Mit lauter Stimme sagte Oskar für alle hörbar: „Halt Dich von meiner Schwester fern! Sie kann Dich nicht leiden. Sie hat Angst vor Dir. Die örtliche Polizei weiß, was für ein schlechter Bürger Du bist. Wenn ihr etwas zustößt, werden sie wissen, wen sie verfolgen müssen. Halte Dich einfach fern." Er hob eine Faust, um Louis zu warnen.

Die Tage vergingen. Oskar, Jaro und Lori waren immer an Kianas Seite. Sie wurde in allen öffentlichen Bereichen beschützt. In einem örtlichen Gasthaus verlief der Abend gut. Der örtliche Gitarrist spielte verschiedene Volkslieder und einige der neueren Lieder, die man im Radio hört.

Kiana entschuldigte sich, um auf die Toilette zu gehen. Das hatte sie schon so oft getan, ohne dass etwas passiert wäre. Als sie den Raum verließ, spürte sie, wie ihr eine Hand auf den Mund gelegt und ein Arm hinter ihrem Rücken verdreht wurde. Louis' Stimme flüsterte ihr ins Ohr: „Mach keinen Aufstand. Ich werde Dir nicht wehtun." Er zog sie rückwärts in den Umkleideraum des Personals.

„Du musst die schwerste Frau auf diesem Planeten sein, die man kennenlernen kann. Wenn Du nicht schreist oder Dich aufregst, werde ich Dir nicht wehtun. Hast Du verstanden, was ich sage?"
Kiana nickte und stieß ein gedämpftes „Ja" aus. Langsam ließ Louis die Hand los, die ihren Mund geschlossen hielt. Kiana nutzte die Gelegenheit, um fest in die Handfläche zu beißen. Sie zog ein paar Blutstropfen heraus. Als er den Griff um ihren verdrehten Arm etwas lockerte, warf sie ihn über ihre Schulter. In dem engen Raum stieß Louis gegen einige Regale, deren Inhalt auf ihn fiel. Sie öffnete die Tür und rannte zu dem Tisch, an dem Lori und Jaro saßen. Sie erzählte ihnen, was passiert war.
Das Trio rannte die Straße hinunter und direkt in die Polizeistation.

Der Polizist, der über Kianas Situation Bescheid wusste, machte sich Notizen. Stolz sagte sie: „Ich bin nur entkommen, weil ich ihn fest gebissen und Blut geleckt habe." Er ließ seinen Griff an meinem anderen Arm los. Ich habe ihn über meine Schulter geworfen. Die Sachen auf den Regalen fielen auf ihn herunter. Das hat mir geholfen, zu entkommen." „Was soll ich tun, wenn Du ihn gebissen, den Raum demoliert und dann geflohen bist?", fragte der verblüffte Polizist.
„Nimm ihn wegen versuchter Entführung fest", antwortete Kiana.
„Er kann Anzeige wegen Körperverletzung erstatten. Du hast ihn gebissen und unter dem Regalinhalt begraben."
„Das wäre nicht passiert, wenn er nicht versucht hätte, mich zu entführen, und mir ständig hinterhergelaufen wäre."
„Hör zu, ich bin kein Vermittler. Warum könnt ihr die Dinge nicht klären?"

„Warum sollte ich? Ich wollte vom ersten Tag an nichts mit ihm zu tun haben", antwortete Kiana.

Der Polizist stieß einen Seufzer aus. „Mach, was Du willst. Ich werde ihm sagen, dass Du eine No-Go-Zone bist."

„Gut", antwortete Kiana, während sie ihre Handtasche vom Schreibtisch des Polizisten hob. Auf dem Weg nach draußen sagte sie: „Wenn ich verschwinde, weißt Du, wen Du verfolgen musst. Der Mann ist verrückt", dachte der Polizist. „Zwei Verrückte geben eine giftige Beziehung ab."

Louis war nach dem Vorfall fast eine Woche lang abwesend. Das sollte sich bald ändern. Kiana erschrak, als sie erfuhr, dass eine Gruppe von Männern aus einem Konvoi eingeliefert worden war. Der LKW, mit dem sie unterwegs gewesen waren, hatte einen schweren Unfall auf der Bergstraße. Kiana wurde angewiesen, den ganzen Tag in der Notaufnahme zu arbeiten. Ein Arzt rief den Krankenschwestern und Krankenpflegern zu: „Diese Männer müssen geröntgt werden! Wischt ihnen das Blut aus dem Gesicht und macht sie so gut wie möglich sauber. Entfernt alle Metallgegenstände von der Kleidung, bevor ihr sie in die Röntgenräume bringt."

Kiana holte schnell einige Schüsseln mit temperiertem Wasser und sterile Tücher, um die Männer abzuwischen. Sie stellte die gesamte Ausrüstung auf einen Wagen und rollte ihn in die Notaufnahme. Dort verteilte sie einen Satz Ausrüstung an das Personal. Dann sammelte sie die schmutzige Ausrüstung ein und kam mit sauberen Sets zurück. Sie ging an einem Mann vorbei, der stöhnend auf einem Bett lag und in den Röntgenraum gerollt wurde.

Sie schaute hinüber und sah, dass es Louis war. Er wartete darauf, dass er an der Reihe war, den Röntgenraum zu betreten. Kiana ging auf ihn zu, grinste und flüsterte ihm zu: „Gottes Wege sind wunderbar. Wie schade, dass er Dich nicht in die Hölle geschickt hat."

Louis erkannte ihre Stimme. „Gott wirkt auf wunderbare Weise. Jetzt musst Du Dich um mich kümmern."

Er versuchte zu grinsen. Kiana antwortete, indem sie ihm ein Tuch über das Gesicht warf. „Du hast Glück. Ich habe keine Ausbildung, um in Operationssäle zu gehen. Wenn ich dort wäre, würde ich dafür sorgen, dass so etwas wie ein Tupfer drinnen bleibt." Sie drückte auf sein gebrochenes Bein.

„AUTSCH!"

„Hat das wehgetan? Ich habe es nicht gespürt", sagte sie mit bitterer Stimme. Sie drückte eine Hand auf seine Schulter. Er rief erneut: „Aua!" Dann flüsterte er: „Nimm das Tuch von meinem Gesicht. Schlampe."

Kiana lächelte. „Dein Gesicht sieht verdeckt besser aus. Man muss ein Schwein sein, um eine Schlampe zu erkennen. Willkommen in der Hölle." Sie eilte davon, um sich um andere Patienten zu kümmern.

Am nächsten Tag wurde Kiana auf die Station versetzt, auf der sich die Hälfte der Männer vom Unfall am Vortag erholte. Sie kümmerte sich um die ersten drei Männer. Der letzte war Louis.

Wie bei den vorherigen Patienten zog sie den Vorhang zu. Sie schaute ihn an und sagte: „Ich werde Deine Temperatur und Deinen Blutdruck messen, aber ich werde nichts anderes tun. Ich werde keinen Katheter wechseln usw. Du kannst das Unbehagen und den Geruch genießen. Es ist ein Teil der Hölle." Sie nahm die Messwerte auf und notierte sie. Dann schaute sie über ihre Tafel hinweg und studierte seinen Gesichtsausdruck. Louis wusste, dass er hilflos war. Er fragte: „Welche Folter hast Du Dir heute ausgedacht?"

„Oh, ich kann Dir jeden Tag ein bisschen geben, genau wie die Folter, die Du mir auferlegt hast." Sie schwang sein ausgesetztes, gebrochenes Bein. Er schrie auf: „Das tut weh! Autsch!"

Kiana antwortete laut genug, damit die anderen Männer es hören konnten: „Sei nicht so eine Heulsuse. Ich habe doch noch gar nicht angefangen. Sollen wir es noch mal versuchen?"

„Fass mich nicht an! Nicht ... Scheiße, das tut weh!"

„Hör auf, Dich gegen mich zu wehren, und bleib ruhig. Oh, ich gebe auf." Sie öffnete die Vorhänge, sodass die anderen verwirrten Männer sehen konnten, wie Louis eine Grimasse zog. Sein Bein schwang bei jeder seiner Bewegungen mit. Je mehr er versuchte, sich aufzurichten, desto mehr schwang sein Bein. Am Ende warf er ein Kissen nach ihr, verfehlte sie jedoch. Kiana hob es auf und warf es zurück. Es landete auf seinem Schoß. „Ich lasse mir von Patienten keinen Unsinn erzählen." Sie schaute sich im Raum um. „Das gilt auch für euch alle anderen." Sie bemerkte drei überraschte Blicke. „Bete einfach, dass ich morgen nicht hier eingeteilt bin." Stotternd verließ sie den Raum. Als sie die Tür halb geschlossen hatte, sah sie, wie die Männer drinnen Louis befragten. Sie bemerkte, dass sein Stolz es nicht zuließ, dass die Wahrheit ans Licht kam.

Zwei Tage später wurde Kiana erneut auf der Station eingesetzt. Sie betreute die ersten drei Männer auf höchst professionelle Weise.

Als Louis an der Reihe war, sagte sie mit einem Grinsen: „Ah, mein Lieblingspatient! Wie geht es uns heute?"
Louis antwortete mit sanfter Stimme: „Mir ging es gut, bis die Krankenschwester aus der Hölle hereinkam."
Sie korrigierte ihn. „Schwesternhelferin." Mit lauterer Stimme sagte sie: „Liebling, Luzifer klopft an Deine Tür. Willst Du, dass ich sie öffne?"
„Gibt es noch eine Schwesternhelferin?"
„Tut mir leid. Heute nicht. Ich bin es den ganzen Tag." Sie gab dem aufgehängten Bein einen sanften Stoß. Louis war fest entschlossen, nicht aufzuschreien.
Kiana sagte: „Du hast Dich etwas verbessert. Diesmal hast Du nicht geschrien. Oder waren es die Schmerzmittel, die Dir die Ärzte gegeben haben und die Dir bei der Schmerzbewältigung geholfen haben?"

Louis drehte den Kopf von ihr weg. Er wollte seine Frustration und Verärgerung herausschreien. Als er sich wieder beruhigt hatte, sagte er: „Nun, meine Liebe, wenn ich aus diesem Ort herauskomme und vollständig rehabilitiert bin, habe ich eine Überraschung für Dich."
Mit lauter Stimme, sodass es alle hören konnten, fügte er hinzu: „Wirklich? Darf ich auf einen weiteren Entführungsversuch tippen? Mehr Stalking? Mehr Einschüchterung? Mehr Schwachsinn?"
Sie rief: „Hey Luzifer! Welche Tür hast Du für diesen Bastard offen?"

Kiana spürte, dass die anderen Männer auf den zugezogenen Vorhang schauten. Sie hielt inne, als würde sie lauschen. „Okay. Ich werde ihn in die Leichenhalle rollen. Schrank Nummer 666. Verstanden." Kiana löste das Bein und zog den Vorhang zurück. Louis begann zu schreien: „Ich bin nicht bereit, irgendwo hinzugehen! Haltet diese verrückte Frau davon ab, mich hier rauszuschieben." Vor den Augen der anderen Männer brachte er seine Hände in eine Gebetshaltung und murmelte alle möglichen Gebete, die ihm einfielen. In seiner Panik brachte er viele durcheinander. Die anderen Männer wussten nicht, ob sie lachen oder sich erschrecken sollten.

Er war schon halb aus dem Zimmer, als der Arzt kam, um seine Runde zu machen. „Wo will der Mann hin?"

„Zur Leichenhalle, um eine Leiche formell zu identifizieren. Er ist der nächste Verwandte eines Leichnams", log Kiana. Louis lag geschockt da und wollte am liebsten herausposaunen, warum er mitfahren wollte. Kiana rückte das Kissen unter Louis' Bein zurecht. Die Schmerzen hinderten ihn am Sprechen.
Der Arzt zögerte ein paar Sekunden. „Machen Sie es schnell."

In der Leichenhalle lag Louis hilflos auf dem Bett. Kiana stellte das Bett so ein, dass er sehen konnte, was vor sich ging. Eine nach der anderen rollte Kiana die Tabletts aus den Schränken. Wenn eine Leiche gefunden wurde, ließ sie den Kadaver draußen. Ein leeres Tablett wurde herausgeholt. Bald hatte sie zehn Leichen ausgestellt.

Der Geruch überfiel ihre Nasen. Kiana fragte: „Erkennst Du einen dieser Menschen?"

Mit zusammengebissenen Zähnen antwortete Louis: „Nein. Was soll das alles?"

„Ich wollte Dir nur zeigen, was ich gesehen habe, als die Deutschen mein Dorf überfielen und meine Familie zerstörten. Nicht gerade schön, oder?" Kiana schob alle Leichen zurück in ihre Schränke. Das leere Tablett war das einzige, das nicht zurückgebracht wurde. Es war Schrank sechs. Sie stürzte sich auf das Tablett. „Ja, das sieht nach der richtigen Größe für Dich aus. An beiden Enden ist Platz für Dich." Kiana kletterte herunter und nahm ein Maßband. Dann maß sie erst Louis' Größe und dann die des Tabletts. „Ja, es passt perfekt. Luzifer sagte Schrank 666, aber ich sehe ihn nicht." Sie sah Louis an: „Du hast Glück. Du lebst noch einen weiteren Tag."

Louis zischte: „Bringt mich zurück in mein Zimmer!"

Kiana schaute ihn an. „Wie lautet das Zauberwort?"

„Oh, jetzt verstehe ich es. Nicht nur eine Schlampe, sondern auch eine Hexe. Fahr mich einfach zurück."

Kiana ließ sich nicht beirren. „Wie lautet das Zauberwort?" Louis rollte mit den Augen. „Woher soll ich das wissen?"

„Ein Hinweis? Es hat etwas mit Manieren zu tun."

„Oh! Bitte fahr mich zurück in mein Zimmer", flehte Louis.

Kiana lächelte verrucht. „Mann, das hat aber lange gedauert." Sie knallte ihre Hand auf das gebrochene Bein. „Autsch!" Sofort bildeten sich Schweißperlen auf Louis' Stirn. Er schnaufte, als ihn die Wut überkam.

Kiana schnurrte leise: „Ich glaube, das bin ich jetzt auch. Du gehst jetzt zurück auf Deine Station. Aber denk dran: Wenn Du noch mehr Blödsinn machst, bekommst Du eine weitere Kostprobe meiner Krankenpflegehelferin." Louis atmete tief ein. Jetzt war er besiegt, aber er hatte Zeit für einen Plan.

Als sie auf die Station zurückkehrten, schauten die anderen Männer zu. Kiana konnte sehen, dass sie ihn unbedingt fragen wollten, was passiert war. Sie mussten warten, bis Kiana das Zimmer verlassen hatte. Sie beäugten sie mit einer Mischung aus Belustigung und verdientem Respekt. Kiana bemerkte, dass sie beobachtet wurde, und ahnte die Gefühle, die sie dabei durchliefen. Als sie den Raum verließ, wandte sie sich an alle vier Männer: „Lächle weiter, die Welt ist ein schwieriger Ort. Das führt auch dazu, dass sich die Leute fragen, was ihr im Schilde führt." Kaum hatte sie diese Worte ausgesprochen, brachen die drei zurückgebliebenen Männer in Gelächter aus. Sie schenkte ihnen ein freches Lächeln und warf ihnen einen Kuss zu. Nur Louis lachte nicht. Er starrte sie an, als sie den Raum verließ.

Zwei Tage später wurde Kiana erneut mit Louis auf der Station eingeteilt. Sie behandelte alle gleich. Louis wurde nicht mehr gehänselt. Max, Louis' Freund, kam zu Besuch. „Ich habe gehört, dass sich Deine Freundin um Dich kümmert", sagte er mit einem Grinsen. Es hatte sich herumgesprochen, dass Louis, der dafür berüchtigt war, Frauen zu verführen und immer seinen Willen durchzusetzen, dieses Mal gescheitert war. Dieses Mal hatte er es richtig krachen lassen. Er schaute Max etwas verlegen an. „Die Schlampe hat Mumm. Sie hat mich in die Leichenhalle geschleppt und mir alle Leichen vorgeführt. Dann hat sie mich ausgemessen, um zu sehen, ob ich in die Schränke passen würde. Das Einzige, was sie nicht getan hat, war, den Sarg zu bestellen."

Max lachte. „Ich glaube, Du hast Deine Partnerin gefunden. Sie ist jemand, der Dich unter Kontrolle halten und Dich ehrlich machen kann."

„Ich bin fertig mit ihr. Ich werde sie nie wieder beobachten oder ihr hinterherlaufen."

Max lachte. „Ich wette mit Dir, dass Du sie nach sechs Monaten wieder jagen wirst. Sie durchschaut Dich und kann jede Deiner Bewegungen kontern. Sie ist Dir ebenbürtig und kann Dich herausfordern. Dein Leben würde interessant werden."

„Sie ist die Schwesternhelferin aus der Hölle", antwortete Louis.

Max wandte sich an die anderen Männer auf der Station. „Hey, wie ist sie so, diese Schwesternhelferin, Kiana?"

Ein Chor von Antworten ertönte. Max hielt die Hand hoch, damit sie sofort aufhörten zu reden.

„Hans, Du gehst zuerst." Hans schaute zu Max hinüber. „Sie ist wirklich süß. Sehr nett. Sie riecht auch gut. Sie ist sanft, aber gleichzeitig auch fest. Wenn ich hier nicht festsitzen würde, würde ich sie mitnehmen."

Max schaute zu dem nächsten Patienten. „Mark. Was ist Deine Meinung?" „Ähnlich wie Hans es beschrieben hat. Wenn sie mir nahekommt, steigt mein Blutdruck. Sie ist heiß. Sie hat eine Menge Mut. Nichts scheint sie aus der Ruhe zu bringen."

„Karle, Was hältst Du von Kiana?", fragte Max.

„Sie hat eine ganz eigene Art, Dinge zu erledigen. Sie ist so witzig, sowohl in Worten als auch in Taten. Louis in die Leichenhalle zu bringen und ihn zu vermessen, war das Lustigste, was seit Langem passiert ist. Ich wünschte, ich wäre eine Fliege an der Wand gewesen, als sie dort unten waren."

Louis erwiderte: „Ja, sehr lustig. Der Gestank erfüllte den Raum. Ich sehe diese Bilder fast jede Nacht, wenn ich einschlafe." Ihn schauderte bei der Erinnerung. „Zehn Leichen. Dann sah sie mich an, zusammen mit dem leeren Tablett, das sie vorhin herausgeschoben hatte. Sie stürzte sich darauf. Sie sagte, das wäre die richtige Größe für mich. Verdammt, sie holte ein Maßband heraus, um meine Körpergröße zu überprüfen. Um zu prüfen, ob ich in den Schrank passe."

Max lachte. „Ich glaube, sie hat Dich vermessen, um sicherzugehen, dass auch genug Platz für Dein Ego ist."

Louis warf ihm einen bösen Blick zu. Er fuhr fort: „Sie suchte nach dem Schrank 666, konnte aber keinen finden. Dann sagte sie: ‚Ich werde noch ein bisschen länger leben. Ich hatte Glück.‘"

Die anderen, einschließlich Louis, begannen zu lachen. Da wurde ihm klar, dass Kiana ihn auf eine Weise ausspielte, von der er nicht einmal zu träumen gewagt hatte. Sie spielte mit seinen Ängsten und Unsicherheiten. Sie konnte ihn lesen. Das war zermürbend. Er mochte dieses Gefühl nicht und schwor sich, sich von ihr fernzuhalten. Sein Selbstbild und das, was er nach außen hin darstellte, waren zusammengebrochen. Es würde schwer werden, es wieder aufzubauen. Er versuchte, es sich in seinem Kopf zurechtzulegen: „Diejenigen, die mich nicht kennen, werden nicht klüger sein. Nur die unmittelbare Gruppe wusste Bescheid, und der Krieg würde sie zum Schweigen bringen.

Einer nach dem anderen verschwanden die Männer in der Station. Die meisten nahmen ihre Arbeit wieder auf. Nur Louis war noch da. Er sah Kiana nur selten, was ihm recht war. Einmal in der Woche ging er zur Untersuchung und zum Physiotherapieunterricht. Den Rest der Zeit musste er selbst dafür sorgen, sein Bein wieder aufzubauen. Als er mit einem Gestell laufen konnte, wurde er entlassen. Wie schnell er genesen würde, hing von ihm selbst ab.

Vom Balkon des Hauses, in dem er wohnte, sah er Kiana häufig auf dem Weg zum und vom Krankenhaus. Sie war unbegleitet. Sie nutzte seine Auszeit, um ein sorgloses Leben zu führen. Er schüttelte den Kopf, um die Gedanken loszuwerden, die ihm plötzlich durch den Kopf gingen. „Schlechte Gewohnheiten lassen sich nur schwer ablegen", dachte er.

Zwei Monate später humpelte er leicht. Er nahm seinen Dienst in der deutschen Armee wieder auf. Lastwagen aus Deutschland fuhren durch die Schweiz und hinunter zum Vatikan. Dann kamen neue Befehle. Es durften keine Lastwagen mehr in diese Richtung fahren.

Das war zu riskant, denn die Alliierten hatten Italien und Albanien vollständig eingenommen. Die Lastwagen sollten nun von München aus nach Osten bis nach Polen zu einem noch unbekannten Ziel fahren. Er musste die sichersten Routen planen. Sie mussten im Schutz der Dunkelheit verlaufen.

Louis studierte Karten, die durch Deutschland, die Schweiz, Österreich und die Tschechoslowakei führten – für den Fall, dass er große Umwege machen musste. Er hörte sich die Propaganda an und war überzeugt, dass bestimmte Straßen besser geeignet waren als andere. Diese Lastwagen sollten Lebensmittel, Waffen aller Art und Munition für die sich immer weiter ausdehnende deutsche Ostfront transportieren. Die Straßenverhältnisse waren alle unbekannt: asphaltiert, schmutzig, eng, breit, häufig Ziel von Angriffen. Das waren die Gedanken, die ihm durch den Kopf gingen. Er fühlte sich unbehaglich. Er war noch nie auf diesen Straßen unterwegs gewesen. Die Straßen von Deutschland nach Italien waren einfach. Schon als Kind hatte er viele von ihnen befahren, aber das hier war unbekanntes Terrain.

Seine Gedanken flatterten zu Kiana. Sie und ihr Bruder sowie ihre Adoptivbrüder stammten aus Österreich. Sie würden die Straßen kennen. Dann fiel ihm ein, dass Kianas Bande im Teenageralter war, als sie Österreich verließ. Wie konnte eine Gruppe von Teenagern nur überleben? Er musste lachen, als er sich erinnerte, was Kiana zu ihm und den anderen Männern gesagt hatte, als sie im Krankenhaus lagen. „Lächle, die Welt ist ein schwieriger Ort." Die freche junge Frau hatte Recht. Sie ist ein schwieriger Ort. Er kicherte wieder, als er sich an den Kuss in der Luft erinnerte. Da fragen sich die Leute, was Du getrieben hast. Er schüttelte den Kopf. Warum denke ich nur an sie? Er trommelte mit den Fingern auf die Landkarte von Österreich.

Kapitel 30
Lugano, Schweiz.

Louis erhielt den Befehl, die Südschweiz zu verlassen und sich dauerhaft in Süddeutschland zu stationieren. Sein neuer Stützpunkt war Lörrach auf der deutschen Seite von Basel. Von dort aus sollte er dabei helfen, die Lieferung von Lebensmitteln und Waffen über die deutsch-schweizerische Grenze zu kontrollieren. Die Lastwagen würden in Salzburg, Österreich, anhalten und dann nach Norden in Richtung Prag in der Tschechoslowakei abbiegen. Eine andere Mannschaft sollte die Waren zum nächsten Ort transportieren. Anschließend kehrte er nach Lorrach zurück, wo die ausgesonderten Soldaten und die Leichtverwundeten auf ihre Häuser oder Krankenhäuser verteilt wurden. Die Hin- und Rückfahrt dauerte drei Tage plus/minus einen Tag.

Nach vier Hin- und Rückfahrten merkte Louis, wie sehr ihm der Job missfiel. Auf schlechten Straßen zu fahren war die eine Sache. Dem Maschinengewehrfeuer und Scharfschützenangriffen auszuweichen, war jedoch etwas ganz anderes. Beim Ausweichen vor Schlaglöchern, die durch Bomben entstanden waren, kippten sein Truck und andere fast auf die Seite. Das war haarsträubend. Das Ausweichen vor Bomben machte es ihm noch schwerer. Auf den Routen von Deutschland über die Schweiz nach Italien hatte er das nur selten erlebt. Hier schien es jedoch jeden Tag alle zwei oder drei Stunden zu passieren. Er sah, wie Lastwagen kippten, während die Fahrer erschossen wurden. Er erblickte, wie die erschöpften Männer sich in einem verzweifelten Versuch, sich vor dem anbrandenden

Feuer neuer Schüsse zu verstecken, abmühten. Viele hatten die Front überlebt, nur um dann auf dem Transport getötet zu werden. Das ist unfair. Er dachte: „Ich könnte der Nächste sein. Mein Leben ist mehr wert als das hier."

Als er von seiner vierten Reise nach Lörrach zurückkehrte, täuschte er eine Krankheit vor. Der Konvoi fuhr ohne ihn. Während das Team weg war, packte er seine Koffer. Er wollte desertieren.

In Zivilkleidung reiste Louis zurück nach Lugano. Als er dort ankam, war die deutsche Präsenz verschwunden. Er verspürte die Einsamkeit des einzigen Deutschen in dieser Gegend. In seinem Kopf war der Krieg vorbei. Er wusste, dass er, wenn man ihn erwischte, am spitzen Ende eines Erschießungskommandos enden würde. Desertion bedeutete den sofortigen Tod.

Damit er sich mit seinem neuen Leben arrangieren konnte, blieb er zwei Tage lang in einem Gasthaus. Er wagte sich nur selten nach draußen. Er musste Geld verdienen. Er musste sich unauffällig verhalten. Genau das versuchte Kianas Bande: sich unauffällig zu verhalten und nicht aufzufallen. Das wurde ihm klar. Alles, was er tat, war ein Versuch, sie zu entlarven. Jetzt ärgerte er sich über sich selbst. Wie sie war auch er ein Vertriebener, aber er hatte es so gewollt und nicht den Umständen die Schuld gegeben.

Louis hatte sich in seinem eigenen Exil verschanzt und wartete in einer Ecke der Taverne, von der er wusste, dass Kianas Gruppe irgendwann kommen würde. Es war ein Donnerstagabend, als er sah, wie Kiana, Oskar, Lori und Jaro das Lokal betraten. Er beobachtete sie aus seiner Ecke, bevor er den Mut aufbrachte, sie anzusprechen. Er war nervös. Die Geschichte zwischen ihm und der Gruppe war nicht gut gewesen. Er musste ein Risiko eingehen. Wenn er versagte, würde er in eine andere Schweizer Stadt ziehen.

Die vier Personen hatten vier Gläser Bier und etwas Fingerfood auf einem kleinen Teller auf ihrem Tisch stehen. Louis kam herüber, trug sein eigenes Bier und einen frischen Teller mit Fingerfood. Bevor jemand etwas sagen konnte, sagte Louis: „Ich komme in Frieden, und ich werde Kiana nicht belästigen. Ich weiß, wo mein Platz ist." Die Gruppe schaute fassungslos. Louis fuhr fort: „Ich werde jetzt ein großes Stück Demutskuchen essen. Ich entschuldige mich für mein schlechtes Benehmen in der Vergangenheit. Das werde ich nie wieder tun. Darf ich mich setzen?"

Oskar und die anderen sahen ihn vorsichtig an. Oskar rutschte zur Seite, um Platz zu machen. Er warnte: „Eine falsche Bewegung, und Du bist tot." Louis nickte. „Ich verstehe das vollkommen."

Louis senkte seine Stimme und sagte: „Ich war unterwegs, um Soldaten mit Nachschub zu versorgen. Die neue Route war so gefährlich, dass ich mir sagte, das ist mein Leben nicht wert. Nenn es egoistisch. Ich habe Lebensmittel und Munition ausgeliefert und bin mit gebrochenen Männern zurückgekehrt. Sie waren sowohl körperlich als auch geistig gebrochen, Geister oder Granaten, wie auch immer Du sie nennen willst. Ich habe nicht mehr gezählt, wie oft ich kurz davor war, so auszusehen wie sie. Das wollte ich nicht. Also gab ich vor, krank zu sein, und machte mich aus dem Staub. Hitler kann seinen Krieg haben. Wie Du bin ich auf der Flucht."

Die anderen schauten fassungslos auf diese Enthüllung. Kiana ergriff als Erste das Wort: „Haben die Leichen, die ich Dir gezeigt habe, eine Rolle bei dieser Entscheidung gespielt?"

Louis nickte. „Eigentlich habe ich ein paar Nächte nicht gut geschlafen. Lkws für Skelette und Geister zu fahren, war schlimmer. Vorbeirauschende Kugeln sind auch kein Vergnügen. Scheiß auf Hitler. Er kann selbst an die Front gehen und sich die Hände schmutzig machen. Ich will da nicht mehr mitmachen."

Lori, Jaro, Oskar und Kiana waren sprachlos. Das war eine komplette Kehrtwende. Sie vertrauten ihm immer noch nicht. Worte waren schließlich billig.

Die Gruppe war fast eine Minute lang still. Für Louis war es die längste Minute überhaupt. Jaro fragte: „Warum sollten wir Dir vertrauen?"

„Wenn die anderen Fahrer aus der Hölle zurückkommen, werden sie sehen, dass ich desertiert bin. Ich weiß nicht, ob einer von ihnen mich melden wird. Wenn sie das tun, bin ich ein toter Mann. Eigentlich bin ich auch innerlich tot. Habt ihr das auch durchgemacht, als ihr aus Österreich geflohen seid?"

Oskar nickte. „Ich nenne es das Obelisk-Syndrom. Du siehst solide und stark aus. In Wirklichkeit bist Du tot, kalt und zerbrechlich im Inneren. Du brichst leicht an der Oberfläche und verursachst kleine Löcher, die Deine Verletzlichkeit offenbaren. Ein einziger Zwischenfall genügt, um Dein Leben durcheinanderzubringen, und es dauert ein ganzes Leben, um es wieder in Ordnung zu bringen."

Wir haben dieses Trauma durchlebt. Wir sind zerstreute und zerrüttete Seelen. Wir sind wandelnde Tote. Wir können nie wiederherstellen, was wir einmal hatten. Wenn ein Mitglied verletzt wird, werden wir alle verletzt."

Louis nickte bei dieser Information. Er konnte das nachvollziehen. Er hatte das Seil losgelassen und griff nach einem anderen. Seine potenziellen Lebensretter waren vor ihm da. Es lag bei ihnen, ob sie ihm ein Seil geben wollten. Louis entschuldigte sich höflich. „Danke, dass Du zugehört hast." Er kippte den Rest seines Getränks hinunter und verließ die Gruppe. Als er in seinem Zimmer ankam, fühlte er sich viel besser. Die Last war irgendwie von ihm abgefallen, doch die Ungewissheit blieb. Er wusste, dass er akzeptieren musste, was auch immer als Nächstes käme.

Eine Woche später fand Louis einen Teilzeitjob als Fahrer eines Lieferwagens. Mit dem mageren Lohn zog er aus dem Gasthaus, das sich in der Nähe des Stadtzentrums befand, in eine Pension ein paar Blocks weiter. Der ruhige Vorort gefiel ihm. Er schlüpfte in eine Routine. Alles lief so reibungslos wie möglich.

Die Monate vergingen. Louis konzentrierte sich auf die Arbeit und darauf, sich unauffällig zu verhalten. Er hatte jetzt zwei Teilzeitjobs. Den zweiten hatte er als Verkäufer. Dieser begann am späten Nachmittag. Er dauerte bis zum frühen Abend. In die Kneipen ging er nur noch am Donnerstag- und Samstagabend. Er wechselte wöchentlich die Lokale, um keine Routine zu entwickeln. Gelegentlich traf er sich mit Kianas Gruppe, hielt sich aber zurück, um nicht aufdringlich zu wirken. Manchmal war es nur ein „Hallo" und dann ging es weiter.

Bei einem dieser kurzen Besuche sagte er zu Oskar, als beide an der Bar darauf warteten, bedient zu werden, dass er Kiana auf ein Date einladen möchte. Du oder einer der anderen kann uns begleiten, wenn Du Dich dann besser fühlst."

Oskar drehte seinen Kopf erst zu Louis und dann zur Gruppe. „Ich werde das mit den anderen abklären, vor allem mit Kiana. Wenn sie nein sagt, ist das endgültig."

Louis war mit der Situation einverstanden. Er wartete in der Nähe der Bar und nippte an seinem Bier. Ab und zu schaute er hinüber, um ihre Körpersprache zu beobachten.

Bald winkten ihn Oskar und Jaro herüber. Kiana und Lori rückten ihre Plätze zurecht, damit Louis einen Stuhl in die Gruppe stellen konnte. Kiana sagte: „Du kannst Dich ein paar Mal zu uns setzen, bis wir uns mit Dir wohler fühlen. Und spioniere uns in der Zwischenzeit nicht nach."

Louis nickte. „Diese Zeiten sind vorbei. Ich werde niemanden ausspionieren. Ich verstehe jetzt, worum es in dieser Gruppe geht. Ich entschuldige mich noch einmal für mein früheres Verhalten."

Ein paar Wochen später trafen sich Kiana und Lori mit Louis. Der Abend verlief gut. Das Trio hielt in einem Spätcafé an, um einen kleinen Snack zu sich zu nehmen, bevor sie Kiana zurück zum

Schwesternwohnheim brachten. Sie waren einen Block entfernt in einer gut beleuchteten Gegend. Das Trio überquerte gerade die Straße. Kiana winkte zwei Krankenschwestern zu, die mit ihren Partnern zurückbegleitet wurden.

Plötzlich raste ein Lieferwagen mit hoher Geschwindigkeit die Straße hinauf. Louis zog Kiana von der Straße zurück, während aus dem hinteren Teil des Lieferwagens Schüsse fielen. Sowohl Lori als auch Louis wurden getroffen. Beide lagen tot am Straßenrand. Kiana schrie und wurde in den Lieferwagen gezogen. Die Schaulustigen waren schockiert. Als sie aus ihrer Fassungslosigkeit erwachten, rannten die beiden Krankenschwestern los, um den Männern auf der Straße zu helfen. Doch Kiana war verschwunden. Sie war vor ihren Augen entführt worden. Einer der Männer lief zur Polizeiwache, um den Mord und die Entführung zu melden.

Als Oskar und Jaro davon erfuhren, waren sie zunächst schockiert und gerieten in Rage. Die Polizisten versuchten, Oskar und Jaro zu bändigen. Sie kämpften mit den Polizisten, bevor sie überwältigt werden konnten. Ein Beamter sagte: „Wir haben Zeugen für den Vorfall. Zwei Krankenschwestern, die im selben Wohnheim wohnen, und ihre männlichen Begleiter haben alles mitbekommen. Auch sie sind schockiert.

Einer von ihnen hat einen Teil des Kennzeichens angegeben. Wir haben bereits damit begonnen, die Akten nach dem Nummernschild zu durchsuchen. Ich rechne erst in ein paar Tagen mit Ergebnissen. „Bitte komm mit uns, damit wir die Leichen offiziell identifizieren können." Langsam standen Oskar und Jaro auf. Tränen kullerten über ihre Gesichter. In ihnen kochte die Wut, die beim geringsten Anlass zu explodieren drohte.

Auf der Station kam eine Krankenschwester auf sie zu, die Oskar und Jaro schon einmal getroffen hatten. Sie schluchzte immer noch. „Es tut mir so leid. Es ging alles so schnell. Es war nur eine

Frage von Sekunden. Beide Männer sind gefallen und Kiana ist einfach verschwunden. Es tut mir leid." Sie umarmte ihn. Die andere Pflegerin näherte sich Jaro. Sie schniefte, wischte sich die Nase mit einem Taschentuch ab und sagte: „Der große Mann, den ich noch nie gesehen habe, hat Kiana zurückgezogen. Sie wäre von dem rasenden Fahrzeug erfasst worden. Ich glaube, er hat sie vor den Schüssen geschützt. Gott, es ging alles so schnell. Der Verlust tut mir leid." Sie umarmte auch Jaro. Jaro brach wieder in Tränen aus. Die Polizisten, die das Geschehen beobachtet hatten, geleiteten Jaro und Oskar in den Verhörraum.

Am nächsten Tag kam die Nachricht von dem Doppelmord und der Entführung im Radio, und dann wurden die Einzelheiten in der Zeitung veröffentlicht. Oskar und Jaro blieben in ihrem Haus, um die Presse zu meiden und Zeit zum Nachdenken zu haben. Die Wut wuchs zu Bitterkeit. Oskar sagte: „Es müssen Deutsche gewesen sein, die Louis gejagt haben. Aber warum mussten sie Lori töten und Kiana entführen? Das ergibt doch keinen Sinn." Jaro sprach mit gleicher Bitterkeit: „Kollateralschaden. Sie waren zur falschen Zeit am falschen Ort. Was willst Du als Nächstes tun?"

Oskar trank aus einem Bierglas. Er wischte sich den Mund mit dem Handrücken ab. Er schaute auf. „Ich bin mir noch nicht sicher. Ich weiß nur, dass ich diesen Ort verlassen muss, um Kiana zu suchen und vielleicht die Mistkerle zu finden, die Lori und Louis getötet haben. Louis wusste, dass sie ihm nachstellen würden, aber er rechnete damit, dass es passieren würde, wenn er nach Norden reiste. Sein sogenannter Freund Max muss dahinterstecken.

Er muss die Information gegeben haben, wo ich suchen muss. Dieses Mal muss ich allein reisen. Keine Widerrede. Ich will, dass Du bleibst. Einer von uns muss diesen Krieg überleben."

BERLIN
POLAND
NETHERLANDS
GERMANY
BELGIUM
COLOGNE
KARIOVVARY
PILSEN
COLDITZ
ROZVADOV
CZECHOSLAVIKIA
AMBERG
VOHENSSTRASS
NUREMBERG
FRANCE
AUGSBURG
MUNICH
BOBINGEN
SALAZBURG
LORRACH
STEINEN
ELSBETHEN
AUSTRIA
DELLE
AUDINCOURT
OBERSEE
WEGHALTZ
BONCOURT
BASEL
ZURICH
BERN
SWITZERLAND
GENEVA
ITALY

Kapitel 31
Deutschland,
Niederlande, Belgien.

Oskar verabschiedete sich von Jaro. Er trug einen neuen Rucksack mit drei Uniformen: die deutsche, die italienische und die britische. In die Tasche waren ebenfalls zwei Sätze Zivilkleidung gestopft. Jaro umarmte Oskar. Nachdem es einige Diskussionen zwischen Jaro und Oskar gegeben hatte, entschied sich Jaro, in der Schweiz zu bleiben, für den Fall, dass Kiana gefunden würde. So gab es wenigstens jemanden, der bei ihrer Rückkehr bei ihr sein konnte. Eine weitere Aufgabe von Jaro war es, Post zu empfangen und aufzubewahren, die im Zuge von Oskars Suche ankam. Jede eingehende Post oder Korrespondenz außerhalb der Schweiz würde schwierig werden. Ein Brief ab und zu war alles, worauf die beiden hoffen konnten.

Monatelang durchsuchte Oskar alle Orte, die sie besucht hatten, und alle umliegenden Gebiete. Er lebte wie ein Aasfresser und nahm, wann immer er konnte, mit, was er finden konnte. Er zeigte den Leuten ein Bild von Kiana. Alle schüttelten den Kopf. „Nein, nein, nein, ich habe sie nie gesehen", waren die üblichen Antworten. Er gab sogar Anzeigen in der örtlichen Zeitung auf und meldete sich im Radio, in der Hoffnung, dass jemand wusste, wo Kiana war. Nachdem er alle Möglichkeiten ausgeschöpft und Flugblätter an Bahnhöfen und Bushaltestellen hinterlassen hatte, schrieb er einen Brief an Jaro. Darin erklärte er, dass er nach Basel fahren würde, um bei Lörrach die Grenze nach Deutschland zu überqueren. Oskar wusste, dass dies der letzte Brief sein würde, den er für lange Zeit schreiben würde.

Deutschland.

In seiner deutschen Uniform reiste Oskar von Stadt zu Stadt und zeigte das inzwischen stark zerknitterte Bild von Kiana. Er fuhr per Anhalter auf deutschen Lastwagen von einer Stadt zur anderen. Die Fahrten verliefen nie geradlinig, da die Fahrer im Zickzackkurs fuhren, um den vom Himmel regnenden Bomben und den Kratern, die explodierte Bomben hinterlassen hatten, auszuweichen. Spontaner Beschuss von den Straßenrändern machte jede Bewegung gefährlich.

Oskar hielt sich in der Kaserne auf. Er war nicht dort, um Kontakte zu knüpfen, sondern um eine kostenlose Mahlzeit oder eine gute Nachtruhe zu bekommen. Gewehrfeuer, Brände und Bomben sorgten jedoch dafür, dass der Schlaf immer wieder unterbrochen wurde. Oskar schlüpfte in seiner deutschen Uniform in die Kaserne und zog sich Zivilkleidung an, wenn er auf der Suche nach Kiana durch die Städte ging. Sein ständiges Kommen und Gehen wurde nie hinterfragt. Er sagte, er sei von einer Einheit zur anderen versetzt worden oder habe Urlaub gehabt.

Oskar merkte an, dass Hitler anfangs vor allem die Ostfront im Blick hatte. Polen und die östlichen Länder wurden von den Nazis unter Beschuss genommen. Dort wurden mehr Soldaten eingesetzt als an der Westfront. Oskar wunderte sich über diese Taktik und fragte sich, ob Hitler verrückt genug war, um Russland in der bitteren Kälte anzugreifen. Louis hatte ihm von den lebenden Skeletten erzählt, die von der Ostfront zurückkamen. Der Winter sorgte dafür, dass Lebensmittel, Kleidung und Transportmittel knapp wurden, da die Straßen durch den vielen Schnee blockiert waren. Die Soldaten mussten den Schnee von der Straße schaufeln, damit ein Fahrzeug passieren konnte. Die Angriffe auf Lastwagen und Züge verschlimmerten die Situation zusätzlich. Die Männer kämpften und lebten mit leeren Händen.

Er erinnerte sich an das, was Louis gesagt hatte: Züge mit Juden würden zur sogenannten „ethnischen Säuberung" nach Polen fahren. Oskar überlegte, ob er nach Polen fahren und sich die Vernichtungslager ansehen sollte, doch das war ihm zu riskant. An der Westfront waren die Überlebenschancen größer, allerdings bezweifelte er, dass Kiana in den Westen gebracht worden wäre.

Aber er musste versuchen, die westliche Seite auszuschließen, bevor er sich den östlichen Ländern zuwandte. Er würde mit der Suche in den Niederlanden beginnen und sich dann nach Süden in Richtung Belgien wenden. Er plante seine Route und die Methoden, um an diese Orte zu gelangen.

Niederlande und Belgien.

Nachdem er die Grenze zu den Niederlanden überquert hatte, tauschte er seine deutsche Uniform gegen Zivilkleidung.

Der Winter biss sich in seinen Körper. Er hatte nicht genug warme Kleidung dabei. Er fröstelte, als er durch die Straßen ging. Die Menschen eilten vorbei, um zwischen den von den Deutschen perfektionierten Luftangriffen das Nötigste zu erledigen. Das Geräusch der Junkers Ju 87, die wie Millionen Möwen klangen, kündigte ihre Ankunft an. Die Flugabwehrkanonen reagierten nicht. Die Niederlande hatten keine Munition mehr für diese Artillerie. Die Ju 87 taten, was sie wollten: Sie kreischten durch den Himmel, um die Bürger zu erschrecken, und warfen die eine oder andere Bombe ab. Die Menschen suchten überall Schutz.

Bei einer solchen Rettungsaktion suchte Oskar Schutz in einem Gartenschuppen, der fünf Meter von einem Haus entfernt stand.

Die Besitzer glaubten, sie könnten sich in ihrem Haus verstecken. Eine Bombe explodierte auf der anderen Seite, zwischen diesem und dem nächsten Haus. Die Familien in beiden Häusern starben. Oskar überlebte, befand sich aber in einem Schockzustand. Der Schuppen war teilweise eingestürzt. Er musste sich den Weg unter den Trümmern freikratzen. Er wusste, dass ihm niemand zu Hilfe kommen würde. Das war klar. Wie in der Vergangenheit konnte er sich in schwierigen Situationen nur auf sich selbst verlassen.

Es dauerte etwa zwanzig Minuten, bis Oskar sich befreien konnte. Die kleinen Schnitte an seinen Fingern und anderen Körperteilen, die sich mit Schmutz vermischten, ließen ihn wie einen Zombie aussehen. Er stolperte auf eine Gruppe von Menschen zu, die verzweifelt versuchten, die Bewohner aus den eingestürzten Häusern auszugraben.

Eine junge Frau eilte herbei, um ihm zu einem Stuhl zu helfen, der zuvor aus den Trümmern gezogen worden war. Kurz darauf luden ihn Männer in ein Auto und fuhren ihn in ein überfülltes Krankenhaus, wo er eine Nacht lang blieb. Nach einem Bad und frischer Kleidung stellte das Personal fest, dass die Verletzungen nur geringfügig waren. Nach einer grundlegenden Erstversorgung wurde er wieder entlassen.

Oskar kehrte zum Schuppen zurück, um seinen Rucksack zu holen. Danach betrat er den kleinen, fast leeren Lebensmittelladen, um etwas zu essen zu kaufen. Während er die fast leeren Regale betrachtete, kamen zwei deutsche Soldaten herein.

Oskar drehte sich um, senkte den Kopf und schnappte sich eine Kartoffel. Er beobachtete, wie die deutschen Soldaten durch den Laden liefen und sich nahmen, worauf sie Lust hatten. Oskar ging an einem von ihnen vorbei und holte ein Portemonnaie aus einer Gesäßtasche. Die deutschen Soldaten verließen den Laden, ohne ihre Waren zu bezahlen. Der ältere Mann schaute entsetzt drein, war aber viel zu verängstigt, um den unverhohlenen Ladendiebstahl anzusprechen.

Oskar ging auf den wütenden und verängstigten Mann zu. „Wie oft kommt das vor?", fragte er.

Der alte Mann antwortete: „Die beiden machen das ständig. Die anderen zahlen den ganzen Betrag oder einen Teil davon." Der Mann schaute Oskar an. „Du bist nicht von hier, oder?"

„Nein, ich komme aus Österreich. Die Deutschen haben mein Heimatdorf ausgelöscht. Überall liegen Leichen. Meine Schwester wurde vor Kurzem von Deutschen entführt. Ich bin auf der Suche nach ihr."

Der alte Mann nickte und seufzte laut. „Du musst vielleicht in ein Kriegsgefangenenlager gehen. Ständig verschwinden Menschen, vor allem Juden." Der Mann beugte sich zu Oskar hinüber und flüsterte: „Geh nicht in die Nähe der Polizeistationen. Einige Polizisten wurden bestochen, um Namen und Adressen von Juden und Fremden zu bekommen, und werden auch weiterhin bestochen. Die meisten Polizisten sind ehrlich. Nur die wenigen sind Verräter." Der Mann zog sich zurück und sprach mit normaler Stimme: „Einige Mädchen sind in verschiedenen Städten verschwunden. Manchmal werden sie gefunden. Sie sind geistig und körperlich verwirrt. Sie werden in ein Gebäude gesteckt, in dem sie von den deutschen Soldaten, vor allem von den ranghöheren, missbraucht werden. Wenn sie krank werden, werden die Mädchen erschossen und ihre Leichen am Straßenrand entsorgt. Nur wenigen ist die Flucht gelungen, um die Wahrheit zu sagen.

Der Mann schrieb die Adresse auf einen Zettel. „Das ist eine Adresse, von der ich weiß, dass dort solche Aktivitäten stattfinden. Ich bin sicher, es gibt noch mehr." „Danke für Deine Hilfe", sagte Oskar.

Er legte die Kartoffel, die er in der Hand hielt, zurück, sammelte aber noch anderes Gemüse und ein paar Obststücke ein. Er suchte nach Lebensmitteln, die roh gegessen werden konnten. Mit seiner Auswahl trat er an den Tresen, nahm die deutsche Geldbörse heraus und bezahlte seine Vorräte. Dann gab Oskar dem alten Mann zusätzliches Geld in Reichsmark.

„Tut mir leid, ich habe nur Reichsmark", entschuldigte sich Oskar. „ Der alte Mann nickte. „Heutzutage nehme ich jedes Geld. Ich habe keine Wahl." Oskar überreichte ihm das Geld. „Wie viel haben die Deutschen genommen?" Der alte Mann rieb sich den Kopf. „Vielleicht zwanzig oder dreißig Reichsmark." Als Oskar ihm jedoch fünfzig Reichsmark gab, protestierte der alte Mann. Oskar beugte sich über den Tresen und flüsterte: „Ich habe die Brieftasche von einem der Soldaten gestohlen. Du hast mir hilfreiche Informationen gegeben. Nimm sie."
Oskar verließ den Laden. Aus den Augenwinkeln sah er, wie der Mann durch das Schaufenster lächelte.

Oskar blieb vor dem Laden stehen und leerte den Rest der Brieftasche. Es waren nur noch zehn Reichsmark. Er warf das Portemonnaie auf den Boden und vergrub es halb im Schnee. Als Oskar in das Schaufenster schaute, sah er, dass der Mann ihn beobachtete. Er winkte ihm zu, hielt einen Finger an die Lippen und verschwand dann.

Oskar fand das Haus, in das Kiana gebracht worden sein könnte. Er beobachtete es eine kurze Zeit lang von der Straße aus. Keine Bewegung. Er ging in eine örtliche Bar, die seit weniger als einer Stunde geöffnet war. Dort saßen deutsche Soldaten und tranken das lokale Bier.

Er ging auf die Toiletten, wo er sich eine deutsche Uniform anzog. Er verließ die Bar direkt und ging zur „Residenz" auf der anderen Straßenseite.

Die Klingel an der Tür kündigte an, dass Oskar das Gebäude betreten würde. Ein Mann in deutscher Uniform kam aus einem Raum hinter dem Empfangstresen heraus. Oskar näherte sich vorsichtig. „Was kann ich für Sie tun?", fragte der Mann. Oskar war sich nicht sicher. Er räusperte sich. Der Mann unterbrach ihn, da er zum ersten Mal in diesem Haus war. „Die meisten Mitarbeiter schlafen. Ein paar machen eine Tagesschicht." Er holte ein Buch hervor, in dem die Damen abgebildet waren. Er blätterte durch die Seiten und blieb etwa in der Mitte stehen. Dann schwenkte er das Buch so, dass Oskar es sehen konnte. Oskar sah sich die Bilder an. Er fragte den Mann: „Darf ich das durchsehen? Vielleicht komme ich später wieder, wenn ich etwas sehe, das mir gefällt, und ich zufällig Nachtschicht habe." Der Mann zuckte mit den Schultern und beobachtete Oskar aufmerksam. Oskar blätterte jede Seite langsam um, als würde er jede Frau einzeln betrachten. Als er das Buch durchgeblättert hatte, fragte er: „Ist das das einzige Buch?"
Der Mann war verblüfft. „Äh, ja. Suchst Du jemanden Bestimmten?" Oskar nickte. „Ich habe letzten Monat ein wirklich süßes Mädchen getroffen. Sie sagte, sie arbeite in einem dieser Läden. Sie ist ungefähr achtzehn Jahre alt, hat grüne Augen und kurze Haare. Ich kann Dir nicht sagen, welche Farbe ihre Haare wirklich haben, weil sie verschiedene Farben durcheinanderbringt: rot, blond, braun, schwarz. Was immer Du willst. Einmal machte sie einen Farbfehler und ihre Haare wurden lila. Als sie versuchte, den Fehler zu beheben, wurden ihre Haare grau." Oskar gluckste. Der Mann auf der anderen Seite des Schreibtischs grinste. „Nun, dieses Mädchen ist definitiv nicht hier. Probiere diese Orte aus." Er schrieb drei weitere Adressen auf. Oskar bedankte sich bei dem Mann und ging zur nächsten Adresse weiter.

Um zehn Uhr abends hatte Oskar alle drei Adressen sowie eine weitere besucht, die ihm von einer Frau genannt worden war, die auf ihren nächsten Kunden wartete. Alle waren unauffindbar. Oskar ging in eine Bar und auf die Toilette, um sich in Zivilkleidung umzuziehen.

Er hatte den ganzen Tag die deutsche Uniform getragen. Sie war nützlich, um von einem Ort zum anderen zu kommen und um Informationen zu erhalten. Aber jetzt würde sie zu einer Belastung werden.

Nachdem er sich umgezogen hatte, ging er die Straße hinunter und suchte nach einem Platz zum Übernachten. Plötzlich ertönte eine Luftangriffssirene. Überall um ihn herum wurden die Lichter ausgeschaltet. Die Ju 87 der deutschen Wehrmacht gaben schnell ihre Anwesenheit bekannt. Oskar hielt sich die Hände über die Ohren, während er die Straße hinunterlief. Er rannte blind. In der Ferne hörte er Bomben fallen. Er schaute auf und sah eine Ju 87 über sich fliegen. Er erschrak, als das Flugzeug fast senkrecht abtauchte und dann wieder hochzog. Statt einer Bombe regnete es Flugblätter.

Er hob eines davon auf, wohl wissend, dass es Propaganda sein würde. Er nahm einige davon und stopfte sie in die Vorderseite seiner Jacke, um sich gegen die kalte Luft zu isolieren. Als er einen Schuppen in einem Garten fand, rannte er hinein. Er blieb die Nacht über.

Als die Sonne aufging, verließ er den Schuppen langsam. Er wurde von den Grundstückseigentümern konfrontiert. Sie starrten ihn an. Oskar hob die Arme, um sich zu ergeben. Er sagte in gebrochenem Niederländisch: „Es war kalt. Ich habe kein Zuhause." Die Familie wich zurück, als er seinen Rucksack nahm und das Grundstück verließ. Er überlegte, die Niederlande zu verlassen und nach Belgien zu gehen, ein weiteres neutrales Land, das von den Deutschen besetzt war.

Er fuhr per Anhalter mit einem deutschen Mannschaftswagen nach Belgien. Er fuhr direkt zu einer der eilig errichteten Kasernen. Er mischte sich unter die anderen Soldaten, wenn es um Essen und Verpflegung ging. Als es dann an die Front ging, tat er sein Bestes, um dem Einsatz auszuweichen. Er saß im Lastwagen und wartete wie der Rest der Gruppe auf den Fahrer. Der Fahrer brauchte länger als sonst. Oskar sagte, als er aufstand: „Lasst mich raus, ich muss auf die Toilette."

Bevor ihn jemand aufhalten konnte, war er aus dem Lkw gestiegen und auf dem Weg zu den Schlafräumen. Er blieb im Raum, bis eine weitere Gruppe von Soldaten eintrat.

Er ging hinaus, denn er wusste, dass die Männer am Tor die Lastwagen zählen und eine schnelle Kontrolle durchführen würden. Einige Minuten lang gab er sich als Oberzähler und Kontrolleur aus, bevor er zum nächsten Lkw vor den Toren schlüpfte. Er gab dem Torwächter das Signal, dass alles in Ordnung war. Der Lkw fuhr hinein. Oskar nutzte die Abdeckung des Lkws und ein Stück Dreck, das beim Anlassen des Motors aufgewirbelt wurde, um im Gebüsch am Straßenrand zu verschwinden. Von dort aus lief er so schnell wie möglich in Richtung eines der Dörfer, an denen er auf dem Weg zur Kaserne vorbeigekommen war.

Kurz vor dem Dorf fand er eine Ansammlung von Büschen. Er zog sich in Zivilkleidung um, bevor er das Dorf betrat. Er wusste nicht, was ihn erwartete oder was er tun sollte. Er sah sich einfach um. Der Grundriss des Dorfes erinnerte ihn an Weghaltz. Es schien, als sei ein ganzes Leben vergangen. Langsam ging Oskar auf einen Lebensmittelladen zu. Wie in den Niederlanden waren auch hier die Regale fast leer. Er kaufte ein paar Lebensmittel. Als er den Laden verließ und die Straße hinunterging, bemerkte er, dass der Ladenbesitzer ihn beobachtete.

Plötzlich stürzten sich vier Männer auf ihn. Oskar versuchte, sich zu wehren, wurde aber fast sofort überwältigt. Sie zerrten ihn hinter einen Laden, zu dem auch ein Wohnhaus gehörte. Dort fesselten die Unbekannten ihn an einen Stuhl. Sie leerten seinen Rucksack und starrten auf die verschiedenen Uniformen. Der Verdacht fiel auf seine Entführer. Einer von ihnen, der Deutsch sprechen konnte und Uli hieß, schlug ihm ein paar Mal in den Bauch, bevor er ihn ausquetschte.

„Woher kommst Du? Wie heißt Du?", fragte Uli. „Oskar Grat. Österreich."
„Du bist weit weg von zu Hause. Was machst Du hier?"

„Ich suche nach meiner Schwester. Sie wurde entführt. Wir haben fast zwei Jahre lang in der Schweiz gelebt. Sie wurde gekidnappt. Es gab Zeugen für den Mord an meinem österreichischen Freund und einem Deserteur der deutschen Armee. Sie waren auch Zeugen der Entführung. Ich habe die ganze Schweiz und fast die ganzen Niederlande durchsucht und habe gerade erst hier mit der Suche begonnen. In der Außentasche meines Rucksacks befindet sich ein Bild von ihr. Seht selbst nach."
Einer der anderen Männer namens Arvin öffnete eine der beiden Taschen. Er leerte den Inhalt aus. Kein Bild. Er öffnete die andere Tasche. Er zog ein zerknittertes Bild heraus, das sich nun in einem kleinen Rahmen befand. „Sie ist seit fast vier Monaten verschwunden", sagte Oskar. Sie ist meine einzige Familie. Die anderen wurden in meinem Dorf ermordet und das Dorf wurde angezündet. Das Einzige, was noch steht, ist ein Obelisk – ein Denkmal für die im Ersten Weltkrieg gefallenen Soldaten. Der Bürgermeister malte ‚und WW2' darauf, bevor wir evakuiert wurden. Alle wurden gejagt und erschossen."
„Woher hast Du die deutsche Uniform?", fragte Uli.
„Ich habe sie gestohlen. Meine Schwester hat eine für sich gestohlen und meine Freunde haben je eine gestohlen. Wir haben sie benutzt, um die Grenzen zu überqueren und um zu trampen."
„Was ist mit der italienischen Uniform?", fragte Cario in gebrochenem Deutsch.
Er stand hinter Oskar und war bereit, ihn weiter zurückzuhalten.

„Wir sind nach Italien gegangen, weil wir dachten, dass es dort sicherer ist. Die Deutschen hatten Österreich eingenommen. Wir wurden in die italienische Armee gezwungen und dienten in Albanien. Einer meiner Freunde starb, als er versuchte, uns Munition zu besorgen. Als wir eine Gelegenheit sahen zu desertieren, taten wir das. In dieser Zeit wurde meine Schwester zu einer Bardame ausgebildet. Dann wurde sie in den Vatikan gebracht, wo sie wie eine Sklavin arbeiten musste. Wir haben sie da rausgeholt. Sie sagte, der Ort sei voller schmutziger Männer und Korruption. Danach sind wir in die Schweiz gegangen und haben uns um unsere eigenen Angelegenheiten gekümmert.

„Wie seid ihr an die britische Uniform gekommen?", fragte Uli.

„Wir überquerten die Berge von Italien in die Schweiz. In der Nacht gab es einen schweren Sturm. Ein Flugzeug stürzte in dem Sturm ab. Nach dem Sturm gingen wir los, um das Wrack zu untersuchen.

Der Pilot war tot. Es gab keine anderen Passagiere. Wir nahmen mit, was wir wollten, vor allem Lebensmittel. Ich nahm eine Ersatzuniform mit, die sich in einer Kiste befand.

Es gab eine Pause in der Befragung. Die Männer verließen den Raum, behielten Oskar aber im Auge.

Zehn Minuten später kamen die vier Männer zurück. Die Fragen begannen wieder von vorne. Oskar änderte kein einziges Detail. Uli fragte: „Hast Du in der Schweizer Armee gedient, an der Grenze?"

„Ja, zwei Semester. Eine für jedes Jahr. Das erste Semester dauerte vier Wochen nach einigen Wochen Grundausbildung und das letzte drei Monate", antwortete Oskar.

Cario nickte. „Ich habe eine Zeit lang in der Schweiz gelebt. Am Anfang waren es nur drei Wochen. Als der Krieg begann, waren es drei Monate. Er sagt die Wahrheit."

„Sag uns einfach, was Du in diesen Jahren beruflich gemacht hast", fragte Bari, der zum ersten Mal das Wort ergriff und ebenfalls gebrochen Deutsch sprach.

„Alles, was wir finden konnten. Zimmerei, Dachreparaturen, Landwirtschaft, Hausputz, Taschendiebstahl, wenn es nötig war, wenn das Geld knapp war und es keine Arbeit gab. Alles, um eine Mahlzeit und einen Platz für die Nacht zu bekommen. In der Schweiz hatten wir feste Jobs und ein ruhiges Leben. Das ist alles, was ich will. Doch das Verschwinden meiner Schwester hat dem ein Ende gesetzt. Ich bin wieder auf dem Sprung. Diesmal bin ich auf der Suche, nicht auf der Flucht.

Die Männer verließen den Raum wieder. Oskar konnte nicht genau hören, was gesagt wurde. Als sie zurückkamen, banden sie ihn los, während einer von ihnen eine Waffe auf ihn richtete. Es herrschte eine unangenehme Stille. Alle vier Augenpaare beobachteten Oskar und prüften seinen nächsten Schritt. Oskar fragte: „Kann ich bitte ein Glas Wasser und etwas zu essen haben?"
Die Männer sahen Oskar weiterhin an. Keiner von ihnen bewegte sich. Da er befürchtete, nicht einmal einen Schluck Wasser zu bekommen, begann er, seinen Rucksack zu packen. Doch ein Fuß, der auf das erste Kleidungsstück trat, hielt ihn auf. Oskar sah auf und dachte: „Was jetzt?
„Wo willst Du hin?", fragte Uli.

„Ich dachte, Du hättest die Inquisition beendet", antwortete Oskar und fühlte sich plötzlich gefangen.
„Warte hier. Im Dorf wimmelt es nur so von Deutschen. Sie machen ab und zu Inspektionen", sagte Uli.

„Erzähl uns von Deiner Zeit in der Schweizer Armee im Süden", bat Uli. Als wir in der Schweizer Armee waren, überquerte eine Gruppe von uns die französische Grenze, um Informationen über die Deutschen zu sammeln. Die Schweiz wurde mit so viel Propaganda überflutet, dass niemand wusste, was wirklich vor sich ging. Wir trafen uns mit Leuten aus Annecy.

Bari, der die Waffe in der Hand hielt, fragte: „Hast Du Dich mit Jean Roux und Dario Payet getroffen?"

Oskar nickte. Bari senkte seine Waffe. „Gib Oskar, was er will. Jean hat mir von einem jungen Österreicher erzählt, der Informationen über die Deutschen beschaffen konnte. Du hast an einem deutschen Überfall teilgenommen, nicht wahr?" „Ja, leider."

„Du hast eine jüdische Frau in einem Schrank gefunden. Du hast den anderen im Suchtrupp gesagt, dass alles in Ordnung ist."

Oskar nickte.

„Diese Leute haben Dich gebeten zu bleiben, aber Du hast abgelehnt. Die Familie war die Ausrede. Ist das richtig?"

Oskar nickte erneut. Bari bestätigte: „Er ist in Sicherheit. Ich habe letztes Jahr einen Brief von Jean bekommen. Er erzählte mir von zwei jungen Österreichern, die ihnen wertvolle Informationen gaben, nachdem sie in Haute Savoie in ein von den Deutschen übernommenes Motel gegangen waren. Sie erzählten der Gruppe auch von einem Konvoi mit Lebensmitteln und Munition, der in die Stadt kam. Die Payets und ihre Freunde griffen den Konvoi an. Oskar, das ist ein natürlicher Spion gegen die Deutschen."

Bari wandte sich an Oskar. „Um hier zu überleben, musst Du Teil einer Widerstandsgruppe sein. Du hast die Wahl: Schließ Dich uns an oder mach es alleine." Oskar sagte eine Zeit lang gar nichts. Er dachte über die Optionen nach. Schließlich sagte er: „Ich schließe mich euch an, aber nur unter der Bedingung, dass ich jederzeit gehen kann, um die Suche nach meiner Schwester fortzusetzen."

„Einverstanden", sagten Uli und Cario im Chor.

„Wir haben eine gefährliche Aufgabe vor uns. Je mehr Männer, desto besser. Wir sind noch dabei, Details zu erfahren."

„Gib mir einen Tipp", bat Oskar. „Zu Land oder zu Wasser?"

„Auf dem Land. Frankreich. Wir gehen nach Frankreich, um Chaos anzurichten und den Untergrund dort zu unterstützen. Das ist vorerst alles."

Oskar war von der Idee nicht sehr angetan. Er sagte kein Wort, als ihm ein Teller mit Essen und ein Krug mit Wasser vor die Nase gestellt wurden. Er begann, das Essen zu essen. Nach dem dritten Bissen fragte er: „Habt ihr eine Karte von der Gegend, in die wir wollen?" Arvin, der bisher kein Wort gesagt hatte, ging zu einem Schrank und holte eine Karte heraus. Er breitete sie auf dem Tisch aus. Er beschwerte die Ecken mit den Salz- und Pfefferstreuern. Er zeigte auf die Karte und sagte: „Hier ist die deutsche Aktivität. Wir wollen das Gebiet in die Luft jagen."

Drei Nächte später schlüpfte Oskar in Begleitung von zehn Männern aus der Sicherheit des Wohnhauses hinter dem Laden. Sie bewegten sich lautlos in Richtung Stadtrand, wo sie auf die Gruppe G trafen. Diese bestand aus sehr erfahrenen und erfolgreichen Universitätsstudenten, die den Deutschen mit sabotierten Brücken und Eisenbahnlinien Millionen eingebracht hatten. Von hier aus wurden sie zur Grenze getrieben.

„Es ist Zeit, sich umzuziehen, und zwar in deutsche Uniformen", sagte einer der Studenten, der mit Oskar und seiner Gruppe auf dem Rücksitz saß. Während sie sich umzogen, wurden sie über Einzelheiten informiert.

Sie fuhren durch einen deutschen Kontrollpunkt. Die Wachen sahen in den hinteren Teil des Lkws und bemerkten, dass die Soldaten in Richtung Frontlinie fuhren. Ihnen wurde signalisiert, dass sie durchfahren durften.

Sie fuhren durch die französische Stadt Lille und bogen dann nach Norden in Richtung des Flusses Lys ab. Der Lkw kam von der Straße ab und versteckte sich im dichten Gestrüpp.

Die Männer stiegen aus dem Lkw und luden die Munition, die Bomben und die Zünder aus. Geführt von den beiden Widerstandsgruppen befolgte Oskar alle Anweisungen.

Sie stießen auf eine Holzbrücke, die eindeutig Anzeichen eines übereilten Umbaus aufwies. Oskar und drei andere wurden angewiesen, die tragenden Balken abzuschneiden und einige der Verstrebungen zu entfernen. Die Brücke war gerade stark genug, um ein Auto oder einen Fußgänger zu tragen. Schwere Fahrzeuge und Panzer würden die Brücke zum Einsturz bringen. An den Stellen, an denen die Verstrebungen entfernt worden waren, wurden Druckbomben angebracht. Diese würden explodieren, wenn die Verstrebungen nachgeben. Dann zog die Gruppe zu einem anderen Ort weiter.

In Frankreich wurden die Gruppen von zwei Mitgliedern des örtlichen Widerstands zu einem Bauernhaus geführt. Dort wurde der Rest der Munition zurückgelassen. Die Einheimischen bereiteten sich darauf vor, drei mit deutschen Soldaten besetzte Lastwagen auf dem Weg nach Paris zu überfallen.

Kurz vor den frühen Morgenstunden erreichten sie Lille wieder. Mit deutschen Uniformen bekleidet, konnten sie den Kontrollpunkt passieren.

Zurück in Brüssel löste sich die Gruppe auf.

Zwei Nächte später wurde Oskar erneut angesprochen. „Dieses Mal", sagte Uli, „fahren wir durch Deutschland und sprengen ein paar Funktürme und Brücken in die Luft. Wir fahren zum ersten Mal nach Köln."

„So weit nach Deutschland? Ich war nur an den südlichsten Rändern, in Lörrach und westlich bis Steinen. Ein paar von uns, die in der Schweizer Armee waren, haben einen Funkturm zum Einsturz gebracht und eine Relaisfunkstelle in Lorrach niedergebrannt", sagte Oskar.

„Du kennst Dich also aus?", fragte der Mann.

Oskar nickte. „Ein bisschen. Ich hatte genug von der deutschen Propaganda. Also haben ein paar andere und ich beschlossen, sie für eine Weile abzuschalten."

Uli lächelte erfreut. „Diesmal gehen wir über die Grenze und fahren nach Köln. Wir haben Kontakte, die uns so weit bringen werden. Wusstest Du, dass es bis zu zehntausend Deutsche gibt, die Hitler nicht mögen? Sie haben dabei geholfen, Juden und andere Menschen aus Deutschland nach Großbritannien zu bringen. Sie haben den Briten und Franzosen gute Informationen geschickt. Du wirst die Gesichter dieser Leute nicht sehen. Sie tragen Sturmhauben oder sind unsichtbar. Niemand weiß genau, wer sie sind, aber sie sind sehr effektiv, wenn es darum geht, Menschen bei der Flucht zu helfen und an Informationen zu gelangen. Es wird selten vorkommen, dass sie Menschen nach Deutschland bringen. Sobald wir drinnen sind, nehmen wir keinen Kontakt zu ihnen auf, bis wir zur Abreise bereit sind. Wir haben einen Tag Zeit, um dorthin zu kommen, einen Tag, um unsere Arbeit zu erledigen, und einen Tag, um wieder nach Hause zu kommen und am nächsten Tag eine Hausbesichtigung durchzuführen.

Oskar sagte: „Als ich in Brüssel nach Kiana suchte, erfuhr ich, dass viele Frauen und ältere Kinder gewaltsam nach Deutschland verschleppt wurden, um in den deutschen Munitionsfabriken als Sklaven zu arbeiten. Wenn ich in Köln ankomme, überlasse ich Dir die Suche nach den Munitionsfabriken."

Uli warnte: „Sei einfach vorsichtig. Jeder, der neu in einer Gegend ist, kann zu Recht oder zu Unrecht als Jude bezeichnet werden. Dann geht es direkt in die Gaskammern, die sich meistens in Polen befinden. Traue niemandem, solange Du in Deutschland bist. „Ja.

Hunderte von Frauen und Kindern aus diesem Land und aus Holland sind in Deutschland verschwunden."

Arvin fügte hinzu: „König Leopold der Dritte war zu Beginn des Krieges in seinem belgischen Schloss eingekerkert. Als Kriegsführer war er völlig unfähig, aber ich muss ihm zugestehen, dass er ein geschickter Verhandlungsführer war. Er verhinderte, dass über 500 000 Frauen und ältere Kinder nach Deutschland verschleppt wurden, um in Munitionsfabriken als Sklaven zu arbeiten.

Noch ein Wort der Warnung: Es gibt einen ‚Sweetheart Deal' mit dem Vatikan und den Nazis. Die katholische Kirche in diesem Land hat sich auf die Seite der Deutschen gestellt. Sie ist nicht die einzige Gruppe, die das getan hat.

Die Rex, wie sie sich selbst nennen, mögen die autoritären Konzepte der Nazi-Regierung. Die Rex und die anderen Gruppen haben Belgien so aufgeteilt, dass es nach dem Krieg schwierig sein wird, irgendeine Form von Monarchie oder Demokratie wiederzuerlangen. Die Rex ist die Hauptgruppe. Betrachte es aus historischer Perspektive. Die katholische Kirche war im Laufe der Jahrhunderte stets autoritär, autokratisch und patriarchalisch. Sie tun nur das, was sie schon seit Jahrhunderten tun: sich auf die Seite der Tyrannen stellen oder selbst der Tyrann sein."

„Wann ziehen wir los?", fragte Oskar. „Morgen bei Sonnenuntergang. Sei bereit", sagte Arvin.
„Da ich in Deutschland sein werde, werde ich diese Gruppe verlassen. Ich werde zuerst Köln durchsuchen, bevor ich nach Berlin oder München fahre." Uli schüttelte langsam den Kopf. „Ich weiß nicht genau, wo die Munitionsfabrik ist, aber ich glaube, sie liegt im Süden Deutschlands. Sei einfach vorsichtig. Das Alleinsein hat Dich verzweifelt gemacht. Sei vorsichtig." Oskar sagte in sarkastischem

Ton: „Wenn ich nicht erschossen werde, verschwinde ich vielleicht mit Tausenden von anderen.“

In Zivilkleidung ging die Gruppe an den Stadtrand von Brüssel. Der Lkw war am Fuße eines Hügels versteckt, der mit dichten Büschen und Bäumen bewachsen war. Hier zogen sie sich deutsche Uniformen an, bevor sie sich auf den Weg machten. Es gab nur einen Weg zu dem Ort: einen schmalen Feldweg, der kaum breit genug war, damit der Lkw passieren konnte. Die Straße endete abrupt mit Bäumen und kleineren Büschen, die die Sicht darauf versperrten. Der Lkw machte eine scharfe Linkskurve und fuhr über niedrige Büsche, die seine Spuren fast verdeckten. Um keine verschlungenen Pfade zu hinterlassen, fuhr der Lkw im Zickzack über das Gelände. Noch fünf Minuten, dann waren sie auf der Straße.

Deutschland.

Die Gruppe kam zum ersten Turm. Der Sprengstoff war auf einem Drittel der Höhe angebracht. Ein Timer war auf vier Uhr morgens eingestellt. Zwei weitere Türme erhielten die gleiche Behandlung. In einem anderen Bezirk wurden die Türme mit Bomben in einer Höhe von mindestens zwei Metern präpariert. Der Zeitzünder war auf sechs Uhr morgens eingestellt.

Dann überquerten sie eine Brücke. Auf der östlichen Seite wurde ein Fass mit Sprengstoff platziert. Der Zeitzünder war auf 6:30 Uhr eingestellt.

Als sie Köln erreichten, brachte die Gruppe kleine Bomben an, um Chaos zu stiften. Die Verwaltungsgebäude waren das Ziel. Dort gab es eine Eliteschule, in der den Kindern eine Gehirnwäsche mit Hitlers Dogmen verpasst wurde. Für den Schulbeginn am Montag wurde das Verwaltungsgebäude der Schule mit Sprengladungen versehen. Die Kinder waren sicher, das Gebäude jedoch nicht.

Nach diesem letzten Auftrag trennten sich Oskars Wege von der belgischen Widerstandsgruppe. Er war wieder auf sich allein gestellt und wagte sich ins Ungewisse. Nachdem er ein paar Tage in Köln verbracht hatte, sah er in den Zeitungen weitere Propaganda über die angeblich so wunderbaren Arbeiterinnen in der deutschen Munitionsfabrik. Das Bild zeigte lächelnde, gesunde Frauen. Oskar spottete über das Foto. Er murmelte: „Schwachsinn".

Er zog seine deutsche Uniform an und fuhr per Anhalter nach München.

Während er die Außenbezirke der Stadt durchsuchte, wurde ihm klar, dass sich eine Munitionsfabrik nicht in der Stadt selbst befinden würde. Es handelte sich um eine giftige und gefährliche Industrie, in der Menschen durch das Einatmen giftiger Dämpfe starben. Der superfeine Staub gelangte über Nase, Augen und Haut in den Körper. Die Sterblichkeitsrate war hoch. Im Falle einer Explosion war es sinnvoll, dass die Fabriken weit von anderen Industrien und Städten entfernt lagen.

Irgendwann erfuhr Oskar, dass es in Bobingen eine solche Fabrik gab. Er nahm einen Zug nach Augsburg, der größten Stadt in der Nähe von Bobingen. Tagsüber schlief er in einem Gartenhäuschen oder fand einen bewachsenen Graben, der ihm Deckung bot. Nachts zeigte er jedem auf der Straße das Bild von Kiana. Durch Befragungen konnte er den genauen Standort der Fabrik herausfinden.

Die Fabrik war mit einem zwei Meter hohen Sicherheitszaun aus Maschendraht umzäunt. Er kletterte auf einen Baum, der neben dem Zaun wuchs. Von dort aus konnte er den Grundriss des Komplexes erkennen. Er stellte fest, dass dieser dem Wohngebiet am nächsten war. Von seinem Aussichtspunkt aus wartete er in aller Ruhe.
Es war schon spät am Nachmittag, als er endlich Aktivität sah. Die nächstgelegenen Häuser, die sowohl von der Größe als auch von der

äußeren Aufmachung her recht komfortabel aussahen, schienen Beamten oder Verwaltungsangestellten zu gehören. Ihre auffälligen Autos vermittelten den Eindruck, dass sie Beamte waren. Auf der anderen Straßenseite standen die Häuser näher beieinander und sahen von außen weniger opulent aus. Oskar vermutete, dass ihre Bewohner dem mittleren Management angehörten. Kiana würde nicht in einem dieser Häuser wohnen. Trotzdem wartete er, um zu sehen, was noch passieren würde. Es geschah nichts. In diesen Häusern wohnten immer die Ehefrauen oder Familien der Beamten oder des Managements. Dann ging er zu einem anderen Baum, der fast dreihundert Meter entfernt stand.

Von dort aus konnte er die niedrigen Unterkünfte für die Arbeiter sehen. Es waren drei Stockwerke hohe, schmale Gebäude, die dicht gedrängt standen wie die Munition, die die Arbeiter herstellten. Im Schutz der Dunkelheit kletterte er über den Zaun, um zu den einzelnen Türen zu gelangen. Er wurde aufgefordert, sich den Menschen anzuschließen und mit ihnen zu essen. Er zögerte, als er merkte, dass die Rationen bedeuteten, dass eine Person nichts zu essen bekommen würde. Außer einem Glas Wasser akzeptierte er nichts.

Die Tür stand einen Spalt offen, als ein Mädchen von höchstens fünfzehn Jahren mit Hilfe eines Gehstocks herauskam. Hager, gebrechlich und viel älter aussehend, setzte sie sich langsam an den einzigen Tisch. Von seinem Platz aus konnte Oskar sehen, dass die Betten in Form von Bunkern angeordnet waren: drei Bunkerebenen hoch und zwei Sätze in einen winzigen Raum gepfercht. Oskar war wütend über die Zustände, aber er war machtlos, etwas zu unternehmen. Er zeigte ihr das Bild von Kiana. Sie war nicht da. Nachdem er jeden Raum – eine Hocke, wie Oskar die Arbeiterquartiere lieber nannte – besichtigt hatte, verließ er den Komplex.

Nun würde er die gefährliche Reise zurück in die Schweiz antreten. Mit dem Auto war die Grenze nur etwas mehr als eine Stunde entfernt, zu Fuß brauchte er jedoch vielleicht einen Tag.

Kapitel 32.
Schweiz, Lugano.

In Lörrach kroch Oskar, der zufällig ein Regenwasserrohr gefunden hatte, in seiner Unterwäsche hindurch. Er lächelte, als er merkte, dass er sich in Basel in der Schweiz befand. Nachdem er sich so gut wie möglich gereinigt hatte, ging er zum Postamt. Er schickte ein Telegramm an Jaro und bat um Geld für die Heimreise.

In Lugano verbrachten Oskar und Jaro die Nacht bei einem Glas Bier. Während Jaro bei der Arbeit war, war er auch auf der Suche nach Neuigkeiten über Kiana. Dann war Jaro an der Reihe, Oskar über seine Reisen und Recherchen zu befragen. Sie redeten stundenlang und schliefen beide in den frühen Morgenstunden ein.

Jaro war der Erste, der aufwachte. Als er merkte, dass er bereits seit einer Stunde zu spät zur Arbeit war, rannte er aus der Tür und die Straße hinunter. Oskar wurde zum Schlafen zurückgelassen.

Die nächsten zwei Tage verwendete Oskar darauf, all die Orte und Informationen, die er zuvor gesammelt und in seinem Kopf gespeichert hatte, noch einmal zu sichten. Kiana befand sich in keinem der von Deutschland besetzten Gebiete im Westen. Er sah sich eine Karte von Europa an. Er strich alle Städte, Orte und Dörfer durch, die er besucht hatte. Als er sich die Gegend ansah, wurde ihm bewusst, wie viel er gereist war. Seine Kassen waren leer. Er musste zurück zur Arbeit gehen, fragte sich aber, ob er seinen alten Job wiederbekommen würde. Er konnte es nur versuchen.

Drei Monate lang arbeitete er in seinem alten Job. Er zahlte Jaro die Fahrtkosten von Basel nach Lugano zurück. In dieser Zeit sparte er fleißig. Er wusste, dass seine nächste Reise umfangreich sein würde. Und ebenso gefährlich. Er blickte auf das riesige Gebiet Europas. Sie konnte überall sein oder sich an jedem Ort befinden, den er bereits besucht hatte. Er musste es trotzdem versuchen.

Aber jetzt brauchte er erst einmal Ruhe. Er war geistig erschöpft. Das Verstecken, das Schlafen im Freien und die schlechte Ernährung waren dabei nicht hilfreich.

Der Winter war eingebrochen. Es war der Beginn des Jahres 1944, und die Alliierten hatten eine schwere Niederlage einstecken müssen. Die Achsenmächte bekamen so viel, wie sie abgaben. Für Jaro und Oskar schien es nirgendwo sicher zu sein. Ihrer Meinung nach maßen beide Seiten mit zweierlei Maß. Die Grenzen zwischen Wahrheit und Lüge waren fließend. Was gesagt wurde, war genauso laut wie das, was nicht gesagt wurde. Flüstern und Schweigen machten die Welt undurchsichtig. Es konnte kein Vertrauen gegeben oder vorausgesetzt werden. Ehrlichkeit war etwas, das nur den Kernfamilien vorbehalten war.

Es war eine Dystopie. Selbst innerhalb der Schweizer Grenzen herrschte eine Dystopie, insbesondere in Bezug auf den Äther und die Deutschen, die weiterhin Schweizer Straßen nutzten, um von A nach B zu gelangen. Der Himmel war zwar immer noch tabu, aber gelegentlich fand ein verirrtes Flugzeug seinen Weg über die Schweiz. Es folgten hohle Entschuldigungen. Ein Mangel an allem und jedem war die Regel. Doch an Worten und Munition mangelte es nicht. Für Oskar und Jaro hatte die Welt ihre Prioritäten auf den Kopf gestellt.

Wie auch immer man es betrachtete, die Zukunft war für die Schweizer Bürgerinnen und Bürger düster, aber rosiger als für alle

Nachbarn in der Umgebung. Während andere Regierungen wegen des Krieges bankrottgingen, ging es der Schweizer Regierung gut. Die Deutschen haben den Schweizern Gebühren für die Nutzung der Straßen und Bahnstrecken gezahlt. Das deutsche Geld war irgendwo in der Schweiz versteckt. Die Banken wollten es nicht preisgeben. Auf lokaler Ebene herrschte ein Zwiespalt. Knappheit bedeutete einerseits Rationen. Andererseits war der Reichtum der Regierung und der Banken peinlich.

Nachdem er sie mehrere Monate lang nicht angeschaut hatte, holte Oskar die Europakarte hervor. Der Winter hatte dafür gesorgt, dass viele Straßen in alle Richtungen kaum befahrbar waren. In Verbindung mit der Rationierung beschloss Oskar, vor Ort zu bleiben.

Doch diese Entscheidung hatte ein Ende. Er und Jaro wurden zum Grenzdienst zurückgerufen. „So viel zum Thema Versprechen halten", sagte Jaro, der davon nicht beeindruckt war. „War die Eskapade nach Frankreich über Genf nicht Dein letzter Dienst?"
„Nicht ganz. Der Abbau der Funktürme bei Steinen war es. Entweder hat jemand Mist gebaut, etwas geleugnet oder es gibt schlichtweg zu wenige Männer. »Achtzehn Monate Aufschub reichen nicht«, sagte Oskar, der überhaupt nicht daran interessiert war, weitere Aspekte des Krieges zu sehen.

Eine Woche später befanden sich Oskar und Jaro in der Kaserne vor Genf. Sie richteten sich mit den anderen Männern ein. Es war die gleiche Routine wie zuvor: erst ein Auffrischungskurs, dann der Grenzdienst.

An einem Abend beobachteten Jaro und Oskar die verdunkelte Landschaft. Sie war in der Ferne zu sehen. Dort wurde sie krampfhaft von Bomben und Feuer beleuchtet. Plötzlich sah Jaro eine Bewegung. Er richtete sein Gewehr in diese Richtung. Oskar folgte seinem Beispiel und hob sein Gewehr. „Geht in Deckung", flüsterte Oskar.

Beide Männer schlüpften hinter eine Felswand. Sie konnten die sich nähernde Gestalt gerade noch beobachten.

Der Mann in der Dunkelheit hob die Arme. Er rief auf Französisch: „Stiller Ritter, Widerstand."
Oskar ließ seine Waffe sinken, hielt sie aber bereit. „Dein Name?"
„Jean Roux", kam die Antwort.
„Willkommen, mein Freund. Was führt euch hierher?", sagte Oskar, als er langsam aufstand.
„Wir brauchen Hilfe. Die SS schwärmt in Annecy aus. Sie haben zehn unserer Männer getötet. Weitere sollen in zwei Tagen hingerichtet werden. Wir brauchen Hilfe, um sie zu befreien. Kann ich mit einem Offizier sprechen?"

Als der Mann sich der Grenze näherte, erkannte Oskar, dass es sich tatsächlich um Jean Roux handelte. Er bot ihm an, ihm über die Grenze zu helfen. Jean war überrascht, Oskar zu sehen. Dann sah er Jaro. Jeans Gesicht strahlte.

„Komm. Wir bringen Dich zur Kaserne. Nur eine Minute." Oskar rief einen anderen Schweizer Soldaten herbei. „Bewache diese Lücke! Ich muss diesen Mann zum Hauptmann bringen." Der Mann schaute verwirrt drein und bemerkte, dass sich die drei Männer wie alte Freunde unterhielten.

In der Kaserne brachten Oskar und Jaro Jean zum Hauptmann. Der Hauptmann war von der Störung nicht beeindruckt. Als er Jean sah, war er überrascht. Die Überraschung wich einem Lächeln und einer Umarmung.

Jean informierte den Hauptmann über die Aktivitäten der SS. Nach einigem Überlegen sagte der Hauptmann: „Die SS steht nicht auf der Liste der Guten. Ich kann euch fünf Männer und etwas Munition entbehren. Oskar, Jaro wird auf jeden Fall dabei sein. Ich werde

Zeit brauchen, um die anderen auszuwählen." Jean war dankbar. Der Hauptmann sagte: „Hol Jean etwas zu essen. Er muss hungrig sein, nachdem er zu Fuß über die Berge gelaufen ist." Damit warf der Hauptmann Jaro einen Satz Schlüssel zu. Einer dieser größeren Schlüssel öffnet die Küche. „Komm in dreißig Minuten wieder."

Jean, Jaro und Oskar waren zurück im Quartier des Hauptmanns. Sie gaben die Schlüssel zurück. „Ich habe drei Leute, die an dieser Rettungsmission teilnehmen können. „Darf ich vorstellen: Feldwebel Charles Dubois, Gefreiter Claude Hauser und Unteroffizier Gabriel Hofmann. Sie sind keine Fans der SS. Schließlich haben sie gesehen, wie Juden zusammengetrieben und mit dem Zug nach Polen transportiert wurden. Der Hauptmann fügte hinzu: „Ruht euch heute Nacht aus und brecht im Morgengrauen auf. Ich werde dafür sorgen, dass eure Ausrüstung bereit ist. Korporal, bring Jean in Deine Kabine. Dort gibt es freie Betten. Ich werde euch alle sehen, bevor ihr abreist."

Kurz vor Mittag kam die Gruppe wieder im Lager des Stummen Ritters an. Auf der Karte waren die fortgeschrittenen Pläne für den Angriff eingezeichnet. Die schwarzen Schachfiguren stellten die bekannten Standorte der SS dar. Die einzige weiße Figur zeigte den Ort, an dem die Männer zur Hinrichtung festgehalten wurden. Dario Payet erklärte den Plan.

Kapitel 33.
Annecy,
Frankreich.

Kurz nach Sonnenuntergang wurde die Miniarmee von vier Sechsergruppen, die als Lockvögel dienten, angeführt. Zwei Gruppen wurden für den nördlichen Teil der Stadt eingeteilt, die anderen beiden für den Süden. Ihre Aufgabe war es, Brände zu legen. Feuer waren im Sommer üblich, im Winter jedoch nicht. Die einzigen trockenen Orte waren die umliegenden Wälder, die von einer unbefestigten Straße durchzogen waren. Diese Straße war von den Deutschen gebaut worden, um die Dörfer rund um Annecy miteinander zu verbinden. Die Gruppen warteten bis acht Uhr dreißig.

Die anderen Gruppen waren größer. Mit zwanzig Personen griffen sie die Haute-Savoie an, nachdem sie Bomben auf wichtige Gebäude gelegt hatten. Die Hoffnung war, dass die Bomben das Gebäude zum Einsturz bringen würden, um die umliegenden Gebäude zu verschonen. Wer dem Einsturz entkam, wurde erschossen. Andere offizielle Gebäude wurden auf dieselbe Weise angegriffen.

Auch eine Kneipe, in der sich mehr Deutsche als Einheimische aufhielten, stand auf der Liste. Die Menschen, die dort wohnen, wurden darüber informiert, das Haus spätestens um 20:45 Uhr zu verlassen. Das war fünfzehn Minuten früher, als die meisten es freiwillig verlassen hätten. Das hätte normal ausgesehen. Die Mitarbeiter der Bar waren auf die Flucht vorbereitet. Die deutschen Soldaten würden den feiernden Soldaten das Kommando geben, noch Bier aus dem Keller zu holen, während sie selbst eine nach dem anderen durch die Hintertür verschwinden würden. Das würde etwas Zeit in Anspruch nehmen, um die Fässer, die sie aus der vorderen Bar entfernt hatten, wieder aufzufüllen.

Um halb neun begann einer der Brände mit einer Explosion. Bomben, die Brände verursachen, waren keine Seltenheit. Um sicherzustellen, dass das Feuer die natürliche Barriere überspringt, wurde Benzin in einem Bereich in der Nähe von Felsen versprüht. Die Männer am Tatort taten so, als kämen sie aus der Stadt, um zu helfen, das Feuer zu löschen.

Das zweite Feuer wurde durch das Anzünden von Büschen entfacht. Ein Lagerfeuer wurde viel zu nah an einigen überhängenden Bäumen entzündet. Leere Alkoholflaschen wurden herumgestreut. Wieder wurde Benzin verstreut, damit sich das Feuer ausbreiten konnte. Die Gruppe kreiste erneut und gab vor, aus der Stadt zu kommen, um beim Löschen des Feuers zu helfen.

Während die Einheimischen, die mit den beaufsichtigenden deutschen Soldaten zusammenarbeiteten, durch die beiden Brände abgelenkt waren, eilten sie zu den jeweiligen Orten. Für die behelfsmäßige Feuerwehr war das ein lästiger, aber alltäglicher Vorgang. Es wurden keine Fragen gestellt. Das Feuer wurde durch die zunehmenden Winterwinde angefacht. Es geriet außer Kontrolle. Sie hatten einen Kampf vor sich.

In der Stadt erregten die roten Flammen auf beiden Seiten das Interesse von Bürgern und Deutschen gleichermaßen. Die in der Haute Savoie lebenden deutschen Soldaten versammelten sich, um bei dem Kampf gegen das immer größer werdende Feuer zu helfen. Zu spät. Gleichzeitig explodierten die Bomben um die Stadt herum. Die eingeschlossenen Deutschen erlitten mehr oder weniger schwere Verletzungen oder starben. Die in der Haute Savoie lebende

SS wurde unter den Trümmern begraben. Die Haute Savoie existierte nicht mehr.

Die Taverne wurde teilweise beschädigt. Der Bereich, in dem sich die Gäste versammelt hatten, wurde schwer beschädigt. In den Trümmern lagen Leichen. Nur zwei Deutsche kamen mit leichten Verletzungen davon. Die Menschen in der Stadt eilten herbei, um die Brände zu löschen. Eine große Anzahl von Menschen brachte die Handvoll verletzter Zivilisten in das kleine Krankenhaus. So war es geplant. Zunächst sollten die Betten mit Einheimischen gefüllt werden, dann sollten die deutschen Soldaten an der Reihe sein.

Wenn nötig, säumten die Soldaten die Gänge, während sie darauf warteten, dass sie an der Reihe waren, medizinische Hilfe zu bekommen. Einige weitere deutsche Soldaten starben aufgrund der Verzögerungen. Die meisten sind verblutet.

Die übrigen Soldaten, die in der Stadt verstreut waren, versammelten sich auf dem Stadtplatz. Als sie merkten, dass sie zahlenmäßig deutlich unterlegen waren, ließen sie ihre Waffen fallen. Die Einheimischen, angeführt von den sogenannten Stillen Rittern, hatten sich mit verschiedenen Waffen wie Messern, Gewehren, Seilen und Holzklötzen bewaffnet. Sie machten Drohgebärden in Richtung der Deutschen, die in der Unterzahl waren.

Als ein leerer deutscher Lastwagen auftauchte, trat Dario Payet vor und wandte sich an die Menge. „Steigt in den Laster und fahrt nach Hause! Kommt nicht zurück", sagte er mit lauter Stimme. Der Lkw-Fahrer, der zu den Widerständlern gehörte, sprang heraus. Der Motor des Lkws lief noch. Der Fahrer sagte: „Steig jetzt ein! Raus aus der Stadt." Ein Gefreiter versuchte zu protestieren: „Nein. Ihr seid unter deutscher Kontrolle." Alle lachten. Dem Gefreiten wurde klar, dass die Deutschen nicht mehr die Kontrolle hatten, und er fühlte sich klein. Er versuchte, sein Gesicht zu wahren, indem er forderte: „Wir müssen unsere persönlichen Sachen einsammeln. Dann werden wir gehen."

Wieder lachte die Menge. Dario schrie: „Eure persönlichen Sachen? Welche persönlichen Gegenstände außer den Uniformen, die ihr tragt? Bei den von euch durchgeführten Hausinspektionen sind in euren Kasernen und in der Haute-Savoie Lebensmittel und Haushaltsgegenstände verschwunden. Wir fordern unsere Besitztümer, unsere Töchter und Frauen zurück. Frauen, tretet mit euren Waffen vor!"

Die Frauen traten mit Holzklötzen und Besenstielen vor. Dario befahl den deutschen Soldaten, sich in zwei Reihen aufzustellen. Er stellte sie in einem Abstand von knapp einem Meter auf. Dann gab er den Frauen den Befehl. „Meine Damen, hier sind einige der Männer, die euch vergewaltigt haben. Wenn eine Person erkannt wird, die euch vergewaltigt oder zu sexuellen Handlungen verleitet hat, wird dieser Person ein Schlag mit dem Stock versetzt.

Schlagt der Person nicht auf den Kopf. Sie müssen in der Lage sein, zu reden. Beginnt eure Rache."

Alle anwesenden Frauen sahen sich die deutschen Soldaten an. Wenn sie jemanden sahen, der sie angriff, erhielt der Soldat einen schweren Schlag. Am häufigsten wurden die Arme und Beine attackiert. Eine Frau, die eine Vergewaltigung erlitten hatte und nun Anzeichen einer Schwangerschaft zeigte, versuchte, den Soldaten mit all ihrer Kraft in die Geschlechtsteile zu schlagen. Der Mann fiel zu Boden und umklammerte sein Gemächt. Sie schlug den Mann erneut und brach ihm die Finger, mit denen er seine Geschlechtsteile schützte. Sie wollte gerade wieder zuschlagen, als ihr Mann den dritten Schlag stoppte. „Ich glaube, er ist dauerhaft geschädigt." Er beugte sich über den Mann, um die gebrochenen Finger zu entfernen. Er war sich nicht sicher, wie viel Blut an den

Händen oder an der Hand klebte. Er nahm den Holzklotz aus der Hand seiner Frau und schlug damit erneut auf dieselbe Stelle. Dann drehte er den Mann um und rammte den Stock in dessen Gesäß. Der Mann schrie abermals auf, während eine Mixtur aus Schmerz und Transpiration aus seinem Antlitz strömte. Der Ehemann der Frau knurrte: „Das hast Du davon, wenn Du Frauen vergewaltigst! Kastration." Der Mann ging davon, nachdem er dem Soldaten den Holzklotz auf den Rücken geschlagen hatte.

Nur drei deutsche Soldaten wurden am Ende des lokalen Gerichtstages von allen Schlägen befreit. Als jeder Soldat zum hinteren Teil des Lastwagens eskortiert wurde, wurde er über seine Aktivitäten befragt. Wer nicht antwortete, bekam einen Gewehrkolben auf den Mund und wurde dann in den Lkw gestoßen. Nachdem sie die Schwere der Verletzungen gesehen hatten, beantworteten die anderen Soldaten die Fragen. Die Gefangenen waren von den Antworten angewidert. Am häufigsten fielen die Antworten „Es war nur zum Spaß", „Ich musste mich erleichtern", „Sie sah süß aus", „Sie war hässlich", „Sie hat meine Befehle nicht befolgt" und „Sie hat mich beschimpft".

Die Bürger der Stadt wurden angewiesen, dafür zu sorgen, dass alle Soldaten auf den Lastwagen geladen wurden. Der Lastwagen war überfüllt, aber das machte nichts.

Solange die Soldaten an Bord waren, war das alles, was zählte. Schweigend sah die Menge zu, wie der Lastwagen die Stadt verließ. Die Einwohner von Annecy jubelten.

Der Jubel verstummte, als drei weitere Explosionen zu hören waren. Vor den Toren der Stadt wurden zwei deutsche Lastwagen mit Soldaten, die in die Stadt gekommen waren, um den Aufstand niederzuschlagen, in die Luft gesprengt. Der dritte wendete, um die Stadt zu verlassen, doch auch er wurde in die Luft gesprengt. Es gab einen kurzen Ausbruch von Schüssen. Dann kehrte Stille ein. Die Schlacht war vorbei.

Oskar, Jaro, Gabriel, Charles und Claude richteten ihre Gewehre auf weitere deutsche Soldaten, die sich in den Trümmern versteckt hielten, und beobachteten, wie die Bewohner der Stadt an den Soldaten ihre Rache ausließen. „Was wollt ihr mit diesem Abschaum machen?", fragte Claude.
Jean ging hinüber, um die Nachzügler zu untersuchen. „Genauso wie vorher. Stellt sie auf, damit die Frauen ihre Angreifer bestrafen können."

Fünfzehn nervöse Soldaten standen in der Mitte der Menge. Die Frauen reihten sich mit ihren Holzstücken oder Besenstielen auf. Zehn von ihnen wurden identifiziert und erhielten Schläge. Der Vater eines Mädchens ging auf einen Soldaten zu, der bereits drei Schläge erhalten hatte. Er nahm das Holzstück aus der Hand seiner Tochter und schlug es mit aller Kraft auf den Kopf des Soldaten. Der Soldat brach zusammen. Der Vater untersuchte den gefallenen Soldaten. Zu den Zuschauern sagte er: „Er ist tot." Er blickte auf die Leiche zu seinen Füßen. „Das hast Du davon, wenn Du unschuldige Mädchen ausnutzt. Um Himmels willen, sie war erst zwölf. Erst zwölf, und Du verurteilst sie zu lebenslänglich." Er trat die Leiche so fest er konnte. „Das war mein Abschiedsgeschenk. Verrotte in der Hölle." Er spuckte auf die tote Soldatin. Dann ging er von der Leiche weg.

Der Rest der Soldaten war an den Knöcheln gefesselt. Das Ende der Kette war an einer Statue in der Mitte des Platzes befestigt. Weitere Soldaten wurden geborgen. Einige hatten sich Verletzungen zugezogen, als sie sich aus den Trümmern gegraben hatten oder zufällig in der Schusslinie der umherfliegenden Trümmer lagen.

Bis zum Morgengrauen wurden dreißig weitere Soldaten zusammengetrieben. Peinlich berührt von ihrer Niederlage und weil sie wie Trophäen zur Schau gestellt wurden, schwiegen die Soldaten. Bis auf zehn, die über die an die Statue gekettete Beute wachten, waren alle Einwohner der Stadt gegangen.

Es war mitten am Vormittag, als Jean und Dario der Nachtwache befahlen, zu gehen und sie durch zwanzig weitere zu ersetzen. Jean sagte: „Ihr Soldaten werdet das Chaos der Bombenexplosionen aufräumen. Das wird eure Aufgabe sein. Ihr bekommt Essen und Trinken, wenn die Arbeit erledigt ist." Mit einer Kopfbewegung gab Jean den umstehenden Männern das Zeichen, die Soldaten freizulassen.

Mit vorgehaltener Waffe wurden sie zu der Taverne geführt, deren Fassade weggesprengt worden war. Die Trümmer wurden auf einen Lastwagen gekippt und entsorgt. Was noch zu retten war, wurde ordentlich auf einer Seite gestapelt. Der Tavernenbesitzer kontrollierte die verwertbaren Gegenstände. Einige davon wurden auf den Schutthaufen umgelagert. Bei Sonnenuntergang wurde die Arbeit eingestellt. Die Soldaten bekamen Essen und Wasser. Dann wurden sie für die Nacht wieder angekettet. Die Nachtwachen waren wieder im Dienst.

Am nächsten Tag war es dasselbe, allerdings in der Haute Savoie. Da die Haute Savoie viel größer war, dauerte es eine Woche, bis die Soldaten das Chaos beseitigt hatten. Wenn Leichen gefunden wurden, brachten die Einheimischen sie in ein Massengrab. Konnten die Leichen identifiziert werden, wurden Name, Datum und Uhrzeit des Fundes in einem Buch festgehalten. Mehr wurde nicht festgehalten.

Nachdem die Beseitigung der Trümmer und des verwertbaren Materials abgeschlossen war, erhielten die Soldaten eine letzte Mahlzeit und ein halbes Glas Wein. Anschließend wurden sie in einen Lastwagen verladen und weggefahren.

Der Lastwagen hielt zehn Kilometer außerhalb der Stadt an. Die Männer wurden an den Rand einer Klippe beordert. Es war keine große Klippe, aber groß genug, um sicherzustellen, dass jeder, der herunterfiel, sein Leben lassen oder sich schwer verletzen würde. Jean sagte zu den Soldaten: „Das ist die Abkürzung zu dem Dorf da drüben."

Dann hat er gelogen: „Wir machen das ständig. Klettert die Klippe hinunter und geht rüber zum Dorf." Er deutete mit seinem Gewehr. „Fang an, runterzuklettern. Wenn Du unten ankommst, bist Du frei und kannst gehen. Nur eine Warnung: Wenn Du im Dorf ankommst, renne weiter. Die Dorfbewohner sind nicht so freundlich wie wir. Los!" Da er wusste, dass die Männer körperlich erschöpft und unterernährt waren, wusste er, dass nur die Stärksten den Weg schaffen würden. Er beobachtete, wie die Männer nervös begannen, die Klippe hinunterzuklettern.

Da sie nicht wussten, wo sich Tritte befanden oder wo sie sich festhalten konnten, stürzte die Hälfte von ihnen in den Tod. Mehrere stürzten und wurden schwer verletzt. Sie lagen ohne Hilfe am Boden. Sie mussten sich selbst retten. Vier Soldaten schafften es, die Felswand hinunterzuklettern. Sie rannten in Richtung des Dorfes. Als sie das erste Bauernhaus erreichten, wurden sie unter Gewehrfeuer genommen. Sie wurden erschossen. Die Bewohner des Hauses winkten ihnen zu. Jean winkte zurück, um zu signalisieren, dass alle Soldaten über die Klippe gegangen waren. Es lag im Ermessen der Bewohner, die Basis nach Verletzten und Toten zu durchsuchen. Ihre Einstellung war immer: „Ich mache es, wann immer mir danach ist."

Oskar und die anderen von der Schweizer Armee wurden zur Schweizer Grenze zurückgeführt. Die Belagerung zur Befreiung von Annecy war ein Erfolg. Oskar sagte dem Hauptmann der Kaserne: „Das wird in die Geschichte eingehen. Annecy wird die erste und vielleicht die einzige Stadt sein, die von ihren eigenen

Widerstandsgruppen befreit wurde." Der Hauptmann lächelte und nickte. „Ich werde Dich für eine Beförderung vorschlagen. Du hast Dinge getan, die weit über Deiner Gehaltsklasse liegen."

Oskar nickte. „Ja, das habe ich wohl. Ich möchte jetzt aufbrechen und meine Suche nach meiner Schwester fortsetzen. Ich will nach Frankreich fahren und an Orten suchen, an denen ich noch nie war."

„Das ist gefährlich. Der größte Teil Frankreichs ist von Deutschen überrannt. Du wirst hinter den feindlichen Linien sein. Sitze den Krieg aus. Dann geh und suche nach Kiana. Ist das ihr Name?", schlug der Hauptmann vor.

Oskar antwortete: „Lieber sterbe ich bei dem Versuch, als dass ich untätig bleibe. Wenn sie tot ist, dann schließe ich mich ihr an."

Sie ist das Einzige, was mich motiviert, am Leben zu bleiben. Ja, ihr Name ist Kiana. Sie ist meine einzige lebende Familie. Das macht sie wertvoll."

„Wann wirst Du gehen?"

„In einer Woche, wenn Du mir eine vorzeitige Entlassung erlaubst. Ein früherer Zeitpunkt wäre hilfreich", sagte Oskar.

„Ich werde sehen, was ich tun kann. Die da oben können ein bisschen schwierig sein."

Kapitel 34
Die Westfront, Frankreich.
Hinter den feindlichen Linien.

Oskar überquerte die Grenze in dem südlich von Basel gelegenen Dorf Boncourt. Von dort aus konnte er das nächste Dorf gleich auf der anderen Seite sehen. Delle sah genauso klein aus wie Boncourt.

Er fragte wieder nach Kiana herum. Die Antwort war negativ. Nachdem er zwei Tage im Dorf verbracht hatte und seine Französischkenntnisse langsam besser geworden waren, fuhr er in die nächste Stadt. Audincourt war mindestens doppelt so groß wie Delle.

Am dritten Tag sagte ein junges Mädchen zu ihm: „Sie sieht aus wie jemand, den ich schon einmal gesehen habe, aber ich kenne ihren Namen nicht. Ich bin mir nicht sicher, ob sie eine Krankenschwester ist oder im Nonnenkloster in der gleichen Gegend arbeitet."

Oskars Herz hüpfte vor Aufregung. Eine mögliche Spur, die stärkste seit über eineinhalb Jahren. Er erhielt die Anweisungen und fuhr sofort zum Krankenhaus.

Oskar blieb der Mund offen stehen. Es war das größte Krankenhaus, das er je gesehen hatte. Er fragte sich, wo er nur anfangen sollte. Er ging zur Triage und täuschte eine Krankheit vor.

Er wurde in den Notfallbereich eingeliefert und musste auf einen Arzt warten. Während er auf den Arzt wartete, studierte er die

Gesichter der vorbeikommenden Krankenschwestern. Sobald er die Aufmerksamkeit einer Krankenschwester erregte, zeigte er ihr das Bild. Alle Reaktionen waren negativ. Nachdem er einen Arzt aufgesucht hatte, der ihm lediglich eine bessere Ernährung empfahl, zog er weiter.

Er ging durch die Stationen, prüfte, wer sich dort aufhielt, und hielt jeden an, an dem er vorbeikam. Schließlich sagte eine Krankenschwester: „Ja, ich habe sie gesehen. Sie arbeitet im Nonnenkloster. Sie kommt zweimal in der Woche hierher, um auf der Kinderstation auszuhelfen." Oskar stieß einen Seufzer der Erleichterung aus und lächelte wie eine Katze im Fischladen.

Er ging zum Nonnenkloster und läutete an der Außenglocke. Er wartete, was ihm wie eine Ewigkeit vorkam. Eine ältere Nonne mit einem Gehstock kam an die Tür. Sie fragte: „Hallo, was kann ich für Dich tun?"
Oskar kam gleich zur Sache. „Ich habe ein Foto von meiner vermissten Schwester." Er holte das Bild aus seiner Jacke und zeigte es der Nonne. „Arbeitet diese Dame hier?"
Die Nonne betrachtete das Bild, rückte ihre Brille zurecht und sagte: „Sie sieht aus wie Schwester Margret. Ich bin mir aber nicht sicher."
„Darf ich reinkommen und es mir selbst ansehen?", fragte Oskar.
„Du kannst nur in das Büro der Mutter Oberin kommen. Dort musst Du warten", antwortete die alte Nonne.

Oskar wurde einen kurzen Weg entlanggeführt und durch schwere hölzerne Doppeltüren in einen schlecht beleuchteten Korridor gebracht. Als er eine Bürotür erreichte, wurde er angewiesen, sich draußen zu setzen. Die alte Nonne schlurfte davon und verschwand in einem anderen Raum tiefer im Gebäude. Einige Minuten später kam eine ebenso alte Dame aus einem Raum. Sie begrüßte Oskar und wies ihm den Weg in das Büro. „Ich habe gehört, dass Du jemanden suchst. Darf ich das Bild sehen?" Oskar reichte ihr das Bild.

Die alte Dame betrachtete es sorgfältig. „Es sieht aus wie Schwester Margret." Die alte Nonne drückte auf einen Buzzer. Sekunden später erschien eine Nonne mittleren Alters an der Tür. „Bitte bringen Sie Schwester Margret sofort her. Sie hat einen Besucher." Die Nonne nickte, schloss die Tür und ging so schnell sie konnte.

Sie fand Schwester Margret in der Nähstube, wo diese aus alten Kleidern neue machte. „Du hast einen Besucher. Ein sehr hübscher junger Mann." Schwester Margret war verwirrt. Sie hatte niemanden erwartet. Seit sie dem Kloster beigetreten war, mied ihre Familie sie. Es kam niemand.

Keiner antwortete auf ihre Briefe. Und wenn doch jemand kam, dann musste etwas Ernstes passiert sein. Sie folgte der Nonne in das Büro der Mutter Oberin.

Oskar stand auf, als Schwester Margret den Raum betrat. Sie sahen sich beide stirnrunzelnd an. Sie erkannten sich nicht. Oskar sagte: „Es tut mir leid, dass ich Sie störe. Sie sehen meiner verlorenen Schwester sehr ähnlich. Ihr könntet fast als Zwillinge oder sogar als Schwestern durchgehen. Die Ähnlichkeit ist unheimlich."

Schwester Margret nickte. „Hast Du ein Foto von ihr?" Oskar holte das Bild hervor. Schwester Margret schaute es überrascht an. „Wir sehen uns wirklich ähnlich. Was ist mit ihr passiert?"
„Sie wurde von zwei meiner Freunde begleitet, nachdem sie eine Kneipe in der Schweiz verlassen hatten. Zeugen sahen, wie meine Freunde erschossen wurden. Ermordet. Dieselben Zeugen sahen, wie Männer in dunkler Kleidung sie entführten. Sie wurde auf den Rücksitz eines Lieferwagens geworfen. Sie verschwand. Seitdem versuche ich, sie zu finden."

Oskar sah, wie alle Nonnen das Kreuzzeichen machten. Schwester Margret fügte hinzu: „Ich habe schon von solchen Entführungen gehört. Manche Frauen werden zu den Munitionsfabriken in Deutschland oder Polen gebracht. Viele starben an den Chemikalien. Zwei Frauen, die von diesen höllischen Orten entkommen konnten, kamen hierher, starben aber bald darauf. Ich habe dabei geholfen, sie in ihren letzten Stunden zu pflegen. Chemikalien verursachen furchtbare Krankheiten. Mögen ihre Seelen in Frieden ruhen. Andere Frauen werden entführt und in Bordellen zur Prostitution gezwungen. Sie sterben meist an Krankheiten oder begehen Selbstmord. Gesegnet seien ihre Seelen.

Oskar sagte: „Danke, dass Du Dir Zeit genommen hast. Es ist mir etwas peinlich, das zu fragen, aber wo ist das nächste Bordell? Wenn eine Frau zu dieser Arbeit gezwungen wird, werde ich sie herausholen. Wenn es sein muss, bringe ich die verantwortliche Person um." Schwester Margret gluckste. „Viel Glück dabei. Die meisten werden von der Gestapo, der SS oder einem anderen hochrangigen Nazi betrieben."

Oskar dachte über diese Information nach. „Okay, das übersteigt meine Fähigkeiten. Kann jede Person dort hineingehen und nach Dienstleistungen fragen? Err, ich meine, können Verwandte nach den Damen sehen?" Die anderen im Raum brachen in ein kleines Kichern aus. Die Mutter Oberin sagte: „Nur Deutsche können solche schrecklichen Räume betreten."

Oskar stand vor einem dreistöckigen Gebäude, das von außen mit Nazi-Flaggen geschmückt war. Er betrachtete das Gebäude fast eine Stunde lang. Vor dem Gebäude hielten VIPs in schicken Autos. Die Chauffeure öffneten die Türen und grüßten mit „Heil Hitler", als der Würdenträger ausstieg. Dieser nickte dem Chauffeur zu, bevor er das Gebäude betrat. Als sie sich dem Eingang näherten, öffnete ein deutscher Pförtner die Tür. Oskar juckte es in den Fingern, hineinzugehen.

Er ging in eine Gasse drei Gebäude weiter. Er versteckte sich hinter einem Stapel Kisten mit diversem Müll. Schnell zog er die deutsche Uniform an. Selbstbewusst ging er auf das Gebäude zu. Als er durch die Tür ging, wurden ihm die Wachen bewusst. „Privatpersonen sind hier nicht erlaubt. Vier Blocks weiter gibt es einen Platz für Unteroffiziere und darunter." Oskar gab nur einen Hitlergruß von sich und ging hinaus. Er zog sich zivile Kleidung an. Er murmelte vor sich hin: „Ich werde sehr wählerisch sein. Peng."

Oskar ging zu dem beschriebenen Gebäude. Da es eine für alle zugängliche Bar war, machte er sich nicht die Mühe, sich umzuziehen. Er vermutete, dass sich im hinteren Bereich Räume für sexuelle Dienstleistungen befanden. Kaum war er eingetreten, kam auch schon eine Dame auf ihn zu und bot ihm Zigaretten gegen Bezahlung an. Er winkte sie ab. Er platzierte sich in einer Nische. Fast sofort gesellten sich zwei „Hostessen" zu ihm. Er unterhielt sich mit ihnen auf Französisch. Nach einer Weile zeigte er Kianas Bild. Noch mehr Negatives. Er trank zwei Drinks und ging. Er ging zurück zu dem Gebäude, das er nicht betreten durfte. Er betrachtete das Gebäude noch eine Weile. Er schmiedete einen Plan.

Er suchte sich ein billiges Gästehaus für die Nacht. Seine Vorstellung von einem erholsamen Schlaf fand ein Ende, als die Luftangriffssirene ertönte. Der Besitzer des Gästehauses klopfte an alle Türen und geleitete die Gäste in den Luftschutzkeller. Schweigend saßen alle Gäste in dem viel zu kleinen Bunker. Die Bomben kreischten über ihren Köpfen und explodierten in der Nähe. Bei jeder nahen Explosion bebte der kleine Bunker. Schließlich verkündete die Sirene das Ende des Angriffs. Die Menschen krochen aus ihren Unterkünften oder unter Trümmern hervor. Ein Mann war gestorben, als eine Bombe auf sein Haus gefallen war. Andere im Haus erlitten verschiedene Verletzungen.

Eine Frau kam die Straße heruntergerannt und schrie: „In meinem Garten liegt eine nicht explodierte Bombe! Hilfe!"
Oskar und viele andere gingen langsam auf die nicht explodierte Bombe zu. Als Oskar ihre Größe sah, schrie er: „Raus hier! Raus hier! Sie lebt!" Die Menschen zerstreuten sich. Weniger als fünf Minuten später explodierte die Bombe. Das Haus der Frau war durch einen Krater ersetzt worden.

Zurück im Gästehaus fragte Oskar: „Warum haben die Briten einen Verbündeten bombardiert?"
Ein Mann bot eine Erklärung an. „Um die Deutschen abzuschrecken. Gelegentlich verfehlen sie ihre Ziele. Heute war ein Beispiel dafür. Die Regierungen auf beiden Seiten wären dabei gewesen. Die blutrünstigen Nazis haben den größten Teil Frankreichs schon viel zu lange besetzt. Jetzt sind wir darauf angewiesen, dass uns Großbritannien und seine Kolonien helfen."

Später am Tag kehrte Oskar in das Gebäude zurück, in dem sich viele deutsche Beamte aufhielten. Er fluchte. Das Gebäude hatte keinen Schaden genommen, aber die Deutschen wuselten herum wie Ameisen, die ein reichhaltiges Nahrungsangebot entdeckt hatten. Er beobachtete das Treiben. Plötzlich tauchten Soldaten auf und versammelten sich vor dem Gebäude. Oskar wusste, dass die Bombe, durch die die Bewohner ein paar Blocks weiter in Stücke gerissen worden waren, für dieses Gebäude bestimmt gewesen war.

Er stellte jedoch fest, dass sich nur noch ein kleiner Teil der Belegschaft im Gebäude befand, während die Anführer und die Soldaten mit Lastwagen abtransportiert oder vom Platz weggebracht wurden. Jetzt ist ein guter Zeitpunkt, um die Deutschen zu verärgern, dachte er.

Bekleidet mit seiner deutschen Uniform betrat Oskar das Gebäude. Es gab keinen Widerstand. In der unteren Etage war nur eine Person hinter dem Empfangstresen anwesend, die ein Buch las. Der Soldat hob nicht einmal den Blick von seinem Buch. Oskar ging sofort in die oberste Etage.

Dort fand er das Zimmer der Putzfrau und entfernte die Reinigungsmittel. Er durchsuchte jedes Zimmer nach Bargeld oder Schmuck, der verkauft werden könnte. Alle Zimmer im Obergeschoss hatten Heizungen. Er schaltete die Heizungen an und warf Kleidung darüber. In anderen Räumen stellte er Kerzen viel zu nah an die Vorhänge. Dann zündete er die Kerzen an. Durch die Abendbrise konnten die Vorhänge in Richtung der Kerzen wehen. In allen Räumen übergoss er die Vorhänge mit Reinigungschemikalien. Er wusste nicht, welche davon als Brandbeschleuniger dienen würden. Aber das war auch egal. In einem Flügel des obersten Stockwerks befanden sich leerstehende Zimmer. Er war sich nicht sicher, ob die Räume bewohnt waren oder für Gottesdienste genutzt wurden. Eines der Zimmer war aufwendig gestaltet. Er bediente sich an einer teuren Flasche Scotch. Er steckte die Flasche in seinen Rucksack. Den Rest des Inhalts schüttete er auf den Boden. Die übrigen Reinigungschemikalien verteilte er in einer Spur bis zum Zimmer der Reinigungskraft. Er tauschte die leeren Behälter gegen frischen Nachschub aus. Dann ging er in den zweiten Stock.

Als er auf halbem Weg durch die Räume im zweiten Stock war, blieb er stehen. Es war keine Zeit mehr, sich zu verstecken. Er wurde auf frischer Tat ertappt. Ein Mann in deutscher Uniform kam aus der Waschküche. Beide erstarrten und senkten dann den Kopf. Oskar bemerkte, dass der Mann Waschpulver bei sich trug. Das Pulver hinterließ eine Spur auf dem Boden. Oskar sagte: „Undicht." Er deutete auf die Spur. Der Mann grunzte und hielt seine Hand über die undichte Stelle.
Oskar grinste, denn er hatte die gleiche Idee wie der Mann. „Lass mich Dir helfen. Mach das Feuer an."

Der Mann war geschockt. Ein Deutscher wollte ihm dabei helfen, das Haus in Brand zu setzen. Oskar fügte hinzu: „Ich habe Chemikalien herumliegen. Einige Heizungen werden bald Kleidung verbrennen. Wir gehen jetzt raus." Der Mann warf etwas Schwarzpulver in die Waschpulvermischung. Oskar führte ihn zu einem Raum, in dem die Kleidung zu schwelen begann. An dieser Stelle fügte der Mann die Spur des Pulvers hinzu. Beide verließen das Gebäude so schnell wie möglich durch die Eingangstür. Der Rezeptionist blickte von seinem Buch auf, nickte und begann wieder zu lesen. Oskar und der Mann trennten sich.

Wenige Minuten später begann das Gebäude zu brennen. Der Feueralarm ging los. Zwei Explosionen waren aus dem Gebäude zu hören. Oskar wusste, dass der andere Mann die Bomben platziert hatte. Da das Feuer auf alle Teile des Gebäudes übergriff, versuchte die Feuerwehr verzweifelt, ein Übergreifen auf andere Gebäude zu verhindern.

Dreißig Minuten später trafen Oskar und der Mann wieder aufeinander und beobachteten gemeinsam, wie die Feuerwehr den Brand zu löschen versuchte. Beide hatten inzwischen Zivilkleidung angezogen. Der Mann sagte auf Französisch: „Gute Arbeit. Schade, dass die Bastarde nicht drinnen waren."

„Die armen Kerle sind jetzt obdachlos", sagte Oskar sarkastisch. Der Soldat stellte sich vor. „Ich bin Nigel Thompson."

„Oskar Grat", sagte Oskar, der sich unsicher fühlte, aber einen Versuch wagte. „Komm mit mir. Ich möchte Dir meine Freunde vorstellen, die diese Veranstaltung mitgeplant haben. Sie warten in einem Café zwei Straßen weiter."

Oskar war sich nicht sicher. Nigel bemerkte sein Zögern. „Wir sind auf der gleichen Seite. Gemeinsam können wir mehr erreichen als allein." Oskar wusste, dass Nigel Recht hatte.

Im Café stellte Nigel Oskar seine Assistenten vor. Sie waren eine Mischung aus Briten und Franzosen. Nigel erzählte, wie sie sich kennengelernt hatten und welches gemeinsame Ziel sie verband. Die Männer sahen Oskar mit einer gewissen Bewunderung an. „Wie bist Du an eine deutsche Uniform gekommen?", fragte einer von ihnen.

„Ich habe sie von zwei toten Männern gestohlen. Einer hatte oben ein Loch und der andere unten. Mix and match." Ein anderer befragte Oskar: „Woher kommst Du?"

„Aus Österreich." Da er wusste, dass die Männer noch weitere Fragen stellen würden, fügte er freiwillig hinzu: „Die Nazis haben alle Menschen in meinem Dorf ermordet. Ich bin mit meiner Schwester und einem Freund geflohen. Wir trafen uns mit anderen Österreichern, denen es ähnlich erging. Leider sind auch sie tot. Letztes Jahr wurde meine Schwester von den Nazis verschleppt. Ich habe nach ihr gesucht. Ich habe keine andere Familie. Deshalb bin ich hier. Ich habe Klöster, Nonnenklöster und Bordelle überprüft, also alle Orte, an denen sie versteckt sein könnte. Sogar eine deutsche Munitionsfabrik habe ich überprüft. Ich wünschte, ich hätte den Ort in die Luft jagen können. Es gab zu viele Wachen und zu viel Sicherheit.

„Willst Du Dich unserer Gruppe anschließen?", fragte einer der Männer.

„Ich habe schon früher mit Gruppen gearbeitet. Diesmal möchte ich alleine suchen", antwortete Oskar. Nach einer Pause fügte er hinzu: „Ich muss in eine andere Stadt weiterziehen. Dann geht's zurück in die Schweiz." Oskar spürte einen gewissen Druck, bei der Gruppe zu bleiben. Er widerstand. Er ging leise weg.

Nigel sagte: „Lasst uns ihm ein Stück folgen. Mal sehen, wie viel Schweinefleisch er uns serviert hat. Aber ich muss sagen, dass er meine Arbeit einfacher und effektiver gemacht hat."

Zwei Tage lang folgte die Gruppe Oskar unauffällig. Sie verloren das Zählen, wie oft er Fremden ein Bild seiner Schwester zeigte. „Ich glaube wirklich, dass er mit seiner Geschichte Recht hat", sagte einer der Männer.

„Niemand stellt tagein, tagaus die gleiche Frage: ‚Haben Sie diese junge Dame gesehen?'"

„Lasst uns weiter beobachten", sagte ein anderer.

Eine Woche später sahen sie etwas, das sie zum Nachdenken brachte. Oskar begann, in überfüllten Marktbereichen Taschendiebstähle zu begehen. „Okay, der Mann ist ein Dieb", flüsterte ein Franzose einem anderen zu. „Ich denke, wir sollten ihn wieder aufgreifen."

Als Oskar nur noch wenige Meter von dem Gästehaus entfernt war, in dem er wohnte, stürzte sich die Gruppe auf ihn. Er wurde in ein Auto gepfercht und weggefahren. Außerhalb der Stadt, in einem dicht bewaldeten Gebiet, fragte Nigel: „Wir glauben Dir, dass Du nach Deiner Schwester suchst. Was hat es mit dem Taschendiebstahl auf sich?" „Ich bin knapp bei Kasse. So haben meine Freunde und ich überlebt, als wir keine Arbeit hatten." „Was für eine Arbeit hast Du denn gemacht?", fragte Nigel. „Hausreparaturen, Hausreinigung, ein bisschen Landwirtschaft, Krankenwagen fahren, Gartenarbeit, Arbeit als Pfleger im Krankenhaus. Alles, um etwas zu essen und ein Dach über dem Kopf zu haben. Diebstahl war immer der letzte Ausweg." Einer der Männer schnappte sich Oskars Tasche. „Diese Tasche nimmst Du nie ab. Was ist da drin?" Als der Mann begann, den Rucksack auszuleeren, sagte Oskar verzweifelt: „Mein Überlebenspaket. Es wechselt mit der Jahreszeit." Zu diesem Zeitpunkt lagen die Sachen bereits auf dem Boden. „Was zum Teufel ist das? Drei Uniformen?"

Oskar schloss die Augen. Er versuchte, sich zu entspannen. „Alle gestohlen. Die einzige, die ich nicht habe, ist die Schweizer Uniform.

Sie sammeln die Uniformen ein, wenn jemand geht. Es wird nur selten jemand erschossen."

„Woher willst Du das wissen?"

„Ich wurde zum Dienst einberufen. Die Schweizer Regierung ruft jedes Jahr alle Männer für einen dreiwöchigen Einsatz und für einige Wochen zum Grenzschutz ein."

„Okay. Wie seid ihr an die italienische Uniform gekommen?"

„Als wir aus Österreich geflohen sind, sind wir nach Italien gegangen, weil wir dachten, dass es dort sicherer ist. Das war es aber nicht. Wir wurden in die italienische Armee gezwungen. Sie hatten zu wenig Männer. Alle Männer, egal welchen Alters, wurden angeworben. Die Polizei half dabei, Jugendliche zusammenzutreiben." Nigel sagte: „So etwas habe ich schon gehört, als Mussolini das Land regierte. Ich bin mir sicher, dass sie Uniformen ohne Löcher gesammelt haben, um sie für die Soldaten zu recyceln." „Falsch. Als das Geld knapp war, mussten die Soldaten Uniformen und Munition kaufen", sagte Oskar. „Wie hast Du es geschafft, Deine Uniform zu behalten?", fragte ein anderer aus der Gruppe.

„Meine Freunde und ich verließen die Schlachtfelder in Albanien und gingen zurück nach Italien, um meine Schwester zu holen. Sie wurde von uns getrennt und zur Zwangsarbeit mit Zusatzleistungen gezwungen. Wir fanden jedoch heraus, dass sie von der sogenannten Mutter Oberin im Vatikan versklavt wurde. Wir halfen ihr zu entkommen. Wir gingen in die Schweiz, wo wir alle Arbeit fanden. In der Schweiz zu leben, bedeutet, Grenzschutzdienst zu leisten."

„Das erklärt aber nicht die britische Uniform. Woher hast Du die?"

„Als wir die Berge von Italien in die Schweiz überquerten, gab es einen Sturm. Ein Flugzeug stürzte ab. Als wir das untersuchen wollten, war der Pilot tot. Wir haben sein Essen gestohlen und eine Ersatzuniform aus einer Kiste genommen."

Ein Mann schaute sich Oskar genauer an. Er studierte Oskars Gesicht.
„Wie alt bist Du eigentlich?"
„Einundzwanzig. Zweiundzwanzig in zwei Monaten."
Der Mann schüttelte den Kopf. „Er hat in seinem kurzen Leben mehr erreicht als die meisten anderen. Es sieht so aus, als wäre er fast überall in Europa herumgereist, um dem Krieg zu entgehen. Bring ihn zurück in die Stadt."

Oskar war bereit, Audincourt zu verlassen, als er vor dem Gästehaus abgeholt wurde. Nigel und zwei der Männer warteten auf ihn. Oskar stöhnte über den Empfang. „Was jetzt?", fragte Oskar mit ärgerlicher Stimme.
„Nur eine kleine Unterhaltung. Dann werden wir Dich zurück nach Delle fahren."

Oskar wurde auf eine Straße gefahren, die zurück nach Delle führte. Das Auto hielt in einer Seitengasse an. Der staubige Weg endete an einem Haus, in dem in der Vergangenheit einige Scharmützel stattgefunden hatten. „Steig aus", befahl Nigel. „Wir sind da."
Oskar stieg langsam aus dem Auto aus. Er wurde ins Haus geführt. Man drückte ihn auf einen Stuhl.
„Setz Dich", befahl eine Stimme aus dem Schatten.

„Du bist ein ziemlicher Reisender und Unruhestifter." „Wovon redest Du?", fragte Oskar.
„Belgien, Niederlande, Frankreich, Italien, Albanien, der Vatikan, Schweiz. Habe ich ein Land vergessen?"
Oskar beschattete seine Augen vor dem starken Licht. Mit Sarkasmus antwortete Oskar: „Deutschland. Das hast Du übersehen. Willst Du Dich mir anschließen? Mein nächster Halt ist Polen. Wenn es sein muss, auch die Tschechoslowakei."
„Genug mit dem Sarkasmus. Was hast Du in Deutschland gemacht?"

„Ich habe mir eine Munitionsfabrik angesehen, für den Fall, dass meine Schwester gezwungen wird, dort zu arbeiten. Dann habe ich den Ort so schnell wie möglich verlassen. Ich war nicht beeindruckt."

Die Befragung dauerte weitere zwei Stunden. Oskar änderte seine Geschichte zu keinem Zeitpunkt. Das Licht ging aus. Ein Krug mit Wasser und eine Mahlzeit wurden auf den Tisch gestellt. Er wurde angewiesen, zu essen.

Gerade als die Gruppe ihre Mahlzeit beendet hatte, hörte man in der Nähe des abgelegenen Hauses Bomben fallen. Alle gingen in Deckung. Oskar nutzte die Gelegenheit und rannte in die umliegenden Büsche, um sich zu verstecken. Nach zehn Minuten war der Notfall vorbei. Nigel schaute sich um: „Er ist weg. Findet ihn!"

Die Männer rannten mit Handfeuerwaffen aus dem Haus.

Sie durchsuchten die umliegenden Büsche. Oskar war nirgends zu finden. Nigel fluchte. „Ich hätte mehr Informationen von ihm gebraucht. Verdammt! Im Gebüsch kann er nicht weit gekommen sein. Wenn er parallel zur Straße in Richtung Delle geht, können wir ihn dort abholen. Das Dorf ist nicht so groß. Marcus und Jim bleiben hier, für den Fall, dass er umkehrt."

Oskar blieb vor dem Haus versteckt. Er zählte die Männer, die gingen. Vier gingen. Zwei waren drinnen. Oskar wollte zu Delle gehen. Die Reise führte ihn bereits auf halbem Weg dorthin.

Das Auto sollte nach Delle fahren. Das war jedoch keine Option. Oskar zog eine grobe Karte hervor, die er in einem Lebensmittelladen gekauft hatte. Er sah sich die Möglichkeiten an.

Weitere Flugzeuge flogen über ihn hinweg. Von seiner versteckten Position aus konnte er gerade noch erkennen, dass es sich um deutsche Flugzeuge handelte. Weitere folgten. Sie alle flogen in Richtung Norden. Oskar beschloss, an Ort und Stelle zu bleiben, bis keine Flugzeuge mehr über ihn hinwegflogen. Der Pilot des letzten deutschen Flugzeugs beschloss, ein wenig mit seinem Maschinengewehr zu üben. Er feuerte auf das Bauernhaus. Oskar fragte sich, ob die beiden Männer im Haus lebten oder verletzt waren. Jetzt war jedoch nicht der richtige Zeitpunkt, um Nachforschungen anzustellen.

Bei Sonnenuntergang verließ Oskar sein Versteck. Er ging tiefer in die Büsche. Er wollte nach Südosten reisen, um die Grenze an einem abgelegenen Ort zu überqueren.

Er bahnte sich einen Weg durch das Gestrüpp. Das Gelände führte schräg nach oben zu einem Hügel oder Berg. Oskar konnte es zu diesem Zeitpunkt nicht genau erkennen. Es gab keinen Aussichtspunkt, von dem aus er sich hätte orientieren können. Der Nachthimmel war von den Bäumen verdeckt. Er suchte sich einen Graben, in dem er die Nacht verbringen wollte. Es würde kalt werden. Auf dieses Szenario war er nicht vorbereitet.

Am nächsten Morgen wachte er auf. Er hatte Schmerzen am ganzen Körper. Die kalte Luft und seine unzureichende Kleidung hatten seinen Körper schmerzen lassen. Er sammelte ein paar wilde Beeren. Er sammelte Tannenzapfen. Dabei erinnerte er sich an die mühsame Aufgabe, die Nüsse zu sammeln. Dadurch wurden Erinnerungen an die Zeit vor mehr als vier Jahren wach, als er, Jaro und Kiana tagelang zu Fuß unterwegs waren, um den Nazis in Österreich zu entkommen. Er lächelte über die schönen Erinnerungen, aber runzelte die Stirn bei dem Gedanken an die Mühsal. Tränen kullerten hoch. Er war wieder allein. Isoliert. Genau wie der Obelisk in Weghaltz, dachte er. Langsam riss er sich zusammen. Er musste weiterziehen.

Drei Tage lang wanderte er durch die Wildnis, bis er auf etwas stieß, das wie ein Stacheldrahtzaun aussah. Vielleicht war das die Grenze. Er

Er durchsuchte seine Tasche nach etwas, um das Kabel zu durchtrennen. Doch er fand nichts. Er beschloss, dem Draht zu folgen, in der Hoffnung, auf Zeichen eines Schweizer Grenzbeamten zu stoßen.

Zwei weitere Tage vergingen. Oskar spürte jetzt die Auswirkungen von Dehydrierung und Hunger. Das Essen, das er fand, war nicht sehr ergiebig. Er hatte kein Gewehr, um ein Tier zu erschießen. Kein Gewehr. Kein Messer. Er ruhte sich mehr aus, als dass er ging.

Er zwang sich, den Rest des Hügels zu erklimmen, auf dem er geruht hatte. Als er den Gipfel erreichte, wusste er, dass er allem ausgesetzt war. Er ruhte sich aus und studierte dabei seinen Kompass, den er vor fast einem ganzen Leben von einem betrunkenen Deutschen gestohlen hatte. Am Fuße des Hügels konnte er noch mehr Stacheldraht erkennen. Es gab keine Anzeichen von Wachen. Dies war ein abgelegener Ort.

Über ihm dröhnten die deutschen Flugzeuge. Er legte sich an der exponierten Stelle hin und hoffte, dass ihn kein Pilot entdecken würde. Ein Flugzeug begann zu kreisen. Oskar wusste, dass er entdeckt worden war. Er huschte in Deckung und den Hügel hinunter. Das Flugzeug flog davon. Er spürte, dass der Pilot ihn gemeldet hatte. Mit neuer Energie ging Oskar einen Kilometer zurück, bevor er seine Richtung nach Westen änderte.

Er kam auf einen Bauernhof. Die Kühe grasten dort, ohne sich um die von den Menschen verursachten Streitereien zu kümmern. Er näherte sich einer Kuh. Das Tier hob den Kopf, während es weiter mampfte. Mit sanfter Stimme sagte er: „Ganz ruhig. Ich hätte gerne etwas von Deiner Milch." Ruhig. Erschrecke nicht. Braves Mädchen. Braves Mädchen."

Oskar füllte einen Becher aus den breiten Blättern eines Strauches mit warmer Milch. Er trank vier Tassen, bevor sein Hunger und Durst teilweise gestillt waren. Dann zog er sich in die Büsche und Bäume zurück. In der Abenddämmerung zogen die Kühe die Hänge hinunter. Er folgte ihnen. Sie würden ihn zum Bauernhaus führen.

Oskar keuchte auf. Es war kein bescheidenes Bauernhaus, sondern ein stattliches Herrenhaus. Bevor er sich näherte, beobachtete er das Treiben aus der Ferne. Nachts passierte nichts. Kurz nach 21 Uhr gingen die Lichter aus. Im Morgengrauen erwachte das Haus zum Leben.

Die Kühe wurden aus ihrem Stall entlassen. Die Pferde wurden zum Grasen und für den Auslauf freigelassen. Die Hühner liefen in ihrem Gehege umher. Ein Hahn bewachte sie und kündigte seine Anwesenheit lautstark an. Der Bauer und seine Frau gingen ihrer täglichen Arbeit nach. Drei Kinder tauchten auf. Das Mädchen wurde beauftragt, die Eier einzusammeln und sich um die Hühner zu kümmern. Die Jungen wurden für die Gartenarbeit eingeteilt. Die Pflanzen wurden gepflanzt. Nichts Ungewöhnliches.

Kurz vor Mittag näherte sich ein Auto dem Grundstück. Ein Mann in britischer Uniform stieg aus. Ihm folgte ein weiterer Mann in einer französischen Uniform. Oskar fluchte. Er wünschte sich, er hätte ein Fernglas, um die Ankommenden besser sehen zu können. Es kamen noch mehr britische und französische Soldaten. Irgendetwas war an diesem abgelegenen Ort im Gange. Oskar schlich näher an das Dorf heran. Draußen warteten sechs Autos mit vier Fahrern. Zwei Fahrer kamen mit Tabletts voller Essen zurück. Zwei weitere gingen hinein. Oskar zog seine britische Uniform an. Selbstbewusst betrat er die Villa und wurde in den Speisesaal der Bediensteten geführt.

Er nahm ein Tablett mit Essen in die Hand. Er gesellte sich zu den anderen Fahrern. Sie sollten in der Villa übernachten, bevor sie nach Lyon zurückkehrten. Oskar verbarg seine Freude. Lyon lag westlich von Annecy. Annecy war nur einen Katzensprung von Genf entfernt. Die Dinge sahen gut aus.

Oskar gesellte sich zum Frühstück zu den anderen Fahrern. Keiner bemerkte, dass er ein Statist war. Als die Delegation das Dorf verließ, kletterte Oskar auf die Ladefläche eines Lastwagens, der am frühen Abend mit Nachschub ankam.

Die Fahrt nach Lyon verlief in den ersten zwei Stunden ereignislos. Dann begann der Lkw, nach links und rechts zu schwanken. Das Ächzen der hastig angezogenen Bremsen, gefolgt von weiteren Schlenkern, bereitete Oskar einige Sorgen.

Er fragte sich, ob der Lkw umkippen würde. Er erschrak, als er Bomben hörte, die viel zu nah am Konvoi explodierten.

Es gab eine Explosion, gefolgt vom Geräusch zersplitternden Glases. Der Lkw rollte auf die Seite. Oskar kroch aus dem Wrack. Er ging zu dem Fahrer, um zu sehen, ob er noch lebte. Er war tot. Das Auto vor ihm war Geschichte. Die Insassen waren fast genauso zerfetzt wie das Auto. Die anderen Autos im Konvoi waren nach verschiedenen Schäden zum Stehen gekommen, und die Insassen hatten sich Verletzungen zugezogen.

Oskar zog die Verletzten aus den Wracks. Er tat sein Bestes, um Erste Hilfe zu leisten, obwohl er so gut wie nichts zur Verfügung hatte. Einem Mann reichte er ein Funkgerät. Er war sich nicht sicher, ob es funktionieren würde. „Ruf um Hilfe", sagte Oskar auf Französisch. Der Mann nahm das Funkgerät entgegen. Es knisterte. Der Mann drehte an den Knöpfen. Es funktionierte.

Oskar suchte nach weiteren Verletzten. Ein englischer Colonel schien unverletzt zu sein, war aber in einem Auto eingeklemmt. Oskar entfernte einige der Trümmer. Er holte den Colonel heraus. Der Colonel humpelte zu der Reihe der Verletzten. Oskar schlich sich in die Büsche. Von dort aus konnte er die Außenbezirke von Lyon sehen.

Der General sah sich nach Oskar um. „Wer war der Mann, der diese Erste Hilfe geleistet hat?"
Die anderen zuckten mit den Schultern. „Er war in der Villa. Ein Franzose, glaube ich. Er hatte einen sehr leichten Akzent. Ich weiß nicht, wie er heißt."
„Ich kann ihn nirgendwo sehen. Er könnte nach Lyon gefahren sein, um Hilfe zu holen", sagte der General.
Der Funker sagte: „Er hat mir dieses Funkgerät gegeben. Ich habe es geschafft, Hilfe zu rufen. Sie ist auf dem Weg." Der General war verwirrt.

Als die Krankenwagen eintrafen, fragte der Oberst: „Habt ihr jemanden auf der Straße nach Lyon gesehen?" Alle Männer verneinten die Frage. Der General war noch besorgter als sonst.

Oskar erreichte Lyon, indem er parallel zur Straße lief. Unterwegs sah er, wie die Krankenwagen zur Absturzstelle rasen. Er duckte sich, damit sie vorbeifahren konnten. Er erreichte Lyon am frühen Nachmittag. Dort fand er einen Brunnen, in dem er seine blutverschmierten Hände wusch. Er wollte auch sein Hemd waschen, doch die Leute, die ihn beobachteten, und die kalte Luft brachten ihn davon ab. Doch die neugierigen Blicke der Leute und die kalte Luft brachten ihn davon ab. Er ging in eine Taverne, um für die Nacht einzuchecken. Er bezahlte mit dem Geld, das er am Vortag von den toten und verletzten Soldaten erbeutet hatte.

Am nächsten Morgen kaufte er neue Kleidung – die erste komplette Garnitur seit fast einem Jahr. Mit dem Gefühl, jetzt zu den Menschen zu gehören, fragte er die Einheimischen, ob sie Kiana gesehen hätten. Wieder eine Absage. Gleichzeitig erkundigte er sich nach dem Transport nach Annecy. Man wies ihn zu den Märkten auf der anderen Seite der Stadt. Dort fand er einen Bauern, der in der Nähe wohnte.

Oskar bezahlte dem Bauern einen kleinen Betrag für die Fahrt nach Annecy. Der Bauer hielt an einer Weggabelung an. Er zeigte auf eine Richtung und sagte: „Annecy liegt zehn Kilometer in diese Richtung. Ich fahre in diese Richtung."
Oskar sprang aus dem Auto und winkte.

In Annecy sortierte Oskar Jean Roux und Dario Payet aus. Sie empfingen ihn mit offenen Armen. Der Erfahrungsaustausch seit ihrem letzten Treffen hielt sie die halbe Nacht wach. Dario warnte: „Die Deutschen sind nicht in diese Stadt zurückgekehrt. Sie sind wie Ratten und Schlangen, die sich hier herumtreiben und versuchen, uns auszunehmen. Wir werden sie aufscheuchen. Willst Du Dich uns anschließen?"
„Was ich brauche, ist Ruhe und gutes Essen. Ich habe so viel Gewicht verloren. Er zerrte an seiner Hose. „Schau. Floppy. Die habe ich gerade gekauft.

Das sind die einzigen im Laden, die an meine Taille herankommen. Der Gürtel hält sie oben."
Jean nickte. „Du siehst tatsächlich dünner aus. Dann ruh Dich aus. Die Taverne, die halb zerstört war, ist wieder voll funktionsfähig. Die Haute Savoie wird gerade mit vielen modernen Elementen wieder aufgebaut. Das wird in sechs Monaten fertig sein, vielleicht auch später. Das hängt von der Versorgung mit Materialien ab. Der verdammte Krieg verursacht mehr Engpässe, als Du Dir vorstellen kannst."

Jean und Dairo führten Razzien in der Stadt durch. Mehr Deutsche wurden zusammengetrieben. Weitere wurden zur Schwerstarbeit eingesetzt, um die höher gelegenen Ebenen der Haute Savoie, das Abwassersystem der Stadt und andere Arbeiten zu reparieren, die niemand wirklich machen wollte oder die als schmutzig eingestuft wurden. Sie bekamen Frühstück und Abendessen, aber den ganzen Tag über nichts außer Wasser. Sie waren in einem speziell gebauten Gebäude eingesperrt. Gitterstäbe gab es nur an den Fenstern, die sich zwei Meter über dem Boden befanden. Sie schliefen auf dem Boden oder in Bunkerbetten. Jedes der überfüllten Zehnerzimmer hatte ein eigenes Bad.

Eine Woche später, als Oskar wieder voll ausgeruht war, machte er sich auf die Jagd nach streunenden Deutschen. Er nahm zwei von ihnen gefangen. Er fand, das war für einen Anfänger in der ersten Nacht nicht schlecht. Er unternahm drei weitere Einsätze. Keine Deutschen. Er war sich nicht sicher, ob sie schlau geworden oder aus der Gegend verschwunden waren. Oskar.

Mylan und Leo, die mit ihm im Nachtdienst gearbeitet hatten, wurden beauftragt, ihn zur Grenze zu bringen. Alles war gut, bis sie weniger als dreißig Meter von der Grenze entfernt waren. Die Deutschen eröffneten das Feuer. Leo wurde in den Rücken getroffen. Mylan wurde in den Arm getroffen. Er stellte sich tot. Oskar tat es ihm gleich. Zwei deutsche Soldaten kamen nach vorne, um die Beute zu überprüfen. Oskar schoss einem von ihnen ins Gesicht. Mylan schoss dem anderen in den Bauch. Mylan gab dem Soldaten zwei weitere Kugeln. Oskar sagte: „Geh und sag den anderen Bescheid. Ich werde die Strecke alleine gehen. Komm zurück und hol Leo." Mylan wusste, dass er zurück nach Annecy musste. Er ging, ohne ein weiteres Wort zu sagen.

Kapitel 35.
Die Schweiz.

Oskar stand an der Grenze. Einer der Wachmänner erkannte ihn. „Lasst ihn rein! Er ist einer von uns." Oskar ging durch. „Bringt mich zum Hauptmann."
Der Hauptmann sah Oskar und begrüßte ihn. „Du weißt wirklich, wie man gefährlich lebt. Du siehst gut aus."
Der Hauptmann reichte Oskar ein alkoholisches Getränk. „Ich glaube, das hast Du Dir verdient. Ich habe gehört, dass Du befördert wurdest. Herzlichen Glückwunsch! Obergefreiter Oskar Grat."

Oskar sagte: „Danke. Ich muss meinen Freund Jaro wissen lassen, dass ich zurück bin. Darf ich ein Telegramm schicken?" Der Kapitän antwortete: „Das kannst Du. Ich werde der Telefonistin eine Notiz geben, dass es in Ordnung ist." Er reichte Oskar das Vollmachtsformular. „Komm, lass uns in die Kantine gehen. Dort können wir bei einer Mahlzeit reden." Eineinhalb Stunden später kamen sie heraus. Der Hauptmann fragte: „Was wirst Du nach dem Krieg tun?"

„Die Suche nach Kiana fortsetzen. Ohne die Bedrohung durch Kugeln und Bomben wird das vielleicht einfacher sein. Andererseits sind so viele Menschen vertrieben worden, dass es schwieriger werden wird. Dieser Krieg muss bald zu Ende gehen. Deutschland verliert große Schlachten im Westen, und im Osten sterben Soldaten an Kälte und Nahrungsmangel. Wo kann ich für die Nacht schlafen?"

„Ich glaube, es gibt einen leeren Bunker in Gebäude vier", antwortete der Captain.

Oskar packte seinen Rucksack, um nach Lugano zu fahren. Er wollte Jaro sehen und herausfinden, ob jemand Kiana gemeldet hatte. Er wusste, dass die Chancen gering waren.

In Lugano schaute sich Oskar die Umgebung an. Für den Moment war seine Reise zu Ende. Kiana konnte sich nicht im Westen aufhalten. Er fürchtete sich davor, in das von den Nazis besetzte Polen zu gehen. Dort herrschte ein größeres Chaos als in Österreich. Österreich war nur ein Sprungbrett nach Osteuropa gewesen. Sechs Monate lang arbeitete Oskar in der Schweiz. Er musste Vorräte und warme Kleidung für die Reise nach Osten kaufen. Die warme Kleidung von früher war nur noch zur Hälfte brauchbar. Oskar kaufte einen neuen Rucksack. Der, den er durch Westeuropa getragen hatte, drohte auseinanderzufallen.

Kapitel 36.
Von Deutschland in die Tschechoslowakei.

Oskar reiste in Zivilkleidung mit dem Zug von Lugano im Süden nach Zürich im Norden. Im Schutz der Dunkelheit überquerte er die Grenze nach Deutschland. Er fand ein verlassenes Bauernhaus, das Spuren einer Bombardierung aufwies. Er betrat das Gebäude und zog sich eine deutsche Uniform an. Er durchsuchte den Ort nach Lebensmitteln. Neben einem umgestürzten Küchentisch fand er ein staubbedecktes, versiegeltes Glas Kirschmarmelade. Vorsichtig machte er eine Geschmacksprobe. Sie war noch genießbar. Er aß die Hälfte des Glases.
In der Ferne hörte er Mörsergranaten und Schüsse. Die Blitze davon führten ihn zu einem anderen Dorf – oder dem, was davon übrig war: Bobingen. Er war schon einmal dort gewesen. Damals waren die Gebäude noch intakt. Jetzt lag die Hälfte des Ortes in Trümmern. Die Munitionsfabrik war stillgelegt. Die Frauen waren an einen unbekannten Ort gebracht worden, wahrscheinlich nach Polen.

Ein deutscher Mannschaftswagen fuhr vorbei. Der Fahrer schrie:
„Steig ein!
Steig ein! Beeilung!"
„Was ist los?"
„Ich trommle alle Soldaten zusammen, die hierbleiben. Wir müssen so viele wie möglich nach München bringen."
Ohne zu zögern sprang Oskar mit sechs anderen Soldaten auf den Rücksitz. Oskar fragte: „Was ist in München los?"

„Es mangelt an Soldaten für einen Angriff an der Ostfront. Die Briten und ihre Alliierten werfen überall Bomben ab. Wir können von Glück reden, wenn wir München heil erreichen."

„Dann beten wir, dass wir München in einem Stück erreichen", sagte Oskar, der nun sein eigenes Handeln doppelt überdachte.

Ein Soldat lehnte sich zurück und zog eine Zigarette heraus. Er bot allen im Lastwagen eine an. Nur drei nahmen eine. Sie saßen alle still da und bliesen den Rauch aus, während der Lkw über die löchrige Straße holperte. Der Lkw schwankte von Zeit zu Zeit, um Bombenkrater zu umfahren. Im hinteren Teil musste sich jeder festhalten und seine Kräfte bündeln, um an Bord zu bleiben.

Im Morgengrauen kam München in Sicht. Der Fahrer fuhr direkt zu den Kasernen. Nachdem Oskar die Straße erkämpft hatte und nach ankommender Artillerie Ausschau gehalten hatte, fiel ihm auf, dass der Mann erschöpft aussah. Oskar und die anderen Männer wurden zum Frühstück in die Messe geführt. Die Mahlzeit, die Oskar vor sich hatte, war nicht besonders ansprechend: Es gab trockenes Brot, etwas, das wie Eier aussah, aber Oskar war sich nicht sicher, ob es wirklich Eier waren, und einen unappetitlichen Klumpen in Wasser gekochter Hafer. Es gab weder Salz, Pfeffer noch Zucker. In einen Zinnbecher wurde etwas geschüttet, das wie schmutziges Wasser aussah. Man sagte ihm, es sei Kaffee. Oskar hinterfragte die Substanz im Geiste. Neugierig wurde Oskar, als ihm ein Schokoriegel gereicht wurde. Doch er war misstrauisch gegenüber dieser Leckerei. Das war kein richtiges Essen, sondern ein Schokoriegel. Was hatte sich Hitler dabei gedacht? Ein Soldat sagte leise: „Die Schokolade hält Dich unter schlechten Bedingungen ruhig. In diesen Riegeln aus dem Dritten Reich ist etwas, das Dich ruhig hält. Wenn Du sie nicht willst, kann ich sie haben?"

Oskar gab dem Mann den Schokoriegel und dachte: „Ich nehme doch keine mit Drogen versetzte Schokolade. Großer Gott, hat sich

Hitler wirklich dazu herabgelassen, seine Soldaten unter Drogen zu setzen? Vielleicht, um schlimme Erinnerungen zu löschen, den Schmerz einer Verletzung zu betäuben oder die Männer mutig und selbstbewusst zu machen. Was ist das für eine Droge? Es muss sich um eine Art Rauschmittel wie Methamphetamin handeln.

Kiana sagte, dass sie es anstelle von Morphium benutzten, wenn die Vorräte zur Neige gingen. Sie sagte, dass es die Patienten beruhigt. Aber es in Schokolade zu tun? Wie tief kann ein Anführer nur sinken?

Nach dem Frühstück wurden die Männer in der Kantine aufgefordert, sich wieder zu versammeln. Der Leutnant brüllte: „Steigt ein! Nächster Halt ist Nürnberg." Er beobachtete, wie alle Soldaten langsam hinten in den Lkw kletterten.

Wieder hielten die Soldaten um ihr Leben. Das Geräusch einer Bombe oder eines Schusses löste bei ihnen eine Reaktion aus, die als Zucken bezeichnet wurde. Sie alle fragten sich, ob sie die Nächsten sein würden. Nur drei Kilometer vor Nürnberg landete eine Bombe direkt vor dem Lkw. Der Fahrer bekam die volle Wucht ab. Denjenigen, die hinten saßen, erging es nicht besser. Der Lkw kippte auf die Seite. Oskar und vier andere krabbelten aus dem Wrack. Wie die anderen rannte auch Oskar in die umliegenden Büsche. Während die anderen stehen blieben, um ihre Nerven und Gedanken zu sammeln, rannte Oskar weiter. Keiner bemerkte ihn.

Bei Sonnenuntergang erreichte er die Stadt Amberg. Er schaute sich nach einem Schlafplatz für die Nacht um. Er fand einen weiteren Gartenschuppen. Er schlüpfte in Zivilkleidung. Als die Lichter im Haus ausgeschaltet wurden, durchsuchte Oskar den kleinen Garten. Er hatte sich inzwischen daran gewöhnt, verschiedene Gemüsesorten im rohen Zustand zu essen. Das war besser, als zu hungern. Im Morgengrauen verließ er den Schuppen und ging weiter nach Osten. Polen war nah.

Er schaffte es, auf dem Rücken einer Pferdekutsche mitgenommen zu werden. Weil es für zivile Zwecke keinen Treibstoff mehr gab, musste der Bauer auf dieses langsame Transportmittel zurückgreifen. Das Auto des Bauern war von den Nazis für den Transport beschlagnahmt worden. Die einzige Möglichkeit, seine kleine Produktpalette nach Vohenstraß zu bringen, bestand darin, die Uhren zurückzudrehen. Er bemerkte auch, dass Flugzeuge beider Seiten den alten Transport ignorierten. Er war nie ein Ziel. Manchmal hielten ihn Soldaten an. Sie wollten die Ware prüfen. Sie nahmen eine Probe. Dann ließen sie ihn weitergehen.

Als sie Vohenstrauß erreichten, war es bereits Nachmittag. Oskar half dem Bauern beim Abladen des Viehs an einem kleinen Marktstand. Dann verschwand er in der wachsenden Menschenmenge. Er fand eine Sackgasse, um seine Kleidung mit einer deutschen Uniform zu tauschen. Anschließend ging er zur nächstgelegenen Kaserne. Er ging durch die Tore, ohne dass ihm jemand Fragen stellte. Er blieb die Nacht in der Kaserne – zumindest dachte er das. Doch dann wurde die Kaserne bei einem Bombenregen angegriffen. Die Männer rannten in alle Richtungen, um Brände zu löschen und die Verletzten in den Erste-Hilfe-Bereich zu bringen. Osaka nutzte die Gelegenheit, um ein Motorrad zu stehlen. Er machte sich auf den Weg zur Grenze.

Das Motorrad, auf dem er fuhr, wurde von einem deutschen Auto gestoppt. Ein Oberst stieg aus. „Du musst der Kurier sein, den ich erwartet habe." „Entschuldigen Sie die Verspätung", sagte Osaka, während er sich bückte, um eine Tasche zu öffnen. Darin befand sich ein Dokument in einem versiegelten Umschlag in der Farbe Buff. „Ich bin überrascht, dass Du es geschafft hast. Vohenstrauß wurde schwer bombardiert."

Oskar reichte den Umschlag weiter und grüßte mit „Heil Hitler". Er stieg auf sein Motorrad und fuhr davon, während der Oberst den Umschlag öffnete.

In einer anderen Kaserne tankte Oskar sein Motorrad auf. Dann begab er sich zu den anderen in die Kantine. Nach einem kurzen Nickerchen verließ er den kleinen Komplex. Er wollte die Grenze kurz nach Einbruch der Dunkelheit überqueren.

An der Grenze wurde er von einem Wachmann angehalten. „Halt! Papiere bitte", sagte der Wachmann. Oskar öffnete den Schulranzen erneut. Darin befand sich ein kleines Lederetui mit einer Beschreibung des Reiters. Der Wachmann schaute auf die Beschreibung und dann auf Oskar. Er gab das Zeichen, das Tor zu öffnen. Jetzt war er in der Tschechoslowakei.

Kapitel 37
Tschechoslowakei

Oskar fuhr langsam die Straße entlang. Als ein deutscher Mannschaftstransporter vorbeirumpelte, fuhr er an die Seite. Zwei Soldaten winkten ihm zu. Oskar erwiderte das Winken. Plötzlich wurde seine Aufmerksamkeit durch umherfliegende Artillerie unterbrochen. Das Motorrad war Geschichte. Oskar kletterte ins Gebüsch, um zu sehen, wer auf ihn schoss. Es war die örtliche Widerstandsgruppe.

Er beobachtete die Männer, die vorsichtig in seine Richtung kamen. Er begann, sich in Zivilkleidung umzuziehen. Nachdem er seinen Körper mit verschiedenen Ästen und Gras bedeckt hatte, blieb er stumm. Ein Mann ging auf ihn zu, ohne zu bemerken, dass Oskar nur wenige Meter von ihm entfernt getarnt stand. Die Männer suchten weiter. Nach dreißig Minuten entschieden sie, dass der deutsche Soldat geflohen war. Oskar blieb bis zur Hälfte des Abends an diesem Ort.

Er wurde durch eine weitere Runde Schüsse gestört. Er blieb ruhig, obwohl er unbedingt sehen wollte, wer das neue Ziel war. Als es eine Weile lang still war, verließ Oskar langsam sein Versteck. Parallel zur Straße und unter den Bäumen gehend, näherte er sich der tschechoslowakischen Stadt Rozvadov.

Als er sich der Stadt näherte, hörte er Stimmen aus dem Fenster eines Hauses am Rande der Stadt. Er hörte genau hin. Er hörte tschechische und englische Stimmen. Er fragte sich, ob der Widerstand das Haus als Versteck nutzte.

Er spähte durch ein halb geschlossenes Fenster, durch das eine Brise einen Vorhang wehte. Drei Männer und eine Frau befanden sich im Haus. Sein Herz machte einen Sprung, als er hörte, wie ein Auto vor dem Haus vorfuhr.

Die Frau ging zur Tür, als wüsste sie, wer kommt. Sie geleitete zwei britische Soldaten in Uniform ins Haus. Sie wurden herzlich begrüßt. Die britischen Soldaten breiteten eine Karte auf dem Tisch aus. Oskar fluchte. Er verstand kein Wort von dem, was sie sagten. Alle sprachen Tschechisch. Vorsichtig verließ Oskar das Fenster, um in die Büsche und später auf die Straße zu gehen.

Unterwegs bemerkte er keine deutschen Uniformen. Er war in Zivilkleidung unterwegs. Er näherte sich nun dem Stadtzentrum.

Dabei wurde er immer vorsichtiger. Es gab eine deutliche deutsche Präsenz. Er bemerkte, dass die Deutschen die Ausweise der Zivilisten kontrollierten. Es geschah völlig willkürlich. Oskar durchsuchte seinen Rucksack nach der Brieftasche. Dabei hatte er nur den Besitzerausweis des zuvor gestohlenen Motorrads und seinen eigenen Ausweis aus der Schweiz dabei. Er hoffte, dass man ihn nicht nach irgendwelchen Papieren fragen würde. Er war sich nicht sicher, welchen Ausweis er benutzen sollte. Er beschloss, sich erneut zu verstecken.

Diesmal ging er in eine Taverne. Er wartete, bis diese geschlossen wurde. Dann schlich er sich in den hinteren Teil, wo es Zimmer für diejenigen gab, die zu betrunken waren, um den Weg nach Hause zu finden. Früher waren diese Zimmer für Touristen gedacht. Jetzt dienten sie als Orte zum Ausnüchtern. Beim vierten Versuch fand Oskar das Zimmer leer.

Er trat ein. Im Morgengrauen wachte er auf, räumte die Rumpel auf dem Bett auf und verließ dann das Gelände.

Er wollte unbedingt die Einheimischen nach Kiana fragen. Hier war nicht der richtige Ort dafür. Die Deutschen würden sonst neugierig werden. Die Einheimischen hatten zu viel Angst, um zu sprechen. Das könnte Aufmerksamkeit erregen.

Stattdessen saß er auf einer Bank und beobachtete die Umgebung. Fast zwei Stunden lang wurde er ignoriert. Mit dem Aufgang der Sonne und dem zunehmenden Andrang von Menschen im Gebiet begann er, sich langsam zu bewegen. Die Deutschen patrouillierten. Die Bürgerinnen und Bürger gingen ihnen aus dem Weg – das war der neue Normalzustand an diesem Ort. Er wusste, dass er sich etwas vormachte, als er all die weiblichen Gesichter betrachtete, die vor ihm standen. Er hatte eine Vorahnung: Kiana war nicht in der Tschechoslowakei. Es war ein unerklärliches Gefühl.

Wenn Kiana in Polen war, gab es zwei wahrscheinliche Orte. Eine Munitionsfabrik und Kriegsgefangenenlager – das waren die beiden Orte, von denen er gehört hatte. Er musste nach Polen. Er kaufte eine Landkarte, um sie zu studieren. Er würde nach Norden gehen.

Zunächst würde er eine Munitionsfabrik besuchen, in der die Frauen den giftigen Chemikalien erlagen. Er hatte die Auswirkungen in Deutschland gesehen. Er erwartete hier in Polen dasselbe.

Oskar schmiedete Pläne, um tiefer nach Polen vorzudringen. Er überlegte, wie er die Reise antreten sollte.

Es würde nicht leicht werden, mit dem Untergrund in Kontakt zu treten. Sie wären ihm gegenüber misstrauisch und er wäre ihnen gegenüber ebenso misstrauisch. Oskar beschloss, dass es am besten wäre, ein anderes Motorrad zu stehlen. Die Deutschen parkten ihre Motorräder vor jedem Gebäude, gelegentlich aber auch an der Seite, wenn die vorderen Plätze voll waren. Er beobachtete ihre Gewohnheiten. Viele nahmen die Schlüssel ihrer Motorräder mit ins Haus. Einige wenige waren unvorsichtig oder dachten fälschlicherweise, niemand würde es wagen, ein Motorrad zu stehlen. Diese Deutschen waren sein Ziel. Geduld.

Zwei Tage später sah Oskar drei Fahrräder, die neben dem Postamt standen, das von Deutschen kontrolliert wurde. Ein Mann hatte die Schlüssel zurückgelassen. Als der Mann das Postamt betrat, nutzte Oskar die Gelegenheit und nahm das Fahrrad. Er schob es an der Seite des Gebäudes hinunter. Dann fuhr er mit voller Geschwindigkeit davon. Mit dem Fahrrad fuhr er nach Pilsen, das nur ein paar Stunden entfernt lag.

Georgina Fatesas

In Pilsen tankte er an einer Tankstelle. Er kaufte extra Sprit für den Fall, dass es keine weiteren Tankstellen gab. Aufgrund der starken Regenfälle der letzten Zeit waren die Krater auf der Autobahn zu gewundenen Feldwegen und Teichen geworden, doch er fuhr weiter. Von Pilsen aus folgte er der Straße bis zur nächsten Stadt, Karlovy Vary (Karlsbad). Die Stadt schien leer zu sein. Entweder hatten sich die Bürger versteckt oder sie waren vertrieben worden. Es gab kein Benzin, um sein Fahrrad zu betanken. Der Benzinkanister war nun leer. Er fuhr weiter, bis das Fahrrad keinen Sprit mehr hatte. Oskar versteckte das Fahrrad, indem er es mit heruntergefallenen Ästen abdeckte. Er hatte es etwa fünf Meter von der Straße weggefahren.

Oskar hatte nicht bemerkt, dass er seit seiner Abreise aus Karlsbad beobachtet wurde. Er kletterte auf einen Baum, der Schatten und Deckung bot. Dort ruhte er sich aus und hoffte, dass ein anderes Fahrzeug vorbeikommen würde. Eines kam.

Ein Mann, der nur langsam fuhr, kam nur wenige Meter von Oskars Baum entfernt zum Stehen. Er öffnete die Tür und schaute auf. Er winkte Oskar zu, damit dieser zu ihm ins Auto steigen konnte. Das war auch das Signal für die Beobachter.

Überrascht wurde Oskar gefangen genommen. Auf dem Rücksitz des Wagens wurde er von zwei Männern festgehalten, die ihn dort zuvor auf die Rückbank geworfen hatten. Er wehrte sich, doch die Männer überwältigten ihn in dem engen Raum. Oskar fragte sich, was als Nächstes passieren würde. Zehn Minuten später bog das Auto von der Hauptstraße ab und fuhr auf einen Feldweg.

Oskar wurde aus dem Auto gezerrt und ein paar Mal geschlagen. Er leistete keinen Widerstand. Er nahm die Bestrafung hin. Nachdem die Männer ihre Sitzung beendet hatten, zerrten sie Oskar unter einen Baum. Eine Schlinge lag bereit. Bei diesem Anblick stöhnte Oskar auf. Er dachte, seine Minuten seien nun gezählt.

Einer der Männer durchsuchte seine Tasche. Er zog die Uniformen heraus. „Wie ich sehe, haben wir einen Spion bei uns", sagte der Mann, der das Auto gefahren hatte.

„Keine Spionin. Ein Ausreißer. Ein Deserteur", sagte Oskar und hoffte, dass man ihn verstand. Er wiederholte es auf Italienisch. Das brachte ihm einen weiteren Schlag in den Magen ein. In gebrochenem Englisch sagte er: „Ich bin kein Spion. Ich bin auf der Flucht vor dem Krieg. Die Deutschen haben meine Schwester gekidnappt. Ich bin auf der Suche nach ihr." Inzwischen war der Fahrer dabei, die Außentaschen der Tasche zu durchsuchen. Er zog das gerahmte Bild heraus. Dann bemerkte er die Brieftasche mit den Schweizer und deutschen Ausweispapieren sowie dem Fahrradpass.

Der Mann wechselte zu gebrochenem Deutsch: „Erkläre diese beiden Ausweise und Uniformen."

Oskar erzählte von seinen deutschen und italienischen Erfahrungen und wie er an die Uniformen gekommen war. Er schloss damit, dass er in der Schweiz lebte und seinen Wehrdienst leistete. Der Mann übersetzte, während Oskar sprach. Einer der Männer, die Oskar festhielten, legte ihm eine Augenbinde auf den Kopf. Oskar war sich jetzt sicher, dass man ihm die Schlinge um den Kopf legen würde. Doch stattdessen wurde er wieder ins Auto verfrachtet und die staubige Piste weiter hinuntergefahren.

Als das Auto zum Stehen kam, wurde ihm die Augenbinde abgenommen. Er wurde aus dem Auto gezogen und mit Gewalt in einen kriegszerstörten Schuppen geführt. „Setz Dich", befahl ein Mann. Oskar setzte sich auf einen Heuballen. „Warte. Halt den Mund." Oskar gehorchte. Er hörte, wie ein Mann mit einem Walkie-Talkie nach draußen ging.

Obwohl nur wenige Minuten vergangen waren, kam es Oskar wie Stunden vor, als ein Auto vorfuhr. Aus diesem stiegen zwei polnische und die gleichen britischen Männer aus, die er durch das Fenster des Bauernhauses vor Rozvadov gesehen hatte. Oskar verbarg seine Erkenntnis.

Er durchlief eine weitere Runde intensiver Befragung, bis alle vor ihm bemerkten, dass sich die Geschichten nie änderten und es keine Anzeichen für einstudierte Sprache gab. Dann fragte Oskar: „Wer seid ihr eigentlich?"

Die Männer warfen sich gegenseitig prüfende Blicke zu, um die Bestätigung ihrer
ihrer Gedanken.
„Amia Krajowa", sagte einer. Ein anderer sagte: „Die drei Könige."
Ein britischer Mann sagte: „AK oder die Heimatarmee."
Oskar wusste, dass er einer der vielen Widerstandsgruppen angehörte, die in vielen Ländern aufgetaucht waren.

Oskar stieß einen Seufzer der Erleichterung aus. „Schön, Dich kennenzulernen."

„Sag mal, suchst Du wirklich nach Deiner Schwester?", fragte der Brite.

Oskar nickte. „Sie wurde vor fast zwei Jahren entführt. Sie war nicht in der deutschen Munitionsfabrik. Ich war dort. Ich würde den Ort am liebsten in die Luft jagen, weil dort Frauen mit Chemikalien getötet werden."

„Wie genau sieht die Anlage aus und wo befindet sich die Fabrik?", fragte der Brite.

„In Bobingen in Süddeutschland. Ich war erst vor kurzem wieder dort. Bobingen wurde ausgebombt und die Fabrik ist geschlossen. Vor der letzten Bombardierung befand sich auf der einen Seite das Wohnhaus und auf der anderen Seite die Fabrik. Die Fabrik ist halb unter der Erde. Das haben mir die Frauen erzählt. Das Gelände ist eingezäunt und vermutlich mit Sicherheitspersonal besetzt. Es ist nicht möglich, dass eine Person den Ort in die Luft jagt. Vielleicht könnte es ein Team tun."

Der Brite nickte, als er diese Information aufnahm.

„Würdest Du gerne einen Job für uns erledigen?", fragte der polnische Fahrer.

Oskar war fast eine Minute lang still. Er wog seine Möglichkeiten ab. Die Schlinge auf der Straße ging ihm immer wieder durch den Kopf. „Was soll ich tun?"

„Es gibt zwei deutsche Munitionsfabriken in diesem Land. Wie Du sagst, sterben die Frauen an den Chemikalien. Aber auch die Männer werden versklavt. Nichtjüdische Kriegsgefangene werden gezwungen, Munition aller Art herzustellen. Es ist an der Zeit, dass wir ein wenig Unruhe stiften."

„Solange es die Fabrik ist und wir so viele Gefangene wie möglich befreien können, werde ich es versuchen. Ich hoffe nur, dass meine Schwester nicht dabei ist oder zu den Opfern gehört."

Zwei Tage später war Oskar bei einer Gruppe von vierzig Männern, die die Grenze nach Polen überquert hatten. Sie trafen sich mit zwanzig weiteren Mitgliedern einer anderen Untergrundgruppe, der Narodowa Siła Zbrojna (Nationalen Streitkräfte – NAF). Die NAF war eine Splittergruppe der Armee, die zunächst an der Seite der Russen und später der Alliierten kämpfte. Sie schickte wertvolle Informationen an die britische Armee und gelegentlich auch an die Franzosen. Die Männer der Drei Könige schickten Informationen per Funk an ihren Exilkönig in London.

Mit drei britischen Soldaten in deutschen Uniformen und Oskar in seiner deutschen Uniform näherten sie sich dem Haupttor. Der Wachmann sah sich ihre Pässe an, bevor er sie hereinwinkte. Sie fuhren zum Hauptgebäude, das halb unter Bäumen verborgen war, um es vor feindlichen Luftaufnahmen zu schützen.

Sie näherten sich der Eingangstür. Bevor sie das Gebäude betraten, wurden weitere Kontrollen durchgeführt.

Ein britischer Leutnant, der fließend Polnisch und Deutsch sprach, wurde mit Oskar zusammengebracht. Oskar erhielt die Anweisung, sich im Gespräch mit der Gruppe stumm zu halten oder nur auf Deutsch zu sprechen, wenn er von jemandem angesprochen wurde.

Sie liefen durch das Gebäude und sahen sich die Anlage an. Das Signal zum Handeln war ein Gewehrschuss.

Minuten später durchdrang ein einzelner Schuss die Luft. Die Außenwachen und fast alle anderen Soldaten in deutscher Uniform eilten zu den vorgegebenen Zielen. Mit vorgehaltenen Waffen wurden die Türen im Inneren des Hauptgebäudes von den deutschen Soldaten verriegelt und allen wurde befohlen, in Deckung zu gehen. Plötzlich wurden die Möbel im unteren Stockwerk zur Seite gekippt und bildeten einen Schutzschild. In dem Chaos hoben Oskar und der Leutnant zufällig Akten auf, die nicht auf den Boden geworfen worden waren. Sie wurden alle in eine Kuriertasche gestopft.

Oskar zeigte auf ein freies Büro. Er schlüpfte hinein und nahm zwei Akten, die auf dem Schreibtisch lagen. Er zeigte sie dem Leutnant, der nickte. „Zeit zu gehen", sagte der Leutnant. Er zeigte auf eine unbewachte Hintertür. Sie schlüpften hinaus.

Sie gingen eine Treppe hinunter und verschwanden in dem von Menschenhand geschaffenen Wald. Sie warteten, bis sich das Chaos gelegt hatte. Die beiden anderen Männer in deutschen Uniformen schlossen sich ihnen an. Als wieder alles normal schien, ging die Gruppe schnell zu dem Auto, mit dem sie gekommen waren. Die Wachen gingen davon aus, dass die Leute im Auto dem höheren Kommando aus erster Hand berichten würden, und ließen sie ohne weitere Kontrollen heraus.

Es wurde keine Explosion erwartet. Dieser Teil des Plans scheiterte. Allerdings wurden fünfzehn Gefangene befreit. Das war viel weniger als erwartet. Sie hatten fünfzig angepeilt. In den beiden polnischen Gruppen wurde niemand verletzt, aber einer der Männer der „Drei Könige" erlitt eine Verletzung. Als das deutsche Kommando die Nachricht von dem Angriff erhielt, wünschten sich alle, sie wären Fliegen an der Wand. Sie würden nach Köpfen suchen, die rollen würden.

Die Gruppe wurde noch zwei Tage von Oskar begleitet, bevor er sich auf den Weg nach Warschau machte.
Unterwegs wechselte er mehrmals von Zivilkleidung zur britischen Uniform. Er wusste nicht genau, wo die britischen und deutschen Kampflinien verliefen. Er wusste nur, dass Zivilisten in beiden Lagern nicht willkommen waren. Die Briten betrachteten sie als Plage, da sie im Weg waren und die Soldaten sie entfernen mussten. Die Deutschen wiederum sahen in jedem Zivilisten entweder Futter für die Munitionsfabriken oder potenzielles Kriegsgefangenschaftsmaterial. In diesem Kreuzfeuer und den verschwommenen Verteidigungslinien wurde Oskar schließlich gefangen genommen.

Kapitel 38.
Auschitz-Birkenau, Polen

Das Kriegsgefangenenlager Auschwitz-Birkenau war sein neues Zuhause. Dort wurde er seiner Habseligkeiten beraubt und erhielt eine Häftlingsuniform. Anschließend wurde er dem Lager 2 zugewiesen. Da er nicht wusste, was ihn dort erwartete, war er ahnungslos. Er wusste nur, dass dort unzählige Juden vergast wurden. Bei dem Gedanken daran schauderte es ihn und er hoffte, nicht als Jude eingestuft zu werden.

Am zweiten Tag im Häftlingslager wurde er in das Verwaltungsbüro gebracht. Er musste sich bis zur Hüfte ausziehen. Der Kommandant sagte: „Ich weise Dich dem Sonderkommando zu. Oskar wusste, dass er den Mund halten musste. Er war sich nicht darüber im Klaren, was Sonderkommandos bedeuteten, aber er war sich sicher, dass er es sehr bald herausfinden würde.

Eine Schaufel wurde Oskar ausgehändigt und er stieg auf einen Lastwagen. Während der Lkw losfuhr, schaute Oskar in die gezeichneten und düsteren Gesichter der Menschen, die ihn abschätzten. Ein Mann sagte zu ihm: „Sei bereit für schlimme Dinge, die kein Mensch je sehen sollte. Befolge einfach die Befehle. Egal, wie sehr Du gegen die Ungerechtigkeit ankämpfen möchtest – sag kein Wort und zeige keine Gefühle. Wenn Du die Regeln brichst, ist es eine Kugel. Ich habe schon einige Neulinge gesehen, die am ersten Tag erschossen wurden.“

Oskar nickte. Er dachte bei sich: „Das ist eine Warnung. Reiß Dich zusammen und übersteh diese Hölle.

Als der Lkw zum Stehen kam, kletterten alle mit ihren Schaufeln heraus. In Zweierreihen aufgestellt, erhielten sie den Befehl, in den Wald zu marschieren. Dort warteten sie schweigend.

Einer der drei Lastwagen mit Leichen kam an. Die Leichen wurden mit einem Frontlader in das bereits ausgehobene Grab gekippt. Die erfahrenen Friedhofsgärtner begannen, die Erde über die Leichen zu schaufeln. Am Ende des Tages wurden Kiefernschösslinge gepflanzt. Das diente als Tarnung, damit die Leichen nach dem Krieg nicht so leicht umgesiedelt werden konnten. Diese Aufgabe wurde von Oskar zwei Wochen lang jeden Tag wiederholt. Dann gab es einen Wechsel der Aufgaben.

Seine Gruppe wurde zu den Gaskammern gebracht. Dort sollten sie die Leichen, die aufgetürmt worden waren, herausnehmen und hinten auf den Lastwagen legen. Die nackten Leichen mit den entstellten Gesichtern prägten sich in sein Gedächtnis ein. Die „Säuberung", wie sie genannt wurde, wurde dreimal am Tag durchgeführt. Die respektlos behandelten Leichen wurden in Gräbern entsorgt. Da ihre Identitäten verschwunden waren, war es unmöglich, ihre Herkunft zu beweisen. Sie waren geisterhafte Opfer einer ethnischen Säuberung, nur Nummern und nichts weiter.

Jeden Tag war es am späten Nachmittag den Männern im Lager 2 erlaubt, sich innerhalb ihres sehr begrenzten Bereichs frei zu bewegen. Ein Drahtzaun trennte die Frauen im Lager 2 von den Männern. Es war ein Treffpunkt, an dem sich Ehemänner, Ehefrauen, Söhne, Töchter und andere Verwandte trafen. Es wurde auch ein Kontrollsystem eingesetzt, um festzustellen, wer noch am Leben war und wer in der Tiefe verschwunden war.

Hier lernte Oskar eine Frau kennen, die fast so alt war wie er. Ihr Name war Hanna. Durch Hanna erfuhr Oskar, dass Kiana zum Zeitpunkt ihrer Ankunft nicht in der Einrichtung war. Eine weitere

Leerstelle. Er war einerseits enttäuscht und andererseits glücklich. Er hegte immer noch die Hoffnung, dass sie irgendwo am Leben war.

Oskar war fast neun Monate lang im Lager. Er hatte viel von seiner Gesundheit eingebüßt. Er verwandelte sich in die zombieartigen Männer, die er zum ersten Mal im Lager getroffen hatte. Eines Tages, bevor er wie gewohnt Schaufeln oder Kadaver einsammeln ging, gab es eine Durchsage auf Polnisch. Der Krieg war vorbei.

Die deutsche Kriegsmaschinerie war zu Ende. Um die Beweise für ihr Fehlverhalten zu verbrennen, zündeten die Beamten im Lager zahlreiche Feuer an. Die Tore wurden geöffnet und die Gefangenen konnten gehen. Oskar wartete am Haupttor und hoffte, dass Hanna ihn dort treffen würde. Die Frauen folgten den Männern langsam durch die Tore. Ihr müdes Lächeln sagte alles: „Wir haben gewonnen."

Hanna und Oskar taten sich zusammen. Zuerst fuhren sie nach Warschau, um ihre Eltern zu treffen. Nur ihr Vater war noch am Leben. Dort erfuhr Hanna, dass ihre Mutter an einer langwierigen Krankheit gestorben war, die hätte geheilt werden können, wenn das Krankenhaus über die entsprechenden Medikamente verfügt hätte. Oskar blieb ein paar Wochen, um sich zu erholen.

In dieser Zeit beobachtete er die Massenwanderung von Vertriebenen. Menschen, die vor Verwüstung und Hungersnot flohen, waren weit verbreitet. Viele von ihnen wollten ihre zerstörten Heimatländer verlassen und wanderten quer durch Europa. Ferne Länder sahen einladend aus. Doch allein der Weg dorthin war ein Problem. Er bedeutete stundenlange Fußmärsche von Stadt zu Stadt. Geld zu verdienen war schwierig. Noch schwieriger war es, an sauberes Wasser und frisches Essen zu gelangen.

Oskar sagte zu Hanna: „Ich muss wirklich weiterziehen. Ich muss Kiana finden. Wie, weiß ich nicht. Zuerst werde ich nach Weghaltz gehen. Wir hatten die Abmachung, dass wir uns dort treffen, wenn wir den Krieg überleben. Wir haben einen Ort, an dem wir Notizen hinterlassen, damit wir wissen, wo wir uns treffen werden. Ich würde gerne in zwei Tagen aufbrechen."

„Kann ich mitkommen?", fragte Hanna. „Was ist mit deinem Vater? Er braucht Dich."

„Ich werde ihn fragen. Wenn in den nächsten zwei Tagen eine andere Schwester auftaucht, werde ich mich nicht so schlecht fühlen", antwortete Oskar.

Am nächsten Tag erschien Maji, Hannas ältere Schwester. Sie trug ungewaschene Lumpen als Kleidung und stand an der Eingangstür des Hauses. Sie teilte ihnen mit, dass ihr Mann und ihre Kinder tot seien. Sie waren gestorben, als eine Bombe in ihr Haus in Łódź eingeschlagen war.

Oskar ließ sich überzeugen, bis zum Ende der Woche zu bleiben. Nur, um sicherzugehen, dass sich Maji eingewöhnt hatte und ihr Vater mit den neuen Regelungen einverstanden war. Um ihren Vater zufriedenzustellen, beschloss Hanna, ebenfalls zu bleiben. Sie würde Oskar folgen, wenn er sich an einem neuen Ort eingelebt hatte.

Kapitel 39
Weghalt, Österreich und Lugano, Schweiz.

Nach Monaten des Wanderns und Trampens auf diversen Transportmitteln erreichte Oskar schließlich Weghalt. Er schaute sich die Skelette der Gebäude an, die schnell zerfielen.

Er ging zu der Stelle, an der er, Jaro und Kiana vereinbart hatten, Notizen zu hinterlassen, um sich gegenseitig zu finden.

Oskar grub in der Nähe des Obelisken, dem einzigen intakten Bauwerk, den Boden auf. Er hielt inne und überlegte, was er finden könnte, um den Zettel hineinzulegen, damit dieser nicht unterginge. Er durchsuchte die Ruinen nach einer Art Behälter. Ein kleines Marmeladenglas mit verfaultem Inhalt wurde ausgeräumt. Es wurde gewaschen. Und es wurde gründlich abgewischt. Er legte einen Zettel hinein:

„Kiana,

ich bin am 7. Mai 1946 hier angekommen. Kiana, ich habe die letzten zwei Jahre des Krieges nach Dir gesucht. Bitte kontaktiere mich, indem Du zu der Adresse in der Schweiz gehst, wo ich mit Jaro gelebt habe. Ich bin gerade auf dem Weg dorthin, nach Lugano in der Schweiz. Ich habe die Truhe ausgegraben und meine Geburtsurkunde herausgeholt. Die Zustellung der Urkunde an Jaros Heimatadresse in der Schweiz wird von Jaros übernommen. Er wird sie für Dich aufbewahren, während ich erneut versuche, Dich zu finden.

Oskar vergrub den Behälter in dem halb so tiefen Loch, in dem die Truhe wieder vergraben war. Er sah sich in den Ruinen nach einem anderen Gefäß um. Er fand ein Gefäß, das viel größer und sauberer war als das mit der Notiz für Kiana.

Georgina Fatesas

Damit sichergestellt werden konnte, dass es wasserdicht war, wurde das kleinere Gefäß in das größere gestellt. Er vergrub die Krüge. Anschließend fand er eine Holzplatte und steckte sie in der Nähe des Obelisken in die Erde. An dieser Stelle hatten die Dorfbewohner vor langer Zeit ihre Landbesitzpapiere, Heirats- und Geburtsurkunden vergraben. Mit einem Kinderpinsel malte er ein Schild:

Weghaltz. Grabe einen Meter tief, um die Namen der Bewohner zu finden."

Er fragte sich, wie lange das Schild aufgestellt bleiben würde. Die Farbe war bedenklich abblätternd. Würde sie dem Wetter standhalten?

Oskar kniete neben dem Obelisken nieder und flüsterte: „Wie Du bin ich ganz allein. Im Gegensatz zu Dir bin ich weit gereist und habe mich in Lebensgefahr begeben, während Du zu Hause geblieben bist. Ich bin es leid, mich zu bewegen. Ich bin müde von der Suche. Ich bin genauso erschöpft wie die Farbe, die Bürgermeister Valentin Karner aus diesem Dorf auf Dich gemalt hat." Oskar las die Gravur schweigend:

Zum Gedenken an die Gefallenen des Ersten und Zweiten Weltkriegs.

Als er aufstand, sagte er: „Auf Wiedersehen, mein Freund. Jetzt lasse ich Dich allein, so wie ich allein gereist bin. Wir sind allein mit unseren Gefühlen. Wächter, die nur beobachten und bewachen. Der Dorfinhalt wurde von Dir bewacht und mein Bestes wurde getan, um meine einzige lebende Verwandte, Kiana, zu beschützen. Jaro ist wie ein Bruder für mich geworden. Er ist jemand, den ich davor bewahrt habe, mir auf dem letzten Teil dieser gefährlichen Reise zu folgen. Zwar protestierte er dagegen, dass wir uns trennten, um

Kiana zu finden, doch er erkannte bald meine Logik. Jeder braucht ein Zuhause, zu dem er zurückkehren kann. Du hast Dein Zuhause und Deinen Platz in der Welt. Ich werde zu meinem zurückkehren. Lugano ist für mich nur ein vorübergehender Ort. Ich muss mein Zuhause und meinen Platz in der Welt erst noch finden."

Oskar brach auf, um in die Schweiz zu gehen. Er reiste in die Stadt Lugano, wo er Jaro zurückließ.

Als er seine alte Adresse erreichte, fand er Jaro. Er war immer noch da, aber mit einer großen Veränderung.

Er hatte die junge Frau geheiratet, die er kurz vor seiner Abreise kennengelernt hatte. Maria erwartete ihr erstes Kind.

Oskar blieb zwei Wochen lang bei ihnen. In dieser Zeit schickte er ein Telegramm an Hanna, damit sie ihn in der Schweiz treffen konnte, wo er sich gerade aufhielt. Von dort aus wollten sie gemeinsam nach Übersee reisen. Wohin genau, war nicht klar. Oskar war auf der Suche. Er suchte nach einem weit entfernten Ort. Ein Ort, der weit weg war von den Verwüstungen des Krieges.

Hanna schickte eine Antwort per Telegramm: „Ich kann jetzt noch nicht kommen. Schick mir einen weiteren Brief, wenn Du irgendwo angekommen bist. Papa ist krank und wird voraussichtlich nicht mehr lange leben. Liebe Hanna.

Oskar ging nach Zürich. Er ging von Botschaft zu Botschaft und suchte nach einer Möglichkeit, irgendwohin auszureisen. Als er auf das australische Konsulat stieß, bekam er, was er wollte. Er wollte aus Europa fliehen.

Kapitel 40
Australien.

Wie viele andere Vertriebene auch segelte Oskar von Athen nach Ägypten. Von dort aus fuhr er mit einem Passagierschiff drei Monate lang nach Perth, dem dritten Tankhafen auf dem Weg nach Sydney. In Sydney wurde Oskar mit Arbeiten am Snowy-Mountain-River-Scheme beauftragt. Während er auf der Baustelle arbeitete, schloss sich ihm Hanna an. Nach Abschluss des Projekts zogen sie in eine ländliche Stadt in New South Wales. Mit Hilfe von Migranten verschiedener Nationalitäten lebten sich Hanna und Oskar ein. In dieser Zeit schrieb Oskar Briefe an verschiedene Botschaften und Konsulate in Europa, um seine Schwester zu finden. Alle Antworten waren negativ.

Jaro und seine Familie schickten sich und Oskars Familie Briefe hin und her. Während der Ferien in der Schweiz oder in Italien schaute sich Jaro die Frauen an, in der Hoffnung, Kiana zu sehen. Wie Oskar gab auch er die Hoffnung auf, dass Kiana tot war.

Zwanzig Jahre später.

Oskar öffnete einen Brief aus Deutschland. Es war ein Brief von Kiana. Sie schrieb:

Nach dem Krieg habe ich versucht, Dich zu finden. Ich habe zahlreiche Botschaften kontaktiert und nur negative Antworten erhalten.

Mein Herz wollte die Tatsache nicht wahrhaben, dass Du tot bist, auch wenn ich aufgegeben habe, ehrlich zu glauben, dass Du tot bist. Nachdem ich zehn Jahre lang nichts unternommen hatte, versuchte ich es erneut und schrieb an alle Botschaften. Daraufhin wurde mir geraten, mich an die Konsulate der kleineren Länder zu wenden. Es war die australische Botschaft, die sich fast vier Monate nach meiner Anfrage bei mir meldete. Sie haben Deine Akte gefunden. Danach begann eine lange Suche, um Dich zu finden. Briefe brauchen Zeit.

Als ich entführt wurde, wurde ich in die deutsche Munitionsfabrik Bobingen gebracht, wo ich als Sklave unter gefährlichsten Arbeits- und Lebensbedingungen arbeiten musste. Eines Tages konnte ich fliehen.

Leider landete ich anschließend in einem Kriegsgefangenenlager in Trebinka, Polen. Sechs Tage nach meiner Ankunft gab es einen Massenausbruch. Dreihundert Männer versuchten zu fliehen. Nur fünfzig von ihnen konnten entkommen. Die anderen wurden entweder erschossen, als sie zurückkamen, oder direkt erschossen, als sie gefangen genommen wurden. Tage später wurde das Lager aufgegeben und viele Gefangene durch Erschießungskommandos ermordet oder vergast. Sie wurden mithilfe eines Bulldozers in Massengräbern verscharrt. Ich erfuhr, dass ich einer von einigen Hundert sein würde, die verlegt werden sollten.

Während der Verlegung konnte ich erneut fliehen. Sechs von uns kletterten auf das Dach eines Zuges und sprangen herunter, als dieser über eine kleine, niedrig gelegene Brücke fuhr. Zwei starben beim Aufprall, zwei wurden verletzt. Zwei von uns konnten entkommen. Die beiden Verletzten schleppten wir an den Straßenrand, wo sie von Einheimischen gefunden wurden. Sie haben ihre Verletzungen nicht überlebt.

Ich war auf der Flucht in Richtung Schweiz, als ich erneut gefasst wurde. Da ich schon öfter geflohen war, wurde ich schwer bewacht und in Colditz untergebracht. Aus diesem alten Schloss konnten nur zwei Menschen entkommen. Etwa zehn starben bei dem Versuch. Ich war eine der wenigen Frauen, die dort waren. Natürlich mussten die Frauen viele häusliche Arbeiten verrichten. Dort blieb ich im letzten Kriegsjahr.

In dieser Zeit gab es einen deutschen Unteroffizier, der nett war. Ja, ich meine, er war nett, nicht nett im Vergleich zu anderen deutschen Soldaten. Wir entwickelten eine Freundschaft. Er schmuggelte zusätzliche Essensreste für mich herein. Außerdem war ich auf dem sogenannten Hilfsdienstplan. Das war der ekelhafteste Teil meiner Gefangenschaft. Ich wurde zur Prostituierten für die deutschen Soldaten gemacht. Als Peter Batchel herausfand, dass alle Frauen in dieser Situation waren, setzte er seinen Namen auf die Liste. Er berührte sie nie. Er hat nur geplaudert. Manchmal spielten wir Karten. Das konnte die ganze Nacht so weitergehen. Er war nicht beeindruckt vom Krieg und noch weniger davon, dass Frauen zu solchen Aufgaben gezwungen wurden.

Bald erfuhr ich, dass Peter im Geheimen arbeitete und Informationen nach Großbritannien schickte. Er war häufig auf Wache. Jede Woche wurde eine neue Liste mit Namen gedruckt. Wenn jemand starb, wurde das vermerkt. Wenn Leute ankamen, stellte er sicher, dass er wusste, wer die neuen Insassen oder der neue Beamte waren. Irgendwie schaffte er es, Details an jemanden weiterzuleiten, der sie nach Großbritannien weiterleitete. Er war einer von Churchills geheimer Armee.

Viele Deutsche hatten eine ablehnende Haltung gegenüber Hitler. Sie taten ihr Bestes, um Juden aus dem Land zu schmuggeln. Sie gaben Informationen an die zahlreichen Widerstandsgruppen weiter. Ohne ihre Hilfe hätten die Alliierten einige ihrer Schlachten verloren.

Oskar, ich habe Peter geheiratet. Wir leben in Berlin. Ich habe zwei Töchter, Lea Azra und Julia Mia, sowie einen Sohn namens Louis Peter. Letzterer wurde nach seinem Vater benannt. Mögen sie nie einen Krieg erleben wie wir! Ich hoffe, wir können uns eines Tages treffen.

Liebe Kiana.

Nachdem Oskar den Brief gelesen hatte, stand er unter Schock. Sein Verstand war leer, und doch schossen ihm Millionen von Gedanken durch den Kopf. Oskar brach in Tränen aus. Sie war in Berlin am Leben.

Das war alles, was zählte. Die Schuldgefühle, sie nicht beschützt zu haben, waren wie weggeblasen.

Als Oskar die Nachricht erfuhr, fragte er Hanna: „Willst Du mit mir nach Europa reisen?" Kiana hat sich nach all den Jahren bei mir gemeldet. Außerdem wäre es gut, wenn Du auch Deine Familie besuchen würdest." Hanna schenkte ihm ein breites Lächeln. „Endlich Frieden. Fahren wir nach Weghaltz, um den Obelisken zu sehen?" „Oh, ich glaube, das geht auch, wenn es ihn noch gibt." Hanna drückte ihm einen Kuss auf die Wange. „Ein Obelisk bleibt immer bestehen. Selbst wenn er fällt, bleibt der Sockel stehen und erinnert daran, dass dort einmal etwas Wichtiges stand. Ich werde einen Flug buchen."

www.ingramcontent.com/pod-product-compliance
Lightning Source LLC
Chambersburg PA
CBHW070509310726

48976CB00002BA/394